Lily Wilder ist die glücklichste Frau der Welt. Sie hat einen Traumjob, Freundinnen, eine liebevolle Familie und einen Verlobten zum Dahinschmelzen. Will ist ein kluger, gutaussehender Mann. »Es gibt nur eine Eigenschaft, die ihm fehlt: mehr als ein Mann zu sein. So viele gute Eigenschaften, aber nur ein Körper!« Lily mag Will, aber liebt sie ihn genug, um sich nicht bei jeder Gelegenheit einem anderen Körper zuzuwenden? Will liebt Lily, aber kennt er sie gut genug? Ihre Mutter, ihre Großmutter und ihre drei Stiefmütter bezweifeln das ganz stark. Untreue hat Tradition in der Familie. Lily lässt sich nicht beirren, doch ihr neuestes Mandat als Anwältin droht sowohl ihre Heiratspläne als auch ihre Karriere zum Scheitern zu bringen. In den sechs Tagen vor der Hochzeit muss sie ihren Mandanten retten – und sich selbst.

Eliza Kennedy studierte Jura in Iowa und an der Harvard Law School. Sie arbeitete mehrere Jahre als Anwältin einer renommierten Kanzlei in Manhattan, wo sie mit ihrem Ehemann, dem Autor Joshua Ferris, und ihrem Sohn lebt. ›Dich nehm ich‹ ist ihr erster Roman.

Eliza Kennedy

Dich nehm ich

Roman

Aus dem Amerikanischen von
Andrea Fischer

FISCHER Taschenbuch

MIX
Papier aus verantwortungsvollen Quellen
FSC® C083411
FSC
www.fsc.org

Erschienen bei FISCHER Taschenbuch
Frankfurt am Main, August 2016

Die amerikanische Originalausgabe erschien unter dem Titel
›I Take You‹ bei Crown, New York.

Druck und Bindung: CPI books GmbH, Leck
Printed in Germany
ISBN 978-3-596-03120-7

Für Joshua

SAMSTAG

1

Ich heirate.

Er ist perfekt!

Es ist eine Katastrophe.

»Du spinnst doch«, sagt Freddy und reicht mir das nächste Glas. »Will ist der Hammer. Er hat einen coolen Job. Er kann kochen. Er ist total süß.«

»Ganz im Gegensatz zu mir«, sage ich. »Wir ergänzen uns super.«

»Haha!«, macht sie. »Von wegen.«

Wir sind in einem Club. Es ist dunkel, heiß, voll und irrsinnig laut. Nicole am anderen Ende des Tisches tippt auf ihrem Handy herum. Die übrigen Mädels tanzen vor dem DJ.

»Du bist eine Katze im Sack!«, ruft Freddy, damit ich sie verstehen kann. »Du siehst gut aus, aber sollte man dich mit nach Hause nehmen?« Sie kippt ihren Drink hinunter. »Vergiss es!«

Ich seufze. »Ich habe echt keine Ahnung, wie es so weit kommen konnte.«

»Wirklich nicht?« Sie zeigt mit ihrem langen violetten Fingernagel auf mich. »Hat er dich ausgetrickst, damit du ja sagst? Hat er dich durcheinandergebracht ...« – sie fuchtelt vor meinem Gesicht herum – »... hu! Uuh! Mit schummriger Beleuchtung? Und dir dann schnell den Ring an den Finger gesteckt?«

»Es war total romantisch!«, entgegne ich. »Bei Mondschein, im Museum!«

Freddy nickt nachdenklich. »Als Patrick mir den Antrag gemacht hat, war der Ring in der Schnauze von seinem Bärenfellvorleger versteckt.«

»Warum kenne ich diese Geschichte nicht?«

»Ich musste auf dem Boden herumkriechen und den Ring suchen«, erklärt sie. »Splitternackt.«

Patrick fehlt mir.

»Und in Handschellen«, fährt sie fort. »Na ja, hat durchaus geholfen.«

Ich will noch mehr über dieses pikante Detail erfahren, doch da setzt sich jemand zu mir. Er ist süß. Ich lächele ihn an. Er lächelt zurück.

»Ich kann mit meinen Gedanken Menschen umbringen«, sage ich.

Er lacht und fragt: »Darf ich dir einen Drink ausgeben?«

Ein Engländer. Sofort bin ich heftig verknallt.

Ich greife in seine Locken. Kurz darauf knutschen wir. Er schmeckt nach Zigaretten und Bourbon. Ich könnte ihn die ganze Nacht küssen, aber Freddy zieht mich auf die Tanzfläche. Wir wippen, wirbeln und wackeln. Wir wanken und hüpfen. Wir drehen uns im Kreis.

»Hast du *drogas* dabei?«, rufe ich.

Sie sieht mich verwundert an. »Ich dachte, wir wollten kürzertreten.«

»Winifred! Doch nicht heute Abend!«

Sie nimmt ihre Tasche vom Tisch und geht mit mir zum Klo. Als wir zurückkommen, ist der süße Engländer verschwunden. Nicole schreibt immer noch SMS. Leta, Chelsea und Joy hoppeln wie wild auf ihren Sitzen herum, kreischen zur Musik, ihre Getränke schwappen in alle Richtungen.

Ist das herrlich! Ich bin so glücklich. Am liebsten würde ich jede Woche Junggesellinnenabschied feiern.

»Los, wir spielen Telefonterror. Wir rufen irgendwo an!«, schlage ich vor.

»Nein, wir gehen in einen Stripclub!«, sagt Freddy.

»Ja!«, jubeln wir, nur Nicole nicht, sie simst immer noch wie blöd herum.

Mein Handy summt. Eine Nachricht von Philip:

Wilder, bitte sofort in die Kanzlei kommen.

Ich stehe auf, leicht schwankend. »Sagt Mami tschüs, ihr Süßen!«

»Jetzt?«, ruft Freddy ungläubig. »Das geht doch nicht!«

Ich klopfe ihr auf die Schulter. »Bin gleich wieder da.«

Haha. Von wegen!

In der Kanzlei geht es drunter und drüber. Anwaltsgehilfen eilen mit Stapeln voller Mappen und Aktenordnern durch die Gänge, die Sekretärinnen der Nachtschicht kopieren und drucken, als hinge das Schicksal der Welt davon ab. Bis jetzt bin ich noch nie in so einem Zustand zur Arbeit erschienen, deshalb ist alles irgendwie neu und anders und auch lustig. Ich muss lachen und ernte ein paar böse Blicke. Im Korridor werde ich plötzlich von einem Luftstrom umgerissen. O nein ... Ich falle! Zum Glück rettet mich die Wand. Jetzt mal ehrlich: Gott sei Dank, dass es Wände gibt. Wer die hier in den Flur gebaut hat, hat sich echt was dabei gedacht. Der Erfinder war wirklich ein ...

Ich schlüpfe auf die Toilette und spritze mir Wasser ins Gesicht. Schon besser.

Ich gehe zu meinem Büro. In Lyles Zimmer brennt Licht, also schaue ich hinein. Da sitzt er, inmitten von Papierstapeln und fetttriefenden Behältern vom Lieferservice, und hämmert auf seinen Laptop ein, total verschwitzt, blass und infarktgefährdet. Lyle und ich arbeiten im selben Prozessteam, für denselben Teilhaber. Ich bin in meinem zweiten Jahr in der Kanzlei, er im fünften. Man könnte sagen, wir sind Kollegen und gleichzeitig Konkurrenten. Verwandte Seelen. Und ganz, ganz dick miteinander.

»Hau ab und fick dich«, sagt er.

Ich lasse mich in einen Sessel fallen. »Was ist los, Mighty Mouse?«

Er seufzt schwer. »Wie oft habe ich dich schon gebeten, mich nicht so zu nennen?«

»Elf Mal. Was geht hier vor? Es ist nach zwölf.«

»Die Kläger im Lucas-Fall haben eine einstweilige Verfügung beantragt.« Wie wild tippt er vor sich hin. »Wir haben achtundvierzig Stunden, um darauf zu reagieren. Kannst du helfen?«

Ich schnippe ein glitzerndes Konfetti weg, das an meinem Kleid haftet. »Leider nicht.«

Lyle liest sich durch, was er geschrieben hat, drückt auf die Eingabetaste, knallt den Finger darauf, schreit den Bildschirm an: »Verdammte Scheiße!«, schlägt noch mal mit voller Wucht auf die Taste, seufzt, reckt den Hals und dreht sich zu mir um. »Sie. Kann. Nicht. Helfen.« Jetzt fängt er wieder mit seiner nervigen monotonen Zombie-Sprache an. »Warum. Ist. Sie. Hier?«

Verflixtes Konfetti – ich schnipse das nächste weg. »Weil Philip. Ihr. Gesimst hat.«

Lyle runzelt die Stirn. »Er ist da?«

»Sieht so aus, Kleiner.«

»Philip kann gar nicht simsen.«

Ich zucke mit den Schultern. »Vielleicht hat seine Sekretärin es ihm gezeigt.«

»Betty ist neunzig. Warum hat er dir geschrieben?«

»Lyle. Macht. Sich Sorgen. Lyle fragt sich. Warum. Der Teilhaber. Nicht ihm. Gesimst hat. Lyle hat Angst. Dass er. Draußen ist.«

Er greift zu einem Stift und umklammert ihn.

»In deinem Blick liegt gerade so viel Liebe, Lyle.« Ich drücke die Hand aufs Herz. »Es ist kaum zu ertragen.«

Kurz fürchte ich, dass er sich über den Schreibtisch stürzt und mir den Stift ins Auge sticht, doch er reißt sich zusammen. »Raus!«, ruft er und weist auf die Tür. »Sofort.«

Ich gehe zwei Treppen höher in den 45. Stock, wo sich die Büros der Teilhaber befinden. Gedämpftes Licht, teure Leuchten, samtweicher Teppich. Sogar die Luft hier oben riecht besser – ganz frisch und klar, als wäre sie direkt aus den Alpen importiert – wer weiß? Ich schlendere durch den Flur, bewundere die teuren Kunstwerke und gerahmten Erinnerungen an die ruhmreiche Vergangenheit der Kanzlei. Fotografien der Gründer in Sepia. Dankesschreiben von Räuberbaronen und Industriemagnaten. Ein Brief von Theodore Roosevelt, der sich über eine Rechnung beschwert.

Philip liest gerade einen Schriftsatz, die Füße auf dem Schreibtisch. Ich bleibe in der Tür stehen, lehne mich lässig gegen den Rahmen. Irgendwie rutsche ich leicht ab. Ich klopfe und sage: »Ja, Massa?«

Er sieht mich über seine Lesebrille hinweg an. »Wilder, komm rein.«

Er trägt einen Smoking. »War bis eben auf einer Charity-Veranstaltung«, erklärt er.

»Ho.« Ich hebe die Hände. »Hey, eine Charity-Veranstaltung. Lieber nicht ins Detail gehen, was?«

Schweigend betrachtet er mich, dann liest er weiter. Ich hocke mich auf den Rand seines Ohrensessels und warte.

Der Smoking ist schick. Ich konzentriere mich auf den Schreibtisch. Er ist riesig, einschüchternd. Ich verliere mich völlig in den Schnörkeln und Wirbeln des Holzes, in den kunstvollen Blumenmotiven. Wer die wohl geschnitzt hat? Wahrscheinlich Waisenkinder. Französische Waisenkinder aus dem achtzehnten Jahrhundert. Ich stelle mir vor, wie sie im Armenhaus hocken und schuften, wie ihre winzigen, abgeschürften Hände im kalten Wind zittern, der über die Ebenen fegt. Keine Ahnung, wo. Irgendwo in Frankreich. Wie sie nach den Werkzeugen greifen, sie versehentlich fallen lassen, sich hier einen Finger, da einen Zeh abschneiden. Von ihren Kitteln kleine Stoffstreifen abreißen, um die Adern abzubinden, und sich dann wieder an die Arbeit machen. Ich bin kurz davor, Philip nach den Kindern zu fragen, kann mich aber gerade noch zurückhalten.

Ich falte die Hände im Schoß. Mein Kleid wandert hoch. Zu hoch. Sperrgebiet! Ich zupfe am Saum. Etwas reißt.

Philip wirft den Schriftsatz auf den Tisch. »So«, sagt er. »Du heiratest also.«

»Jawohl!« Albern recke ich beide Daumen hoch. Warum? Warum bin ich überhaupt hier? Sollte ich besser lassen. »Wir fliegen morgen runter nach Key West.«

Er lächelt. »Glückwunsch.«

»Danke.«

»Das musst du leider absagen.«

»Wie bitte?«

»Also: verschieben.« Er nimmt die Füße vom Tisch und setzt sich auf. »Nur um ein paar Monate.«

Ich bin empört. Das können sie nicht machen! Ich will heiraten! Will und ich, wir sind Seelenverwandte!

»Kommt nicht in Frage«, sage ich. *»Je refuse.«*

Philip blättert in einem Papierstapel, sucht etwas. Er hält inne und sieht auf. »Ist das deine erste Hochzeit?«

»Ja, aber …«

»Ich kann mich noch an meine erste erinnern.« Er wird ein wenig verträumt. »Es stimmt wirklich, was alle sagen: Die erste Hochzeit ist die beste.«

»Gut zu wissen, aber …«

»Die nächste Zeugenvernehmung unter Eid im EnerGreen-Prozess ist für Freitag angesetzt.« Er überfliegt ein Blatt, das er aus dem Durcheinander gezogen hat. »Der Zeuge ist Buchhalter. Peter Hoffman.«

»Hoffman?«, sage ich. »Der Typ mit den E-Mails?«

»Lyle behauptet, Mr Hoffman wäre noch nicht bereit für die Aussage. Wir brauchen jemanden, der ihn darauf vorbereitet.« Mit hochgezogenen Augenbrauen sieht er mich an.

Ach so, Philip hat sich vertan! »Der Teil gehört zum Betrugsprozess«, erinnere ich ihn. »Ich arbeite an den umweltrechtlichen Forderungen.« Ich schlage die Beine übereinander und lächele ihn an. Problem gelöst.

Doch Philip schüttelt stirnrunzelnd den Kopf. »Lyle sagt, du kennst die Akten. Du kennst den Sachverhalt. Das musst du übernehmen.«

Ich hätte wissen müssen, wer dahintersteckt. »Lyle lügt, Philip! Er will mir meine Hochzeit vermiesen. Er …«

Philip sieht mich über seine Lesebrille hinweg an. Er ist der strenge Lehrer, ich bin das bockige kleine Mädchen. Fahre ich total drauf ab. Ich hebe den Kopf und starre ihn trotzig an. Will mich mit dem Ellenbogen auf der Armlehne abstützen, aber sie ist total glatt, seltsam für Brokat. Also verschränke ich die Arme lieber. »Da musst du dir wohl jemand anderen suchen.«

Philip setzt zu einer großen Rede an, EnerGreen sei der wichtigste Mandant der Kanzlei … dies sei ein historischer Fall … Milliarden stünden auf dem Spiel … böse Regierungsbehörden säßen uns im Nacken … seit der Ölpest vermehrte öffentliche Aufmerksamkeit … eine engagierte Anwältin erkenne man an ihrer Bereitschaft, zum Wohle des Mandanten Opfer zu bringen …

Ehrlich gesagt, kann ich mich nicht konzentrieren. Seine Stimme ist so sanft und bedächtig. Fast hypnotisch. Das Licht der Schreibtischlampe lenkt mich ab, es lässt seine Haare silbern glänzen. Philip hat schöne Haare. Tolle Haare. Er ist ja auch ein gutaussehender Mann. Er …

»… und weil es in den Akten dieses Zeugen vor potentiellen Fallstricken nur so wimmelt, muss er auf seine Vernehmung optimal vorbereitet werden, und du, Wilder, bist diejenige, die das übernimmt. Immerhin habe ich eine Information, die dich freuen wird. Wie der Zufall es will, macht Mr Hoffman diese Woche in den Florida Keys Urlaub. Er möchte seine Aussage gerne dort machen, und der Kläger hat sich einverstanden erklärt.« Philip lächelt mich an.

Sein Smoking, dazu die Lesebrille und dieses Lächeln …

Er macht mich gerade echt fertig.

»Unser Plan sieht folgendermaßen aus«, erklärt er. »Du triffst dich am Dienstag mit Mr Hoffman in seiner Ferienanlage. Sie heißt«, er wirft einen kurzen Blick auf das Blatt vor sich, »Tranquility Bay. Klingt doch wirklich reizend. Donnerstagabend fliege ich auch runter. Am Freitag begleite ich die Vernehmung.« Er schaut auf. »Natürlich mit deiner Hilfe. Ab Freitagabend hast du dann alle Zeit, deinen wohlverdienten Urlaub zu genießen.«

Ich denke darüber nach. »Das heißt, ich muss die Hochzeit gar nicht verschieben.«

»Richtig.«

»Warum hast du dann gesagt …«

»Weil ich es herrlich finde, wie aufmerksam du sein kannst, wenn du sauer bist.« Er lächelt wieder.

Ich schließe die Augen. »Schick doch jemand anderen hin«, sage ich schwach.

»Gut, mache ich«, erwidert er. »Unter einer Bedingung.«

Ich öffne die Augen. Wir sehen uns schweigend an.

Ich stehe auf und schließe die Tür. »Mit oder ohne Kleid?«

Er kommt hinter dem Tisch hervor. »Was für eine Frage!«

Ich greife zum Reißverschluss auf dem Rücken. »Kannst du mir wieder den Hintern versohlen?«

»Hat dir das gefallen?« Er legt sich auf das lange Ledersofa. Ich setze mich auf ihn.

»Nein«, raune ich ihm ins Ohr. »Das habe ich gehasst!«

Anschließend liege ich neben ihm, den Kopf auf seiner Brust. Genau das habe ich gerade gebraucht. Und genau deshalb habe ich die Party verlassen. Vielleicht war das klar. Mir allerdings nicht. Jedenfalls nicht gleich.

Ich spüre seine Hand auf meinem Kopf, seine Finger fahren

durch mein zerzaustes Haar. Philip hat eine gute Kondition für einen älteren Mann. Ich denke über ältere Männer nach. Sie sind echt okay. Sie sind immer so … so …

»Wilder?«

»Ja, Sir?«

Ich sage total gerne »Sir« zu ihm. Mir wird schon wieder ganz kribbelig.

Unterwürfigkeit!

»Mich bedrückt etwas«, sagt Philip.

»Das tut mir leid zu hören, Sir.«

Er löst eine Locke aus meinem Haarwust, wickelt sie um seinen Finger, zieht sanft daran. »Die Sache ist die: Möglicherweise habe ich dich gerade belogen.«

»In welcher Hinsicht?«

»Du musst Hoffman trotzdem vorbereiten.«

Ich seufze zufrieden und streichele seine Brust. »Ich weiß.«

Er hebt den Kopf und sieht mich an. »Ja?«

Ich richte mich auf und recke mich. Suche meine Sachen zusammen. »Na, klar. Und es macht nichts.« Ich schaue auf ihn hinunter. »Auch wenn es sehr böse von dir war, mich nötigen zu wollen.«

»Ich weiß.« Er grinst. »War doch toll, oder?«

War es wirklich. Deshalb lasse ich mich noch mal von ihm nötigen. Dann nötige ich ihn eine Weile. Schließlich ziehe ich mich an, rufe mir ein Taxi und fahre nach Hause.

Will und ich wohnen in einem Loft in der North Moore Street. Bevor er vor fünf Monaten einzog, war das Apartment spartanisch und kalt – so ähnlich wie meine Seele, behauptet Freddy gerne. Jetzt wirkt es gemütlich und einladend mit Wills alten Möbeln, seiner Kunst und den schönen Dingen, die er von seinen Reisen mitbringt.

Er muss gehört haben, dass ich aus dem Aufzug stolpere, denn er wartet in der Tür. In T-Shirt und Pyjamahose, das Haar zerzaust vom Duschen. Freddy hat recht – er ist so süß.

Er gähnt und lächelt mich an. »Hi, Lily.«

»Baby, du hast auf mich gewartet!«

Im Kamin knistern Holzscheite. Im Hintergrund läuft leise Musik. Ich sinke in seine Arme. Mit liebevollem Blick betrachtet er mich. »Brauchst du einen Eimer?«, fragt er zärtlich.

»Noch nicht«, flüstere ich.

Er führt mich zum Sofa und gibt mir ein Glas mit sprudelndem Wasser. Aspirin. Ein Becher Tee. Alles für mich vorbereitet.

Ich mache mich lang und lege den Kopf in seinen Schoß. Er deckt mich zu. »Hattest du einen schönen Abend?«, fragt er.

Ich habe diesen Mann nicht verdient. Das weiß ich.

»War ganz gut.«

Er schiebt mir ein paar Strähnen aus der Stirn. »Du bist wunderschön.«

Auch wenn ich zugebe, dass ich ein schrecklicher Mensch bin, bleibe ich ein schrecklicher Mensch. Ich weiß das.

Hoffnungslos sehe ich zu ihm auf. »Ich bin eine Katze im Sack, Will!«

»Ich liebe dich genauso, wie du bist«, sagt er.

»Oha!«, gebe ich schwach zurück. »Haha.«

Ich werde mich bessern. Versprochen!

Irgendwie werde ich es schaffen, mich seiner würdig zu erweisen.

»Unser Flug geht schon früh«, sagt er. »Komm, packen wir dich ins Bett.«

»Ich liebe dich, Will!«, schluchze ich. »Ich liebe dich so sehr!«

In diesem Moment tue ich das auch. Wirklich!

Er lächelt mich an. »Dann hätte ich eine tolle Idee.«

»Was denn?«

»Lass uns heiraten!«

O Mann …

Ich schließe die Augen. »Okay.«

Was mache ich da? Was habe ich nur getan?

Schluss jetzt! Reg dich endlich ab.

Das wird schon werden. Das wird super!

Wie? Keine Ahnung. Weiß ich wirklich nicht. Aber es wird super. Das weiß ich.

Alles wird ganz toll.

SONNTAG

2

Die Fahrt zum JFK ist heftig. Zweimal brauche ich den Eimer. Abfertigung und Sicherheitscheck sind die Hölle. Liebevoll führt mich Will durchs Terminal. Ich krieche förmlich durch den Gang im Flugzeug und sacke auf meinem Platz zusammen.

Die Frau neben mir wimmert mit gesenktem Kopf. Ich lege ihr vorsichtig die Hand auf den Rücken. »Alles in Ordnung?«

»Mir ist dermaßen schlecht!«, stöhnt sie.

»Hey, mir auch! Hatte gestern Junggesellinnenabschied.«

Sie hebt den Kopf. »Das glaub ich nicht!«

Sie heißt Lola und heiratet in drei Tagen in Boca Raton.

»Man muss mittwochs heiraten«, teilt sie mir mit. »Dann lässt man sich nicht so schnell scheiden. Viel seltener.«

»Ohne Scheiß?«

»Wurde nachgewiesen«, sagt sie feierlich. »Statistisch.«

Wir tauschen unsere Erlebnisse aus.

»Auf Key West gibt's genau einen Laden mit Abendgarderobe«, erzähle ich. »Unsere Hochzeitsplanerin hat den Smoking angezahlt, und kurz darauf wurde der Laden überfallen. Mit vorgehaltener Waffe.«

»Vielleicht kenne ich die Leute, die das waren«, meint Lola.

»Sie wurden ein paar Tage später gefasst.«

»Oh«, macht sie. »Dann nicht.«

Ich beuge mich über Will hinweg in den Gang. »Was meinst du, wann fangen sie an, Getränke zu verteilen?«

»Wir sind noch nicht mal in Startposition«, brummt er.

»Diese scheiß Kleidervorschriften sind doch Kacke«, sagt Lola. »Hier, Bettina, meine Trauzeugin. Total die Hardcore-Ökotante. Kauft kein Küchenpapier. Isst diesen fiesen Grünkohl.«

»Ah, ja.« Ich nicke verständnisvoll. »Den Typ kenne ich.«

»Für die Trauzeuginnen habe ich ein schulterfreies Kleid ausgesucht, ja? Superschön.« Lola spitzt ihre üppigen krabbenrosa Lippen. »Jetzt will Bettina sich nicht die Achseln rasieren!«

»Bah!«

»So was von abartig! Voll braun und buschig.« Lola erschaudert. »Als würde sie diese Tiere in ihren Achselhöhlen verstecken, weißt du, welche ich meine?«

»Hamster?«

»Nein, diese Olinguitos.«

»Olinguitos?«

»Anden-Makibären, die kommen aus Ecuador.« Lola schüttelt den Kopf. »So kleine Biester mit Silberblick.«

Ich versuche, das Gespräch wieder auf unser Thema zu bringen. »Die erste Ferienanlage, die wir für unsere Gäste gebucht hatten, war total umweltbewusst, so wie deine Freundin«, sage ich. »Solarbetrieben, CO_2-neutral, Nullemission, ja?«

»Mit so funzeligen Glühbirnen?«

»Genau! Aber dann ...« – ich beuge mich noch weiter zu ihr hinüber – »... wurde die Anlage letzten Monat dichtgemacht, weil sie eine tote Nutte in der Zisterne fanden.«

»Ach, du Scheiße!«, ruft Lola.

»Allerdings!«

»Wie ekelig!«

»Ja!«

Sie knibbelt an den orangefarbenen Hautresten auf ihrer sich schälenden Nase. »Auf unsere Hochzeit kommen zwei

Cousinen von mir, eineiige Zwillinge. Die machen alles zusammen.« Sie legt eine Kunstpause ein. »Wirklich alles. Und zwar ständig.«

Mir fällt die Kinnlade hinunter. »Zusammen?«

»Bei jeder Familienfeier verdrücken die sich, in die Garage oder so. Schreiben sich gegenseitig komische Gedichte.« Sie holt ihr Handy aus der Tasche und scrollt durch ihre Fotos. »Mal sehen, ob ich ein Bild von denen habe. Die sind echt so abartig!«

Will murmelt: »Die schlägt dich um Längen.«

Ich drehe mich zu ihm um. Er sitzt über sein Handy gebeugt da, hat seinen langen Körper auf dem kleinen Sitz verknotet. Will trägt einen Hoodie und eine verblichene grüne Baseballkappe auf dem ungekämmten Haar. Er hat sich nicht rasiert und ist so versunken in das, was er gerade tippt, dass ihm die Brille bis auf die Nasenspitze rutscht. Eigentlich sieht er aus wie ein hübscher Penner, nicht wie ein Archäologe, der vier tote Sprachen spricht.

Ich stoße ihn an. »Die Türen wurden gerade geschlossen. Du darfst jetzt nicht mehr simsen.«

Er knufft zurück. »Versuch doch, mich aufzuhalten!«

Ich entreiße ihm sein Handy, er greift danach, aber kommt nicht dran. »Ich brauche das!«, protestiert er.

»Du bist voll süchtig nach dem Teil.«

»Na, klar«, sagt er. »*Ich* bin süchtig.«

»Ich bitte dich, im Vergleich zu dir bin ich eine Gelegenheitsnutzerin.«

Wieder greift er nach seinem Handy, aber ich lasse nicht los. »Ian hat eine Frage zu meinem Forschungsantrag«, sagt er lachend. »Ich muss ihm antworten!«

»Der erste Schritt zur Heilung«, erkläre ich, »ist die Einsicht, dass man ein Problem hat.«

Er faltet die Hände im Schoß. »Ich habe ein Problem.«

»Ein ernsthaftes Problem.«

»Ich bin ein sehr kranker Mensch«, sagt er gehorsam. »Ich brauche Hilfe.«

»Braver Junge!« Ich betrachte das Handy genauer, bevor ich es ihm zurückgebe. »Moment – ist das neu?«

»Das ist mein Diensthandy«, erwidert er und tippt die SMS zu Ende.

»Du hast ein Handy vom Museum?«

»Für meine Reisen.« Er schaltet es aus und steckt es in die Tasche. »Alle Kuratoren bekommen eins.«

»Leuchtet ein«, sage ich. »Für den Fall, dass es wieder einen dringenden archäologischen Notfall gibt.«

Will seufzt. »Jetzt geht das wieder los.«

»Wenn diese fiesen Nazis zum Beispiel die Bundeslade stehlen wollen.«

Er nimmt meine Hand. »Habe ich dir schon gesagt, wie glücklich mich dein Respekt vor meiner Arbeit macht?«

Ich gebe ihm einen Kuss auf die Wange. »Gern geschehen, Baby.«

Schließlich starten wir. Lola und ich streiten uns mehr oder weniger freundlich um die Armlehne. Ich döse eine Weile. Eine ältere Frau kommt von der Toilette. Ich löse meinen Sicherheitsgurt.

Lola beäugt mich fragend. »Willst du da jetzt rein?«

»Klar. Wieso?«

»Ich benutze das Klo nie nach alten Frauen.«

»Senioren sind doch sauber«, sage ich.

»Das sind dreckige Schlampen.«

Ich gebe ihr einen Klaps aufs Bein. »Lola, du machst mich echt fertig!«

»Was kümmern die sich schon um Geschlechtskrankheiten? Die sind doch praktisch tot! Meine Großtante Rita, die ist vierundachtzig. Sie hat einen künstlichen Ausgang und Rachitis, ja? Und hatte schon dreimal Tripper!«

»Die Arme.«

Lola schnaubt verächtlich. »Tante Rita ist nicht arm dran, meine Liebe.«

Will hält mir eine Art Kleie-Muffin vors Gesicht. »Willst du nicht mal was essen?«

Schon beim Anblick dreht sich mir der Magen. »Ich glaube, ich bekomme nichts runter.«

»Einen Bissen?«

Ich probiere einen Bissen, damit er zufrieden ist.

»Den musst du behalten«, verkündet Lola. »Der ist der Hauptgewinn.«

Ich lege den Kopf auf Wills Schulter. »Ich weiß.«

»Meiner hat die Stripperin auf dem Junggesellenabschied seines Vaters geschwängert.«

»Moment«, sage ich. »Auf dem Junggesellenabschied seines *Vaters*?«

»Vierte Ehe«, erklärt Lola.

»Hört sich ganz nach meiner Familie an. Kanntet ihr euch da schon, oder …?«

»Klar. Benny und ich sind seit der Schule zusammen. Aber er hat es wiedergutgemacht. Siehst du?« Sie zeigt mir ihren Verlobungsring.

»Wunderschön!«

»Superfett«, bekräftigt sie.

»Was ist aus dem Baby geworden?«

»Cordelia ist schon fast drei«, sagt Lola. »Total süß! Wird unser Blumenmädchen.« Sie greift zu ihrem Handy. »Mal sehen, ob ich ein Foto von ihr habe.«

In Miami müssen wir umsteigen. Das Flugzeug nach Key West ist kleiner, pro Reihe nur zwei Plätze. Ich habe niemanden zum Reden außer Will, der die Nase in einem Buch hat.

Ich stoße ihn an. »Was liest du da?«

»Was über Epiktet«, antwortet er, ohne aufzuschauen.

»Dieser Vorort von Cleveland?«

Will blättert um. »Genau.«

Ich stupse ihn wieder an. »Mir ist langweilig. Erzähl mir was!«

»Warum liest du kein Buch?«

»*So* langweilig ist mir auch wieder nicht. Erzähl mir was über Epiktet!«

Will klappt das Buch zu und rückt die Brille zurecht. »Epiktet war ein antiker Philosoph. Ein Stoiker. Er wurde im ersten Jahrhundert nach Christus als Sklave geboren, in der heutigen Türkei. Aber er hat fast sein gesamtes Leben in Rom und Griechenland verbracht.«

Ich kuschele mich in meinen Sitz. Ich höre Will gerne zu, wenn er seine intellektuellen Weisheiten mit mir teilt. Er ist so wunderbar genau und systematisch. Bildet problemlos lange, komplizierte Sätze. Ist ein bisschen so, als wäre man mit einem Hörbuch verlobt.

Ich nehme seine Hand und spiele mit ihr herum.

»Epiktet war der Überzeugung, dass die Fähigkeit des Menschen, sich zu entscheiden, seine größte Stärke und der Quell seiner Freiheit ist. Sie gibt uns die Möglichkeit, zu erkennen, dass wir überhaupt nur auf eine begrenzte Zahl von Dingen Einfluss haben.«

Ich mag Wills Hände. Sie sind kräftig und schwielig – wahrscheinlich von der Feldforschung. Er hat lange Finger mit großen Knöcheln. Schmale Handgelenke. Ich lege meine Hand auf seine und vergleiche die beiden.

Er bricht mitten im Satz ab. »Versuchst du, mich abzulenken?«

»Natürlich nicht.« Ich lasse seine Hand los. »Wieso, funktioniert es?«

»Immer.« Er lächelt mich an. »Wo waren wir?«

»Stärke. Freiheit. Einfluss.«

»Genau.« Er sammelt seine Gedanken. »Epiktet glaubte, das menschliche Leiden sei die Folge unserer sinnlosen Versuche, Dinge kontrollieren zu wollen, die außerhalb unseres Einflussbereichs liegen: unseren Körper, unseren Besitz. Andere Ereignisse. Fremde Menschen.«

»Epiktet war gegen das menschliche Leiden?«, frage ich. »So ein Zufall! Ich bin auch gegen das menschliche Leiden!«

»Nur durch den Verzicht auf unsere Wünsche und Beziehungen können wir einen gewissen inneren Frieden erlangen und in Harmonie mit dem Universum leben.«

»Ich habe riesigen Durst«, sage ich. »Würde es dich stören, auf deine Beziehung zu dem Orangensaft auf deinem Tablett zu verzichten?«

»Wieso löse ich diese Beziehung nicht über deinem Kopf?«

»Ich glaube nicht, dass das zur Harmonie mit dem Universum führt, Will.«

»Stimmt«, bestätigt er. »Aber es würde mir meinen dringend benötigten inneren Frieden schenken.«

Als wir in Key West landen, geht es mir schon deutlich besser.

Kaum haben wir das Terminal betreten, entdecke ich meine Mutter. Sie lehnt an der Wand, die Hände tief in die Taschen geschoben, und spricht mit einer kleinen grauhaarigen Frau, die von einem Fuß auf den anderen tritt und aufmerksam die Ankömmlinge mustert. Mom hat ihr verblasstes kastanienbraunes Haar zu einem Pferdeschwanz zusammengebunden, und ihre elfenbeinfarbene Haut – das Erkennungsmerkmal eines echten Einwohner Floridas – scheint zwischen den sonnenverbrannten Touristen in ihren Tropenhemden zu leuchten. Sie wirkt entspannt und natürlich. Inzwischen sehe ich sie nur noch, wenn sie mich mit meiner Großmutter in New York besucht. Dort wirkt sie immer so fehl am Platz wie eine unsichere streunende Katze inmitten der edlen, gepflegten Rassemiezen, die durch die Straßen Manhattans stolzieren. Hier gehört sie hin – das erklärt auch, warum sie nie fort möchte. Das und ihr Beruf. Sie renoviert alte Gebäude, hauptsächlich denkmalgeschützte Häuser, die typisch für Florida sind. Darin ist sie eine wahre Expertin. Und so kleidet sie sich auch: farbbespritzte kurze Cargohose, altes T-Shirt, Arbeitsstiefel.

Als sie mich sieht, drückt sie sich von der Wand ab. Sie nimmt mich in die Arme und schnieft sofort los. Was für eine Heulsuse.

»Lily! Du bist wirklich hier!«

»Ich bin da«, murmele ich in ihre Haare, die nach Zitrone und Sägemehl riechen.

Lachend lässt sie mich los und wischt sich über die Augen, wir drehen uns zu Will um. »Das ist meine Mutter Katherine«, stelle ich sie vor. »Mom, das ist Will.«

Ja, sie haben sich bisher noch nicht kennengelernt.

Mom ist sprachlos. Sie wird rot. »Das ist so … ich … Das ist wunderbar!« Sie ignoriert seine ausgestreckte Hand und nimmt ihn ebenfalls in die Arme.

Die grauhaarige Dame scharwenzelt um uns herum. »Oh, Entschuldigung«, sagt Mom. »Ganz vergessen. Lily und Will, das ist Mattie.«

Mattie. Unsere Hochzeitsplanerin. Mom hat sie vor fünf Monaten engagiert, als Will und ich uns verlobten und beschlossen, hier unten zu heiraten. Obwohl »engagiert« vielleicht das falsche Wort ist. Aus einer Anstalt geholt? Aus einem Gully gerettet, wo sie gerade die Antennen auf ihrem Gedankenkontrollhelm ausrichtete und den Seekühen etwas vorsang? Denn Mattie ist völlig …

»Gott sei Dank habt ihr es geschafft!« Sie umklammert meine Hand mit ihrer dürren Pfote. »Ich habe mir solche Sorgen gemacht! Im Wetterbericht hieß es, über dem Südosten läge ein Tiefdruckgebiet, über dem Atlantik würde sich ein Sturm zusammenbrauen. Ich hab mir die ganze Zeit vorgestellt, wie ihr beide im Flugzeug gefangen seid!« Sie reißt ihre strahlend blauen Augen auf. »Letztes Jahr saß ein Flugzeug achtundzwanzig Stunden in Minneapolis fest! Ein Blindenhund bekam einen Anfall! Wenn euch das jetzt passiert wäre!«

Hilf mir, Epiktet! Endlich fallen die Gepäckstücke aufs Band. Mattie steht neben mir. Ich rücke von ihr ab. Sie schiebt sich näher an mich heran, und ich will ihr gerade sagen, dass sie schon eine Taschenlampe bräuchte, um mir in den Hals zu schauen, da räuspert sie sich. »Lily, hast du mein … mein … Dings bekommen?«

»Dein Dings?«

»Ja, mein, mein … Herrgott!« Sie schlägt sich vor die Stirn. »Wie heißt das noch mal? Mein … ihr wisst schon … das mit den …?« Sie wackelt mit den Fingern.

»Klavier?«, rate ich wild drauflos.

»Nein, nein, nein, dieses Dings mit den … da muss man doch so …« Wieder bewegt sie ihre Finger.

»Handschuhe?«, frage ich. »Falsche Fingernägel? Kleine Würmer?«

»E-Mail!«, ruft sie. »Hast du meine E-Mail bekommen?«

Mattie hat ein schlechtes Gedächtnis. Das machte unsere Telefonate zu einer echten Herausforderung. »Nein«, sage ich. »Heute nicht.«

Sie runzelt die Stirn. »Computer sind doch wirklich absolut unzuverlässig!«

»Also, eigentlich sind sie ziemlich …«

»Dann erzähle ich dir schnell, was ich geschrieben habe. Ich habe geschrieben …« Sie unterbricht sich und dreht sich im Kreis. »Dein Kleid! Wo ist das Hochzeitskleid?«

»Schon gut«, will ich sie beruhigen. »Das hat Freddy.«

»Dann soll er es schleunigst zurückgeben!«

Meine Kopfschmerzen drohen zurückzukommen, schlimmer als zuvor. Zum Glück schaltet sich Will ein. »Freddy ist Lilys Brautjungfer. Sie hat das Kleid geschneidert. Sie landet heute Nachmittag in Miami und kommt mit einer anderen Brautjungfer im Auto rüber.«

Mattie nickt langsam. »Verstehe. Das ist … nun, ich möchte euer Urteilsvermögen ja nicht anzweifeln, aber das halte ich für keine besonders gute Idee. Da kommt doch ein Tiefdruckgebiet, und ihr wisst bestimmt, wie schnell ortsfremde Fahrer auf der Seven-Mile-Bridge ins Schleudern geraten …«

Schließlich tauchen unsere Koffer auf, und wir gehen nach draußen auf den Parkplatz. Ich schiele zu meiner Mutter hinüber.

»Nicht«, sagt sie.

Abwehrend hebe ich die Hände. »Hab doch gar nichts gesagt.«

»Wir hatten nur sehr begrenzte Möglichkeiten«, erklärt sie.

»Ich habe nichts gesagt, Mom!«

Sie überhört mich, regt sich auf. »So läuft das halt, wenn man es so eilig hat mit dem Heiraten!«

Ich drehe das Gesicht in die Sonne. Der Himmel ist strahlend blau, eine Brise vom Ozean spielt in den Wedeln der hohen Palmen am Rande des Parkplatzes. Schwer zu glauben, dass Will und ich vor lediglich fünf Stunden noch im verregneten, grauen New York waren. »Reg dich ab, Mom. Mattie ist ein Goldstück. Sie wird einen wunderbar beruhigenden Einfluss auf uns alle haben.«

Wir müssen beide lachen. »Freust du dich, zu Hause zu sein?«, fragt Mom.

Ich höre die Besorgnis in ihrer Stimme, drehe mich um und sehe sie in ihrem Blick. Ich lege ihr die Arme um die Schultern und gebe ihr einen Kuss auf die Wange. »Sehr.«

Es sieht aus, als würde sie noch etwas sagen wollen, doch stattdessen hilft sie Will, unsere Koffer hinten bei Mattie ins Auto zu laden.

»Also, Lily.« Während Mattie vom Parkplatz fährt, sieht sie mich im Rückspiegel an. »Als Erstes müssen wir morgen ins Blue Heaven und das Menü fürs Probeessen festlegen.«

»Aye, aye, Captain.«

»O nein! Ich bin nicht der Kapitän dieses Schiffs!« Mattie lacht. »Ich bin nur der … der …«

»Bootsmann?«, frage ich.

»Matrose?«, schlägt Will vor.

»Kanonier?«

»Pulverjunge?«

Mom dreht sich um und sieht uns an, nach dem Motto: Kinder, bitte!

»Der erste Offizier«, sagt Mattie fröhlich. »Du bist der Kapitän, ich bin der Erste Offizier. Aber noch mal wegen des Probeessens. Wir haben verschiedene Möglichkeiten. Wir können Fisch nehmen, aber auch Pasta oder Huhn, natürlich auch Huhn mit Pasta oder Fisch und Huhn zusammen, obwohl, ich weiß nicht, ob das so schlau wäre …«

Wir fahren an der Südküste der Insel entlang. Links von uns erstreckt sich der Smathers Beach. Segel stehen fern am Horizont, Volleybälle fliegen durch die Luft, blasse Menschen liegen im Sand. Fahrradfahrer, Skateboarder, Trinker mit Papiertüten. Der übliche Spaß im winterlichen Florida.

»In dem Laden gibt es eine exzellente Vorspeise. Sie heißt … ach, hab ich vergessen. Irgendwas mit rohen Meeresfrüchten. Aber vielleicht ist das keine so gute Idee, wenn ich's recht bedenke. Vielleicht nicht. Schließlich will man ja nicht alle am Vorabend der Hochzeit vergiften …«

»Nein, nicht gleich alle«, stimmt Will ihr zu.

Wir fahren an einem Block mit heruntergekommenen rosa Eigentumswohnungen, einem verkümmerten Park und einem Motel vorbei. Wir könnten überall sein – in jeder deprimierenden, armen Gegend im Süden –, nur dass man rechts von uns zwischen Häusern und verrosteten Maschendrahtzäunen die vor langer Zeit aufgegebenen Salzteiche sehen kann, die allmählich von den Mangroven zurückerobert werden. Tauchende Pelikane und Stille.

Ich beuge mich vor und tippe meiner Mutter auf die Schulter. »Wann kommen Jane und Ana?«

»Sind schon gestern Abend eingetroffen«, erwidert sie.

»Wirklich?«

»Ja.« Sie wendet sich schnell Mattie zu und stellt ihr eine Frage.

»Deine Stiefmütter?«, fragt Will. Ich nicke. Die Hochzeit findet erst in sechs Tagen statt. Ich frage mich, warum sie bereits hier sind.

Mattie biegt rechts ab, dann links auf die Truman. Wir kommen an einem Autoteilehandel vorbei, an einem Mietlager, einem Supermarkt. An einem riesigen Stripclub, dessen Parkplatz früh am Sonntagmorgen verwaist ist. Dann wird alles üppiger. Die Farbe Grün tritt in den Vordergrund, Pflanzen überwuchern die heruntergekommenen Häuser auf den winzigen Grundstücken. Palmen und Bananenstauden, Schneebüsche, Oleander und Hibiskus. Tausend andere Bäume und Sträucher, deren Namen ich nicht mehr weiß oder vielleicht nie wusste. Überall Bougainvillea, entlang der weißen Gartenzäune, auf niedrigen Mauern, pink, wild wuchernd, unaufhaltsam.

Jetzt sind wir auf der White Street, in meiner alten Gegend. Welch eine Idylle! Die Straßen werden schmaler, immer wieder kleine Gassen, überschattet von Bäumen. Die Bürgersteige sind rissig, mit Unkraut überwuchert. Aber die Häuser – schnuckelige Cottages, hoch aufragende viktorianische Villen, pastellfarbene Conch Houses – sind wunderschön. Sie fliegen vorbei, hin und wieder springt ein Detail ins Auge. Hohe weiße Fensterläden. Ein schräges Blechdach. Eine himmelblau gestrichene Veranda.

Ich lasse mich in den Sitz sinken und drücke Wills Hand. Ich dachte, es wäre seltsam, nach Hause zu kommen. Ich dachte, nach der langen Zeit wäre es schwerer. Aber es fühlt sich ganz normal an. Wie eine herzliche Umarmung.

Mattie holt kaum Luft. »Martin hat Gardenien für die Tischgestecke empfohlen, aber ich weiß nicht genau, ob das den richtigen Ton trifft.«

»Wer ist Martin?«, fragt Will.

»Der Florist«, erwidert Mattie. »Er ist sehr gut, aber ich mache mir Sorgen, dass er nicht richtig ...« Sie schlägt sich vor die Stirn. »... dass er nicht richtig da ist, wenn ihr wisst, was ich meine.«

Ein dürres Huhn flitzt über die Straße. Aus dem Nichts tauchen zwei Kinder auf Fahrrädern auf und begleiten uns eine Zeitlang. Ein Mädchen und ein Junge, vielleicht zehn, zwölf Jahre alt. Mir bleibt das Herz stehen. Das sind Teddy und ich. Im ersten Moment bin ich davon überzeugt. Der Junge hat sonnengebleichtes, struppiges Haar. Das Mädchen scheint nur aus Armen und Beinen zu bestehen. Sie kreischen vor Lachen, weichen Schlaglöchern aus, streifen sich gegenseitig. Der Junge sieht sich über die Schulter um und tritt schneller in die Pedale. Sie biegen in eine Seitenstraße, rutschen seitlich weg, fallen fast hin. Der Junge grölt. Das Mädchen quietscht. Wir fahren weiter.

Ich drehe mich um und recke den Hals, um aus dem Fenster zu sehen. Aber es ist zu spät. Die beiden sind fort.

Will beobachtet mich. »Kennst du die?«

Ich überlege, was ich antworten soll, aber mir fällt nichts ein. Deshalb schüttele ich den Kopf, lächele und schweige.

3

Noch ein paarmal abbiegen, vorbei an schönen, alten, für Florida typischen Straßenzügen, und wir sind zu Hause. Kaum haben wir unser Gepäck aus dem Kofferraum gehievt, muss Mattie wieder los, erzählt irgendwas von geliehenen Servietten. Ich betrachte das Haus. Mein Elternhaus. Es ist ein altes Gebäude im Queen-Anne-Stil mit einer zweistöckigen Veranda und einem Rundturm an der Seite. Jede vorhandene Fläche ist mit kunstvollen Schnörkeln verziert, was man durch die Palmen und Banyanbäume im kleinen Vorgarten jedoch gar nicht sieht.

Will ist beeindruckt. »Hier bist du aufgewachsen?«

»Damals kam es mir viel größer vor.«

»Vielleicht lässt die neue Farbe es kleiner wirken«, überlegt Mom. »Gefällt es euch? Ich habe letztes Jahr ein wenig bei der Denkmalbehörde recherchiert: Dies ist das Originalgelb.«

Staunend schaut Will sie an. »Wie hast du das herausgefunden?«

Mom setzt zu einer ernsthaften Erklärung an, der er hingerissen lauscht. Dabei will er sich gar nicht bei ihr einschleimen – er begeistert sich wirklich für diese historischen Details. Ich schiebe das Holztor auf und gehe die Stufen hoch.

Ana wartet an der Haustür. »Lilybär!« Sie stürzt sich auf mich wie ein kleiner Tornado. »Mensch, wie geht's dir? Wie war der Flug? Ach, sieh mal deine Haare – guter Gott!«

Will folgt mir ins Haus. »Ist das Will?«, fragt Ana. »Was für eine bescheuerte Frage – natürlich ist das Will!«

»Will, das ist meine Stiefmutter Ana. Ana: Will.«

Er hält ihr die Hand hin. »Ist mir eine große Ehre.«

Sie nimmt sie in ihre Hände und schenkt ihm ein strahlendes Lächeln. »Ich kann dir gar nicht sagen, wie sehr mich das freut, Will. Ich bekomme deutlich mehr Todesdrohungen als Komplimente. Gerade letzte Woche noch …«

»Ana, du reißt ihm ja den Arm ab!«

»Sorry!« Mit heiserem Lachen lässt sie los. »Berufsrisiko.«

Will lacht ebenfalls. Er scheint sich sehr wohl in ihrer Gegenwart zu fühlen, eine große Erleichterung. Ana schüchtert Leute oft ein. Sie ist Kongressabgeordnete – schon in der achten Legislaturperiode, eine der angesehensten Frauen in Kalifornien –, deshalb hat sie eine regelrechte Aura der Macht, die irgendwie noch dadurch verstärkt wird, dass Ana nur knapp eins fünfzig groß ist. Sie ist streitlustig, leidenschaftlich und berühmt für ihre Tiraden in sonntäglichen Talkshows und das Aufrütteln ihrer Wähler bei Bürgerversammlungen. Sie nimmt niemals ein Blatt vor den Mund, was bei ihrem Gegenüber entweder fanatische Verehrung oder mörderische Wut auslöst.

Ana sieht umwerfend aus. Ich habe sie seit Juli nicht gesehen, als sie zu einer Benefizveranstaltung in New York war. Damals trug sie einen ihrer hässlichen Hosenanzüge und war genervt, weil sie so viele reiche Menschen um Geld anbetteln musste. Dies hier ist die richtige Ana, offenes langes Haar, blitzende Augen. Ich umarme sie noch einmal. »Ich freue mich so, dass du hier bist«, flüstere ich.

»Wir müssen uns unterhalten«, flüstert sie zurück.

»Lily, mein Schatz!« Alle schauen auf, als Jane die Treppe herunterkommt. Sie trägt ein glitzerndes blaues Kleid und beängstigend hohe Absätze. Ihr glänzend glattes, platinblondes Haar umweht sie sanft. Sie steuert auf Will zu, bleckt ihre teuren Zähne. Der arme Junge wird noch ganz blind von all dem strahlenden Lächeln.

»Will, das ist meine Stiefmutter Jane«, stelle ich sie vor. »Jane: Will.«

Formvollendet hält sie ihm die Hand hin. »Hoffentlich war euer Flug hierher nicht so furchtbar wie meiner«, sagt sie mit ihrer matten, leicht gelangweilten Stimme. Sie sieht Will in die Augen, aber ich weiß, dass sie jeden Zentimeter von ihm registriert: Klamotten, Schuhe, Haarschnitt.

»O nein!«, sagt Will besorgt. »Du hattest einen unruhigen Flug?«

Aber sie hat sich bereits mir zugewandt, ganz geschäftig. »Zeig mal her!«

Ich reiche ihr die linke Hand. Sie betrachtet den Ring erst aus der Entfernung, dann aus der Nähe, dreht ihn an meinem Finger. Normalerweise würde sie nun die Stirn runzeln, bloß geht das schon seit Jahren nicht mehr. Schließlich schaut sie zu mir hoch. »Wo ist der Diamant?«

Will räuspert sich. »Da ist keiner dran. Das ist die Nachbildung eines römischen Rings aus dem Britischen Museum. Die Römer arbeiteten keine Edelsteine in ihre ...«

»Und warum ist er so ... so rissig?«, fragt Jane und kratzt mit einem langen Fingernagel an dem Ring.

»Ich habe eine Inschrift eingravieren lassen«, erklärt Will verzweifelt. »Auf Latein.«

Ich entziehe Jane meine Hand. »Lass mal gut sein, Janey. Mir gefällt der Ring.«

»Mir auch«, sagt Mom, die gerade hereinkommt. »Das ist richtiges Kunsthandwerk.«

Ich spüre, wie Will zusammenzuckt. Er hasst das Wort. Jane wirft mir einen unendlich mitfühlenden Blick zu, dann begibt sie sich ins Wohnzimmer. Will schaut ihr nach. Ich drücke verständnisvoll seinen Arm. Immer wieder kann ich darüber staunen, dass Jane in so gut wie jeder Hinsicht das komplette

Gegenteil von Ana ist. Sie ist kultiviert und selbstsicher. Eine feine Dame der oberen Zehntausend, die sich ihre Zeit mit der Organisation von Galas und der Reduktion ihrer Dekolletéfalten vertreibt. Herablassend gegenüber Oberkellnern, behauptet, sich für Kunst zu interessieren. Erteilt Jägern den Auftrag, alle jüngeren, schöneren Frauen in den Wald zu bringen und so weiter.

»Gran!«, rufe ich.

»In der Küche!«, ruft sie. Irgendetwas fällt auf den Boden.

Ich sehe Ana an, die in ihr Handy tippt. »Sie kocht doch nicht etwa, oder?«

Ana nickt düster.

»Ist das schlimm?«, fragt Will.

Bevor ich antworten kann, kommt meine Großmutter mit wilden Haaren und Mehl auf der Nase durchs Esszimmer zu uns geschossen. »Na, endlich!«, brummt sie. Ich werde fast von ihrer Umarmung erdrückt. Sie beugt sich vor, um an meinem Atem zu schnuppern.

»Lass das!«, flüstere ich und schiebe sie von mir. »Gran, das ist Will. Will, das ist meine Großmutter Isabel.«

Gran mustert ihn von oben bis unten und ergreift seine Hand. »Ist mir ein Vergnügen«, sagt sie. »Ich habe erst so wenig über dich gehört.«

Er lacht. »Ich habe viel über dich gehört.«

Ich klatsche in die Hände. »Ich habe eine Idee – lasst uns essen gehen!«

Gran zieht an einer Locke von mir. »Netter Versuch. Das Essen ist schon fertig.«

Wir begeben uns ins Esszimmer und nehmen Platz. Der gedeckte Tisch sieht aus wie ein Tatort: ein welker Salat, gräuliche Fleischscheiben auf einer Platte und eine Terrine mit … Ich weiß nicht mal, was das sein soll. Haferschleim etwa? Pflichtbewusst bedienen wir uns. Schweigen breitet sich aus, unterbrochen von gelegentlichen Würgegeräuschen.

»Danke, Isabel«, sagt Will. »Das ist wirklich lecker.«

Ana unterdrückt ein Lachen. Meine Mutter seufzt, Jane schüttelt traurig den Kopf.

Gran weist mit der Gabel auf Ana, die ihr Handy checkt. »Steck das Ding weg, sonst schmeiß ich es auf die Straße!«

»Mutter, bitte«, sagt Mom. »Wir haben einen Gast!«

»Ich erwarte eine wichtige E-Mail«, protestiert Ana.

»Mach es, Isi«, sagt Jane mit schleppender Stimme. »Du erweist der Öffentlichkeit einen großen Dienst.«

Ich fange ihren Blick auf und hebe mein Limonadenglas an. »Wodka?«, artikuliere ich lautlos. Sie tut so, als verstünde sie mich nicht.

Sonnenlicht fällt durch die hohen Fenster und taucht die Mutterfiguren in meinem Leben in einen himmlischen Glanz. Ich freue mich so, sie zu sehen – sie sind so gut wie nie alle zusammen. Ich schaue zu Will hinüber. Er rückt auf seinem Stuhl herum und schiebt das Besteck umher, richtet es an der Tischkante aus. Heimlich betrachtet er die Frauen. Doch als Mom sich zu ihm hinüberbeugt und etwas sagt, grinst er breit. Also ist er nicht überfordert. Gut.

»Warum seid ihr eigentlich schon da?«, frage ich Jane und Ana.

Jane lächelt lieblich. »Ich freue mich auch, dich zu sehen, Schätzchen.«

»Nein, im Ernst. Die Hochzeit ist doch erst in einer Woche.«

Sie zuckt mit den Schultern, betastet den glitzernden Anhänger ihrer Kette. »Du weißt doch, wie sehr ich New York im Februar hasse.«

»Sehr glaubwürdig.« Ich wende mich an Ana. »Und du?«

»Es sind Kongressferien.«

»Das heißt, momentan werden wir nicht regiert?« Ich reiße die Augen auf. »Wie soll da nur irgendwas laufen?«

Sie wirft ein Brötchen nach mir. »Haha, sehr witzig.«

»Und, Will«, sagt meine Großmutter scharf. Er wacht auf. »Lily sagt, deine Mutter wäre Anita Field.«

»Ja, das stimmt.«

»Anita Field«, wiederholt Ana. »Woher kenne ich diesen Namen?«

»Sie ist die Bundesstaatsanwältin von Chicago«, erkläre ich. Ana nickt, steht auf und greift nach ihrem leeren Glas. Ich reiche ihr meines an. *Wodka?* Sie verdreht die Augen und verschwindet in der Küche.

»Die oberste Staatsanwältin als Mutter«, bemerkt Jane. »Wie war das so als Kind?«

»Ein bisschen wie Guantanamo«, erwidert Will fröhlich. »Bevor die Folter verboten wurde.«

»Deine Mutter hat eine hervorragende Verurteilungsrate«, bemerkt Gran.

»Hast du mal einen Fall gegen sie verhandelt?«

»Nie«, sagt Gran. »Und jetzt ist es zu spät.«

Will schaut verwirrt drein. »Isi ist im Dezember in den Ruhestand gegangen«, erklärt Jane.

Meine Großmutter schnaubt verächtlich. »Ruhestand? Am Arsch. Rausgeworfen haben die mich.«

»Ach, Mutter«, sagt Mom. »Du weißt, dass die Zeit gekommen war.«

Gran ist beziehungsweise war Strafverteidigerin. Eine der besten in Südflorida. Direkt nach dem Studium gründete sie ihre eigene Kanzlei, weil keiner aus dem Old-Boys-Netzwerk sie einstellen wollte. Das sei keine Arbeit für eine Frau, behaupteten ihre Kollegen, doch Isabel belehrte sie schnell eines Besseren. Sie war klug, hartnäckig und fleißig. Und sie gewann – oft. Bald verteidigte sie nicht nur Kleinkriminelle, sondern bekam die richtig großen Fälle – Drogenschmuggel, Polizeikorruption, Mordprozesse. Aus dem Nichts baute sie ihre Kanzlei auf, stellte andere Anwälte ein, bildete sie aus, arbeitete im gesamten Bundesstaat.

In meiner Jugend schlich ich mich oft ins Gericht und sah Gran bei der Arbeit zu. Damals ging das noch in Key West. Mit den Geschworenen machte sie, was sie wollte. Sie verwirrte Zeugen, bis sie ihren eigenen Namen vergaßen. Sie bot anderen Anwälten die Stirn – oft selbstgefälligen, blasierten Männern – und trickste sie aus, immer wieder. Auf mich wirkte das alles wie ein großer Spaß.

Leider lässt Grans Leistung schon seit einigen Jahren nach. Sie wurde launischer als sonst. Vergaß dies oder das und machte Fehler. Schließlich schalteten sich ihre Teilhaber ein. Sie war nicht glücklich darüber, aber konnte auch nicht leugnen, was sie ihr sagten. Äußerst widerwillig zog sie sich zurück.

»Ich kann mir nicht vorstellen, wie das Leben ohne Arbeit ist«, sagt Will zu ihr. »Das muss eine harte Umstellung gewesen sein.«

Gran ist gerührt von seinem Mitgefühl, aber versteckt es, indem sie mich mit der Gabel piekst. »Ellenbogen vom Tisch! Du hast ein Benehmen wie das letzte Landei.«

Ana kommt aus der Küche zurück und setzt sich. Sie blickt auf ihren Teller, schiebt das Essen skeptisch mit der Gabel umher. »Was essen wir da? Huhn?«

»Ich dachte, es wäre Schweinefleisch«, sagt Mom.

»Das ist Fisch«, sagt Gran.

»Der Reis ist lecker«, meint Will.

»Das ist Polenta«, sagt Gran.

»Wie ist so was möglich?«, murmelt Jane.

Gran knallt die Gabel auf den Tisch. »Verdammt nochmal! Diesmal habe ich sogar ein Kochbuch benutzt!«

»Immer positiv denken, Isi«, sagt Ana. »Deine Kochkünste sind vielleicht der Beginn einer neuen Laufbahn. Der Verlust der Rechtsanwaltschaft von Florida könnte der Gewinn der Knastküche sein!«

Alle lachen. »Zur Hölle mit euch!«, ruft Gran, aber sie grinst dabei.

»Im Ernst«, sage ich, »es ist schwer zu glauben, aber so schlecht habe ich seit dreizehn Jahren nicht gegessen.«

Neugierig sieht Will mich an. »Was?«

Das Geplauder am Tisch erstirbt. »Ich … ähm … war schon länger nicht mehr hier«, erkläre ich.

»Dreizehn Jahre?«

Jetzt sehen uns alle an. »Mehr oder weniger. Seit ich in den Norden zu Dad und Jane gezogen bin. Grans Hausmannskost hat mir auf jeden Fall gefehlt!« Ich versuche, ihn mit einem breiten Lächeln abzulenken. Funktioniert nicht.

»Du bist nie zurückgekommen? Nicht mal zu einem kurzen Besuch?«

Mom rettet mich. »Wir lassen ihr gar nicht die Möglichkeit, Will. Wir kommen zu gerne zu ihr.« Gran nickt zustimmend. Ihre grimmigen kleinen Augen sind auf mich gerichtet.

»Erzähl uns mal von dir, Will!«, schaltet Ana sich schnell ein. »Du arbeitest irgendwie im Museum, oder?«

»Ich arbeite im Metropolitan Museum of Art«, erwidert er mit leichtem Stolz, was ich total niedlich finde. »Ich bin stellvertretender Kurator der Abteilung für griechische und römische Kunst.«

Alle sind angemessen beeindruckt. Auf mein Drängen hin erklärt er ausführlicher, was er tut, auf welchen Ausgrabungen er gewesen ist, welche Artikel er geschrieben, welche Ausstellungen er konzipiert hat. Die Frauen hängen förmlich an seinen Lippen.

»Ich wundere mich, dass wir uns noch nicht kennengelernt haben«, sagt Jane und fragt mich: »Warum hast du Will nicht mit nach Uptown gebracht?«

Ich runzele entschuldigend die Stirn. »Wollte ich ja, aber es gibt doch diese neue Verfügung.«

»Was für eine Verfügung?«

»Man darf nur noch dann nördlich der 59th Street, wenn man einen glühend heißen Schürhaken im Arsch hat.«

»Lily!«, rügt mich Mom. »Deine Ausdrucksweise!«

Jane lächelt nur. »Stilvoll wie eh und je, Schätzchen. Trotzdem erwarte ich euch auf meiner Benefizveranstaltung im April. Im Pierre.«

»In Abendgarderobe?«

Jane scheint entsetzt zu sein, dass ich überhaupt frage. »Gibt es noch etwas anderes?«

Ich mag Männer im Smoking. »Wir sind dabei!«

Ich nehme mir eine Handvoll Kartoffelchips. Jane fängt meinen Blick auf. »Vergiss nicht, Schätzchen, Ehen werden geschlossen und geschieden, aber Hochzeitsfotos sind für die Ewigkeit.«

»Lass Lily in Ruhe!«, fährt Ana sie an. »Sie ist eh zu dünn.«

»Das liegt an ihren verrückten Arbeitszeiten«, erklärt Mom.

»Wenn sie eine gute Anwältin werden will, muss sie Überstunden machen«, sagt Gran.

»Hallo?« Ich winke den Frauen zu. »Sie sitzt hier direkt neben euch. Tut euch keinen Zwang an, sie persönlich anzusprechen.«

»Wann kündigst du endlich in dieser furchtbaren Kanzlei?«, will Mom wissen.

»Wenn Ana mich einstellt.«

Ana schmunzelt. »Guter Witz.«

»Wir hätten so viel Spaß! Ich möchte in allen Zeitungen als ›Vertraute‹ und ›langjährige Mitarbeiterin‹ der Abgeordneten Mercado zitiert werden!«

»Dazu wird es nie kommen, Lilybär«, sagt Ana. »Du wärst eine zu große Bürde.«

»Na, eben!«, begeistere ich mich. »Ich würde die Presse von all deinen wahren Skandalen ablenken.«

Ana lacht nur.

»Warum wäre Lily eine Bürde?«, fragt Will.

Nach einer kurzen, unangenehmen Pause sagt Ana: »Das war nur ein Witz! Die Limonade ist lecker, Isi!«

»Super«, stimmt Jane zu.

Ich gehe in die Küche, um mir selbst einen verfluchten Wodka einzuschenken. Als ich zurückkomme, fragt Will gerade: »Hast du das Haus selbst renoviert, Katherine?«

Mom errötet. »Vor knapp zwanzig Jahren. Das war mein erstes komplettes Restaurierungsprojekt. Deshalb sieht es so schlimm aus.«

»Das stimmt doch nicht!«, widerspricht Will. »Es ist wunderschön.«

Sie winkt ab. »Ich war eine blutige Anfängerin. Wenn ich mir heute die Holzarbeiten ansehe, schäme ich mich in Grund und Boden.«

»Ich mich auch«, sagt Ana. »Ich denke immer: Das Haus ist ja nett, aber wie beschissen diese Holzarbeiten aussehen!«

»Ach, Ana!« Mom seufzt und sagt zu Will: »Normalerweise drücken wir uns nicht so vulgär aus.«

»Das stimmt«, bestätige ich. »Vulgäre Ausdrücke sparen wir uns für besondere Anlässe. Zum Beispiel für Scheidungen.«

Will lacht. Er mag die Frauen. Und sie mögen ihn, das spüre ich. Er setzt die Ellenbogen auf den Tisch. »Apropos Scheidungen …«

Alle lachen – sie haben nur darauf gewartet. »Du möchtest die Reihenfolge wissen, nicht?«

Will zeigt auf meine Mutter. »Ich nehme an, du warst die Erste, Katherine?«

»Stimmt«, sagt sie. »Dann Ana, dann Jane.«

»Nach mir kam Annette«, erklärt Jane. »Allerdings«, sie macht eine kleine, aber feine Pause, »stehen wir uns nicht sehr nah.«

»Momentan ist Henry mit Ekaterina verheiratet«, sagt Ana. »Die Katalogbraut. Per Postversand bestellt.«

»Das ist gemein«, sagt Jane. »Ihr wisst doch, dass er was draufgelegt hat, damit sie ihm per Express geliefert wird.«

Alle lachen. »Trina ist total süß«, versichere ich Will.

»Lily!«, ruft Ana. »Sie ist drei Jahre jünger als du.«

»Sie ist der Hammer! Sie hat mir zu Hause mein WLAN eingerichtet.«

»Hast du Henry schon kennengelernt?«, fragt Mom Will.

»Noch nicht. Ich bin ein bisschen nervös. Habt ihr kluge Ratschläge für mich?«

»Lass dich nicht auf einen Saufwettbewerb mit ihm ein«, sagt Ana. »Den verlierst du.«

»Lass dich nicht von seinem britischen Akzent täuschen«, meint Gran. »Er ist dumm wie Bohnenstroh.«

»Und egal, was du tust«, ergänzt Jane, »schau ihm bloß nicht zu tief in die Augen. Er hypnotisiert dich. Wie eine Schlange.«

Mom, Jane und Ana sehen sich an und brechen in wieherndes Gelächter aus. Gran schnaubt verächtlich und steht auf, um unsere Teller einzusammeln.

»Ihr versteht euch alle so gut«, staunt Will. »Wie kommt das?«

Meine Mutter tauscht noch einen Blick mit den anderen aus, halb stolz, halb beschämt. »Wie heißt es so schön, Kat?«, fragt Ana. »So was wie: Bevor wir uns ›Schwester‹ nennen konnten, mussten wir uns eine Menge anderer Namen an den Kopf werfen.«

»Vor dem Lachen kamen die Tränen«, pflichtet Mom ihr bei.

»Und die Prozesse«, bemerkt Jane.

»Unterlassungsurteile«, fügt Ana hinzu, »Wiederherstellungschirurgie.«

Mom lächelt. »Jetzt sind wir eine große, glückliche Familie.«

»Und wir haben etwas Wunderbares gemeinsam«, sagt Jane.

Alle sehen mich an. »Oooh«, mache ich.

Auf der Veranda würgen wir einen Pie herunter, während Mom Will durchs Haus führt. Sie haben irgendein Spezialthema gefunden, unterhalten sich über Stützpfeiler und Kiefernkernholz. Ich höre sie oben lachen. Schließlich bestelle ich ein Taxi, damit wir mit unserem Gepäck ins Hotel fahren können.

Jane legt mir die Hand auf den Arm. »Bleib noch ein bisschen hier. Wir würden gerne mit dir sprechen.«

Ich gehe mit Will zur Tür. »War es schlimm?«

Er lacht. »Soll das ein Witz sein? Ich finde sie alle toll.«

»Du kannst jetzt damit aufhören, du Spinner. Sie können dich nicht mehr hören.« Ich stelle mich auf die Zehenspitzen, um ihn zu küssen. »Sehen wir uns im Hotel?«

»Ich treffe mich um fünf mit Javier am Flughafen. Dann kommen wir zu dir.«

Er fährt los. Ich kehre ins Wohnzimmer zurück und bleibe abrupt stehen. Alle Frauen haben sich versammelt, wie auf einem viktorianischen Porträt: Jane und Gran sitzen auf dem grünen Samtsofa, meine Mutter und Ana stehen dahinter. Alle schauen mich an, düster und irgendwie verdruckst.

»Habe ich was zwischen den Zähnen?«, frage ich.

»Er weiß einen Scheiß über dich, stimmt's?«, sagt Gran.

»Wer, Will?«

»Nein«, fährt sie mich an. »Meister Proper.«

Mom räuspert sich nervös. »Was deine Großmutter sagen möchte, mein Schatz, ist, dass wir das Ganze besprochen haben und …«

Ana kommt zur Sache. »Wir finden, du solltest die Hochzeit absagen.«

Langsam lasse ich mich auf einen Stuhl sinken. »Was?«

Jane beugt sich vor und nimmt meine Hände in ihre. »Wir lieben dich, Schätzchen, das weißt du doch.«

Ana nickt. »Aber du bist nicht gerade die beste Ehekandidatin, oder?«

Ich muss lachen. »Ist das euer Ernst? Eine Horde Geschiedener hält mir einen Vortrag über die Ehe?«

»Wer sonst?«, gibt Jane zurück. »Wir alle wissen genau, wie

es ist, mit jemandem verheiratet zu sein, der, sagen wir mal, grundsätzlich nicht dazu geeignet ist.«

Bedeutungsvoll sieht sie mich an. Ich verdrehe die Augen.

»Will scheint ein sehr netter junger Mann zu sein«, sagt Gran.

»Er ist reizend«, stimmt Mom zu.

»Freundlich und intelligent«, ergänzt Jane. »Und normal.«

»Er passt überhaupt nicht zu dir«, sagt Ana.

»Vielen Dank auch!«

»Nein, nein, nein, Schätzchen! So meinen wir das nicht! Es ist nur ...« Meine Mutter hält inne, sucht nach den richtigen Worten. »Wir meinen nur, weil du so ein ... ein freiheitsliebender Mensch bist.«

»Ein Energiebündel«, schlägt Ana vor.

»Eine dreiste Schlampe«, sagt Jane.

Die anderen sehen sie böse an. Achselzuckend rückt sie ihr Armband zurecht. »Ich halte es für überflüssig, ein Blatt vor den Mund zu nehmen.«

»Lilybär, wir glauben, du bist noch nicht so weit. Wir möchten nicht, dass Will verletzt wird. Und du natürlich auch nicht.«

»Bei euch hört es sich an, als wäre ich ein wahrer Albtraum.«

»Du bist ein sehr lieber Mensch«, sagt Mom. »Du bist das Licht in unserem Leben. Du bist so fröhlich und hast Spaß an deinem ...«

»Und ich liebe Will!«, rufe ich. »Ich liebe ihn sehr!«

»Wirklich?« Ana sieht mich mit ihrem knallharten Blick an. »Tust du das wirklich?«

Ich weiche ihr nicht aus. »Deshalb seid ihr also schon früher gekommen, Jane und du. Um die schnelle Eingreiftruppe zu spielen.«

Meine Großmutter zeigt mit ihrem arthritischen Finger auf mich. »Bleib beim Thema, Lillian Grace! Seit wann bist du jetzt verlobt, seit fünf Monaten? Wie lange kennst du den Jungen überhaupt?«

»Sechs Monate.«

Langsam schüttelt sie den Kopf. »Warum muss es bloß so schnell gehen? Du bist doch nicht schwanger, oder?«

Alle erstarren, ihre Mienen spiegeln blankes Entsetzen.

»Natürlich nicht!«, erwidere ich.

Ein kollektiver Seufzer der Erleichterung. Dann geht es sofort weiter.

»Isi hat recht«, sagt Ana. »Kennst du Will überhaupt? Und kennt er dich?«

»Weiß er Bescheid über deine … deine vielseitigen Interessen?«, fragt Mom vorsichtig. »Über deine … nun ja, deine Gewohnheiten?«

»Er kennt mich gut genug.«

»Das kann nicht sein«, beharrt Jane. »Dann wäre er nicht hier.«

»Du hast ihm offensichtlich nicht gesagt, dass du das erste Mal seit damals wieder in Key West bist«, fügt Ana hinzu. »Weiß er, warum du gegangen bist?«

»Nein«, gestehe ich.

Verzweifelt hebt Gran die Hände.

»Meine Damen«, sage ich fröhlich. »Übertreiben Sie es nicht ein wenig?«

»Nein!«, rufen die vier im Chor.

»Will und ich passen super zusammen. Seht ihr das nicht? Die Chemie zwischen uns stimmt total. Wir sind beide schlagfertig.«

»Schlagfertig«, wiederholt Ana. »Du heiratest ihn, weil ihr beide schlagfertig seid.«

»Er ist süß. Er ist lieb. Er … er kann kochen!«

»Lily.« Jane sieht mir tief in die Augen. »Jetzt mal im Ernst. Warum machst du das? Warum willst du jemanden heiraten, den du kaum kennst?«

Ich antworte nicht.

»Wir meinen, wir haben ein Recht, dich das zu fragen«, fügt sie hinzu.

Ich will es ihnen erklären. Aber es fällt mir schwer, meine Gedanken zu ordnen. Schließlich sage ich: »Will ist ein wirklich netter Mensch. Es macht Spaß, mit ihm zu reden. Wir verstehen uns super.«

»Das alles sind gute Gründe, warum er ein toller Freund sein kann, Lillian Grace«, sagt Gran mit ungewohnter Behutsamkeit. »Aber das sind keine Gründe zum Heiraten.«

»Weißt du überhaupt, was Ehe bedeutet, Schatz?«, fragt meine Mutter. »Das ist kein Spaß. Wir machen uns große Sorgen. Wir möchten nicht, dass du so endest wie dein …«

»Nicht, Mom«, warne ich, »sag es nicht!«

»Du musst ehrlich zu ihm sein und ihm sagen, wer du wirklich bist«, mahnt Ana.

»Sonst tun wir das«, fügt Jane hinzu.

Ich lächele süßlich und zeige ihnen den Finger.

»Es reicht.« Gran steht auf. »Wir haben unseren Teil getan. Bitte tu uns den Gefallen und denk darüber nach.« Sie will in die Küche gehen, aber bleibt noch kurz stehen. »Übrigens, ich habe mich nach deiner zukünftigen Schwiegermutter erkundigt.«

»Und?«

»Sei auf der Hut! Sie ist ein Killer.« Mit diesen Worten verschwindet Gran durch die Schwingtüren.

4

Nach einem zweiten Wodka Lemonade und weiteren Angriffen auf meinen Charakter fliehe ich vor meinen Müttern und gehe nach oben in mein ehemaliges Zimmer. Wahrscheinlich hatte ich erwartet, dass es nach so vielen Jahren unverändert ist, dass meine Reliquien unversehrt aufbewahrt wurden: die schäbige Patchworkdecke auf meinem schmalen Bett, die Pudellampe, meine Harry-Potter-Bücher. Aber nein. Mein altes Zimmer ist jetzt ein Fitnessraum mit Laufband, Spiegelwand und so einer Stange, an der Frauen üben können, wie sie …

O Gott, dieses Bild kann ich wirklich nicht gebrauchen.

Dennoch spüre ich noch den Geist meines alten Zimmers, etwa in den Bleistiftstrichen am Türrahmen, mit denen meine Größe festgehalten wurde, oder in den Aufklebern auf der Innenseite der Türen vom Wandschrank. In den unzähligen kleinen Löchern in der Decke über dem Bett, wo Teddy und ich stundenlang auf dem Rücken lagen und versuchten, Messer so hochzuschleudern, dass sie stecken blieben.

Schließlich verlasse ich das Haus und mache mich auf den Weg zum Hotel. Ich wähle Seitenstraßen, staubige Gassen, wo früher die Arbeiter wohnten. Als ich Key West verließ, waren viele dieser Häuser absolut baufällig – morsche Holzverkleidung, abgefallene Dachschindeln, überwucherte Vorgärten. Einige sind noch wie früher, aber die meisten sind zu strahlenden pastellfarbenen Musterhäusern mit kunstvoll wuchernder Gartengestaltung und deutschen Autos in der Einfahrt mutiert. Die Fischer und Zigarrendreher von früher würden ihre Hütten nicht mehr wiedererkennen. So was nennt man wohl Fortschritt.

Es ist ein heißer, stiller Sonntagnachmittag. In der Nähe kräht ein Hahn. Ein Mann schimpft mit ihm. Irgendwo gibt ein Moped Gas. Und auf einmal bin ich wieder vierzehn. Ich bin aus meinem Fenster gestiegen, am Mandelbaum neben dem Haus hinuntergeklettert und auf diese Weise mal wieder meinem Hausarrest entkommen. Ein endloser Sonntagnachmittag liegt vor mir. Ich biege um die nächste Ecke und rechne beinahe damit, dass Teddy am Zaun lehnt und auf mich wartet.

Mein Handy klingelt und zerstört die Illusion. Bevor ich mich melde, schaue ich aufs Display. »Wir haben eben noch über dich gesprochen!«

»Liebling, verzeih mir! Mein Flug hat Verspätung. Ich sitze hier in einer furchtbaren Flughafenbar, aber denke nur daran, dass ich dich bald wieder in die Arme nehmen kann.«

Die Stimme meines Vaters ist inbrünstig, feurig, atemlos. Drei Sekunden lang bin ich gründlich verwirrt.

Dann kapiere ich es.

»Du hast die falsche Kurzwahlnummer gewählt, Dad.«

Es folgt eine lange Pause. »Wer ist da?«, fragt er misstrauisch.

Ich lache. »Wie viele Menschen nennen dich Dad?«

»Ach, Lily!« Er lacht ebenfalls. »Sorry, Liebling – ich wollte jemand anders anrufen.«

Was er nicht sagt! »Soll ich fragen, wen?«

Er zögert. »Besser nicht.«

»Gut. Dann lege ich jetzt auf.«

»Nein, nein, warte!« Ich höre Eiswürfel in einem Glas klirren, gemurmelte Gespräche im Hintergrund. »Ich habe Langeweile, Kleines. Erzähl mir was, lenk mich ab.«

Ich biege um die nächste Ecke, lasse die Hand über einen

Lattenzaun gleiten. »Stell dir vor: Sie wollen, dass ich die Hochzeit absage!«

»Was?«, ruft er. »Wer will das?«

»Der Hexenzirkel. Sie meinen, es wäre unfair gegenüber Will. Er würde mich nicht richtig kennen.«

»Als ob das ein Grund wäre, jemanden nicht zu heiraten«, höhnt mein Vater.

»Das heißt, du bist anderer Meinung?«

Ich höre, wie er bestellt: »Bitte noch eins.« Dann ist er wieder bei mir. »Natürlich! Diese Frauen haben keine Ahnung, wovon sie reden. Überleg doch mal, Lily! Das menschliche Herz ist das dunkelste aller Geheimnisse. Wer von uns kann ehrlich behaupten, den anderen zu kennen, wahrlich zu kennen? Wer kennt sich selbst denn richtig? Du nicht. Ich schon gar nicht. Letztens zum Beispiel habe ich festgestellt …«

Ich schließe die Augen und lasse seine Geschichte über mich hinwegrauschen. Mein Vater hat eine wunderschöne Stimme, tief und melodisch. Vornehm. Wie geschmolzene englische Toffees.

»Kannst du dir vorstellen, was geschehen würde, wenn man seinen Partner vor der Hochzeit wirklich kennen würde?«, fragt er. »Das wäre ein Desaster! Die Institution der Ehe wäre zum Aussterben verdammt. Der Familienverbund würde auseinanderfallen. Die Menschheit«, fasst er zusammen, »würde untergehen.«

Ich öffne die Augen. »Aber Dad, was ist, wenn Will und ich heiraten und danach merken, dass wir nicht zusammenpassen?«

»Liebes«, er schmunzelt, »was glaubst du, wofür wurde die Scheidung erfunden?«

Ich versuche es ihm darzulegen: »Sieh mal, Henry: Ich will nicht heiraten, wenn ich dabei die ganze Zeit im Hinterkopf habe, dass ich ja einfach gehen kann, falls es nicht funktioniert. Die versammelten Mütter haben eben gegenüber Will ihre Scheidungen als große Lachnummer dargestellt und so getan, als wären sie nicht schlimm gewesen. In Wirklichkeit war das jedes Mal ein kleines Hiroshima. Ich möchte mich niemals scheiden lassen. Was ist, wenn ich Kinder habe?«

Dad bedankt sich bei der Bedienung: »Danke, ganz lieb.« Dann seufzt er schwer ins Handy. »Ich finde dieses Gerede über Kinder furchtbar ermüdend. Heutzutage dreht sich immer alles um die Kinder. Denkt an die Kinder! Was ist mit den Kindern? Die Kinder leiden so … Die Leute begreifen einfach nicht, dass eine Scheidung für Kinder wunderbar ist.«

»Was?«

»Die Scheidung hat dich darauf vorbereitet, mit der Welt klarzukommen, Kleine. Sie hat dir beigebracht, dass das Universum grundsätzlich unzuverlässig ist. Dass Veränderung unvermeidbar ist. Sie hat dir gezeigt, dass du dich im Leben nur auf eines verlassen kannst: dass nichts so bleibt, wie es ist.«

»Das heißt, die furchtbaren Trennungen waren alle nur zu meinem Nutzen? Wow, Dad! Das ist …«

Er hört mir gar nicht zu. »Es wundert mich nicht im Geringsten, dass auch Homosexuelle das Recht fordern zu heiraten. Sie wollen einfach, dass ihre Kinder dieselben Vorteile genießen wie die Kinder von Heterosexuellen.«

»Den Vorteil, aus einer kaputten Familie zu stammen?«

»Genau!«

»Das ist nicht sehr hilfreich, Daddy.«

Wieder klirren die Eiswürfel. »Lily, merkst du nicht, dass ich Spaß mache?«

»Wirklich?«

»Ähm, nein«, gibt er zu. »Das meine ich schon ernst.«

»Dad …«

»Es tut mir leid, Liebling. Du weißt doch, wie schlecht ich über Gefühle sprechen kann. Wenn du mich nach meiner Meinung fragst, solltest du sie nicht allzu ernst nehmen. Du solltest einfach … halt immer schön den Kopf hoch und so weiter. Folge deinem Herzen, höre auf dein Gefühl et cetera …«

Ich antworte nicht.

»Hör zu«, fährt er fort. »Überstürze nichts und lass dir von diesen Frauen nicht so viel Gift ins Ohr träufeln. In ein paar Tagen bin ich da und stehe dir zur Seite. Gemeinsam wehren wir alles ab, was sie dir vorwerfen. Was meinst du?«

»Ja, Dad. Super.«

»Das will ich hören! Gut so, Süße! Tschüs!«

Wir legen auf, und ich schlage den Weg zu unserem Hotel ein. Es ist ein altes Haus mit Ziegeldach aus den Dreißigern, cremefarben verputzt, am südlichen Ende der Insel. Meinem Vater meine Ängste mitzuteilen war nicht gerade hilfreich. Aber was habe ich mir auch dabei gedacht, ihn um Rat zu fragen? Dieser Mann hat mich gedrängt, statt Yale die Harvard Law School zu besuchen, nur weil er vor vielen Jahren mal in Cambridge übernachtet und im Charles Hotel perfekte Martinis getrunken hat. Er besitzt nicht gerade das beste Urteilsvermögen.

Außerdem sind die Martinis im Charles viel zu laff.

Ich frage mich, was Will von Henry halten wird. Dem gesamten Leben meines Vaters liegt ein einziges Prinzip zugrunde: sein maximales Vergnügen. Er ist unbeschwert. Unkompliziert. Denkt nicht lange nach. Denkt womöglich gar nicht nach. Er hat keine Angst vor der Zukunft, bedauert nichts, was er getan hat. Er macht einfach das, worauf er Lust hat. Dank fleißiger Vorfahren, die im neunzehnten Jahrhundert um die Welt segelten, Güter kauften, verkauften (und stahlen), musste Henry nie für seinen Lebensunterhalt arbeiten. Als er in Oxford rausgeworfen wurde, beschloss er, Romanautor zu werden und nach Key West zu ziehen, wo er Mom kennenlernte. Er schrieb nie auch nur ein einziges Buch – das Trinken und Fischen in der alten Heimat Hemingways gefielen ihm deutlich besser als die erschöpfenden Stunden am Schreibtisch. Deshalb beschloss er, in die Filmindustrie zu gehen, weshalb er nach L.A. zog, wo er Ana kennenlernte. Als das nicht funktionierte, brach er auf nach New York, um sich in Philanthropie zu versuchen – und an Jane.

Es ist nicht einfach, Henry einem Menschen wie Will nahezubringen, der so intellektuell und ernst ist, so konzentriert auf seinen Beruf. Diese Begegnung dürfte interessant werden.

Das Foyer des Hotels ist kühl und angenehm, auf dem Mahagoniboden liegen Teppiche, unter der Decke drehen sich träge Ventilatoren. An der Rückfront gehen Glastüren auf den Strand. An der Rezeption wartet ein Paket aus der Kanzlei auf mich. Schön – ich kann jetzt jede Ablenkung gebrauchen.

Ich finde unser Zimmer. Es ist luftig und hell, vom Balkon schaut man aufs Wasser. Im Paket ist eine Aktenmappe und eine Notiz von Lyle: »Viel Spaß mit den ersten beiden E-Mails.«

Ich schlage die Aktenmappe auf und lese besagte E-Mails. Lyle meldet sich beim ersten Klingeln. »Ja?«

»Willst du mich verarschen?«

»Kannst du mich mal kurz entschuldigen?«, sagt Lyle zu jemandem, dann zu mir: »Ich habe nicht viel Zeit, also sei leise und hör zu. Du tust Folgendes: Du triffst Hoffman. Bereitest ihn auf die Zeugenvernehmung vor. Dann überlegst du dir zusammen mit ihm eine glaubhafte Erklärung, warum er so ein furzdummer Hurensohn ist.«

»Können wir noch mal einen Schritt zurückgehen?«, frage ich. »Ich arbeite normalerweise nicht an diesem Teil des Falls. Ich arbeite an den umweltrechtlichen Forderungen, schon vergessen? Ich habe null Ahnung von Hoffman und dem Rechnungswesen.«

»Es geht darum, ihn auf eine Vernehmung vorzubereiten, Wilder. Das ist keine Weltraumtechnik.«

»Gut.« Ich lege mich aufs Bett und blättere den Rest der

Mappe durch. »Du freust dich bestimmt, wenn ich das Ganze vermassele und schlecht vor Philip dastehe, aber könntest du mir nicht vielleicht ein paar Hinweise und Stichworte geben, damit die Vernehmung nicht in einer kompletten Katastrophe endet?«

»Na gut.« Lyles Stuhl quietscht, als er sich zurücklehnt. »Womit willst du anfangen?«

»Erklär mir mal, warum die Kläger in einem Prozess über Ölverschmutzung überhaupt einen Buchhalter unter Eid aussagen lassen wollen.«

»Ölverschmutzung«, wiederholt Lyle. »Diesen Ausdruck kenne ich nicht. Möglicherweise sprichst du von dem angeblichen Betriebsunfall auf einer Hochseebohrinsel, bei dem angeblich eine gewisse Menge unraffinierten Erdöls in den Golf von Mexiko gelangte?«

»Wie auch immer, Lyle. Die Bohrinsel flog in die Luft, Millionen Barrel Öl flossen in den Golf, die Kläger prozessieren gegen EnerGreen im Interesse aller Menschen, deren Leben durch diese Riesenscheiße zerstört wurde.«

»Angebliche Riesenscheiße.«

»Was hat das mit der Buchhaltung zu tun?«

Ich höre unterdrückte Stimmen. »Nein«, sagt Lyle. »Ich habe gesagt: beidseitig. Damit kann ich nichts anfangen. Mach es noch mal.« Dann ist er wieder bei mir. »So. Durch den angeblichen Unfall musste unser Mandant EnerGreen Energy aufgrund der zu erwartenden Kosten, die der Unfall nach sich ziehen würde, große Verluste in seinem Finanzbericht verbuchen.«

»Entschädigungen an die Opfer, Strafgebühren und so weiter, ja? Es waren fünfzig Milliarden oder so.« Ich stehe auf und gehe mit der Mappe nach draußen auf den Balkon, wo ich mich auf einen Stuhl fallen lasse.

»Richtig«, erwidert Lyle. »Doch glaubt man der letzten Monat abgeänderten Klage, soll diese Summe von EnerGreen aufgebläht worden sein, um Verluste zu vertuschen, die in einem anderen Bereich des Unternehmens auftraten. Jetzt behaupten die Kläger, dass EnerGreen eine furchtbare Umweltkatastrophe nutzt, um Fehler auf einem anderen Gebiet zu vertuschen.«

Ich hatte von diesen neuen Beschuldigungen gelesen, aber angenommen, es sei nur leeres Geschwätz, damit EnerGreen schlechter dasteht, als es wirklich ist. »Haben die irgendwelche Beweise?«

»Stichhaltige?«, fragt Lyle zurück. »Nein. Aber es gibt Diskrepanzen im Finanzbericht von EnerGreen, die die Behauptungen der Kläger zu stützen scheinen.«

»Was für Diskrepanzen?«

»Irgendwelche buchhalterischen Kniffe«, wiegelt er ab. »Urs meint, Controller könnten das ganz schnell erklären. Aber es wirkt anrüchig, und das allein ist den Klägern wichtig.«

Ich lege die Füße aufs Geländer und schaue hinaus aufs Meer. In der Nähe liegt ein Fischerboot vor Anker, im Bug steht ein Mann und fischt nach Ködern. Mit elegantem Schwung wirft er das Netz aus, das sich auf die Wellen legt. Hungrige Möwen kreisen über ihm. Dreißig Meter weiter, wo der Meeresboden abfällt, wird das türkisgrüne Wasser dunkel.

»Und welche Rolle spielt Hoffman dabei?«, frage ich.

»Er hat den Finanzbericht von EnerGreen intern gecheckt, bevor er an die Wirtschaftsprüfer rausging. Er ist derjenige, der etwaige Fehler oder zwielichtige Tricks hätte bemerken müssen.« Lyle hält inne. »Sein offizieller Titel lautet mittelwichtiger Arsch im Controlling. Aber wie du gesehen hast, ist er auch Inhaber des inoffiziellen Titels ›Unsterblicher Poet des goldenen E-Mail-Zeitalters‹.«

Ich schlage die Mappe auf und lese Hoffmans erste E-Mail laut vor:

Aus Sicht des Rechnungswesens ist die Ölkatastrophe verdammt nochmal das Beste, was uns je passiert ist.

»Da läuft mir ein Schauder über den Rücken«, sagt Lyle. »Jedes Mal.«

Ich blättere zur zweiten E-Mail um:

Ich polier die Verlustschätzungen noch mal gründlich auf, bevor sie an Ernst & Young gehen. Ist zwar irgendwie Betrug, aber wer merkt das schon?

»Ist zwar irgendwie Betrug«, wiederholt Lyle verträumt. »Kein ausgewachsener Betrug, kein großer oder kleiner Betrug, nur irgendwie Betrug. Die Mehrdeutigkeit ist spannend.«

»Heißt das, die Kläger haben recht? Hat EnerGreen einen Betrug begangen?«

»Also komm, Wilder«, sagt Lyle ungeduldig. »Du weißt doch, wie das läuft. Irgendein Idiot haut eine unmögliche E-Mail in die Tasten, und die Kläger reißen sie völlig aus dem Zusammenhang, um zu beweisen, dass das gesamte Unternehmen kriminell ist. Hoffman ist ein Idiot. Ein Hiwi. Er hat null Ahnung.«

»Gut.«

»Aber EnerGreen will trotzdem nicht, dass er zu den E-Mails aussagt. Wenn es auch nur den geringsten Verdacht gibt, dass irgendwas im Rechnungswesen nicht mit rechten Dingen zugeht, werden sich Justizministerium und Börsenaufsicht nur so auf EnerGreen stürzen. Dazu die aktuelle PR-Katastrophe wegen der verpfuschten Aufräumarbeiten, die Proteste, die Umsatzeinbußen? Gute Nacht!«

Ich sehe zu, wie zwei Surfer über das Wasser flitzen. Sieht aus, als machte es Spaß. »Warum lässt EnerGreen sich nicht einfach auf einen Vergleich ein?«

»Weil das reiche Arschlöcher aus Texas sind, die keinen Bock darauf haben, ein paar Krabbenfischern zwanzig Milliarden Dollar in den Rachen zu werfen.«

»Urs ist kein Arschloch«, widerspreche ich. »Und kein Texaner.«

Urs ist der für unseren Fall zuständige firmeneigene Anwalt. Er wurde vom europäischen Zweig des Unternehmens, der seinen Sitz in Genf hat, berufen. Eigentlich soll er unsere Arbeit beaufsichtigen, aber er hat Angst vor Philip und keine Ahnung, wie Gerichtsverfahren in den USA laufen. Ein weiterer astreiner Beweis für den mangelnden Realitätssinn unseres Mandanten: bei einem Streitwert von zwanzig Milliarden Dollar einen ausländischen Aufseher zu bestellen. Nicht dass es in diesem Fall wichtig wäre – sie haben ja Philip.

»Mach es nicht kompliziert, ja?«, sagt Lyle. »Du musst Hoffman auf eine aggressive Befragung durch einen geschickten Anwalt der Gegenseite vorbereiten. Du musst ihm beibringen, wie man zuhört und antwortet, ohne tatsächlich etwas zu sagen. Er muss ruhig, freundlich und glaubwürdig wirken. Wenn du das schaffst, musst du ihm helfen, diese E-Mails zu erklären. Vielleicht waren sie ein Witz. Vielleicht wurde er gehackt. Vielleicht hat er statt seiner Cholesterinsenker aus Versehen das Beruhigungsmittel seiner Frau genommen und deshalb den ganzen Tag schizophrene E-Mails in der Firma herumgeschickt. Egal. Er braucht eine glaubhafte Story, die begründet, warum die E-Mails irrelevant für den Prozess sind. Um den Rest der Vernehmung kümmert sich Philip selbst.«

»Kapiert«, sage ich.

»Gut. Versau es nicht.« Es klickt, und er ist weg.

5

Ich gehe zurück ins Zimmer und werfe mich aufs Bett. Fast bin ich weg, als mein Handy eine SMS ankündigt.

– Sind da. Durst! Kommst du?

Ich finde Freddy und Nicole am Pool, wo sie schaumige Drinks schlürfen. Freddy trägt ein weites gelbes Muumuu und eine Katzenaugen-Sonnenbrille, ihr glänzend schwarzes Haar ist zu einem Knoten gebunden. Nicole räkelt sich ihr gegenüber auf einer Liege und simst natürlich wieder.

»Brautjungfern!«, rufe ich. »Wie war die Fahrt?«

»Himmlisch!«, schwärmt Freddy. »Neunzig Meilen lang nichts als Muschelläden und kitschige Souvenirstände. Wir waren in einem tollen Naturschutzpark schwimmen.«

»Ich habe mich an einer Qualle verbrannt«, brummt Nicole.

»Arme Nickie!« Ich tätschele mitfühlend ihren Arm, doch sie sieht kaum von ihrem Handy hoch.

»Zum Mittagessen hatten wir Muschelklöße«, erzählt Freddy. »Superlecker!«

»Ein bisschen weniger Fett wäre schön gewesen«, bemerkt Nicole.

»Dieses Hotel ist klasse«, meint Freddy. »Wir sind etwas weiter den Gang runter von dir.«

»Teilt ihr euch ein Zimmer?«

»Ja, klar«, erwidert Nicole. »Diese Hochzeit kostet ein Vermögen. Und es ist ja nicht so, als würde ich hier jemanden kennenlernen.«

Trübe blickt sie zu den glücklichen Menschen hinüber, die im Swimmingpool planschen. Freddy fängt meinen Blick auf und macht Gesten, als wollte sie sich erhängen, erschießen und anschließend erstechen.

Nicole trinkt ihr Glas leer und richtet sich müde auf. »So früh zu fliegen macht mich immer fertig. Ich hau mich 'ne Weile aufs Ohr.«

Wir sehen ihr nach, sie schlurft ins Hotel. »Ist sie schon die ganze Zeit so?«

»Noch schlimmer«, sagt Freddy.

»Tut mir leid.«

»Es ging. Den Großteil der Zeit habe ich ein hübsches kleines Mord-Selbstmord-Szenario für uns geplant.«

Der Barkeeper kommt. »Noch ein Pink Squirrel?«, fragt er Freddy. Sie nickt.

Ich lächele ihn an. »Für mich auch, Lloyd.« Wir schauen ihm nach.

»Nach gründlicher Überlegung habe ich mich dafür entschieden, die Leitplanke zu durchbrechen und uns von einer Brücke zu stürzen«, sagt Freddy. »Wie in *Thelma und Louise*, nur wäre es weniger um die Rolle der Frau gegangen als darum, dass Louise endlich die Schnauze hält.«

»Was hat dich davon abgehalten?«

»Dein Hochzeitskleid. Das war ja im Kofferraum.«

Liebevoll tätschele ich ihre Hand. »Wie du dich für mich aufopferst!«

Sie zuckt mit den Schultern. »Wir fahren ja noch zusammen zurück. Da bekomme ich wohl reichlich Gelegenheit.«

Unsere Pink Squirrels werden serviert. Wir stoßen an und trinken.

»Hey!« Freddy tritt mich unter dem Tisch. »Du hast uns gestern Abend sitzenlassen.«

»Sorry. Die Kanzlei ...« Ich schüttele den Kopf. »Der Wahnsinn.«

»War dein Chef auch da?«

»Nein«, sage ich schnell. »Der nicht.«

Sie beobachtet mich über den Rand ihres Glases hinweg. »Wirklich nicht?«

Zeit für einen Themenwechsel. »Hör mal!«, rufe ich. »Ich habe noch gar keinen Urlaub, ich muss noch einen Zeugen einweisen.«

»Du musst was?«

»Das gehört zu dem großen Umweltprozess, die Ölverschmutzung im Golf vor ein paar Jahren. Ein Buchhalter muss zu einer Zeugenvernehmung und …«

Freddy hebt die Hand. »Stopp! Ich bin gerade vor Langeweile eingeschlafen. Wieso tust du eigentlich so, als würde dich das nerven? Du liebst so was doch. Du freust dich total.«

Ich trinke einen Schluck. »Ich mag meine Arbeit. Ist das neuerdings verboten?«

»Sollte es sein.« Sie bestellt noch eine Runde. »Weißt du, was für Menschen ihren Beruf lieben dürfen? Weinverkoster. Zoowärter. Elvis-Doubles. Aber Anwälte? Das ist nicht normal. Irgendwas stimmt nicht mit dir.«

»Kann sein.« Ich schaue aufs Handy. Keine Nachricht von Will. Ich schreibe ihm:

– Wo bist du?

Er antwortet:

– Javier ist gerade gekommen. Wir sind gleich da.

– Beeil dich!

– Mach ich.

Ich stecke das Handy zurück in die Tasche. »Freddy?«

»Ja, Süße?«

»Denkst du auch manchmal, Will ist ein bisschen zu gut, um wahr zu sein?«

Sie stellt ihr Glas auf den Tisch. »Nee.«

»Er ist absolut perfekt, wirklich umwerfend und noch viel

besser.« Ich lege den Kopf in den Nacken, um die letzten Tropfen des rosa Gebräus zu trinken. »Er kann nicht alles gleichzeitig sein.«

»Doch, kann er«, sagt sie. Die neuen Getränke kommen.

»Dann heirate du ihn doch.«

»Er ist nicht mein Typ. Außerdem will er dich. Er ist verrückt nach dir. Wenn du reinkommst, fallen ihm fast die Augen aus dem Kopf, und er kann kaum noch klar denken.«

»Heute Mittag hat er die Mütter kennengelernt.«

»Wie lief es?«

»Erstaunlich gut. Ich dachte eigentlich, er wäre total nervös und würde sich ungeschickt anstellen, aber er war echt charmant.«

»Will ist nicht ungeschickt, weißt du?«

»Doch!« Ich lächele. »Deshalb liebe ich ihn ja.«

»Eben gerade war er noch zu gut, um wahr zu sein«, sagt sie. »Und jetzt liebst du ihn?«

»Mensch, Freddy, ich weiß es nicht! Darf ich vielleicht auch mal etwas nicht wissen? Wer von uns kann schon mit absoluter Gewissheit sagen, dass er den Menschen, den er zu lieben glaubt, wirklich liebt, richtig liebt?«

»Die meisten«, erwidert Freddy prompt. »Nein, warte: die große Mehrheit der Menschen. Nein, warte: alle.«

Ich stochere mit dem Strohhalm im Glas herum. »Nach dem Essen haben mich die Mütter abgefangen. Sie meinen, ich soll die Hochzeit absagen.«

»Lass mich raten«, sagt sie. »Das macht dich nur noch entschlossener, die Sache durchzuziehen.«

Ich antworte nicht. Freddy ruft einen Kellner heran und bestellt noch eine Runde. Jemand kreischt aus vollem Halse. Ich schaue auf: Ein Vater zerrt ein widerspenstiges Kind aus dem Pool. »Niedlich«, sage ich.

Freddy sieht mich entsetzt an. »Das Kind?«

»Quatsch! Der Vater.«

»Kurz hast du mir Angst gemacht.« Den Kopf abschätzend geneigt, betrachtet sie den Mann. »Nee. Zu dünn.«

»Die haben das so dargestellt, als wäre es ganz leicht. Einfach die Hochzeit absagen.« Ich schnippe mit den Fingern.

»Ist ja auch nicht schwer«, sagt Freddy. »Habe ich schon drei Mal gemacht.«

»Zwei Mal«, korrigiere ich sie. »Norman hat dich sitzenlassen, wenn ich mich recht erinnere.«

»Nur weil er mich mit Zoe erwischt hat«, sagt sie. »Dadurch war es ein Unentschieden.«

»Warum verlobst du dich immer wieder? Jetzt kannst du doch heiraten, wen du willst.«

»Dr. Boog meint, ich sehne mich immer noch nach der Anerkennung meiner Eltern«, erklärt sie.

»Interessant. Weiß er nicht, dass deine Eltern tot sind?«

»Das ist angeblich unwichtig. Schließlich weiß ich, was ihnen gefallen würde. Außerdem meint er, meine Versuche seien zum Scheitern verurteilt, weil ich mein Potential, mich selbst zu verändern, unrealistisch hoch einschätze.«

»Der hört sich gut an.«

Eine Brise raschelt in den Palmen über uns. Der Kellner stellt weitere Pink Squirrels vor uns ab. Wir sehen ihm nach und stoßen an.

»Und, was machst du jetzt?«, fragt Freddy.

»Wegen Will?«

»Nein, wegen der Israelis und der Palästinenser.«

Ich nippe an dem frischen Glas. »Ich warte ab, wie es läuft. Ich glaube, das wird schon.«

Sie gähnt und streckt die Arme. »Na, du hast ja noch jede Menge Zeit, es dir zu überlegen.«

»Ja?«

»Nein, Dummkopf. Es sind noch sechs Tage.«

»Aber das sind die sechs Tage vor meiner Hochzeit«, sage ich. »Dadurch werden sie superlang. Wie Hundejahre.«

Freddy nickt. Dann hält sie inne. »Du meinst das Gegenteil.«

»Hm?«

»Hundejahre sind kurz«, sagt sie. »Ein Hundejahr entspricht neun Menschenjahren. Ein siebenjähriger Hund ist tatsächlich sechsundneunzig.«

Ich denke darüber nach. »Neun mal sieben sind einundachtzig. Nicht sechsundneunzig.«

»Du weißt, was ich meine.«

Wir sehen zu, wie die letzten Sonnenanbeter in der Dämmerung ihre Sachen zusammenpacken. Ein junges Pärchen schlendert Hand in Hand an uns vorbei. An der Bar beginnt eine Steel-Drum-Band zu spielen. Unsere nächste Runde kommt. Ich lächele den neuen Kellner an. Er lächelt zurück. Ich sehe ihm nach.

»Der Typ da …«, sage ich.

»Ist schwul«, ergänzt Freddy.

Ich trinke einen Schluck. »Vielleicht heiratet Will mich wegen meines Geldes.«

»Wegen der berühmten Wilder-Millionen?« Freddy setzt ihre Sonnenbrille ab und putzt sie mit der Serviette. »Ich dachte, dein Erbe wäre in Fonds festgelegt.«

»Das ist ja das Geniale an seinem Plan. Er heiratet mich jetzt, wartet, bis ich fünfzig bin und mein Erbe antrete, und dann – *wumm!* – verfüttert er mich an die Fische.«

»Dreiundzwanzig Jahre sind eine verdammt lange Zeit, wenn man sie mit dir aushalten muss«, bemerkt sie.

»Will hat Geduld. Er ist geduldig und verschlagen.«

»Glaube ich nicht. Wo ist der Glückliche überhaupt?«

»Holt Javier vom Flughafen ab.«

»Javier«, seufzt Freddy. »Endlich lernen wir uns kennen.«

Freddy hat sich über Wills besten Freund alles Mögliche zusammenphantasiert, nur aufgrund seines Namens. »Du wirst total enttäuscht sein«, sage ich.

Mitleidig schaut sie mich an. »Eifersüchtig?«

»Er ist weißer als ich!«

»Also bitte«, spottet sie. »Du musst dich einfach der Tatsache stellen, dass mein dunkelhäutiger Latin Lover und ich die ganze Woche wunderbar weltumspannende Liebe machen werden, während du es mit deinem öden weißen Macker treiben musst. Wieder mal.«

»Ich stehe nicht nur auf Weiße!«

»Rassistin!«, flötet Freddy. »Weißbrotflittchen!«

»Was ist mit diesem Inder? Der seinen Master machte?«

»Stalker zählen nicht«, erwidert sie.

»Ich will darauf hinaus, Winifred, dass ich ihn süß fand.«

»Ich will darauf hinaus, Lillian, dass du ihn nur süß fandst, weil er ein Stalker war.«

»Dann eben der Schwarze«, sage ich. »Der Gemüse einlegte. Der aus Brooklyn. Der hatte einen unglaublichen ...«

»Da kommt Will!«, verkündet Freddy strahlend.

»Baby!« Ich springe auf und küsse ihn. »Und da ist Javier! Javier, das ist meine beste Freundin Freddy. Ihr werdet gemeinsam zum Altar schreiten.«

»Freut mich«, grüßt der blonde, blauäugige Javier Collins aus Schaumburg, Illinois.

Sprachlos starrt Freddy ihn an.

»Wer hat Lust, was essen zu gehen?«, fragt Will.

Als wir die Bar verlassen, hakt Freddy sich bei mir unter.

»Seine Mutter ist aus Barcelona«, flüstere ich. »So eine hellhäutige Nordspanierin.«

»Das kriegst du zurück«, zischt sie.

»Sei nicht so rassistisch«, mahne ich. »Werd nicht zum Weißbrothasser.«

Sie kneift mich. »Das nennt man verdammt irreführende Werbung.«

Ich lege den Arm um sie. »Wie auch immer Sie meinen, koreanische Frau namens Freddy. Wie auch immer Sie meinen.«

Wir werfen Nicole aus dem Bett und gehen zum Essen in ein altmodisches kubanisches Restaurant auf der Catherine Street. In einer Kneipe weiter die Straße runter erzählt uns eine Kellnerin von einem neuen Laden auf der William. Da nehmen wir ein paar Drinks, dann meint Freddy, sie müsste dahin, wo Ernest Hemingway immer abhing. Wir schlendern die Duval hinunter, durch das billige Neonherz der Insel. Selbst sonntagabends sind die Bürgersteige voll junger Leute, die betrunken grölend umhertorkeln. Wir sehen Drag-Queens, zugedröhnte Hippies und normale Leute, die sich das Treiben mit offenem Mund ansehen. Wir kommen an Stripclubs, Irish Pubs und der einen oder anderen Shisha-Kneipe vorbei. Taucherläden, Hutläden, Geschäfte, die kitschige Souvenirs aus Kokosnüssen, Palmenblättern und Muscheln oder vulgäre T-Shirts, geschmacklose Unterwäsche, Schnapsgläser und Schlüsselanhänger verkaufen.

Und Hühnermotive. Hühnermotive ohne Ende.

Wir sehen einen Jonglierer, einen Pantomimen. Jemand, der als Darth Vader verkleidet ist, spielt Banjo. Die Restaurants sind weit geöffnet zur lauen Nacht. Aus einigen Bars und Clubs dringt Livemusik. In anderen Läden winken knapp bekleidete Frauen. Autos mit wummernden Bässen brausen die Straße auf und ab.

Eine Zeitlang sitzen wir im Sloppy Joe. Ein Motorradfahrer erzählt uns, wenn wir wirklich sehen wollten, wo Papa Hemingway getrunken hätte, müssten wir in einen Laden auf der Eaton Street gehen. Um zwölf sind wir in der vierten »Hemingway-Bar«. Will geht zur Toilette. Javier und Freddy unterhalten sich mit zwei deutschen Touristen am Nebentisch. Nicole ist … Ich sehe mich um. Keine Ahnung, wo Nicole ist.

Ich bin so entspannt und glücklich. Es ist toll, zu Hause zu sein.

Will kommt zurück und setzt sich. Er fährt sich mit den Händen durch die Haare, so dass sie in alle Richtungen abstehen. Obwohl, eigentlich sieht er meistens so aus. Er wirkt nervös. Ich lege die Hand auf seine. »Alles in Ordnung, Schatz?«

»Ja, alles gut.«

»Deine Eltern kommen morgen, nicht? Machst du dir Sorgen?«

Ich habe meine zukünftigen Schwiegereltern noch nicht kennengelernt. Weihnachten hätte ich nach Chicago fliegen sollen, aber bei einem meiner Prozesse kam ein Notfall dazwischen. Wenn Will von seinen Eltern spricht, ist er immer ein wenig angespannt. Ich vermute, da verbirgt sich irgendein Drama.

»Sorgen? Nein!« Er drückt meine Hand.

»Das wird bestimmt super«, versichere ich ihm. »Eltern mögen mich eigentlich.«

Er lächelt und drückt mir einen Kuss auf die Schläfe.

Lärmend stürzt eine Gruppe von einem Junggesellenabschied herein. Ich hole uns noch einen Drink.

Die Schwiegereltern, die morgen kommen.

Die Hochzeit in sechs Tagen.

Ich sehe mich um. Hier ist es langweilig. Ich verschwinde.

Ehe ich mich versehe, stehe ich im Restaurant nebenan. Ein supersüßer Typ hockt an der Theke. Er hat dunkle Haare und einen Dreitagebart. Ich setze mich zu ihm, lächele ihn an. Er grinst zurück.

»Schon gut, schon gut.« Kapitulierend hebe ich die Hände. »Du kannst mir ein Glas ausgeben.«

Er lacht verlegen. »Würde ich gerne. Aber … ich bin verheiratet, nur damit du Bescheid weißt.«

»Ich bin verlobt«, entgegne ich. »Das ist offiziell Gleichstand.«

Er ist verwirrt. »Denk nicht zu viel drüber nach«, rate ich ihm. »Nachdenken wird überschätzt.«

Wir unterhalten uns. Er heißt Tim.

»Also, Tim«, sage ich.

»Tom.«

Vielleicht auch Tom.

»Das mit der Ehe«, sage ich, »wie läuft das für dich?«

Er zuckt mit den Achseln. »Keine Ahnung. Ist halt so.«

Voll der Dampfplauderer. Aber wen interessiert das, bei den Augen? Wir trinken noch ein Glas. Ich lege meine Hand auf seine. Er zieht sie nicht weg. Ich drehe seine Hand um, streiche zärtlich über den Handteller, lasse die Finger über sein Handgelenk streifen, fühle seinen Puls. Ich sehe ihn an. »Wo ist denn deine angebliche Frau?«

Er rückt auf seinem Stuhl herum. »Sie kommt in zwei Tagen nach. Ein Freund von mir heiratet.«

Ich lächele ihn an. »Das ist ja ein Zufall! Ich bin auch wegen einer Hochzeit hier.«

Wir wenden uns auf den Barhockern einander zu. Ich nehme sein Knie zwischen die Beine und halte es fest. Beuge mich vor. »Hey, Tom. Soll ich dir ein Geheimnis verraten?«

Er zögert, dann sieht er mir in die Augen, und ich weiß, dass ich ihn habe.

Ich beuge mich noch weiter vor, lege die Hände auf seine Oberschenkel. »Der Staat Florida erkennt keine Ehe an, die außerhalb seiner Grenzen geschlossen wurde.«

Er hebt die Augenbrauen und grinst. »Stimmt das?«

»Das stimmt.« Meine Hände wandern an seinen Beinen hoch. »Solange deine Frau und du also nicht hier den Bund der Ehe geschlossen habt, bist du gar nicht verheiratet.«

Er senkt den Blick, schüttelt den Kopf, aber schmunzelt noch immer. Ich stehe auf und lege ihm die Hände auf die Schultern. Sehe ihm in die Augen.

»Das kannst du mir glauben, Tom. Ich bin Anwältin.«

Er lacht, ich neige mich weiter vor. Er riecht nach Strand, nach Salz, Sand und Sonnenmilch. Ich schiebe ihm die Hand in den Nacken, ins Haar. Meine Lippen streifen sein Ohr. »Verschwinden wir irgendwohin«, flüstere ich.

Jemand klopft mir auf die Schulter.

»Komm, Noreen«, sagt Freddy. »Zeit für deine Spritze.«

»Hau ab!«, zische ich.

Doch das tut sie natürlich nicht. Schließlich lasse ich mich von ihr nach draußen führen.

»Keine Ahnung, ob dir das bekannt ist, Winifred, aber in der Hölle ist ein ganz besonderer Ort für Frauen reserviert, die anderen Frauen in den Rücken fallen.«

»Du kannst von Glück sagen, dass ich dich gefunden habe und nicht Will.«

»Ich bin ein Glückspilz. Ich bin ein glückliches Mädchen. Und du bist eine gute Freundin. Eine super Freundin. Die beste aller Zeiten.« Ich lege ihr den Arm um die Schultern.

Ein riesengroßes Stück Beton ragt plötzlich vor mir auf und greift mich an. Ich stolpere. Freddy fängt mich auf.

Wir kehren in die erste Bar zurück. »Super, du hast sie gefunden«, sagt Will. »Gehen wir.«

Will und Javier schieben uns in ein rosa Taxi. Freddy legt den Kopf an meine Schulter. Javier sitzt vorne, unterhält sich mit dem Fahrer. Ich lehne mich zurück und betrachte Wills Profil im flackernden Licht der Straßenlaternen auf der Duval Street. Er hält meine Hand, streichelt mich geistesabwesend mit dem Daumen.

Warum bin ich abgehauen, warum bin ich auf die Pirsch gegangen, wenn ich doch das hier habe? Warum musste ich mir ausgerechnet einen verheirateten Mann aussuchen? Sehr stilvoll, wie Jane sagen würde. Sie hat gut reden! Meine Mütter haben vielleicht Nerven, dass sie glauben, mir vorschreiben zu können, wer sich zum Heiraten eignet und wer nicht.

Bloß … haben sie nicht auch irgendwie recht? Was genau mache ich gerade? Bin ich dabei, meine Meinung zu ändern? Habe ich mir vielleicht überhaupt keine Meinung gebildet? Will ich die ganze Sache abblasen? Lege ich es darauf an, erwischt zu werden?

Liebe ich Will?

In einem Punkt hat Henry recht. Man kennt andere Menschen nicht. Ich bin mir selbst ein vollständiges Rätsel. Aber Freddy hat auch recht – wie kann ich nicht wissen, ob ich ihn liebe? Können sowohl Freddy als auch Henry recht haben? Das hätte echt verheerende Folgen für die Harmonie des Universums. Apropos, was würde Epiktet dazu sagen?

Wahrscheinlich nichts. Er würde einfach ein paar Felsbrocken in seiner Toga sammeln und mich steinigen.

Denn ich sollte Will lieben. Er ist so ein toller Mensch. Absolut liebenswert. Er hat so viele wunderbare, liebenswerte, positive Eigenschaften. Es gibt nur eine Eigenschaft, die ihm fehlt: mehrere Männer gleichzeitig zu sein.

So viele gute Eigenschaften, aber nur ein Körper! Wenn er doch nur mehrere Körper hätte. Dann könnte er seine Eigenschaften verteilen. Sie auslagern. Das wäre gerechter und ausgeglichener. Jeder Körper bekäme eine gute Eigenschaft. Dazu noch ein paar Körper ohne besondere Eigenschaften. Das wären wahrscheinlich meine Lieblingskörper.

Ich lehne den Kopf hinten an. Er lächelt mich an. »Müde?«

»Bisschen.«

Aber … heiraten? Ich heirate ihn? Habe ich den Verstand verloren? Ich meine, es wäre kein Problem, wenn die Situation eine andere wäre. Wenn wir zum Beispiel Figuren in einem griechischen Mythos wären und sich mein Mann jeden Abend, wenn der Mond aufgeht und die Lampen entzündet werden, in einen anderen verwandelt, um zum Sonnenaufgang wieder Will zu werden.

Gibt es so einen griechischen Mythos?

Glaube nicht. Sollte es aber. Dann wären die Griechen vielleicht nicht ausgestorben.

Sind die Griechen überhaupt ausgestorben? Sind schließlich keine Dinosaurier. Nur sehr stark verschuldet.

Warum denke ich jetzt über die Griechen nach? Warum denke ich überhaupt?

Schon gut. War ein langer Tag. Ich habe immer noch Zeit, das alles zu klären. Jede Menge Zeit. Hundejahre. Oder Eselsjahre. Egal.

Morgen ist es bestimmt besser. Mir wird's bessergehen. Morgen.

»Mach die Augen zu«, sagt Will. »Ich weck dich, wenn wir da sind.«

MONTAG

6

Als Erstes spüre ich seine Hand. In der Nähe meines Knies. Sanft streichelt sie mich, malt ein Muster auf meine Haut. Ich erschaudere.

Ich liege auf dem Rücken, einen Arm über dem Gesicht. Wo sind wir? Eine leichte Brise. Meeresgeruch. Helligkeit im Zimmer.

Key West. Ich bin zu Hause.

Seine Hand schlüpft unter mein Knie, hebt es hoch. Er öffnet meine Beine. Seine Finger wandern auf der Innenseite meines Oberschenkels hinauf, schieben die zarte Seide meines Slips beiseite.

»Lily«, flüstert er.

Ich spüre die Hitze seines Körpers neben mir, sein Gewicht auf der Matratze zieht mich zu ihm. Ich widerstehe, lehne mich leicht zurück. Seine Hand streift meinen Bauch. Ich murmele etwas und strecke mich, tue so, als schliefe ich noch. Ich wende mich von ihm ab, doch er dreht mich zurück, drückt liebevoll meine Schulter ins Kopfkissen. Er streicht mir das Haar aus dem Gesicht, seine Finger tasten über meine Wangen und meine Stirn. Ich halte die Augen geschlossen. Sein Atem ist warm und riecht süß. Er küsst meine Schläfen, zärtlich. Tief atme ich ein, als sein Hals sanft meinen Mund berührt. Er küsst meine Ohren. Meine Augenbrauen. Meine Nase. Mein Kinn. Schläfrig schiebe ich ihn von mir. Er hält meine Hand fest und verteilt Küsse auf der Innenseite meines

Handgelenks, auf meinem Unterarm, meiner Ellenbeuge. Er beißt mir in den Finger.

Es ist so schwer, nicht darauf zu reagieren, aber ich will wissen, wie er weitermacht. Er küsst meine Schulter. Sein Mund wird wärmer, seine Bewegungen drängender. Ich stöhne leicht und wende mich ab, doch er zieht mich zurück. Er streift mir die Träger des BHs über die Arme. Seine Lippen sind an meinem Hals, meinem Schlüsselbein. Auf meiner rechten Brust. Meiner linken. Sie küssen, knabbern, knutschen. Langsam greife ich nach unten, ertaste seinen Schwanz und streichele ihn leicht.

Will legt mir die Hand zwischen die Beine, schiebt einen Finger in mich, dann zwei. Ich drücke die Fersen in die Matratze und presse mich dagegen.

»Lily«, flüstert Will.

Aus Spaß stoße ich ihn von mir, heftig, und setze mich auf.

Da packt er mich und wirft mich zurück aufs Bett. Ich versuche, mich gegen ihn zu wehren, aber er hält meine Handgelenke mit einer Faust über meinem Kopf fest, spreizt mir mit der anderen Hand die Beine und dringt mit einem langen Stoß in mich ein. Damit habe ich nicht gerechnet, es geht zu schnell, es ist Wahnsinn. Ich keuche, reiße die Augen weit auf, doch Wills Augen sind geschlossen. Seine Lippen finden meine, er küsst mich innig. Leidenschaftlich. Er ist beharrlich, sein Mund unerträglich heiß. Ich kann nicht aufhören, ihn zu küssen. Er zieht sich heraus und stößt hart zu, immer wieder. Ich schreie auf. Er hämmert nur noch heftiger. »Will?«

Mit den Lippen an meinem Ohr sagt er: »Halt den Mund!«

Er lässt meine Hände los, ich schlinge die Arme um seinen Hals. Seine Hände wandern an meinem Körper hinab, bis er meine Hüften umklammert und mich ansatzlos an sich zieht. So leidenschaftlich, aufregend und … ja, was? Unzärtlich. Es ist perfekt. Ich vergrabe die Finger in seinem Haar und küsse ihn auf den Mund, die Wangen, die stoppelige Kehle. Ich beiße ihm in die Zunge. Ich senke den Kopf und nehme seine Brustwarze zwischen die Zähne. Umspiele sie mit der Zunge, necke sie, schmecke Salz auf der zarten Haut.

Dann kniet Will sich hin und zieht mich auf sich. Wieder umfasst er meine Hüften, vergräbt die Finger in mir, bewegt mich auf und nieder. Ich beuge mich vor, so dass meine Brüste vor seinen Lippen schweben. Mit geschlossenen Augen folge ich seinem Takt, erst langsam, dann immer schneller, bis ich nicht mehr kann, Wärme sich in meinem Körper ausbreitet und ich schreiend komme, mich immer wieder auf ihn werfe, während die Welt ein wenig dunkler wird.

Eine Minute verharren wir reglos, ich auf ihm, er streichelt mein Haar, ist noch hart in mir. Dann schiebt er mich hinunter, dreht mich um und zieht mich auf die Knie. Ich bin leicht betäubt, ein wenig hilflos – nicht dass ihn das von irgendetwas abhalten würde. Tut es sonst auch nicht. Er dringt von hinten in mich ein, eine Hand auf meiner Hüfte, die andere in meinem Haar. Bewegt sich langsam und bedächtig. Nach einer Weile komme ich wieder ein wenig zu mir. Kann denken.

Es ist wie an unseren ersten drei Tagen, wie damals.

Dabei habe ich mich gerade damit abgefunden, dass jene Zeit für immer verloren ist.

Ich drücke mich gegen ihn, will so viel wie möglich von ihm in mir. Alles: Muskeln, Haut, Knochen. Er zieht sich fast ganz heraus und versinkt wieder in mir, jetzt schneller, immer wieder. Er schlägt mir auf den Po, heftig, ich schreie auf, er drischt erneut zu. Über die Schulter sehe ich ihn an. Er hat die Augen geschlossen, sein Gesicht ist verzückt. Er sagt meinen Namen, ein ums andere Mal. Schiebt sich so tief in mich, dass ich keine Luft bekomme, und als ich gerade denke, dass ich es nicht mehr lange aushalte, berührt er mich zwischen den Beinen, und ich explodiere ein zweites Mal, lang und laut, zittere unbeherrscht am ganzen Körper. Will kommt auch.

Gemeinsam sinken wir aufs Bett, die zerknüllten Laken unter uns. Ich entschwebe auf einer Wolke puren Glücks.

»Will?«, flüstere ich.

»Hm?«

»Wahnsinn!«

Er schmunzelt. »Gern geschehen.«

Ich spüre, wie er lächelt. Er küsst mich in den Nacken. Seine Hand ruht auf meiner Hüfte.

Ich drehe den Kopf, um ihn anzusehen. »Darf ich dich etwas fragen?«

»Nein.«

Wir müssen lachen. Ich drehe mich zu ihm um. Mein Lachen erstirbt, seins ebenfalls. Wir schauen uns in die Augen. Wills sind so dunkel, dass ich aus dieser Nähe mein eigenes Spiegelbild erkennen kann. Aber jetzt sehe ich noch etwas anderes. Ich blicke an den Pupillen vorbei, tief in ihn hinein. Ich sehe alles von ihm, alles auf einmal. Ich sehe …

Es klopft an der Tür.

Ich blinzele. Und atme aus. »Mein Gott. Wer kann das sein?«

»Die Sanitäter«, sagt Will und streicht mir das Haar aus der Stirn. »Es gab mehrere Anrufe aus diesem Hotel.«

Wir lachen wieder. »Lily?«, ruft Mattie. »Wir kommen zu spät!«

»Lass mich!«, rufe ich zurück.

»Das Probeessen! Im Blue Haven! Ob es nun Huhn, Pasta oder Huhn mit Pasta geben soll …«

Langsam krabbeln wir aus dem Bett und ziehen uns etwas über. Als ich gehen will, hält Will mich fest. Er drückt mich gegen die Wand, seine Hand tastet unter meinen Rock, ich greife in seine Hose. Er ist schon wieder hart.

»Vergiss nicht«, sagt er, »heute Mittag sind wir mit meinen Eltern zum Essen verabredet.«

»O Baby«, raune ich, »ich liebe deinen Dirty Talk.«

Lachend zieht er meinen Slip hinunter. »Um eins.«

Ich presse mich gegen seine Hand. »Was ist, wenn ich zu spät komme?«

»Dann passiert was ganz Schlimmes.« Er fängt an, meine Bluse aufzuknöpfen. »Etwas furchtbar Schlimmes.«

»O Gott.« Ich lehne den Kopf gegen die Wand. »Wer bist du?«

»Ein Narr.« Er küsst meine Kehle. »Ich bin ein verliebter Narr.«

Wir machen es noch mal, ein Quickie im Stehen, direkt neben der Tür. Schließlich gehe ich runter in die Lobby, wo Mattie bereits wartet. Sie reicht mir eine dampfende Kaffeetasse.

»Mattie, ein Hoch auf die kleine Terminplanerin!«

»Trink nicht zu viel davon«, warnt sie mich. »Sonst hast du auf den Fotos furchtbare Flecken auf den Zähnen.«

»Die verfärben sich nicht«, sage ich und klopfe auf mein Gebiss. »Hundert Prozent Keramik.«

Sie ist schockiert. »Wirklich?«

»Hab im Studium zu viel Crack geraucht.«

Mattie starrt mich an.

»War ein Witz!«

»Oh«, macht sie. »Oh, das ist lustig.«

Wir eilen zu ihrem Wagen. Sie schließt auf, wir steigen ein. »Wie geht es dir heute Morgen?«, fragt sie.

»Ging mir nie besser, Mattie. Ging mir nie besser.« Ich halte das Gesicht in die Sonne, die durch die Windschutzscheibe fällt. »So ein herrlicher Tag! Ich bin umgeben von meiner Familie. Ich heirate den perfekten Mann. Das Leben ist schön.«

»Das freut mich zu hören.« Sie fährt los, weicht einem bunt gefiederten Hahn aus, der über die Straße stolziert. In Key West laufen die Hühner frei herum – sie sind hier so was wie Eichhörnchen.

»Viele Bräute finden, dass die Woche vor der Hochzeit die schlimmste ihres Lebens ist«, bemerkt Mattie. »Das ist schade.

Sie müssten überglücklich sein, stattdessen sind sie gestresst und fühlen sich elend.«

»Ich nicht, Mattie. Ich meine, vor kurzem hatte ich noch meine Zweifel, ja? Aber jetzt nicht mehr.« Ich lehne mich auf dem Sitz zurück und trinke einen Schluck Kaffee. »Mit diesem Kerl habe ich echt das dicke, fette Los gezogen.«

Unsicher sieht sie mich von der Seite an. »Ja, er wirkt …«

»Das richtig superdicke, fette …« – ich schaue ihr in die Augen – »… Mega-Los.«

»Meine Güte!« Sie lacht. »Man hört wirklich, dass du aus New York kommst!«

Ich halte die Hand aus dem Fenster, spüre den warmen Fahrtwind. Innerlich genieße ich das Nachglühen.

Er ist wieder da. Ich kann es gar nicht richtig glauben, aber der geile Sex mit Will ist zurück.

An einem Donnerstagabend im August war ich im Walker's Pub, in der Straße, wo ich wohne. Ich war mit jemandem verabredet, den ich auf einer Party kennengelernt hatte, ein Banker. Heiß, aber ziemlich berechenbar. Ich ging zur Toilette. Hinten im Gang stand ein Typ. Groß und dünn. Hellbraunes Haar. Brille. Etwas nachlässig gekleidet. Normalerweise niemand, auf den ich einen zweiten Blick verschwendet hätte.

Was rede ich da? Ich verschwende auf jeden einen zweiten Blick.

Aber was ich sagen will: Als ich näher kam, fiel mir etwas Ungewöhnliches an ihm auf. Er war still. Absolut ruhig. Lehnte einfach dort an der Wand – spielte nicht mit seinem Handy herum, zappelte nicht, sah sich nicht um. War aber auch nicht gelangweilt oder weggetreten. Es sah aus, als führte er ein spannendes Gespräch mit sich selbst.

Ich legte die Hand auf seinen Arm, er sah mich freundlich an. Er hatte braune Augen und dicke, ausdrucksstarke Augenbrauen.

»Stehst du für die Toilette an?«, fragte ich.

»Ja«, sagte Will.

»Gut. Aber ich war vor dir da. Nur damit das klar ist.«

Er lächelte auf seine schüchterne Art. »Wirklich?«

»Ich war gestern schon hier«, sagte ich. »Und am Abend davor.«

»Du bist also oft hier?«

Ich nickte ernsthaft. »Ich wohne hier praktisch.«

Eine Toilettenspülung wurde betätigt. Jemand kam heraus. Galant wies Will auf die offene Tür. »Bitte!«

Als ich herauskam, lächelte er mich kurz an und ging mit eingezogenem Kopf selbst hinein.

Als er herauskam, wartete ich draußen. »Ich hab was da drin vergessen«, erklärte ich.

Er war überrascht. »Was denn?«

Ich grinste. »Dich.«

Wir prusteten beide los. Will hat eine super Lache, explosiv und fröhlich. Ein Lachen, das man immer wieder hören möchte, auf das man stolz ist, wenn man es verursacht hat. Ich ging zu dem Banker, um mich zu verabschieden. Will verabschiedete sich von seinen Freunden. Wir trafen uns in dem Restaurant auf der anderen Straßenseite.

Anfangs war er etwas zurückhaltend, aber nicht lange. Wir unterhielten uns eine Stunde lang. Er erzählte, er sei Archäologe. Ich behauptete, ich wäre Astronautin. Er sagte, das sei sein Ernst. Ich lachte ihn aus. Zum Beweis zeigte er mir seinen Mitarbeiterausweis vom Museum. Dann erzählte er mir alles über seinen Beruf, und das tat er so ernsthaft und charmant. Ich sagte, was ich beruflich mache, und er gab sich interessiert. Ich bat ihn, Latein zu sprechen, er tat es, aber wollte nicht übersetzen, was er gesagt hatte. Er führte noch weitere Sprachkenntnisse vor – Aramäisch und Altgriechisch, meine ich. Wir küssten uns. Dann gingen wir. Ich wohnte nur einen Häuserblock weiter. Wir schafften es kaum in den Aufzug, da rissen wir uns schon gegenseitig die Kleider vom Leib. Drei Tage lang blieben wir in der Wohnung.

Der Sex war der Wahnsinn. Der beste, den ich je hatte. Stürmisch, intensiv, schmutzig … ehrlich, anders kann ich es nicht beschreiben. Intuitiv kommunizierten wir miteinander, von Anfang an. Und es war so lustig. Wenn ich gerade keinen Orgasmus hatte, lachte ich. Und das mit diesem Typen! Mit diesem süßen, schlauen Typen. Will sieht gut aus, aber er ist sich dessen null bewusst. Er war nicht in der Kneipe, um eine Frau aufzureißen. Er gehört nicht zu den Männern, die total von sich selbst eingenommen sind und ständig ihre Fähigkeiten unter Beweis stellen müssen. Dennoch entpuppte er sich als hemmungsloser, talentierter Sexgott.

Es war eine Riesenüberraschung. Und ich liebe Überraschungen.

Irgendwann in der ersten Nacht wachte ich auf, weil ich merkte, dass Will mich berührte. Nicht so wie in den Stunden zuvor, nicht wie im wilden Rausch. Sondern bedächtig und vorsichtig. Ehrfürchtig. Das Licht war an, und er betrachtete meinen Körper, jeden Zentimeter. Studierte mein Gesicht. Fuhr mir mit den Fingern durchs Haar. Es war, als würde er sich mich einprägen.

»Du bist so schön«, sagte er leise.

Das bin ich nicht, wirklich nicht, aber wer bin ich, da zu widersprechen? Stattdessen hob ich den Kopf, küsste ihn und zog ihn wieder auf mich.

Irgendwann war es vorbei, unweigerlich. Am Montag musste ich zur Arbeit, die Gegenseite in einem meiner Fälle stellte einen Dringlichkeitsantrag. Ich arbeitete die ganze Nacht durch, dann noch eine. Mit Philip und Lyle flog ich zu einer Verhandlung nach Kalifornien. Als ich zurückkam, war Will zu einer wissenschaftlichen Tagung in London aufgebrochen. Eine Woche war er weg. Wir telefonierten und mailten, wann immer möglich, aber ich erstickte in Arbeit, und das Ganze versandete ein wenig. Eines Abends ging ich mit Freddy aus und lernte jemanden kennen – den Typ mit dem eingelegten Gemüse. Ich ging mit ihm nach Hause. Es war nicht übel, was mir seltsame Schuldgefühle bereitete. Dabei kannte ich Will kaum. Er hatte keinen Anspruch auf mich. Vorher hatte ich noch nie ein schlechtes Gewissen gehabt. Jetzt schon.

Zwei Wochen nach unserem Kennenlernen verabredeten Will und ich uns wieder. Wir gingen essen, dann zu ihm und landeten sofort im Bett. Und es war nett. Aber nicht dasselbe. Er war reserviert. Fast befangen. Genauso war es einige Tage später und in der Nacht danach. Es war lieb, zärtlich und romantisch, aber ... ein bisschen langweilig. Ich sagte nichts, sondern ging davon aus, dass es irgendwann wieder wie am Anfang werden würde. Und ich mochte ihn wirklich gerne, deshalb trafen wir uns weiter.

Zwei Wochen danach machte er mir einen Antrag. Er sagte, er hätte den Ring anfertigen lassen, als er in London war, weil er es schon da gewusst hätte.

Er wusste es! Wie verrückt ist das denn? Bisher hatte mich nie jemand heiraten wollen. Das ist echt nicht mein Ding. Aber Will wollte. Er liebte mich. Ich war schockiert. Und wollte ihn auf keinen Fall enttäuschen. Deshalb sagte ich ja.

Unser Sexleben kehrte nie zu den Höhenflügen des Anfangs zurück, obwohl ich diesen ersten drei Tagen immer nachhing. Irgendwann kam ich zu dem Schluss, dass Will einfach keinen besonders starken Trieb hat. Gibt wohl solche Männer. Ich machte ihm keinen Druck. Wir sind beide vielbeschäftigt, arbeiten lange – Sex hat für ihn einfach keine Priorität. Hätte ich am Ball bleiben, mit ihm darüber sprechen sollen? Hätte ich ihn stärker animieren sollen? Kann sein, und irgendwie wundere ich mich bis heute darüber, dass ich es nicht tat. Vielleicht hielt ich mich ein bisschen zurück. Beziehungsweise sehr. Ich wollte nicht, dass er ein falsches Bild von mir bekam. Oder das richtige. Was soll's?

Jetzt ist es egal. Seit diesem Morgen gehört alles Durchschnittliche in unserem Sexleben der Vergangenheit an. Wir sind wieder da, wo wir angefangen haben, und ich könnte nicht glücklicher sein. Ich werde keine Zeit damit verschwenden, über das Warum zu grübeln. Vielleicht liegt es an der frischen Seeluft. Oder an der sinnlichen Umgebung. Vielleicht konnte er erst jetzt wieder zu seiner Lust stehen, kurz vor unserer Hochzeit.

Ich glaube, die Amish sind auch so.

Fazit? Meine Entscheidung, ihn zu heiraten, steht felsenfest. Absolut. Der Ausrutscher am Vorabend? Meine Zweifel, die Sorgen, das ziellose Flirten und – ganz ehrlich – die kopflose Panik? Völlig albern. Total sinnlos. Mein anfänglicher Instinkt war doch richtig.

Alles wird gut werden.

Ich nippe an meinem Kaffee. »Was steht heute Vormittag auf dem Programm, Mattiemaus?«

»Ich habe mich zurückgehalten«, erwidert sie und biegt in die Whitehead Street ein. »Nach dem Restaurant müssen wir nur noch kurz zu dem neuen Floristen und die Planung des Empfangs durchgehen.«

»Super!«, sage ich. »Moment mal. Wir haben einen neuen Floristen?«

»Ja. Ich habe dem anderen gekündigt.«

»Wirklich?«

Mattie seufzt voller Bedauern. »Er lieferte nicht die beste Arbeit ab.«

Ich denke darüber nach. »Hättest du nicht mit mir darüber sprechen sollen?«

Erschrocken sieht sie mich an. »Mochtest du Martin?«

»Ähm, nein«, gebe ich zu, »ich meine, ich weiß überhaupt nicht, was er so macht. Und ich wäre wohl mit allem einverstanden gewesen, was du von mir verlangt hättest, aber …«

Warum stelle ich mich jetzt an? Ich habe Mattie von Anfang

an freie Hand gelassen. Sie muss freie Hand haben. Vielleicht stört mich diese deutliche Erinnerung daran, wie wenig ich mich bis jetzt für die Vorbereitung interessiert habe. Wie distanziert ich war.

Mattie hält vor dem Blue Haven, einem flippigen Inselcafé auf der Thomas Street. Sie stellt den Motor aus und bricht in Tränen aus.

»Ich habe dich enttäuscht!«, heult sie.

O Gott. »Ach Quatsch, überhaupt nicht«, versichere ich ihr.

»Diese Hochzeit zu planen war eine echte Herausforderung«, gesteht sie. »Deine Familie ist so ... so ungewöhnlich. Und alles passiert immer erst in letzter Minute! Ich möchte alles perfekt machen, aber ich bekomme nicht viel Unterstützung von dir. Und jetzt habe ich zu freihändig entschieden!«

»Nein, nein! Du machst das wirklich toll, Mattie!«

Sie putzt sich die Nase und sieht mich hoffnungsvoll an. »Wirklich?«

»Auf jeden Fall«, sage ich. »Das ist allein meine Schuld. Ich habe auf deine Mails und SMS, Nachrichten und Facebookmitteilungen und auf alles andere nicht immer so schnell reagiert, wie ich sollte. Aber das wird sich jetzt ändern. Von diesem Moment an.«

»Wirklich?«

»Was auch immer ich tun soll, Mattie, ich bin dabei. Sag es mir einfach. Jetzt legen wir los. Wir planen diese Hochzeit so richtig, ja?«

»Ja!«, jubelt sie glücklich und hüpft aus dem Wagen. Wir betreten den offenen Innenhof des Restaurants wie beste Freundinnen. Ich merke, dass ich einen Riesenhunger habe, und der Besitzer ist so freundlich, mir einen Teller Obst und eine leckere Bloody Mary zu spendieren. Wir diskutieren das Menü für das Probeessen, und mit Hilfe einer zweiten Bloody

Mary treffe ich mehrere epochale brautmäßige Entscheidungen (Huhn und Fisch, Wahnsinn!) Nach einer dritten Bloody Mary zum Abschied folge ich Mattie zurück zum Auto.

»Seit deiner Zeit hat sich Key West stark verändert«, sagt sie auf dem Rückweg zur Duval Street. »Inzwischen sind wir total weltoffen. Da drüben ist ein interessanter Laden.« Sie zeigt auf ein fröhliches gelbes Cottage. »Hat im November eröffnet. Sie verkaufen ... ach, wie heißt das noch mal?« Sie schnippt mit dem Finger. »Meine Güte, warum fällt mir das bloß nicht ein? Kommt von der Kuh.«

»Milch?«

»Nein«, sagt sie. »Härter.«

»Eis?«

»Nein, nicht süß.«

»Käse?«

»Käse!«, ruft Mattie. »Die verkaufen da ihren eigenen Käse.«

»Du hast das Wort für Käse vergessen?«

»Ich hab zur Zeit ein furchtbar schlechtes Gedächtnis«, klagt sie.

»Müsstest du das nicht vielleicht mal, keine Ahnung, untersuchen lassen?«

»Die Ärzte können nichts für mich tun, Schätzchen. Das ist die große Veränderung.«

»Die große Veränderung?«, wiederhole ich. »Das klingt aber heftig.«

»Die Wechseljahre. Die sind erbarmungslos. Hitzewallungen, Hormonschübe, Vergesslichkeit.« Ihre Hand fliegt hoch zur Stirn, fuchtelt herum. »Mein Hirn ist ... ach, wie heißt das noch mal? Dieses Ding mit den Löchern?«

»Ein Sieb?«

»Ja! Ein Sieb.«

Ich lache. »Du hast das Wort vergessen, mit dem du beschreiben wolltest, wie vergesslich du bist. Das ist lustig.«

Sie sieht mich ausdruckslos an.

»Nein, du hast recht«, sage ich. »Das ist nicht lustig.«

Die Duval Street wirkt vormittags längst nicht so heruntergekommen. Die Kneipen sind geschlossen. Touristen schlendern umher, trinken Smoothies und kubanischen Kaffee. Die Bürgersteige sind sauber und nass.

»Siehst du die Kirche da drüben?«, fragt Mattie und weist auf eine Kapelle mit weißer Holzverkleidung.

»Ich habe eine Idee! Wir servieren Bloody Marys beim Probeessen!«

Mattie legt den Kopf schräg. »Ist das nicht eher ein Getränk für den Vormittag, Liebes?«

»Wir könnten doch ausschließlich Frühstück servieren«, schlage ich vor. »Pfannkuchen zum Beispiel!«

»Nein«, entscheidet sie. »Also, was ich gerade sagen wollte: In dieser Kirche gibt es eine neue Pastorin. Die Leute sind begeistert von ihr. Ich dachte, du fändest es vielleicht gut, wenn sie am Samstag die Trauung vollzieht.«

Mattie setzt zu einer Geschichte über die Pastorin an, während ich eine Touristenfamilie beobachte, die von einem abgehalfterten Hippie Hüte aus Palmenstroh kauft. In den Frühjahrsferien habe ich mal mit Teddy Hüte geflochten, da waren wir elf oder zwölf. Die Hüte sahen schlimm aus, aber wir waren so niedlich. Machten einen Riesenreibach damit. Das gesamte Geld gaben wir für Eis und Kracher aus.

»Lily?«, sagt Mattie.

Ich sehe sie an. Sie wartet auf eine Antwort. »Tut mir leid. Haben wir nicht schon einen Pastor?«

»Ja«, gibt sie widerwillig zu. »Leonard Garment.«

»Gut. Will hat mit ihm telefoniert. Er mag ihn sehr.« Eigentlich glaube ich, dass Will nur darauf aus ist, den Namen eines »Reverend Garment« unter unserer Heiratsurkunde zu haben. Aber er hat es beschlossen – ich kann ihn nicht einfach übergehen.

»Ich möchte eure Entscheidungen ganz sicher nicht anzweifeln«, sagt Mattie, »aber ich glaube, Len zu nehmen wäre ein großer Fehler.«

»Warum?«

Sie tritt gerade noch rechtzeitig in die Eisen, um nicht auf ein kleines Elektroauto aufzufahren, das vor uns her tuckert. »Ich stelle mir eure Hochzeit sehr elegant vor, wie aus dem Bilderbuch«, erklärt sie. »Eher förmlich und traditionell.«

Ich muss lachen. »Du triffst den Nagel auf den Kopf, Schwester.«

»Len ist so … alternativ.« Mattie runzelt die Stirn. »Er ist so respektlos. Ich glaube, er vermittelt das falsche Bild.«

Ich schaue aus dem Fenster. Wir sind auf der Margaret Street. Heiratsurkunden, Pastorinnen. Das klingt alles so … offiziell.

»Lily?« Mattie sieht mich eindringlich an.

»Was? Oh, 'tschuldigung.« Ich lasse die Fensterscheibe runter. Auf einmal ist es wirklich warm im Auto. »Wenn du das so wichtig findest, spreche ich noch mal mit Will darüber.«

»Wunderbar! Du wirst froh sein.«

Mein Telefon klingelt. Ich melde mich: »Hola, *madrasta bonita*!«

»Wenn du diesen armen Kerl heiratest, werdet ihr es beide für den Rest eures Lebens bereuen«, sagt Ana.

Ich lehne mich gegen die Kopfstütze. »Könntest du bitte die Schnauze halten?«

Mattie zuckt leicht zusammen. »Sorry!«, flüstere ich ihr zu. Dann wieder zu Ana: »Ich ändere meine Meinung nicht. Findet euch damit ab!«

»Wie wäre es denn hiermit?«, sagt sie. »Verschiebt es. Nehmt euch Zeit, um euch gegenseitig besser kennenzulernen. Wenn ihr dann immer noch heiraten wollt, kommen wir hier in einem halben Jahr wieder zusammen. Was hältst du davon?«

Ich muss auf der Hut sein – Ana kann verdammt überzeugend sein, ihre Haltung ist ansteckend. Als Kind überredete sie mich ständig dazu, Dinge zu tun, die ich nicht wollte – an Kundgebungen teilnehmen, ihr beim Wahlkampf helfen, seltsame Sachen essen. Ana ist leidenschaftlich, theatralisch und hat immer recht, immer. Wodurch sie oft sehr nervig ist.

»Tut mir leid«, sage ich. »Mache ich nicht.«

»Verdammt, Lilybär. Du bist dermaßen stur.«

»Von wem ich das wohl habe!«

»Du bist der letzte Scheißdreck!«, ruft sie.

Ich halte das Handy vom Ohr weg. »Das ist jetzt aber etwas heftig, meinst du nicht?«

»Doch nicht du«, erwidert sie abwesend. »Ich lese gerade eine E-Mail.«

»Aha? Schön zu wissen, wie sehr du dich allein auf meine Angelegenheit konzentrierst.«

»Das ist ja wohl lächerlich!«, zischt sie. Ich höre die Tastatur klackern, als sie wütend drauflos tippt.

»Kann ich dir sonst noch irgendwie helfen?«

»Nein«, sagt sie, in Gedanken offensichtlich woanders. »Ich meine: doch. Gib mir mal die Nummer von deiner Freundin. Der Designerin. Sie soll mir helfen, ein Kleid auszusuchen.«

»Du hast noch kein Kleid für die Hochzeit?«

»Wann habe ich denn Zeit zum Shoppen?«, ruft sie. »Außerdem dachte ich ehrlich gesagt nicht, dass du es ernsthaft durchziehen würdest.«

Ich gebe ihr Freddys Nummer.

»Also«, fährt Ana fort, »falls du doch noch Bedenken bekommen solltest …«

Ich drücke sie weg, als Mattie vor einem verwitterten grauen Haus mit violetten Holzverzierungen hält. Die schiefe Veranda quillt nur so über vor Pflanzen und Blumen. Auf dem handgeschriebenen Schild steht »ROSE'S FLOWERS AND GIFTS«.

»Da wären wir«, flötet Mattie.

Ich sehe sie mit offenem Mund an. »Du hast mich zu einem Sexshop gefahren?«

Sie ist beschämt. »Nein, nein, nein! Das ist ein …«

»Mattie, das ist ja abartig! Für so etwas habe ich wirklich nichts übrig!«

»Ich würde dich nie …«

Ich tätschele ihr Bein. »Schon gut, hab dich nur veräppelt.«

»Ah«, macht sie, ein wenig besänftigt. »Also, das ist …«

»Das ist ja wohl ein Bestattungsinstitut, oder?«, sage ich.

»Was? Nein!«

Drei Bloody Marys auf leeren Magen, und schon quäle ich die arme Frau. Ich entschuldige mich, und wir gehen hinein, wo ich Rose kennenlerne, eine sympathische Floristin mit roten Wangen und einem Heiligenschein aus krausem weißem Haar. Auf der Theke vor ihr liegt ein dicker Ordner.

»Das sind die Entwürfe von Martin«, sagt sie. »Die sind ein guter Ansatz. Aber ich glaube, ich kann sie noch ein bisschen verbessern.«

Rose und Mattie stecken die Köpfe zusammen. Ich checke meine E-Mails und die Nachrichten auf der Mailbox. Eine SMS wird angekündigt.

– Wi tppt man auf diesn Schießteil,

Es ist meine Großmutter. Ich schreibe zurück:

– Bitte senden Sie mir keine weitere Spam.

Ungefähr fünf Minuten später bekomme ich:

– Du Idio8

Das macht Spaß.

– Sie sind einer von diesen Perversen im Internet, nicht? Ich werde Sie anzeigen!

– Dies schieß

– Sie sind krank, Mister, wissen Sie das? krank

Schließlich ruft sie an, stotternd vor Wut.

»Simsen sollte eigentlich Zeit sparen«, erkläre ich ihr. »Für jemanden in deinem Zustand macht es keinen Sinn.«

»Was soll das denn heißen?«, faucht sie. »Was für ein Zustand?«

»Alle zehn Finger und einen Fuß im Grab.« Ich zupfe einige Zweige Schleierkraut aus einer Vase und zerkrümele die Blüten zwischen den Fingern. »Was ist los?«

»Ich muss einen Gast zusätzlich melden. Vorausgesetzt, du willst diesen Hochzeitsquatsch tatsächlich durchziehen.«

»Aber sicher. Ich ziehe diesen Hochzeitsquatsch wirklich durch!«

Mattie und Rose unterbrechen ihr Gespräch und sehen hoch. »Spaßanruf«, erkläre ich. Zu Gran: »Tut mir leid, du bucklige Verwandtschaft. Wir sind ausverkauft.«

»Einen mehr bekommt man immer unter«, beharrt sie. »Meine liebste Mandantin aller Zeiten wurde gerade auf Bewährung entlassen.«

»*Masel tov!* Weshalb hat sie gesessen?«

»Hat ihren Ehemann mit einem Speedboot überfahren«, erwidert Gran.

»Hatte er es verdient?«

»Sie verdienen es alle«, sagt sie düster.

Ich bohre Löcher in einen Block feuchten grünen Blumensteckschaums. Rose sieht mich mahnend an. Ich mache ein entschuldigendes Gesicht und schiebe den Steckschaum zur Seite. »Hört sich an, als wäre deine Freundin eine superlustige Bereicherung für die Party, Gran, aber …«

»Dawn ist der Knüller. Und sie ist einsam. Ich dachte, sie könnte dort vielleicht jemanden kennenlernen.«

»Du willst meine Hochzeit benutzen, um einer Mörderin eine Affäre zu verschaffen?«

Wieder schauen Rose und Mattie auf.

»Totschlag«, sagt Gran. »Sie hat teilweise gestanden.«

»Ach so«, sage ich. »Dann ist es ja gut. Ist geritzt.«

Wir plaudern noch ein bisschen, schließlich lege ich auf. Mattie ist hingerissen von irgendeinem floralen Zauberwerk, das Rose präsentiert. Müde höre ich den beiden zu. Probeessen, Brautstiefmutterkleider. Letzte Änderungen der Gästeliste. Seit Will und ich uns verlobt haben, kommt mir die Hochzeit irgendwie irreal vor. So theoretisch. Ich war in New York, arbeitete viel, lebte mein Leben. Der Großteil der Vorbereitungen wurde hier getroffen, von Menschen, die ich gar nicht kannte. Ich musste nichts weiter tun, als Gästelisten zu schicken, mir Matties Gequäke anzuhören und »Ja«, »Nein« oder »Das frage ich besser Will« zu antworten.

Jetzt ist alles sehr real.

»… und hier ein hübscher Strauß Bellis«, sagt Rose und zeichnet schnell etwas ein. »Manche Leute meinen, Pfingstrosen würden zu schnell braun, aber das finde ich nicht, davon könnten wir welche hier arrangieren …«

Real! Ist doch gut, echt. Echtheit ist etwas Gutes. Ich denke an Will und daran, wie er heute Morgen im Bett war. Wenn es eine Hochzeit braucht und das Versprechen von Treue und Beständigkeit, damit ich das mein Leben lang bekomme? Von mir aus gerne! Kein Problem.

»Ich muss euch noch etwas anderes zeigen.« Rose führt uns zu einem kleinen Tisch, auf dem verschiedene Stofffetzen liegen. »Mattie sagt, ihr braucht Stoffbeutelchen für die Hochzeitssouvenirs.«

»Für die was?«

»Für die Zuckermandeln mit euren Initialen«, erklärt meine Hochzeitsplanerin. »In einem kleinen Säckchen mit Kordelzug und einem Zweig Seidenblumen. Hab ich dir doch auf die Mailbox gesprochen …«

»Ich habe ein paar Stoffmuster rausgesucht«, sagt Rose, »aber ich wusste nicht genau, welches am besten zu den Kleidern der Brautjungfern passt.«

»Müssen die passen?«, frage ich.

»Alles passt«, antwortet sie.

»Alles?«

»Vom Design her geht es bei einer Hochzeit um Symmetrie, Bindung und Beständigkeit«, erklärt Rose ernst. »Deshalb sollen die Blumen von der Trauung und der anschließenden Feier schon vorher im Blumenschmuck des Probeessens auftauchen und ihr Echo, so könnte man es ausdrücken, in den Tischgestecken beim Brunch am Sonntag finden.«

Ihr Echo finden?

Brunch?

Mattie mischt sich ein. »Das ist auch der Grund, warum wir für die Programme, die Einladungen und die Tischkarten dieselbe Schriftart gewählt haben.«

»Und genauso«, fährt Rose fort, »sollte der Stoff für die Hochzeitssouvenirs zum Stoff der Brautjungfernkleider passen.«

»Der wiederum zum Seidenpapier in den Umschlägen der Einladung passt.«

Beide sehen mich an.

Ich glotze zurück.

Ich wurde von zwei Aliens mit Zwangsstörungen entführt!

Sie warten darauf, dass ich etwas sage.

»Meine Damen?« Ich klatsche in die Hände. »Dann legen wir mal los mit dem albernen Stoff!«

Rose wirkt ein wenig verdutzt, aber fängt sich schnell und zeigt mir sechs Vierecke champagnerfarbener Gaze.

Ich betrachte sie. »Die sind völlig identisch.«

»Nein, sind sie nicht«, widerspricht Rose.

Ich wende mich an Mattie. »Rose hat Hallus.«

»Lass dir Zeit«, drängt mich Mattie. »Halte sie mal gegen das Licht.«

Ich sehe erst sie, dann Rose an. »Meine Damen? Wenn ich sagte, dass mir diese Entscheidung so was von am Arsch vorbei geht, stellte das eine große Überbewertung meines Hinterteils dar.«

Einen Moment denken sie über den Spruch nach. Ich ebenfalls. Diese Bloody Marys müssen ganz schön stark gewesen sein.

»Das zweite Stoffmuster«, sagt Mattie zu mir.

»Das zweite Stoffmuster«, sage ich zu Rose.

Mit einem Lächeln wischt sie die anderen beiseite. »Sie sind eine pflegeleichte Braut.«

»Schätzchen« – ich lache –, »Sie haben ja keine Ahnung.«

»Ich hätte ein paar Vorschläge, wie die Toiletten im Audubon House dekoriert werden könnten«, fährt Rose fort.

»Wo?«

»Im Audubon House«, murmelt Mattie. »Wo der Empfang nach der Trauung stattfindet.«

»Ach ja!«, rufe ich. »Moment mal. Da müssen wir die Toiletten dekorieren?«

»Das macht man so«, teilt Rose mir mit. »Teelichter, Duftseife, bestickte Handtücher. Vielleicht ein Sträußchen.«

»Ein Sträußchen.« Ich nicke. »Aber nur vielleicht.«

Rose wühlt in einer Plastikkiste herum. »Dafür habe ich genau das Richtige.«

Ich bekomme eine SMS von Will.

– Wo bist du?

Es ist Viertel nach eins. Ich komme zu spät zum Essen.

7

Ich lasse Mattie bei Rose zurück und haste zum Restaurant. Als ich in die Simonton Street einbiege, stoße ich fast mit einer Frau zusammen, die aus einem Friseursalon kommt. Sie trägt Shorts und Flipflops, doch ihr Haar ist elegant hochgesteckt, komplett mit Schleier. Noch eine Braut, die einen Probelauf für ihren großen Tag macht. Sie sieht so glücklich aus.

Mein Handy klingelt. Ich melde mich: »Was geht, Digger?«

»Lily?«, sagt Jane. »Du musst mir einen Gefallen tun.«

»Dir, *mon chérie*? Aber immer!«

»Ich nehme an, du hast es dir nicht anders überlegt mit dem Heiraten?«

»Warum fragen mich das ständig alle?«

»Wir unterliegen der kollektiven Illusion, dass du irgendwann doch noch vernünftig wirst.«

»Ha! Wenn die Mäuse Jäger schießen. Wenn die Hasen Katzen fressen.«

»Sicher«, sagt Jane trocken. »Jetzt hör mir bitte gut zu: Zur Hochzeit kommen zwei Ehepaare, Bekannte von mir. Die Gortons und die Heydrichs. Sie dürfen nicht an einem Tisch sitzen.«

»O-oh! Wer hat wen gebumst?«

»Wer mit wem«, korrigiert sie mich und zögert. »Donald Heydrich und Mitzy Gorton.«

»Nein!«, rufe ich. »Nicht Donald und Mitzy!«

Ich habe null Ahnung, wer diese Leute sind. Ich kenne nicht mal die Hälfte der Gäste, die meine Eltern zur Hochzeit eingeladen haben.

Jane seufzt. »Leider doch.«

»Du hast coole Bekannte, Janey. Hey, da fällt mir ein: Kommen die aus dem Swingerclub auch?«

»Ich habe dir schon unzählige Male versichert, dass Bob und Gloria nicht Mitglieder eines Swingerclubs sind«, sagt sie streng. »Das ist ein bösartiges Gerücht, das die unerträgliche Sloane Kittredge in die Welt gesetzt hat.«

»Das will ich hoffen! Ich versuche schließlich, eine anständige Hochzeit auf die Beine zu stellen.«

»Hast du was getrunken?«, will sie wissen.

»O Jane!« Ich pruste los. »Allein der Gedanke!«

»Lass mich bitte ausreden. Das Schlimmste ist zum Glück überstanden. Es war alles so ermüdend – die Tränen, die Vorwürfe.« Jane seufzt erneut, und ich sehe sie vor mir, wie sie in Grans Haus auf dem Sofa liegt, die Haare auf dem Kissen ausgebreitet. Wie sie die Ringe an ihren Fingern bewundert, entlang ihrer schmalen, edlen Nase auf diese naiven Menschen mit ihren albernen Streitereien hinabschaut. Als ich Jane kennenlernte, war sie für mich die Schneekönigin – diese wunderschöne Hexe aus dem Märchen, die Kinder entführt und dafür sorgt, dass sie ihre Familie und Freunde vergessen. Ich glaubte damals, sie wollte mich von Ana entfremden, aber das war natürlich überhaupt nicht ihr Ziel. Am Ende fand ich Jane faszinierend – noch nie hatte ich eine Frau wie sie gekannt, so weltläufig, so bewandert in Dingen, für die ich mich nie interessiert hatte: Macht, Geld, Schönheit und Beziehungen zwischen Männern und Frauen.

»Man hätte meinen können, es wäre das Ende der Welt, nicht nur ein dummer Seitensprung«, fährt sie fort.

»Manche Leute bauschen so was derartig auf«, stimme ich ihr zu.

»Jetzt haben ihre Partner ihnen verziehen, es kann weitergehen. Trotzdem habe ich versprochen, dafür zu sorgen, dass sie an diesem Wochenende so wenig wie möglich miteinander zu tun haben müssen. Kannst du mir dabei helfen?«

»No problemo.«

»Natürlich ist das alles müßig, falls du doch noch …«

»Die Hochzeit findet statt, Janey. Ich ändere meine Meinung nicht.«

»Aber, Lily, Süße, denk doch an …«

Das reicht für einen Vormittag. Ich lege auf und biege in die Duval ein, wo ich wegen der vielen Fußgänger nur langsam vorankomme. Vor mir schlendert ein Paar mittleren Alters, Landgänger von einem der großen Kreuzfahrtschiffe. Er trägt eine Kappe der Chicago Cubs und hat eine Kamera um den Hals. Sie hat so eine patent-praktische Frisur aus dem mittleren Westen. Sie haben gestritten, das merkt man. Sie laufen nebeneinanderher, aber zwischen ihnen befinden sich fünfzehn Zentimeter militarisierte Zone. Sie reden nicht, berühren sich nicht, sehen sich nicht an. Dabei sollten sie ihren Spaß haben. Schließlich sind sie im Urlaub!

Ich wette, anfangs hatten Mitzy und ihr Mann am Morgen superheißen Sex. Mit Sicherheit konnte Donald zu Beginn nicht genug von seiner Frau bekommen. Und die zwei vor mir? Wahrscheinlich trieben sie es in Milwaukee, oder wo auch immer sie wohnen, in den berauschenden ersten Jahren wie die Karnickel. Und was passiert dann? Die Zeit vergeht. Langeweile kommt auf. Der Druck und die Routine des Alltags schmälern die Anziehungskraft. Und eines Abends schaut Mitzy auf einer feinen Party nach ein paar Glas Chardonnay zu Donald hinüber, er erwidert ihren Blick, und ein Funke springt über.

Vielleicht ist es aber noch schlimmer – keine körperliche Versuchung, sondern nur eine langsame, erbarmungslose Ansammlung von Kränkungen, Missverständnissen, Ärgernissen und Kompromissen, bis man irgendwann im Paradies neben einem Fremden herläuft, den man mehr oder weniger hasst. Liebe? Verschwunden. Zuneigung? Verschwunden. Was immer einen zusammengeführt hat? Verschwunden.

Gott! Bring mich um.

Ich finde das Restaurant und gehe kurz zur Toilette, mich frisch machen. Anschließend gönne ich mir einen Drink an der Bar, um meine Nerven zu beruhigen. Von meinem Platz an der Theke kann ich Will draußen auf der Terrasse sehen, er sitzt neben einem sympathisch wirkenden Glatzkopf und einer dunkelhaarigen Frau in einer rosa Caprihose. Will sagt etwas, seine Mutter lächelt breit. Gran war nicht die Einzige, die mich vor ihr gewarnt hat. Einige Teilhaber bei uns in der Kanzlei sind schon in Wirtschaftsprozessen gegen Anita Field angetreten. Sie warnten mich vor ihrem Lächeln. Das sei nur das Blecken ihrer Reißzähne.

Ich trinke noch ein Glas und gehe nach draußen.

Auf halbem Weg rufe ich: »Hallo!« Die Männer erheben sich. Mit der Spitze meiner Sandale bleibe ich an einer Holzlatte hängen und stolpere. Will fängt mich auf. Lächelnd führt er mich an meinen Platz. »Ruhig, Brauner«, flüstert er.

Wir stellen uns gegenseitig vor. Wills Vater Harry wirkt liebenswürdig und locker. Seine Mutter ist angespannt, aber nett. Kaum eine – wie war das noch mal? Ein Killer? Das war die Strafverteidigerin, die da aus Gran sprach. Sie misstraut reflexartig allen Staatsanwälten.

»Tut mir leid, dass ich zu spät bin«, sage ich. »Unsere Hochzeitsplanerin hat mich durch die halbe Stadt gescheucht.«

Wills Mutter lacht. »Daran kann ich mich noch gut erinnern«, sagt sie. »Harry und ich haben deutlich kleiner gefeiert als ihr beide – mit nur rund fünfzig Gästen. Aber die Vorbereitung war unglaublich! Und es bleibt immer an den Frauen hängen, nicht wahr, Lily?« Sie fixiert mich mit ihren blauen Augen.

Sie ist ein zahmes Kätzchen! Ich entspanne mich ein wenig. »Das stimmt, Mrs Field«, sage ich. »Total ungerecht.«

»Bitte«, sagt sie, »Nenn mich doch Anita.«

Ich lächele. »Gut, Anita.«

Sie lächelt zurück.

»Anita«, wiederhole ich. »Aa-nii-taa. Aaaaniiiiitaaaaa.«

Sie schaut verwirrt drein.

»Anita Bobita.« Ich rucke mit dem Kopf. »Super-Bita.«

Warum mache ich das?

»Lily?«, sagt Will leise.

Ich kann einfach nicht aufhören.

»Anita.« Und mit tiefer Stimme: »Yeah.«

Will starrt mich an. Ich lächele ihm aufmunternd zu.

Die Kellnerin kommt. Anita bestellt Lachs, Harry einen Thunfisch, Will Zackenbarsch. »Einen Scotch auf Eis«, sage ich, als ich an der Reihe bin.

»Und zum Essen?«, fragt die Kellnerin.

Ich grinse sie an. »Das ist mein Essen, Süße.«

Will nimmt meine Hand. »Du solltest etwas bestellen.« Er sieht seine Eltern an. »Lily arbeitet so viel, dass sie manchmal vergisst, etwas zu essen!«

»Ich nehme ein Steak«, sage ich zu der Kellnerin. »Blutig.«

»Ein Steak!« Harry schmunzelt. »Da merkt man sofort, dass du aus Florida stammst.«

Ich lächele ihn an. »In den ersten zehn Jahren hatte ich genug Fisch für den Rest meines Lebens, Harry. Ich bin bis oben voll mit Omega-3.«

Anita beobachtet mich genau. »Omega-3-Fettsäuren«, bemerkt sie. »Hervorragend fürs Gehirn.«

»Das brauche ich auch, um mit deinem brillanten Sohn mithalten zu können«, sage ich.

Wir plaudern locker weiter. Die Kellnerin bringt unsere Getränke. Ich helfe ihr, indem ich mein Glas direkt vom Tablett nehme.

»Die Bedienung hier ist phantastisch«, bemerkt Harry, als sie fort ist.

Neckisch gebe ich ihm einen Klaps auf den Arm. »O Mann, Harry, das ist 'ne Transe!«

Kurz erstarrt er, dann kichert er. »Ich habe wohl vergessen, wo wir sind.«

»Du wirst genauso rot wie dein Sohn!«, rufe ich. »Weißt du, heute Morgen, als er …«

»Bevor du eben kamst«, unterbricht Will mich schnell, »habe ich meinen Eltern erzählt, wie wir uns kennengelernt haben.«

»Auf dem Klo«, sage ich.

»In einer Kneipe«, sagt er.

»Im Klo einer Kneipe«, sage ich.

Will greift nach meiner Hand und stößt dabei ein Glas Wasser um. Vielleicht war ich das auch. Jedenfalls tupfen wir es beide mit unseren Servietten auf. Anita beobachtet mich schweigend.

»Wie gesagt, Lily arbeitet sehr viel«, sagt Will. »Sie schläft so gut wie nie. Ich glaube, diese Woche Urlaub vor der Hochzeit hat sie dringend gebraucht«, er sieht mich mit einem festgefrorenen Lächeln an, »um sich zu entspannen. Zu erholen.«

»Ich kann mich noch erinnern, wie es bei mir war«, sagt Anita nach einer längeren Pause. »Bevor ich zur Bundesstaatsanwaltschaft ging, war ich elf Jahre in einer der größten Kanzleien von Chicago. Was für ein Leben!« Sie erzählt eine Anekdote, aber ich kann mich nicht konzentrieren. Ihre perfekte Frisur lenkt mich zu stark ab. Hier draußen weht ein einigermaßen kräftiger Wind, dennoch liegt jede Strähne an ihrem Platz. Superhelden-Haar. Kann mit Sicherheit Kugeln abfangen.

Ich muss lachen. Sie verstummt.

»Wie bitte?«, sage ich. »Was?«

»Ich habe gehört, dass es heutzutage noch schlimmer sein soll«, schließt sie leicht verärgert.

»Die Tage sind lang«, stimme ich ihr zu. »Aber ich liebe meine Arbeit.«

Sie ist überrascht. »Das hört man in unserem Beruf nur selten. Die meisten jungen Anwälte …«

»Lily« – Harry beugt sich vor –, »ich glaube, deine Nase blutet.«

Ich betaste meine Lippe. Er hat recht. »Entschuldigung«, sage ich und stehe auf. »Das bekomme ich manchmal. Ich habe ein nervöses Septum.«

Anita runzelt die Stirn. »Ein was?«

Ich entschuldige mich und mache mich auf der Toilette zurecht. Auf dem Rückweg gehe ich an der Theke vorbei. »Bitte einen dreifachen Pink Squirrel, Lloyd.«

Die Barkeeperin schaut von ihrem Handy auf. »Was?«

»Oder einen Bourbon«, sage ich. »Pur.«

Sie nimmt ein Glas aus dem Regal.

»Zukünftige Schwiegereltern«, erkläre ich und weise mit dem Daumen auf die Terrasse.

Sie schenkt mir einen Whiskey ein und schiebt ihn zu mir hinüber. »Geht aufs Haus, Süße.«

Ich kehre zurück an den Tisch und setze mich mit etwas zu viel Schwung. Anita räuspert sich. »Will hat erzählt, du hast Jura in Harvard studiert. Einige meiner besten Staatsanwälte habe ich von Harvard.« Sie sagt noch etwas, aber ich bekomme es nicht mit, weil es mich total fasziniert, wie starr ihr Unterkiefer beim Sprechen bleibt.

»Lily ist ein Genie«, sagt Will.

Ich tue sein Kompliment ab. »Da aufgenommen zu werden war ein Klacks. Ich musste nur dem Dekan einen blasen.«

Anita starrt mich an. »Wie bitte?«

»Das war ein Witz«, sagt Will und schlägt die Hände vors Gesicht.

»Ja! Ein Witz!«, bestätige ich. »Sorry. War echt ein Witz. Das war natürlich nicht so.«

Langsam klopfen Anitas Fingernägel auf den Tisch. Sie sind tiefrot lackiert, blutrot. Ich bin total gebannt davon.

»Wir freuen uns schon auf das Abendessen mit deiner Familie am Donnerstagabend«, sagt sie. Sie ist wirklich erbarmungslos mit ihrem Smalltalk, diese Frau. Eine lahme, alte, schwerfällige Smalltalk-Dampflok. Nun wirft sie mir ihr fieses kleines Lächeln zu. »Du hast auf jeden Fall ungewöhnlich viele Eltern. Als ich gestern die Zeitung aufschlug, wusste ich gar nicht genau, ob ich eure Hochzeitsanzeige oder die Besetzungsliste einer Vorabendserie vor mir habe.«

»Miau«, mache ich.

»Mom«, seufzt Will.

Ich werde mich von ihr nicht aus dem Konzept bringen lassen. *No Sir.* Ich werde meine Würde und meine Fassung bewahren.

»War die Anzeige drin?«, frage ich. »Wie war sie?«

Aus irgendeinem Grund habe ich jetzt den britischen Akzent meines Vaters aufgesetzt.

»Sehr hübsch«, sagt Harry.

»Famos«, erwidere ich erfreut. »Wirklich famos!«

»Nur Wills Name war falsch«, fügt er hinzu.

»Du liebe Güte! Warum?«

Will rutscht auf seinem Stuhl herum. »Das war nicht …«

»Er heißt nicht William«, erklärt mir Harry, »sondern Wilberforce.«

»Nein«, erwidere ich automatisch.

»Doch«, sagt Anita. »So heißt er.«

Ich starre Will an.

»Ich habe nie behauptet, dass ich William heiße«, beharrt er.

»Wilberforce?« Ich breche in Gelächter aus. »Der gute alte Wilberforce!«

»Wilberforce hieß mein Vater«, sagt Anita.

Ich nicke feierlich. »Meiner auch.«

Abrupt steht Anita auf und verschwindet. Will beugt sich zu mir herüber. »Lily? Ich denke, du solltest zurück ins Hotel gehen.«

»Warum? Mir geht's gut!«

»Dir geht's nicht gut«, sagt er. »Nicht mal ansatzweise.«

»Ich muss nur was essen. Guck! Da kommt das Essen.«

Will, Harry und ich schaufeln los, die Stimmung am Tisch wird lockerer. Anita kommt nicht zurück.

»Hoffentlich ist deine Mutter nicht auf der Toilette verschollen«, sage ich. »Die Toiletten in diesem Restaurant sind extra ... extraterre ... ich meine, sie sind wirklich ...«

»Vergiss die Toiletten«, murmelt Will. »Wir brauchen nicht über die Toiletten zu reden.«

»Und, Lily? Wie lange wohnst du schon in New York?«, fragt Harry.

»Offiziell seit meiner Jugend, als ich zu meinem Vater und meiner Stiefmutter Jane in den Norden zog. Aber die haben mich fast umgehend in ein Internat verfrachtet. Nur in den Ferien und an Feiertagen war ich in der Stadt, aber nach dem Studium habe ich mir eine eigene Wohnung genommen.«

»Und bist du dort genauso glücklich wie Will?«

»Ich liebe New York. Es ist die tollste Stadt der Welt.«

Harry lächelt. »Und wie gefällt dir die Upper East Side?«

»Die hasse ich. Das ist der letzte Sumpf.«

Harry ist verwirrt. »Warum wohnst du dann da?«

»Tu ich ja gar nicht. Wir wohnen in Downtown.«

Harry ist entsetzt. Ich schiele zu Will hinüber, der rot angelaufen ist.

»Ach, Moment!« Ich schlage mir vor die Stirn. »Stimmt ja, da wohne ich. Ich wohne auf der Upper East Side. Das ... das heißt bei uns Downtown. Hat was mit den Immobilienmaklern zu tun. Alles unterhalb der 96th Street nennt man Downtown. Wegen der Grundstückspreise. Das ist ... total verrückt.«

Harry steht auf. »Ich sehe mal nach, wie es deiner Mutter geht.« Er verschwindet.

Ich esse noch ein Stück vom Steak. Es ist hervorragend! Ich sollte öfter mal was essen.

Will wirft seine Serviette auf den Tisch. »Das lief ja prächtig.«

»Meinst du?«

»Nein, verdammt!«, schreit er.

Ich bin so verdutzt, dass ich die Gabel fallen lasse. Will schimpft fast nie.

»Will, ich …«

Fassungslos starrt er mich an. »Was hast du dir dabei gedacht, Lily? Hast du das mit Absicht gemacht?«

»Natürlich nicht!«

»Das war eine Katastrophe! Ich weiß gar nicht, was ich sagen soll.« Er ist fuchsteufelswild. So hat er bisher nie mit mir gesprochen. Dabei hat er recht. Natürlich hat er recht. Das sehe ich jetzt auch ein.

»Es tut mir leid.« Ich berühre seinen Arm, doch er reagiert nicht, sondern blickt in die Ferne. »Ich wollte einen guten Eindruck machen«, sage ich. »Wenn ich nervös bin, rede ich immer zu viel.«

Will winkt die Kellnerin herbei und bestellt einen Drink. Er fährt sich mit den Händen durchs Haar. »Was die jetzt denken müssen …«, klagt er.

Ich versuche, ihn aufzumuntern. »Was soll's? Sind doch nur deine Eltern.«

Er schüttelt den Kopf. »Das ist komplizierter.«

»Ja? Sind sie vielleicht auch« – ich mache eine dramatische Pause – »deine Geschwister?«

»Verdammt nochmal, Lily!«, ruft er. »Das ist nicht witzig!«

»Sorry, sorry, sorry.« Es tut mir wirklich leid. Ich wollte nicht, dass es so ausgeht. Es ist mir aus dem Ruder gelaufen. Und jetzt ist Will fertig. Ich fühle mich furchtbar.

»Mein Verhältnis zu ihnen ist … schwierig«, erklärt er. »Es ist mir wichtig, dass sie dich mögen, dass sie dich akzeptieren. Sonst … egal. Kann ich nicht erklären.«

Er ist so betrübt. Kann das wirklich so schlimm sein? »Sag ihnen, dass ich normalerweise nicht so bin«, schlage ich vor. »Dass es am Stress wegen der Hochzeit oder der Arbeit liegt, egal. Sag ihnen, dass mich die Vorbereitungen in den Wahnsinn treiben. Und dass ich zu viel auf leeren Magen getrunken habe.« Ich greife nach seiner Hand. »Es tut mir leid, Baby. Kommt nicht noch mal vor.«

Will denkt nach. Sein Drink wird serviert. »Hochzeitsstress«, sagt er. »Das könnte klappen.«

Ich lasse ihn grübeln. Am liebsten würde ich mir einen Rotwein zum Steak bestellen, lasse es aber lieber.

Innere Reife!

»Du hättest mir sagen können, dass sie nicht wissen, dass wir zusammen wohnen«, sage ich.

Kleinlaut sieht er mich an. »Ich wollte es heute Morgen erzählen. Hatte keine Chance.«

»Ist das denn so wichtig? Ich dachte, über solche Sachen macht sich keiner mehr einen Kopf.«

»Doch, viele Menschen«, sagt er. »Unter anderem meine Eltern. Nicht jede Familie ist so unkonventionell wie deine.«

»Kann schon sein. Aber … musstest du ihnen wirklich erzählen, dass ich auf der Upper East Side wohne? Das ist wie ein Messerstich, Will.« Ich klopfe mir auf die Brust. »Mitten ins Herz.«

Er lächelt ansatzweise. »Was habe ich mir nur dabei gedacht?«

»Schon gut.« Ich tätschele seine Hand. »Damit steht es unentschieden zwischen uns.«

Er schlägt die Hände vors Gesicht.

»Will? Das war nur 'n Witz!« Ich klopfe ihm auf die Schulter. »Will? Will?«

8

Wills Eltern kommen nicht zum Essen zurück. Irgendwann ruft er seinen Vater an und erfährt, dass sie ins Hotel gegangen sind. Ich überrede ihn, sich einen Roller zu leihen, damit ich ihm die Insel zeigen kann. Er fährt (logisch!), ich sitze hinter ihm und lotse ihn zu all meinen Lieblingsplätzen: zum Steinstrand von Fort Taylor, zu den ruhigen Ecken von Louisa und Royal Street, wo ich früher Fahrrad fuhr. In den Bayview Park, wo Mom Softball spielte. Zu The Bight, wo Segelboote aus der ganzen Welt sanft gegen die verwitterten Stege stoßen. Zum Parkplatz des Bundesgerichts, wo Gran von einer unzufriedenen Mandantin mit Hilfe von Hühnerknochen und einer Ampulle Ziegenblut mit einem Santería-Fluch belegt wurde.

Während wir durch die Straßen knattern, schmiege ich die Wange an Wills sonnengewärmten Rücken. Ich merke, dass er sich entspannt.

»Weiter da runter ist der südlichste Punkt der USA«, erkläre ich. »Von dort sind es nur siebzig Meilen bis nach Kuba.«

»Lohnt es sich, dahin zu fahren?«, fragt er.

»Wenn du so was magst.« Ich überlege. »Das Denkmal sieht aus wie ein riesengroßes rot-gelbes Zäpfchen.«

Will biegt nach rechts ab. »Muss ich sehen.«

Wir halten dort, machen Fotos voneinander und bitten jemanden, ein Bild von uns beiden zu machen. Dann fahren wir zurück in die Altstadt.

Ich will ihn zum Friedhof lotsen, verirre mich aber. »Hier links ab.«

»Nein, ich meine, der Friedhof wäre rechts«, sagt Will, biegt ab, und einen Häuserblock weiter sind wir da. Wir bummeln eine Weile herum, lesen die bizarren Grabinschriften, bewundern die Steinmetzarbeiten. Dann geht es wieder die Duval Street hoch. Vor dem Margaritaville steht ein ganzer Pulk Frauen. Die betrunkenste und lauteste trägt eine Federboa und eine pinkfarbene Schärpe mit der Aufschrift *Braut*!

Will setzt mich am Hotel ab und fährt weiter, um ein paar Kumpels vom College zu treffen, die am Vorabend angekommen sind. Ich ziehe meinen Badeanzug an. Der Barkeeper am Pool sagt, Freddy sei am Strand. Ich bestelle noch zwei Gläser von dem, was sie trinkt, und gehe nach draußen.

Sie kauert auf einer Sonnenliege unter einem Schirm, trägt Schlapphut und eine riesengroße Sonnenbrille und hat sich in einen weißen Hotelbademantel gewickelt.

Ich betrachte sie. »Ich hoffe, die transplantierte Haut wächst gut an.«

»Es ist saukalt hier!«, ruft sie. »Wie halten die das bloß alle aus?« Empört wedelt sie zu den Schwimmern, den Sonnenanbetern und den herumtollenden Kindern hinüber.

Ich lasse mich auf die Liege neben ihr sinken. »Sie genießen das Leben. Solltest du auch versuchen.«

Unsere Getränke kommen in dampfenden Bechern. »Irish Coffee«, erklärt Freddy.

Ich nippe vorsichtig daran und schaue dann in die Ferne zum Horizont. »Hier wimmelt es von Bräuten. Was wissen die, das ich nicht weiß?«

»Sehr, sehr viel«, erwidert Freddy. »Wie war der Vormittag?«

Ich erzähle ihr von den Hochzeitsvorbereitungen und den Anrufen von Ana, Gran und Jane. »Dann habe ich mit Wills Eltern zu Mittag gegessen.«

»Und wie war das?«

Ich zögere.

»O-oh.« Bei einem vorbeigehenden Kellner bestellt Freddy die nächste Runde. »Was hast du gemacht?«

Ich beichte alles. Neue Becher kommen. Als ich fertig bin, sagt sie: »Man muss kein Genie sein, um zu wissen, warum du das gemacht hast.«

»Nein? Dann bin ich ja froh, dir alles erzählt zu haben.«

»Momentchen, Madame!« Ein warnender Finger schießt aus ihrem Frotté-Kokon hervor. »Vergiss bitte nicht, dass ich offiziell klüger bin als du.«

»Egal, Mylady.«

»Nicht egal«, schimpft sie. »Ich habe dich bei diesem IQ-Test im Internet geschlagen.«

»Aber ich habe dich bei dem Quiz im Internet geschlagen, wo es um das wahre Alter ging.«

Freddy ist skeptisch. »Wie willst du mich da geschlagen haben? Da stand, du wärst dreiundfünfzig.«

Ich halte ihr meinen Becher zum Anstoßen hin. »Alter vor Schönheit, Schätzchen. Alter vor Schönheit.«

Freddy nimmt ein Handtuch vom nächsten Stuhl und wickelt es sich um die Füße. Aus ihrer Tasche holt sie einen gepunkteten Schal und schlingt ihn sich um den Hals. Sie pustet sich in die Hände und lehnt sich auf der Liege zurück. »Also«, sagt sie. »Das Mittagessen. Das hast du absichtlich gemacht. Ich wette, du warst gar nicht so betrunken. Wie viel hattest du intus – fünf, sechs Gläser innerhalb von mehreren Stunden? Das ist nichts. Das ist für dich quasi Grundrauschen.«

Die nächste Runde Irish Coffee kommt. »Aber vielleicht habe ich es getan, weil ich nervös war, nicht weil ich nicht heiraten will. Und wenn ich nervös bin, heißt das, dass ich ihn aufrichtig liebe. Und wenn ich ihn aufrichtig liebe, sollten wir auch heiraten.«

»Willst du wirklich meine Meinung wissen?«, fragt Freddy.

»Will ich sie hören?«

»Nein.«

»Dann nicht.«

»Du solltest die Hochzeit absagen.«

»Auf keinen Fall! Heute Morgen hatten wir echt unglaublichen Sex.«

»Na, dann musst du ihn natürlich heiraten«, sagt sie. »Das soll ja schließlich so bleiben.«

Wir bestellen noch eine Runde. Ich weiß, dass Freddy darauf wartet, dass ich mit den Witzeleien aufhöre und ihr ehrlich sage, was ich denke. Das macht sie immer: Sie verleitet mich zu dieser oder jener Meinung, übt nie zu viel Druck aus, sondern versucht mich so weit zu lenken, dass ich von selbst zur Vernunft komme. Und ich möchte es ihr erklären, wirklich. Dass ich am Morgen so überzeugt war, die Hochzeit mit Will sei das Richtige, und dass diese Überzeugung im Laufe des Tages allmählich schwand.

Aber ich habe keine Lust mehr, darüber zu reden. Ich habe keine Lust mehr, darüber nachzudenken. Dafür habe ich später noch genug Zeit. »Wo ist Nicole?«, frage ich.

Freddy verdreht die Augen. »Sitzt irgendwo rum und bläst Trübsal. Sie ist so eine Langweilerin, Lily. Warum bist du überhaupt mit ihr befreundet?«

»Noch vom Studium. Die ganzen langen Nächte. Haben uns zusammengeschweißt.«

»Sie nervt so. Und sie sagt echt miese Sachen über dich.«

»Normalerweise ist sie nicht so schlimm«, erkläre ich. »Sie hasst ihren Job. Und ihr Freund hat Schluss gemacht. Außerdem hat sie Wanzen in der Wohnung.«

Freddy ist entsetzt.

»Hatte!«, verbessere ich mich schnell. »Sie *hatte* Wanzen.«

»Du blöde Kuh!«, kreischt sie. »Wie kannst du mir das verheimlichen?«

»Woher sollte ich wissen, dass ihr euch ein Zimmer teilt? Das ist hier doch kein Zeltlager!«

»Ich bin arm«, klagt Freddy. »Und jetzt bekomme ich auch noch Wanzen!«

»Sie hatte einen Typ da, der hat saubergemacht. So 'n Wanzentyp. Mit Hund! Sie ist total clean.«

»Kann ich ihr auch nur raten! Willst du noch was trinken?«

»Hast du auch …« Ich tippe mir an die Nase.

Freddy wickelt ihren Bademantel enger um sich und steht auf. »Komm mit!«

Als wir an der Rezeption vorbeigehen, reicht mir die Angestellte einen Umschlag. Wir laufen hoch in Freddys Zimmer und ziehen ein paar Lines. Ich öffne den Umschlag. Er enthält die Gästeliste, eine leere Sitzordnung und eine lange, komplizierte Nachricht von Mattie. »Hilf mir mal!«, rufe ich Freddy zu, die sich umkleidet. »Das ist die Sitzordnung für den Empfang.«

Sie kommt aus dem Bad und studiert die Liste. »Wie entscheidest du, wer wo sitzt?«

»Keine Ahnung. Ich weiß nur, dass die Gortons und die Heydrichs getrennt werden müssen.«

»Die Gortons?«, sagt sie. »Sind das die mit den Fischstäbchen?«

»Leider nicht. Ich glaube, der Typ hat nur einen Hedgefonds.«

»Die habe ich geliebt, als ich klein war«, sagt Freddy.

»Was, Hedgefonds?«

»Nein, Fischstäbchen! ›Gortons Fischstäbchen sind die besten!‹«, singt sie.

»Die sollten wir beim Empfang servieren!« Ich hole mein Handy heraus und simse Mattie.

– Bitte eruiere schnell Möglchkt, bei Hochz. Fischstäb. zu serv. Eilt! Danke

»Am liebsten würde ich jetzt welche essen«, sagt Freddy verträumt.

Ich rufe den Zimmerservice und bestelle zwei Dutzend

Fischstäbchen. Dann erzähle ich Freddy die Geschichte von Donald und Mitzys verbotener Liebe.

»Und du sollst sie voneinander fernhalten?«, fragt sie. »Das ist doch Blödsinn.«

»Meinst du?«

»Ja, klar meine ich das!«, ruft sie. »Wer bist du denn, dich zwischen die beiden zu drängen? Wer bist du denn schon?« Sie schreit mir ins Gesicht. »Denk mal an Donalds Herz! Meinst du, das schlägt anders als deins? Tut es nicht! Fühl es selbst! Fühl dein Herz!«

»Ich muss nicht …«

»Leg deine Hand aufs Herz und fühl es!«

»Ich muss wirklich …«

»Fühl es, verdammt nochmal!«

Auf Koks wird Freddy manchmal so.

Ich lege die Hand auf mein Herz.

»Wir sind keine Götter, Lillian. Wir dürfen uns der wahren Liebe nicht in den Weg stellen. Glaubst du, Donald ist innerlich tot? Glaubst du, er ist nicht doch ein bisschen aufgeregt, wenn die ersten schwachen Frühlingslüfte durch die Fenster seines Penthouses wehen? In seinem schütter werdenden Haar spielen? In den Bergen von Geld? Du weißt, was Thoreau darüber gesagt hat.«

Eine Minute überlege ich. »Trinke, schmecke die Früchte?«

»Nein.«

»Doch, hat er. Hab ich auf einem Poster bei Starbucks gesehen.«

»In der Lenzzeit«, zitiert Freddy, »kommt die Liebe, fliegen Herz und Pulse schneller.«

»Mit Thoreau Scheiße verkaufen.« Ich schüttele den Kopf. »Das ist so gut, alle Achtung, Kapitalismus. Wen krallst du dir als Nächstes – Karl Marx? Hey, Arbeiter aller Länder! Werft eure Ketten ab und bestellt die neue Latte mit gesalzenem Karamell!«

»Liebe über alles!«, ruft Freddy und nimmt sich die Sitzordnung. Sie platziert Mitzy und Donald an einen Tisch, ihre Partner an einen anderen, weit entfernt.

»Vier erledigt, noch zweihundertundachtzehn übrig«, sage ich.

»Ziehen wir noch was durch«, schlägt Freddy vor.

Tun wir.

»Komm, wir stellen die Möbel um«, sagt sie.

Wir können nur die Sofas und die Beistelltische bewegen. Die Betten sind verschraubt. Wie ziehen die Matratzen von den Betten und bauen uns eine Bude. Darin widmen wir uns wieder der Gästeliste.

»Jetzt mal konzentriert!«, sage ich.

Wir setzen alle Anwälte an einen Tisch unweit der Band. Wir setzen Grans Ex-Knacki zu dem Bundesrichter, für den ich nach dem Studium als Bürokraft arbeitete. Wir beschließen, alle Linkshänder rechts von den Rechtshändern zu platzieren.

»Woher wissen wir denn, wer was ist?«, fragt Freddy.

Ich simse Mattie.

– Bitte mail verschicken bezgl. Händigkeit aller Gäste fyi dank u yolo tgif

»Ich mache jetzt eine Arschbombe in den Pool«, verkündet Freddy.

»Vom Balkon?«

»Von wo sonst?«

»Dann stirbst du.«

»Tu ich nicht.«

»Doch.«

»Ich bin zierlich«, sagt sie.

»Dein Tod wird erbärmlich und endgültig sein.«

Ich bekomme eine SMS von Mattie.

– Ich glaube, du hast mir zwei SMS geschickt, die für jemand anderen bestimmt waren.

– Sie waren, meine Liebe, für die Nachwlet bestimmt

– Wie bitte?

Es klopft an der Tür. »Fischstäbchen!«, rufen wir und stürzen aus unserem Kissenversteck.

»Ich geb dir tausend Dollar, wenn du den Kellner vom Zimmerservice verführst«, sage ich zu Freddy.

»Abgemacht!« Sie reißt sich das Kleid vom Leib und die Tür auf.

Davor steht Nicole.

»Hab meinen Schlüssel vergessen«, sagt sie. »Warum läufst du in Unterwäsche herum?«

»Die Erderwärmung«, sagt Freddy.

Nicole sieht sich im Zimmer um. »Was ist mit den Möbeln passiert?«

»Luftangriff«, sage ich.

Sie verdreht die Augen, nimmt ihre Schlüssel und geht.

Freddy und ich beugen uns wieder über die Sitzordnung. Wir setzen alle kahlen Männer zusammen. Alle uns bekannten Rothaarigen. Alle kleinen Kinder mit Wills Mutter. Irgendwann wird uns langweilig, und wir tragen die restlichen Namen nach Lust und Laune ein.

»Fertig!« Ich schleudere den Stift beiseite.

»Ich liebe Hochzeitsplanung«, sagt Freddy. »Komm, wir werfen ein paar Mollys ein und fangen dann mit den Danksagungen an.«

Verlockend! Doch ich gehe zurück auf mein Zimmer und werfe mich aufs Bett, nehme die Mappe von der Hoffman-Sache in die Hand. Ich habe eigentlich nicht vor zu arbeiten – gibt mit Sicherheit einen Verhaltenskodex, dass man nicht unter Einfluss bewusstseinsverändernder Substanzen an juristischen Texten arbeiten darf. Obwohl, war Sherlock Holmes nicht immer auf Koks, wenn er seine Fälle löste? Vielleicht kann ich den Fall jetzt knacken! Ich schlage die Mappe auf und lese die Klageschrift erneut.

Nix. Was die umweltrechtlichen Ansprüche angeht, haben die Kläger den Text sehr gut auf den Punkt gebracht. In den Monaten vor der Explosion manipulierten Angestellte von EnerGreen die Wartungsbücher der Bohrinsel. Sie brachten es auf Dutzende von Verstößen gegen die Sicherheitsvorschriften und zahlten lieber die Strafe, statt die Probleme abzustellen. Als die Plattform in die Luft flog, belogen sie die Staatsbeamten, was die Menge des Öls betraf, das in den Golf strömte. Sie haben es verdient, für das zu schmoren, was sie angerichtet haben, es wäre mir wirklich am liebsten, wenn sie die Kröte schlucken und sich auf einen Vergleich einlassen würden.

Ich wähle Lyles Nummer. Er geht dran. »Was ist?«

»Ich habe eine Frage.« Mit der Mappe auf dem Schoß lehne ich mich gegen das Kopfteil. »Was hält die Kläger davon ab, Hoffmans E-Mails jetzt sofort ans Justizministerium weiterzugeben?«

»Wenn sie die Mails weitergeben, verletzen sie einen Gerichtsbeschluss. Die Vertraulichkeitsvereinbarung besagt, dass die Kläger unsere Dokumente niemandem zeigen dürfen, der nicht als Partei an diesem Verfahren beteiligt ist.«

Jetzt fällt es mir wieder ein. »Es sei denn, das Dokument wird bei einer Zeugenvernehmung oder einer Verhandlung eingesetzt.«

»Genau. Wenn die Kläger die E-Mails vorschriftsmäßig als Beweismittel bei Hoffmans Vernehmung vorlegen, gehen sie effektiv in Gemeingut über. Dann können die Kläger sie dem Gericht, den Medien oder dem Justizministerium vorlegen.«

»Wie will Philip sie davon abhalten?«

»Indem er den Philip macht, wie immer«, erwidert Lyle ungeduldig. »Daniel Kostova, der leitende Anwalt der Kläger, ist gut, aber Philip ist besser. Er wird die Vernehmung mit Einsprüchen torpedieren. Er wird dafür sorgen, dass Hoffman widersprüchlich oder ausweichend aussagt oder dass er sich so weit von seinen E-Mails distanziert, bis die Gegenseite wie die letzten irreführenden Mistkerle aussehen, falls sie versuchen sollten, die Mails bekannt zu machen. Und das alles wird er ganz nach Vorschrift und mit vollendeter Höflichkeit machen, so dass die Kläger nicht nach dem Richter schreien können.«

»Aber …«

»Was verschwendest du meine Zeit?«, motzt Lyle. »Willst du wissen, was Philip vorhat? Frag ihn doch selbst! Nach dem, was ich Samstagnacht mitbekommen habe, kennst du ihn deutlich besser als ich.«

Ich sage nichts dazu.

»Ich wollte zu ihm, um den Schriftsatz zu besprechen, an dem ich gerade saß«, fährt Lyle fort. »Ihr wart nicht gerade leise in seinem Büro.«

Ich lasse mir Zeit, um darüber nachzudenken. Als wir vor ein paar Monaten wegen eines anderen Falles zusammen verreisen mussten, begann ich, mit Philip zu schlafen. Es ist nur ein paarmal passiert. Es macht Spaß, ist aufregend und bedeutungslos – so, wie ich es mag. Wäre es mir lieber, wenn niemand im Büro darüber Bescheid wüsste? Natürlich. Das ist Pech. Aber keine Katastrophe. Lyle ist mein Senior Associate – er kann mir das Leben schwermachen, aber das tut er ja bereits. Er kann tratschen, aber egal. Ich habe keine Vorschriften verletzt. Ich erhalte von Philip weiß Gott keine Vorzugsbehandlung – man bedenke nur, wie ich die Woche vor meiner Hochzeit verbringe.

Das ist meine Angelegenheit, nicht Lyles. Und wenn jemand nicht begreift, dass ihn etwas nichts angeht, dann lässt man es am besten auf sich beruhen. Und genau das tue ich.

»Ich verstehe trotzdem nicht, warum wir uns nicht vergleichen«, sage ich. »Weiß EnerGreen denn nicht, wie schlecht das für das Unternehmen aussieht?«

»Urs versucht die ganze Zeit, die hohen Tiere im Konzern

dazu zu bewegen, aber sie hören nicht auf ihn. Sie setzen alles auf Philip.«

»Kann ich dich noch was fragen?«

»Nein«, sagt Lyle und legt auf.

9

Ich blättere noch etwas länger in der Mappe herum und döse schließlich ein. Als Will hereinkommt, wache ich auf. Er legt sich lang neben mir aufs Bett und erzählt von den Freunden, mit denen er sich getroffen hat. Ich ziehe meinen Rock ein bisschen höher. Sie heißen Jason und Thomas. In seinem ersten Jahr am College wohnten sie mit ihm in einem Zimmer. Ich öffne den obersten Knopf meiner Bluse. Will setzt zu einer Geschichte über eine archäologische Ausgrabung auf Kreta in einem Sommer an. Ich bin kurz davor, mir die klammheimlichen Andeutungen zu schenken und einfach auf ihn zu springen, da sagt er: »Ich habe mit meinem Vater gesprochen.«

Ich setze mich auf. »Hast du ihn gesehen?«

»Er hat angerufen«, erklärt er. »Mom regt sich tierisch auf. Ich habe versucht zu erklären, wie viel Stress du hast, und Dad war ganz verständnisvoll. Er will versuchen, sie wieder in die Spur zu bringen.«

»Gut!«

Will lächelt mich an. »Hast du Lust auszugehen? Nur wir zwei?«

Wir sind gerade noch rechtzeitig am Mallory Square, um die abendliche Freak Show zu sehen. Wir schauen einem Mann zu, der über ein Seil balanciert und dabei mit Messern jongliert. Einer Frau mit einem Wurf abgerichteter Katzen. Einem Entfesselungskünstler. Einer ganzen Horde besprühter lebender Statuen. Wahrsagern, Dudelsackspielern, Trommlern,

Tänzern, Akrobaten. Als ich klein war, war diese Ecke deutlich schmutziger und verkommener – Obdachlose, Bettler, Dealer, die um das Publikum herumschlichen. Für die Kreuzfahrttouristen hat man die Szene aufgelöst. Aber Will hat trotzdem einen Riesenspaß.

In einer Nebenstraße der Duval finden wir ein Restaurant. Eine Kellnerin führt uns zu einer Sitzecke und zählt die Angebote des Tages auf. Sie ist hübsch – groß und kurvenreich, mit blonden Zöpfen, die sie auf dem Kopf festgesteckt hat. Und sie ist ziemlich hingerissen von meinem Verlobten. Immer wieder schielt sie zu ihm hinüber. Er merkt es nicht, liest die Speisekarte.

»Das Lächeln war ganz für dich allein bestimmt«, sage ich, als sie weg ist.

Will schaut auf. »Wirklich?«

»Wirklich.« Ich überlege. »Sie muss gemerkt haben, dass du sie abgecheckt hast, als wir reinkamen.«

»Ich habe sie nicht abgecheckt!«, ruft er und läuft rot an.

»Ich bin doch nicht blind, Wilberforce. Und du offensichtlich auch nicht.«

»Ich weiß nicht, wovon du redest«, beharrt er. »Und nenn mich bitte nicht so.«

»Gib es zu!«

»Nein!« Aber er muss grinsen.

»Lügner!«, rufe ich. »Gib's zu!«

Er zögert. »Vielleicht ein bisschen.«

»Aha!«

»Sie erinnert mich an eine berühmte Statue«, sagt er. »Die Athena Parthenos.«

Ich recke den Kopf, um sie anzusehen. »Und sie hat einen echt geilen Arsch.«

Will nickt. »Das auch.«

Wir greifen wieder zu den Speisekarten. Ich frage mich, ob Will eine Art sexueller Wiedererweckung durchmacht. Zuerst diese Sache im Bett heute Morgen, und jetzt wirft er in meiner Gegenwart ein Auge auf die Kellnerin? Vielleicht lebt er nun endlich seine Lust aus, auf die ich einen kurzen Blick erhaschen konnte, als wir uns kennenlernten. Vielleicht befreit er sich gerade von all den aufgeklärten, egalitären Vorstellungen von Sex, die es meistens zu einer so schnarchlangweiligen Angelegenheit machen, mit gebildeten, sensiblen Männern wie ihm zu schlafen.

Mann, das wäre doch mal was!

Er schaut von der Speisekarte hoch. »Lily?«

»Ja?«

»Mit wie vielen Typen warst du zusammen?«

»Mit dreien.«

»Haha«, macht er. »Nein, im Ernst.«

So viel zum Thema sexuelles Wiedererwachen. Ich hasse diese Frage so was von! Ich finde sie vorurteilsbehaftet und kleinlich. Außerdem habe ich keine Ahnung, wie die Antwort lautet.

Ich lege die Speisekarte beiseite und greife über den Tisch nach Wills Hand. »Lass uns nicht darüber reden. Wer wir waren und was wir taten, bevor wir uns kennenlernten – wen interessiert das?«

»Ich finde, wir sollten darüber reden«, sagt er und entzieht mir seine Hand. Er legt seine Speisekarte auf meine und richtet sie am Tischrand aus. »Nicht unbedingt darüber – das ist nur eine Frage, die mir einfiel. Aber in gewisser Hinsicht kennen wir uns nicht besonders gut.« Er sieht mich an. »Ich meine, ich kenne dich natürlich, aber es gibt Dinge *über* dich, die ich nicht weiß. Und Dinge über mich, die du nicht weißt. Meine Vergangenheit. Meine Erfahrungen. Wir kennen uns seit – wie lange? – sechs Monaten? Viele würden sagen, dass wir es überstürzen.«

»Aber Will, du warst derjenige, der *mir* einen Antrag gemacht hat!«

»Ja, natürlich«, beeilt er sich zu sagen. »Weil ich das wollte. Und du hast es dir gewünscht. Es war genau, wie es sein sollte. Aber manchmal denke ich …«

Die Kellnerin kommt zurück und nimmt die Bestellung auf. Sie sammelt die Speisekarten ein und geht. Will nestelt am Serviettenhalter herum.

»Hast du Bedenken?«, frage ich. Mein Herz schlägt auf einmal ganz stark.

»Nein!« Er greift über den Tisch nach meiner Hand. »Ich frage, weil ich keine Bedenken habe. Wie gesagt, ich kenne dich. Aber ich will die leeren Stellen mit Inhalt füllen.« Er lächelt. »Ich bin schließlich Wissenschaftler. Ich brauche Daten. Beispielsweise weiß ich nichts über deine Kindheit. Hier unten musst du ganz schön viel Verrücktes erlebt haben. Drogen, Sex und was weiß ich?«

»Keine Ahnung«, sage ich langsam. Ich versuche, in diesem Gespräch Halt zu finden. Worauf will er hinaus? Habe ich heute Morgen irgendetwas getan, was ihn misstrauisch stimmte? Hat ihm mein Verhalten beim Mittagessen Angst davor gemacht, was für Überraschungen ich noch für ihn bereithalten könnte? »Ich denke, mir war nie bewusst, dass das verrückt war. Es war einfach so, bei den Erwachsenen. Manche liefen nackt herum, andere nahmen Drogen. Männer kleideten sich wie Frauen. Leute hatten draußen Sex. Am Strand oder im Park stolperten wir ständig über Paare, die herumvögelten.«

Teddy und ich stahlen uns gerne an sie heran und klauten ihnen die Klamotten. Einmal wurden wir von einem Kerl die Straße hinuntergejagt, der …

»Wir?«, fragt Will.

»Ich und mein … meine Freunde. Aber wie gesagt, es hatte keinen großen Einfluss auf mich. Mein Leben bestand aus Schule und Hausaufgaben, eine ganz normale Kindheit. Es sieht vielleicht nicht so aus, aber Key West ist eigentlich eine richtige Kleinstadt. Wir gehören zu den alteingesessenen Familien, alle kennen uns. Und dann noch Grans Beruf. Am seltsamsten war es früher wahrscheinlich, dass ich mit ihren Mandanten zu tun hatte. Dealer und Gangster, die bei uns vorbeikamen, zu jeder möglichen Uhrzeit.«

»Warum bist du weg?«

»Es war Zeit zu gehen«, sage ich. »Als ich älter wurde, bekamen alle Angst, welch schlechten Einfluss dieser Ort haben könnte, besonders auf ein Mädchen. Und das Schulsystem ist scheiße.«

Alles wahr. Völlig unvollständig, aber wahr.

Unser Essen kommt. »Jetzt du!«, sage ich. »Ich will alles über dein Spießerleben mit Anita und Harry wissen, über Projekte in Naturwissenschaften und übersprungene Klassen.«

Will grinst. »Ganz so war es nicht, weißt du.«

»Natürlich nicht«, lache ich. »Komm, Butter bei die Fische! Ich kann damit umgehen.«

»Na gut.« Er holt tief Luft. »Gut. Es ist nur, dass ich …«

Er sieht mich sonderbar an. Irgendetwas liegt in seinem Blick, das ich nicht deuten kann. Unentschlossenheit? Angst? Etwas anderes?

»Will?«

Er schweigt.

»Will, ist … ist dir etwas Schlimmes passiert?«

»Nein! Nein, überhaupt nicht.« Er lacht. Dann erzählt er mir von der Spießer-Hölle, in der er aufwuchs.

»Ich war so schüchtern«, sagt er. »Krankhaft schüchtern. Und ungelenk. Ich habe sogar gestottert.«

»Wie süß!«

»Hättest du damals nicht gesagt«, erwidert er. »Die Bibliothek war mein einziger Zufluchtsort. Ich las gerne. Lernte gerne. Archäologie und klassische Sprachen faszinierten mich, ich verbrachte den Großteil meiner Zeit in der Antike. Das machte deutlich mehr Spaß als die Schule.«

Er fährt fort, sein Leben mit einer Mutter zu schildern, die die schlimmste aller Tigermütter zu sein scheint. »Alles, was nicht mit Wissenschaft zu tun hatte, war ihrer Meinung nach Zeitverschwendung«, sagt er. »In gewisser Hinsicht war das okay – das war eh die Richtung, die ich eingeschlagen hatte, und meine Mutter gewöhnte mir eine super Arbeitsmoral an. Aber alles andere, was ich machen wollte – Hobbys, Sport oder … Mädchen«, er schielt scheu zu mir herüber, »musste ich im Grunde vor ihr geheim halten.«

»Wie nervig!«

»Ich wollte sie nicht enttäuschen. Ich hätte ehrlich sein sollen. Bis heute fällt es mir schwer, mit ihr zu reden.« Er hält inne. »Vielleicht sollte ich mich besaufen und mich morgen mit ihnen zum Frühstück verabreden. Damit sie mal mein wahres Ich kennenlernen.«

Ich ziehe den Kopf ein. »Das tut mir so leid, Will.«

Er greift über den Tisch nach meiner Hand und küsst sie. »Ich weiß.«

Nach dem Essen gehen wir runter an den Hafen. Will bleibt vor einer Kneipe stehen, um eine unkrautbewachsene Stelle im Boden zu untersuchen. So was macht er immer – mit dem Schuh im Dreck scharren, geistesabwesend auf den Müll zwischen den U-Bahn-Schienen starren. Berufskrankheit, schätze ich. Er zupft einige lange Grashalme heraus und zieht an ihnen, als prüfte er ihre Stärke.

»Hast du keine Zahnseide mehr?«, necke ich ihn. »Du kannst meine nehmen.«

Er lächelt mich nur an und schiebt die Halme in seine Tasche.

Auf dem Rückweg zum Hotel teilen wir uns ein Eis im Hörnchen. Schuldgefühle nagen an mir. Er hat mir so viel von seiner Kindheit erzählt. Hätte ich ihm die Wahrheit über das sagen sollen, was mir mit vierzehn passierte? Warum ich wirklich fortgegangen bin?

Aber das ist längst Geschichte. Er kann mich nicht durch meine Vergangenheit kennenlernen. Als Archäologe hätte er an dieser Aussage vielleicht etwas zu mäkeln, aber es stimmt. Will weiß alles Wichtige. Jedenfalls das meiste. Den Rest wird er erfahren. Spätestens, wenn wir verheiratet sind.

Denn wir werden heiraten.

Jetzt ist Schluss mit der Wankelmütigkeit und dem Herumeiern. Symmetrie, Bindung und Beständigkeit, das will ich.

Gut, aber das Lügen. Die Lügerei ist schlimm. Ich kann mich ändern. Ich habe eine Anpassungsphase durchlaufen, die ist jetzt vorbei. Schluss mit dem Betrügen, mit dem Lügen. Schluss mit den Schuldgefühlen wegen des Betrügens und Lügens. Ich verabschiede mich von meinem alten Ich. Alles, was vorher war, vor diesem Augenblick, ist nun Vergangenheit.

Und die Vergangenheit ist unwichtig.

Wir gehen hoch zum Hotel. »Was sollen wir jetzt machen?«, fragt Will.

Ich grinse ihn an. »Das musst du wirklich noch fragen?«

Er lacht und hält mir die Tür auf. »Heute Morgen hat dir nicht gereicht?«

Und los – die perfekte Gelegenheit, um meine neue Einstellung auszuprobieren. Wir betreten das Foyer. »Darüber wollte ich gerne mit dir reden.«

Ich halte inne.

Auf einer Couch sitzt ein Mann, ein Mann in einem Anzug. Sein Gesicht kann ich nicht sehen, es ist halb abgewandt, als hätte etwas auf der anderen Seite des Raumes seine Aufmerksamkeit auf sich gezogen. Geistesabwesend reibt er sich den Kopf, seine Hand bewegt sich über das kurze Haar, vor und zurück.

Er wirkt nervös. Früher wirkte er nie nervös.

Er dreht sich zum Eingang um und entdeckt mich. Steht auf. Mein Magen sackt hinunter. Ich verspüre den überwältigenden Drang, zum Fahrstuhl zu laufen, aber widerstehe ihm irgendwie.

Wir sehen uns an. Warten ab.

»Hi«, sagt er schließlich.

Und mit dieser einen Silbe ist der Bann gebrochen.

»Teddy!« Ich stürze auf ihn zu, werfe mich praktisch auf ihn. Er erstarrt, dann gibt er nach, legt zögernd die Arme um mich. »Was machst du hier?«

»Ich …«

»Will!«, rufe ich und sehe mich nach ihm um. Er steht direkt neben mir. »Da bist du ja. Will, das ist Teddy! Du hast doch nach meinen Freunden gefragt. Teddy war mein Freund in der Schulzeit. Mein bester Freund auf der ganzen Welt. Teddy, das ist Will.«

Sie geben sich die Hände, nicken beide so skeptisch, wie es nur Männer können.

»Wir heiraten, Teddy!«

Er sieht mich an. »Yeah, hab ich gehört …«

»Willst du auch kommen?«

Will lacht. »Lass den armen Mann doch mal zu Atem kommen, Lily.«

Ich halte inne. Teddy sagt nichts. Woran habe ich ihn erkannt? Er sieht so verändert aus. Früher war ich immer sechs, sieben Zentimeter größer als er. Jetzt ist er der Größere. Sein Haar ist dunkler. Und so kurz. Warum ist es so kurz?

Andererseits hat er sich überhaupt nicht verändert. Dasselbe Gesicht. Dieselben großen Ohren. Dieselben grauen Augen, die nichts verraten.

»Komm, wir trinken was«, schlage ich vor. »Bringen uns auf den neuesten Stand.«

»Kann nicht. Muss arbeiten.«

Er beobachtet mich genau. Ist er tatsächlich so ruhig, wie er wirkt? Ich rede weiter, bloß keine Pause aufkommen lassen. »Was machst du denn?«

»Ich arbeite für die Strafverfolgungsbehörde Florida«, antwortet er.

Ich fange an zu lachen, aber er verzieht keine Miene.

»Im Ernst?«

Mit nachsichtiger Belustigung, die ich noch so gut bei ihm kenne, zieht er seine Brieftasche hervor. Er hat eine Marke. Sonderermittler. Strafverfolgungsbehörde Florida. »Und du wohnst hier?«, frage ich, während ich die Marke mustere. »Du bist zurück?«

»Seit sechs Monaten. Hör auf, mein Portemonnaie zu durchwühlen.«

Ich nehme mir eine Visitenkarte und reiche die Geldbörse zurück. »Wie ist es, wieder zu Hause zu sein?«

»Wie zu Hause halt.«

Ich schaue auf die Karte, wieder hoch zu ihm. Er beobachtet mich immer noch.

»Ich bin kaputt«, sagt Will. Ich erschrecke mich. Hatte fast vergessen, dass er da ist. Er wendet sich an Teddy: »Hat mich gefreut, dich kennenzulernen.« Will gibt mir ein Küsschen auf die Wange und geht zum Aufzug.

Teddy und ich setzen uns. Er ist so erwachsen, sieht so professionell aus. Mensch, er trägt sogar einen Anzug!

Das kann nicht sein. Jeden Moment wirft er die Marke und die hässliche Krawatte auf den Tisch und sagt: »Jetzt hab ich dich aber reingelegt!« Und dann lachen wir uns so richtig tot.

Denn Teddy kann kein Bulle sein. Geht einfach nicht.

»Was machst du hier?«, frage ich. »Ich meine, jetzt, im Moment. In diesem Hotel.«

»Treffe jemanden«, sagt er.

»Ein Mädchen?«, frage ich, bevor ich mich zusammenreißen kann.

»Eine Zeugin. Die ich befragen muss.« Er sieht sich um, als würde sich die Zeugin irgendwo verstecken.

»Ich fasse es nicht, dass du Bulle bist.«

Er sieht mich wieder an, den Anflug eines Lächelns im Gesicht. »Ich fasse es nicht, dass du Anwältin bist.«

»Touché. Woher wusstest du das?«

Er zuckt mit den Achseln. »Spricht sich rum.«

Eine richtige Plaudertasche, wie immer. Doch langsam taut das Eis. Falls es Eis ist, was zwischen uns ist.

»Freut mich total, dich zu sehen! Wie ist es dir ergangen?« Ich streiche ihm übers Knie.

Er reißt es weg. »Lass das, Lily!«

»Was?«

Er steht auf. »Das war ein Fehler.«

»Was war ein Fehler?«

»Ich muss los.«

»Und deine Zeugin?«

»Gibt keine Zeugin«, erwidert er. »Ich wollte … vergiss es. Man sieht sich.«

»Teddy, warte!«

Doch er geht davon, drückt die Tür auf. Weg ist er.

Kurz stecke ich den Kopf in die Bar, aber sehe niemanden, den ich kenne. Ich schlendere nach draußen. Der Pool ist leer, leichter Wind bildet Wellen auf dem Wasser. Ich gehe hinunter an den Strand und setze mich auf einen Stuhl, betrachte das Meer.

Als ich wieder unser Zimmer betrete, kommt Will gerade aus der Dusche. Ich strecke mich auf dem Sofa aus. »Willst du etwas trinken?«, fragt er.

»Nein, danke.«

Er macht sich ein Bier auf. »Teddy also.«

»Teddy.«

»Wart ihr ein Paar?«

»Nee.« Die Balkontür steht auf, es ist kühl im Raum. Ich ziehe meinen Sweater enger um mich.

»Nein?«, fragt Will. »Ich dachte, ich hätte so was gespürt … keine Ahnung.«

Ich lächele ihn an. »Eifersüchtig?«

»Und wie! Er kannte dich, als du verpickelt und launisch warst, ich nicht.«

»Ich war damals echt der Hauptgewinn.« Ich lehne den Kopf gegen die Armlehne des Sofas und schaue hinaus in die Nacht. »Nein. Wir waren nur Freunde. Als ich wegzog, verloren wir uns aus den Augen. Das ist alles.«

DIENSTAG

10

Ich öffne die Augen. Freddy steht neben meinem Bett.

»Du musst mir helfen«, flüstert sie.

»Okay«, flüstere ich zurück.

»Als ich heute Morgen aufwachte, ja? Da schwebte eine Irre über mir.«

»Klingt gruselig.«

»Sie sah wie ein Hamster aus.«

»Ah!« Ich setze mich auf. »Das war nur Mattie.«

»Sie hat diese Einkaufstüten auf mein Bett geworfen«, fährt Freddy fort und hält sie hoch, damit ich sie sehen kann. »Dann sagte sie, ich hätte hoffentlich eine Klebepistole dabei.«

Tief unter den Laken stöhnt Will.

»Ich meine, hab ich wirklich«, sagt Freddy, »aber wer benimmt sich so, mal ehrlich?«

In den Einkaufstüten sind Zuckermandeln, Kunstblumen, Gazébeutelchen in Champagnerfarbe und ein langer Brief, den ich überfliege. »Sie will, dass wir die Mitbringsel fertig machen.«

»Yeah, basteln!« Freddy springt aufs Bett. »Komm, wir bestellen den Zimmerservice!«

»Wie bist du hier eigentlich reingekommen?«, fragt Will schläfrig.

»Bin gestern Abend mit einer von der Rezeption unterwegs gewesen.« Freddy reißt das Kabel meiner Nachttischlampe aus der Steckdose und stöpselt ihre Klebepistole ein. »Sagen wir einfach, ihre Dankbarkeit kennt keine Grenzen.«

Während des Frühstücks füllen Freddy und ich die Beutelchen mit den Mandeln, während Will Zeitung liest. »Hört euch das an«, sagt er. »Auf der Southard Street wurde ein Mann festgenommen, weil er durch ein Fenster sprang, einen Hausbesitzer angriff, einen Staubsaugerbeutel auf dem Boden ausleerte und auf einen Berg sauberer Wäsche masturbierte. Und alles splitternackt.«

»Florida!« Ich grinse. *»Home, sweet home.«*

Freddy weist mit der Klebepistole auf einen Bund Seegras, der auf der Fensterbank trocknet. »Was soll dieses tote Gestrüpp?«

»Will sammelt es. Er will mir nicht verraten, warum.«

Sie sieht ihn an. »Ist ein Geheimnis«, sagt er.

Ein Handy klingelt. »Wem gehört das?«, fragt Freddy.

»Das ist mein zweites«, antwortet Will und drückt den Anruf weg.

»Ja? Für deine zweite Familie?«

Er lacht. »Für die Arbeit.«

»Will führt ein Doppelleben«, erzähle ich. »Tagsüber ist er ein freundlicher, weltbekannter Archäologe, aber wenn die Sonne untergeht, kommt seine wahre Identität zum Vorschein, dann ist er ein …«

»Warte, warte! Lass mich raten!« Freddy schielt zu ihm hinüber. »Ein kaltblütiger CIA-Killer.«

»Ein Drogenboss«, sage ich.

»Ein mutierter Superheld«, schlägt sie vor.

»Papst Franziskus!«

»Beides!«

Will grinst, während er sein Handy endgültig ausschaltet. »Ganz, ganz kalt.«

Freddy und ich machen die Mitbringsel fertig, dann geht sie zum Pool. Ich setze mich neben Will auf die Couch.

»Hi«, sage ich.

Er faltet die Zeitung zusammen. »Hi.«

Ich schmiege mich an ihn. Er nimmt mich in die Arme. Wir beginnen zu knutschen. Ich schiebe die Hände unter sein T-Shirt, wandere mit den Fingern seinen Rücken hoch.

Er unterbricht und schaut auf mein Handy. »Guck mal, wie spät es ist.«

Urgs, er hat recht. Ich komme zu spät zu meinem Termin.

Wir stehen auf. Während ich mich anziehe, geht er duschen. »Um zwei müsste ich fertig sein«, rufe ich durch die Badezimmertür. »Treffen wir uns hier?«

»Ich versuch's, aber ich habe heute viel vor. Mittagessen mit den Trauzeugen. Smokings abholen. Und heute Abend ist mein Junggesellenabschied. Vielleicht sehen wir uns nicht.« Er steckt den Kopf heraus. »Viel Glück bei der Arbeit.«

Er küsst mich und verschwindet wieder. Ich bummele noch ein wenig herum, aber höre nur das Wasser laufen. Schätze, es gibt keine Wiederholung von gestern Morgen.

Ich gehe nach unten und bleibe an der Rezeption neben dem Schild mit der Aufschrift »Mietwagen« stehen.

»Ich brauche was Sportliches«, sage ich zu dem Mann dahinter.

»Ich auch«, entgegnet er.

»Haben Sie einen Jaguar?«

Er tippt etwas in den Computer. »Einen XK. Cabrio.« Tipp, tipp, tipp. »Kommt auf vierhundertzehn Dollar am Tag.«

»Perfekt!« Ich gebe ihm meinen Führerschein. »Buchen Sie ihn mir für eine Woche.«

»Zimmernummer?«

»Der läuft über meine Firmenkarte.« Ich überlege. »Könnten Sie eventuell auf die Rechnung schreiben, dass es ein Ford Focus ist?«

Er sieht mich über die Trennscheibe hinweg an. »Dass der Jaguar ein Ford Focus ist?«

»Ja.«

»Aber Sie wollen den Jaguar.«

»Ja. Aber ich möchte, dass Sie schreiben, er ist ein Ford Focus.«

»Ganz schön teurer Focus«, bemerkt er.

»Vielleicht ist es ein Turbo.«

»Den Focus gibt's nicht als Turbo«, sagt er.

»Tun Sie das jetzt für mich oder nicht?«

Er denkt kurz nach. »Nein.«

»Egal.« Ich reiche ihm meine Firmenkarte. »Muss Lyle mit klarkommen.«

Ich fahre auf der U.S.1 gen Norden Richtung Marathon Key. Als Mattie anruft, bin ich gerade auf Sugarloaf Key. »Die Mitbringsel warten schon an der Rezeption auf dich«, sage ich zu ihr.

»Oh, herrlich! Ich hatte ein schlechtes Gewissen, dich darum zu bitten. Ich weiß, wie viel du zu tun hast. In den zwei Tagen habe ich gesehen, wie dein Leben ist … es ist so …«

»Hektisch?«

»Ja, auch, aber eher …«

»Höllisch?«

»Ah, ich weiß nicht, ob …«

»Stoff für Legenden?«

»Kompliziert«, sagt sie. »Ich will dich wirklich nicht mit etwas so Unwichtigem belästigen, aber ich habe einfach keine Zeit.«

»Keine Sorge«, sage ich. »War der Brüller.«

»Wie bitte, meine Liebe?«

»War kein Problem«, erwidere ich. »Freddy und ich hatten unseren Spaß.«

Sie jammert weiter herum, dann legen wir auf. Ich öffne das Dach und stelle das Radio an. Wieder so ein schöner Tag. Pech aber auch, dass ich ihn nicht draußen verbringen kann.

Aber auch nicht allzu riesengroßes Pech. Gestern sagte ich die Wahrheit zu Wills Mutter: Ich mag meine Arbeit wirklich. Und ich bin ziemlich gut darin. Meine analytischen Fähigkeiten sind relativ stark ausgebildet, ich bin reaktionsschnell und habe ein gutes Gedächtnis. Meine besondere Begabung liegt darin, Zeugen auf eine Vernehmung unter Eid vorzubereiten. Das ist nicht weiter verwunderlich – habe ich schon zigmal gemacht. In einer großen Kanzlei wie unserer dürfen die Nachwuchsanwälte nicht die tollen Sachen machen, beispielsweise vor Gericht auftreten oder die Vernehmungen selbst begleiten. Zeugen darauf vorzubereiten ist das Maximum an Verantwortung, das man uns überträgt. Und aus gutem Grund: Niemand, der sein Examen in Jura gemacht hat, weiß auch nur das Geringste über die Arbeit eines Juristen. Ein junger Anwalt ist wie ein neugeborener Panda: wimmernd und hilflos. Er muss ein paar Jahre wachsen und Erfahrungen sammeln, bevor er in der Wildnis ausgesetzt werden kann, ohne gefressen zu werden. Ich entschied mich für meine Kanzlei, weil sie eine der besten in der Ausbildung junger Juristen ist. Und ich lerne wirklich eine Menge.

Mir wäre nur lieber, wenn wir nicht im Dienst von EnerGreen ständen. Andere Anwälte stehen Engeln zur Seite, und ich hocke hier, direkt neben dem roten Kerl mit dem riesigen Dreizack. Nicht immer – nicht all unsere Mandanten sind schlecht –, aber EnerGreen schon. Ich muss mir stets in Erinnerung rufen, dass ich momentan ein ganz egoistisches Ziel habe. Wenn ich keine anständige Anwältin werde, nütze ich niemandem etwas. Nach ein paar Jahren kann ich die dunkle Seite der Macht verlassen und meine umwerfenden juristischen Fähigkeiten für etwas Sinnvolles einsetzen.

Denn Anwältin zu sein ist super! Es ist intellektuell herausfordernd, erfordert Kampfgeist und macht Spaß. Die Arbeit ist eigentlich der einzige Lebensbereich, wo ich fokussiert bin.

Das stimmt nicht. Es gibt noch etwas, wobei ich fokussiert bin. Aber dafür werde ich nicht bezahlt.

Das stimmt nicht. Einmal habe ich sogar Geld dafür bekommen.

War ein Missverständnis!

Jedenfalls bin ich gut im Vorbereiten von Zeugen, weil ich Menschen gut lesen kann. Das ist eine kleine Begabung, die ich von Gran geerbt habe. Dadurch wurde sie eine so hervorragende Anwältin – durch ihre Intuition, die ihr half, Mandanten einzuschätzen, eine Verbindung zu Zeugen herzustellen, Richter und Geschworene zu überzeugen. Wie sie weiß auch ich immer, wenn jemand lügt. Ich kann die wahren Absichten und Motive eines Menschen erahnen.

Was also ist der Antrieb von Peter A. Hoffman, geprüfter Buchhalter?

Angst.

Angst und Donuts.

Als ich den Konferenzraum seiner Ferienanlage betrete, stürzt er sich gerade auf einen Teller mit Gebäck. »Bitte sehr!«, sagt er mit vollem Mund. »Ich habe uns auch Kaffee bestellt.«

Ich setze mich ihm gegenüber, hole meine Mappe und einen Block heraus und lege beides auf den Tisch. Dann packe ich den Laptop aus.

»Meine Familie ist am Pool«, erklärt er mir. »Wie lange dauert das hier?«

Ich ziehe die Kappe vom Stift. »Den Großteil des Vormittags.«

»Den ganzen Vormittag?«, stöhnt er. »Warum?«

Ich lege den Stift beiseite und betrachte den Mann eine Weile. Er ist untersetzt, hat einen schütter werdenden Igelschnitt und schlabbrige Wangen. Er trägt eine khakifarbene kurze Hose und ein Hawaiihemd, das mit Puderzucker besprenkelt ist.

»Mr Hoffman. Pete. Ihr Arbeitgeber EnerGreen Energy, der Mandant meiner Firma, ist Beklagter in einem Rechtsstreit. Ein Rechtsstreit, bei dem es um viele Milliarden Dollar geht. Das ist Ihnen doch bewusst, oder?«

»EnerGreen Energy ist nicht mein direkter Arbeitgeber«, erwidert er. »Ich arbeite für einen Ableger.«

»Gut. Aber Sie wissen, dass es eine Klage gibt, weil vor zwei Jahren die Bohrinsel Deepwater Discovery im Golf von Mexiko einstürzte. Sie wissen, dass die Kläger – Bewohner der Küste von Louisiana und Mississippi – von EnerGreen zwanzig Milliarden Dollar Schadensersatz für Umweltzerstörung, Einbußen im Tourismus, Arztkosten, Verlust ihrer Lebensgrundlage fordern, ja?«

»Sicher«, sagt er.

»Gut«, erwidere ich. »Im Moment befinden wir uns im sogenannten Vorverfahren des Rechtsstreits, da versuchen die Parteien, so viele Informationen wie möglich vom anderen zu bekommen. Die Kläger suchen Beweise, die ihre Behauptungen stützen, und wir, EnerGreen, suchen Beweise, mit denen wir uns verteidigen können. Die Kläger haben von EnerGreen sehr viele Dokumente angefordert, einige davon haben wir ihnen gegeben. Jetzt will die Gegenseite einigen Menschen Fragen stellen, von denen sie glaubt, sie könnten etwas über die fragliche Angelegenheit wissen.«

»Gut«, sagt Pete. »Wie ein Interview.«

»Pete«, sage ich scharf. »Das ist nicht einfach ein Frage-Antwort-Spiel. Das ist eine rechtlich bindende Aussage. Sie werden von einem Gerichtsbeamten eingeschworen werden. Das bedeutet: Wenn Sie nicht die Wahrheit sagen, haben Sie einen Meineid geleistet. Dafür könnten Sie ins Gefängnis kommen.«

Jetzt wirkt er endlich besorgt.

»Der Anwalt der Gegenseite wird Ihnen Fragen stellen. Er ist nicht David Letterman. Er ist nicht Jay Leno. Er ist ein ausgebildeter Fragensteller, der so viele Informationen wie nur irgend möglich aus Ihnen herausholen will. Außerdem wird er versuchen, Sie als bösen Buben hinzustellen. Als Lügner und Mistkerl. Er wird Sie als Schlüsselfigur der schlimmsten

Umweltkatastrophe hinstellen, die je den Golf von Mexiko heimsuchte.«

Pete ist blass geworden. »Ich bin Rechnungsprüfer! Mit der Ölverschmutzung hatte ich nichts zu tun!«

»Das interessiert ihn nicht, Pete! Seine Aufgabe ist es, Sie schlecht aussehen zu lassen. Bei der Zeugenvernehmung kann der Anwalt der Gegenseite Sie fragen, was er will. Es gibt keinen Richter, der ihn davon abhalten könnte. Der Sie verteidigende Anwalt kann Einspruch erheben, aber das ist nur eine Formsache – gefragt werden darf trotzdem. Sie müssen antworten, nur dann nicht, wenn Sie nach Dingen gefragt werden, die der Schweigepflicht unterliegen – beispielsweise nach der Kommunikation zwischen Ihnen und Ihrem Anwalt.«

Übertrieben? Sicher. Aber es funktioniert. Seine Stirn glänzt.

»Sie, Pete, sind nun in einer besonders unangenehmen Situation«, fahre ich fort. »Die Kläger haben ein paar von Ihren E-Mails in die Finger bekommen. Wissen Sie, von welchen ich spreche?«

Er nickt langsam, sieht mich an wie eine in Panik erstarrte Wüstenmaus.

»Ich bin hier, um Ihnen zu helfen, Pete. Ich werde alles mit Ihnen durchgehen, Schritt für Schritt. Ich werde Ihnen beibringen, wie man sich die Fragen anhört, wie man darüber nachdenkt, wie man antwortet. Wenn Sie gut aufpassen und genau das tun, was ich Ihnen sage, wird die Vernehmung ganz glatt verlaufen.«

Ich lächele ihn breit an. Er grinst zurück. Ich höre auf zu lächeln.

»Aber nur, wenn Sie sich auch wirklich anstrengen. Wenn Sie eine schlechte Aussage machen, steht der ganze Fall auf dem Spiel. EnerGreen verliert, und Sie sind schuld. Zwanzig Milliarden Dollar. Das ist kein Kleingeld, nicht mal für den drittgrößten Energiekonzern der Welt. Stellen Sie sich vor, das steht in Ihrem Lebenslauf, Pete! Wollen Sie, dass EnerGreen verliert?«

»Nein, Ma'am«, flüstert er. Jetzt schwitzen sogar seine fetten kleinen Handrücken.

Ich schenke ihm noch ein Lächeln. »Gut. Fangen wir an.«

Zuerst erkläre ich den Ablauf. »Die Gerichts-Stenographin sitzt da, rechts von Ihnen. Sprechen Sie langsam und deutlich, damit sie genug Zeit hat, alles mitzuschreiben.

Die Kamera hängt dort. Wenn Sie sprechen, schauen Sie in die Kamera, nicht auf den Anwalt, der Sie befragt. Der ist links von Ihnen.

Ihr Anwalt wird neben der Stenographin sitzen«, sage ich. »Er heißt Philip Gardiner. Philip wird EnerGreen bei der Zeugenvernehmung am Freitag verteidigen. Er wird Einspruch gegen Fragen erheben und sicherstellen, dass Sie verstehen, was vor sich geht. Er ist da, um Ihnen zu helfen.«

»Okay«, sagt Pete.

»Wenn Sie eine Frage nicht verstehen, sagen Sie es. Bitten Sie darum, dass sie umformuliert oder wiederholt wird. Das Letzte, was ich von Ihnen will, ist, dass Sie raten, was der Anwalt der Gegenseite Sie zu fragen versucht.«

Er nimmt sich noch einen Donut. »Okay.«

Zur Übung gehen wir ein paar Fragen und Antworten durch, zunächst einmal die Einleitung: seine Ausbildung, seine Berufserfahrung, die allgemeinen Aufgaben eines Rechnungsprüfers, sein Job bei EnerGreen. Am Anfang ist er steif und befangen, doch allmählich wird er lockerer.

»Jetzt verrate ich Ihnen ein Geheimnis, Pete. Es gibt einen ganz einfachen Trick, um eine Vernehmung mit links hinter sich zu bringen. Wenn Sie den kennen, haben Sie das Ding im Sack. Sind Sie bereit?«

»Ja, Ma'am.«

»Der Trick lautet folgendermaßen: Hören Sie sich die Frage an, und beantworten Sie nur diese Frage.«

»Das sind zwei Tricks«, sagt er.

»Das ist ein Trick. Mit einer Unterteilung.«

»Dann sollten Sie von zwei Tricks sprechen«, sagt er. »Kann man sich leichter merken.«

Er greift nach dem nächsten Donut. Ich schlage seine Hand fort. Er zuckt zusammen und sieht mich erschrocken an.

»Sie müssen sich jetzt konzentrieren, Pete. Was ich Ihnen erkläre, ist wichtig. Um eine Frage korrekt zu beantworten, müssen Sie die Frage verstehen. Sie wollen doch keine Frage beantworten, die Ihnen gar nicht gestellt wurde, oder?«

»Nein, Ma'am.«

»Gut!«, sage ich. »Sagen Sie niemals mehr als das, was der Anwalt von Ihnen wissen will.«

»Kann ich jetzt den Donut haben?«

»Nein. Wir werden das üben. Vergessen Sie nicht den Trick«, sage ich. »Hören Sie sich die Frage an, und beantworten Sie nur die Frage.«

»Ja, Ma'am.« Er hält inne. »War das die Übung?«

»Nein. Sie kommt jetzt. Wissen Sie, wie spät es ist, Pete?«

Er sieht auf die Uhr. »Viertel vor elf.«

»Falsch«, sage ich.

»Sorry«, entgegnet er. »Siebzehn vor elf.«

»Die Antwort lautet: Ja!«, rufe ich. »Die Antwort auf die Frage: Wissen Sie, wie spät es ist? lautet: Ja!«

»Und was ist, wenn ich keine Uhr umhabe?«, flüstert er.

Ich stütze den Kopf in die Hände. »Machen wir eine Pause.«

Pete trippelt aus dem Raum. Ich simse Will:

– Smoking bekommen?

– Gerade abgeholt.

– Führst du ihn mir später vor?

– Pech!

– Gut, dann nur die Fliege

Will antwortet nicht. Als Pete zurückkommt, hole ich die

ausgedruckten E-Mails aus der Mappe und lege sie ihm hin. »Erkennen Sie diese Dokumente, Pete?«

Er wirft einen kurzen Blick darauf. »Ich kenne diese E-Mails. Ich habe sie geschrieben.«

»Können Sie sich daran erinnern, sie verschickt zu haben?«

»Ja, Ma'am.«

»Wollen Sie mir sagen, Mr Hoffman, dass Sie eine klare, deutliche Erinnerung an das Versenden dieser E-Mails haben? Wissen Sie noch«, ich sehe tief in seine kleinen Triefaugen, »wie Sie an jenem Vormittag an Ihrem Schreibtisch saßen, sich über Ihre vollgekrümelte Tastatur beugten und jedes einzelne Wort davon tippten?«

»Meine Tastatur ist nicht …«

»Unter Eid«, fahre ich erbarmungslos fort, »in Gefahr, einen Meineid zu leisten, bezeugen Sie hier und jetzt, dass Sie beide E-Mails erkennen, Wort für Wort, dass Sie sich an das Datum, die Stunde, die Minute, die Sekunde erinnern, als ihr Zeigefinger auf ›Senden‹ drückte?«

Er wirkt erstarrt. »Nein?«

»Gut!«, sage ich. »Sie können sich also nicht genau daran erinnern, diese E-Mails geschickt zu haben?«

Er grinst. »Na klar!«

Ausnahmsweise bin ich froh, dass ich nicht der Verteidiger bei seiner Vernehmung sein werde. Als zweite Bevollmächtigte besteht meine einzige Aufgabe darin, ein Auge aufs Protokoll zu haben und Philip hin und wieder ein Dokument zu reichen. Zuzusehen, wie er mit diesem Hohlkopf umgeht, wird eine erhellende Erfahrung sein.

»Unterhalten wir uns mal darüber, was Sie hier geschrieben haben, Pete. Was meinten Sie damit, als Sie sagten, Sie würden bestimmte Zahlen, Zitat, noch mal gründlich aufpolieren, Zitatende?«

»Das ist ein Fachausdruck«, erklärt er.

»Aufpolieren ist ein Fachausdruck?«

»Aufpolieren, beschönigen.« Er winkt ab. »Ganz normale Buchhalter-Sprache.«

»Ist ›Ist zwar irgendwie Betrug‹ auch normale Buchhalter-Sprache?«

»Klar.«

»Was bedeutet es?«

»Na ja«, sagt er, »dass etwas ein bisschen daneben ist. Leicht anrüchig. Nicht ganz richtig.«

Ich sehe ihn eine Weile an.

»Pete? Das bedeutet ›Ist zwar irgendwie Betrug‹ auch in Nicht-Buchhalter-Sprache.«

»Aha.« Er gluckst. »Stimmt.«

Ich umklammere meinen Stift. »Bei Ihrer Aussage müssen Sie diese Art von Formulierungen vermeiden. Die Gegenseite will O-Töne von Ihnen, markige Sprüche, die sie in den Schriftsatz aufnehmen oder im Eröffnungsplädoyer verwenden kann, oder die man ins Internet stellen kann, damit EnerGreen schlecht dasteht. Tun Sie denen nicht den Gefallen! Wenn Sie merken, dass Ihnen eine Antwort auf der Zunge liegt, in denen die Wörter ›beschönigen‹, ›aufpolieren‹, ›Betrug‹, ›kreative Buchhaltung‹, ›Fälschung‹ oder irgendwelche ähnlichen Wörter vorkommen, die wir im echten Leben als negativ empfinden, dann … sprechen Sie sie einfach nicht aus, okay?«

Er wirkt eingeschüchtert. »Ich versuche es.«

Ewig lange drille ich ihn mit den E-Mails. Schließlich habe ich ihn so weit, dass er bereit ist auszusagen, was er da geschrieben habe, sei eine Mischung aus ungenauer Ausdrucksweise, internem Buchhalterjargon und neckischer Ironie. Dass der andere Buchhalter, dem er die E-Mail schickte, verstanden hätte, dass Hoffman nicht ernsthaft vorschlug, sie sollten einen Betrug begehen, ihre Wirtschaftsprüfer belügen oder etwas vor jemandem verheimlichen. Das ist nicht super, aber besser geht es nicht.

Wir machen noch eine Pause, ich schaue aufs Handy. Eine neue E-Mail.

Hi Schätzchen, gut das willst du nicht hören aber wir machen uns sorgen das du das nicht richtig überlegt hast! Gran hat dir nie die ganze Geschichte über ihren Mann (meinen Vater) erzählt aber vielleicht hilft es dir zu verstehen warum wir daraus so eine grosse sache machen. Du weisst ja das deine Oma früher arm war und die Familie harte Zeiten durch gemacht hat, sie hatte ganz schlimme Zähne weil sie hatten kein Geld für den Zahnarzt und außerdem hatten die Leute keine Ahnung von Zahnseide so wie heute.

Das ist der typische Stil meiner Mutter. Die Frau kann bei ihrem eigenen Pick-up das Öl wechseln, sie kann so gut wie jede Maschine reparieren und besitzt ein enzyklopädisches Wissen über tropische Holzarten. Aber sie hat die Orthographie eines modernen Lyrikers.

Sie ging nach Miami zum studieren und lernte einen tollen Mann kennen. Ein Zahnarzt. Am Anfang verband sie Grans Zahnprobleme aber sie liebte ihn und heiratete ihn ganz schnell um dann heraus zu finden das er ein SCHLIMMER SPIELER war. Mehrmals mußten sie mitten in der Nacht da weg wo sie wohnten weil sie kein Geld mehr für die Miete hatten. Gran wurde schwanger (mit mir) und mußte die Schule schmeißen. Eines Abends kam er dann nicht nach Hause und sie wartete und wartete sie war sicher das ihn seine Schulden eingeholt hatten aber nein.

Er war mit seiner ZAHNPFLEGERIN durchgebrannt!

Ich will nicht behaupten das Will so was macht (natürlich nicht!!!!) aber die Ehe lenkte sie ab von dem was sie machen wollte, natürlich machte sie später weiter aber es war SCHWER. Mann trifft grosse Entscheidungen im Leben ohne nachzudenken und sie sind wichtig Schatz!

Alles liebe,

Mom

Ich will eine bissige Antwort verfassen, aber zögere dann. Mom meint es gut. Sie meint es immer gut. Und ich liebe sie über alles. Als ich klein war, spielte sie stundenlang mit mir – setzte sich zu mir auf den Boden mit den Bauklötzen, den Puppen und Dinosauriern, baute abenteuerliche Dinge mit mir, erfand fremde Welten. Doch als ich älter wurde, hatte sie es schwerer mit mir. Logisches Denken und Argumentieren waren nicht gerade ihre Stärken. Ich konnte sie schwindelig reden, bis sie gar nichts mehr verstand. Sie konnte mich nicht im Geringsten im Zaum halten. Zum Glück war Gran da, die dafür sorgte, dass ich nicht völlig auf die schiefe Bahn geriet. Bis auch sie versagte. Warum denke ich jetzt daran? Ich schüttele es ab und tippe eine kurze Antwort:

Wow! Verrückte Story! Dass ich noch nie was davon gehört habe – unglaublich! Wir reden später – bin gerade am Arbeiten. Danke, Mom! XXL

Als Pete wieder ins Zimmer geschlurft kommt, stecke ich das Handy in die Tasche zurück. Es ist fast ein Uhr. »So, Pete«, sage ich zum gefühlt tausendsten Mal, »die Kläger behaupten, dass EnerGreen in seiner Bilanz Betrug begangen hat, indem die geschätzten durch die Ölverschmutzung entstandenen Kosten aufgebauscht wurden, um Verluste zu vertuschen, die ein Ableger des Unternehmens, eine Energiehandelsgesellschaft, eingefahren hat.«

»Yep«, sagt Pete mit Nachdruck.

Ich starre ihn an. »Was meinen Sie mit Yep?«

Auf einmal wirkt er sehr nervös. »Ich meine«, sagt er langsam, »dass ich es so verstehe, dass das, was Sie gerade behauptet haben, genau das ist, was die Gegenseite ebenfalls behaupten wird.«

O Gott, tut das weh. Ich hole noch einige Unterlagen mehr aus der Mappe und breite sie auf dem Tisch aus. »Reden wir über den Finanzbericht, Pete. Ich spiele jetzt den Anwalt der Gegenseite, ja?«

»Ja, Ma'am.«

»Mr Hoffman, erkennen Sie dieses Dokument?«

»Ja, Ma'am.«

»Können Sie mir sagen, was das ist?«

»Das ist der 2012er Geschäftsbericht von EnerGreen Energy für die Bundesbörsenaufsichtsbehörde«, erklärt er.

»Könnten Sie bitte Seite 45 aufschlagen?«

»Ja, Ma'am.«

»Sehen Sie oben auf der Seite in Tabelle 9, Zeile 14, den geschätzten Schaden durch die Ölkatastrophe von Deepwater Discovery? Angegeben mit 55 Milliarden Dollar?«

»Ja, Ma'am.«

Plötzlich reicht es mir. »Schluss jetzt mit diesem verdammten ›Ma'am‹!«

Er ist eingeschüchtert. »Okay.«

»Sie machen mich fertig mit Ihrem ›Ma'am‹, Pete.«

»Tut mir leid.«

»Ich möchte Ihnen gerne ein anderes Dokument zeigen«, sage ich und reiche es ihm. »Das ist der Versicherungsanspruch, den EnerGreen Energy bei der AIG einreichte, seinem Hauptunfallversicherer. Sehen Sie, dass EnerGreen auf Seite vier den Totalverlust durch den Unfall mit nur 25 Milliarden Dollar angibt?«

»Ja«, sagt Pete.

»Mr Hoffman. Wie erklären Sie, dass EnerGreen auf der einen Seite der Börsenaufsicht und seinen Aktionären erzählt, der Schaden der Ölkatastrophe belaufe sich auf über 50 Milliarden Dollar, während das Unternehmen auf der anderen Seite gegenüber seiner Versicherung behauptet, der Verlust würde nur auf 25 Milliarden Dollar geschätzt?«

Pete rutscht auf seinem Stuhl herum. »Ich würde sagen, dass es immer viele Dinge zu schieben gibt, viele Bälle in der Luft sind, wenn man so will, wenn man mit Bilanzprüfung zu tun hat, da es ein komplizierter Prozess ist, ein vielschichtiger

Prozess. Man hat zahlreiche Kostenstellen, die verschiedene Metriken und Rubriken anwenden, um die endgültigen Ergebnisse zu erreichen. Eventuelle Abweichungen werden im Normalfall im standardisierten Überprüfungsverfahren entdeckt und korrigiert.«

»Das ergibt überhaupt keinen Sinn«, sage ich.

»Sind Sie gerade Sie selbst?«, fragt er, »oder die Gegenseite?«

»Ich bin ich«, sage ich. »Was ist die Wahrheit?«

»Wir haben die Ölkatastrophe genutzt, um wesentliche Verluste unserer Börsenhandelsabteilung zu verstecken.«

Ich starre ihn an.

»Unsere Trader hatten langfristige Forward-Swaps vereinbart, bei denen der Preis von Erdgas auf der Höhe vom Jahresende 2011 festgesetzt wurde«, fährt Pete fort. »Aber als ein neues Feld hinten in Usbekistan entdeckt wurde, fiel der Preis in den Keller. Wir steckten in diesen verfluchten Verträgen drin und versuchten die Verluste abzusichern, indem die Trader in ein anderes Swapgeschäft einstiegen, das an den Preis von Titan gekoppelt war …«

Ich komme nicht mehr mit, aber muss es auch gar nicht. »Betrug«, sage ich. »Sie sprechen von Betrug.«

Pete schaut verdutzt drein. »Ich wüsste nicht, ob ich das Betrug nennen würde.«

»Wie würden Sie es denn nennen?«

Er denkt darüber nach. »Sie haben recht«, sagt er. »Das ist Betrug.«

Er erklärt weiter, aber ich kann ihn nur sprachlos anglotzen. Er ist so entwaffnend ehrlich. Gerade hat er mir erzählt, dass sein Arbeitgeber Bilanzbetrug, Wertpapierbetrug und wahrscheinlich noch einen Batzen weiterer Betrugsarten betreibt, von denen ich noch nie gehört habe. EnerGreen, ein Unternehmen, das für eine der furchtbarsten Umweltkatastrophen der Geschichte verantwortlich ist, sah in dieser Katastrophe tatsächlich eine praktische Möglichkeit, andere Fehler zu vertuschen, eine bequeme Art zu lügen, zu betrügen und zu manipulieren, damit es weiterhin Geld verdienen kann.

Und was macht Pete? Er sitzt hier so heiter und gelassen wie kein zweiter und schielt auf den letzten Donut.

»Wie groß sind die Verluste?«, frage ich.

»Über fünfzehn Milliarden.«

Mir fällt die Kinnlade hinunter. »Fünfzehn Milliarden Dollar? Das reicht, um die Firma untergehen zu lassen.«

»Allerdings! Wenn das rauskäme? Gäb's keinen Kredit mehr. Wir hätten nicht mehr genug Cash fürs Tagesgeschäft. Das wäre ein klassisches Szenario für einen Banken-Run.«

Er hält inne, schaut auf den Donut, dann auf mich. Ich nicke. Er nimmt ihn.

»Deshalb mussten wir die Verluste verstecken«, fährt er mit vollem Mund fort. »Was ich in der E-Mail geschrieben habe, stimmt. Die Ölkatastrophe war wirklich ein verdammtes Geschenk des Himmels, genau zum richtigen Zeitpunkt.«

Ein verdammtes Geschenk des Himmels. Ich hole mein Handy heraus und simse Philip:

– Großes Problem bei Vorbereitung zur Zeugenvernehmung. Kannst du bitte anrufen? Danke.

Dann schreibe ich eine SMS an Lyle:

– Hoffman=Albtraum. Müssen Zeugenvernehmung verschieben

Ich stehe auf. »Wir sind fertig, Pete.«

»Ja?«

»Ich denke, ich kann sagen, dass Sie in nächster Zeit keine Zeugenvernehmung durchstehen müssen. Mein Chef wird den Anwalt von Ihres Chefs Chefs Chef anrufen, dann stellt jemand einen riesengroßen Scheck aus, und wir sagen alle ›Auf Wiedersehen‹.«

Lyle schreibt zurück:

– Ruf mich an. Kläger verlangt seine Personalakte

– Vernehmung läuft nicht, lyle!

– Mach es einfach.

Unglaublich. »Eine Sache wäre da noch«, sage ich zu Pete. »In dem höchst unwahrscheinlichen Fall, dass Sie in sehr ferner Zukunft doch zur Zeugenvernehmung müssen, will die Gegenseite, dass wir Ihre Personalakte vorlegen. Das ist eine reine Formsache, aber wir müssen es tun, sonst schreien die Zeter und Mordio und behaupten, wir würden die Vorschriften verletzen. Sie haben gesagt, Sie arbeiten für eine Tochterfirma?«

»Richtig«, sagt er. »EnerGreen Energy Solutions LLC. Wir haben gerade einen Ableger hier in Key West eröffnet. Ich bin runtergekommen, um bei der Einrichtung des Buchhaltungssystems zu helfen, und dachte, ich nehme meine Familie einfach mit. Zu der Tochterfirma gehören zwei Geologen, die hier Tiefseetestungen durchführen.«

»Hey«, sage ich. »Wahnsinn. Willkommen in den Florida Keys, EnerGreen.«

»Die Sekretärin heißt Maria. Sie kann Ihnen geben, was Sie brauchen.«

»Warum arbeiten Sie für eine Gesellschaft mit beschränkter Haftung?«

»Ist ein Steuertrick«, sagt er.

Warum habe ich überhaupt gefragt. Warum?

Pete wirkt besorgt. »Werden die mich das auch fragen?«

»Sie werden Sie überhaupt nichts fragen. Niemals.« Ich halte ihm die Hand hin. »Es war sehr nett, Sie kennenzulernen, Pete. Genießen Sie Ihren restlichen Urlaub!«

11

Kaum bin ich draußen, wähle ich Philips Nummer. Betty sagt, er spricht auf der anderen Leitung. Ich verlange, sie solle ihn unterbrechen. Sie sagt höflich, ich solle mich verpissen. Ich lege auf und denke nach. Ich muss Urs anrufen, den Firmenanwalt. Mit Sicherheit weiß er nichts von dem Betrug – er ist viel zu integer, um so etwas vor uns geheim zu halten. Das bedeutet, dass ihn die EnerGreen-Angestellten belogen haben – ihren eigenen Anwalt – in Bezug auf das, was Petes E-Mail wirklich bedeutet. Wahnsinn! Ich wähle seine Nummer, zögere dann aber. Niedere Associates sollen mit dem Mandanten nicht direkt Kontakt aufnehmen. Es wäre eine gröbere Verletzung der Vorschriften, wenn ich über Philips Kopf hinweg handeln würde. Deshalb rufe ich Lyle an.

»Wir haben ein Problem«, sage ich, als er sich meldet. »Die Kläger haben recht. Mit allem. EnerGreen betrügt. In riesigem Ausmaß, irre. Hoffman hat mir alles erzählt. Er ist übrigens eine Komplettkatastrophe. Er …«

»Mal langsam«, sagt Lyle. »Was ist passiert?«

Ich hole tief Luft und erzähle ihm alles.

»Gott«, sagt er anschließend. »O Gott.«

»Der Fall muss abgeschlossen werden, Lyle. Jetzt. Ich habe Philip nicht erreicht. Er muss mit dem Mandanten reden. Er muss ihn überzeugen, dass es nicht zum Prozess kommen darf. Aber zuallererst muss jemand die Gegenseite anrufen und diese Zeugenvernehmung verschieben.«

»Beruhige dich, Wilder. Die Vernehmung findet gar nicht statt. EnerGreen hat heute Morgen ein neues Vergleichsangebot gemacht. Philip telefoniert gerade mit dem Mediator.«

Deshalb ist Lyle so ruhig. »Das ist ja eine super Nachricht!«, sage ich.

»Ja. Ich bin schon dabei, die entsprechenden Schriftstücke aufzusetzen.«

Ich lehne mich gegen die Motorhaube. Die Anspannung, die ich eben noch empfand, lässt allmählich nach. »Ich bin so froh, dass der Fall vorbei ist. EnerGreen. Uah. Was für ein Haufen Drecksäcke.«

»Angebliche Drecksäcke«, korrigiert Lyle. »Und sie sind nicht schlimmer als unsere übrigen Mandanten.«

»Willst du mich auf den Arm nehmen? EnerGreen ist kriminell! Du hättest mal sehen müssen, wie dieser Typ dasaß, Donuts in sich hineinstopfte und erzählte, wie sein Arbeitgeber mit dem absoluten finanziellen Kollaps flirtet.«

»Klingt heftig«, gibt er zu. »Tut mir leid, dass du das allein machen musstest.«

Es ist nett, mal ein halbwegs ziviles Gespräch mit Lyle zu führen. Die Aussicht auf einen Vergleich macht ihm wohl gute Laune.

»Berichtest du Philip auch bestimmt alles von meinem Termin eben, was ich dir erzählt habe? Er muss wissen, wie tief dieses Loch ist, und er muss auf Urs einwirken, damit EnerGreen wirklich in den sauren Apfel beißt und zahlt.«

»Sage ich ihm«, erwidert Lyle. »Ach, ich habe ihn gerade in der anderen Leitung. Muss Schluss machen.«

Wir legen auf. Mir geht es deutlich besser. Der Vormittag war totale Verschwendung, hatte ein paar echt heftige Momente, aber es wird wieder.

Dann fällt mir etwas anderes ein. Bin ich eigentlich persönlich verpflichtet, EnerGreen bei den Behörden zu melden? Ich kann mich nicht an den genauen Verhaltenskodex erinnern, aber ich kenne jemanden, der das weiß. Ich rufe Gran an.

»Wie lautet noch mal die Vorschrift über vertrauliche Informationen und das Begehen einer Straftat?«, frage ich.

»Berufsordnung Florida, vier Querstrich eins Punkt sechs, Abschnitt b, Teil eins«, antwortet sie wie aus der Pistole geschossen. »Ein Anwalt muss Informationen betreffend der Vertretung seines Mandanten in dem Maße offenlegen, wie der Anwalt eine solche Aufdeckung als notwendig erachtet, um den Mandanten vom Begehen einer Straftat abzuhalten.«

»Du hast's immer noch drauf, Mensch!«

»Wen interessiert das?«, brummt sie. »Ich könnte genauso gut tot sein.«

»Wenn die Straftat also bereits begangen wurde, muss ich nichts offenlegen?«

»Das brauchst du nicht nur nicht«, sagt sie, »du darfst es gar nicht. Anwaltliche Schweigepflicht.«

»Spitze!«

»Worum geht's denn?«, fragt sie argwöhnisch.

»Darf ich nicht sagen, bätsch!«

»Bitte, nur eine Kleinigkeit«, bettelt sie. »Mir ist so langweilig.«

Eine Weile lausche ich ihren Klagen über Gartenarbeit, Kreuzworträtsel und Sitzyoga. Ich überlege, ob ich sie nach dem Zahnarzt fragen soll. Bisher hatte ich nur eine vage Vorstellung davon, wer er war und warum sie sich scheiden ließen, die komplette Geschichte habe ich nie gehört. Spielsucht und unwiderstehliche Zahnpflegerinnen sind eine Sache. Aber dass Gran ihre Karriere für einen Mann zurückstellte? Undenkbar.

Stattdessen sage ich: »Warum hast du mir nicht erzählt, dass Teddy wieder hier ist?«

Schweigen. »Ist er das?«

»Bitte, Isabel! Du weißt alles, was hier passiert.«

»Lass ihn in Ruhe, Lillian Grace!«

»Er ist zu mir gekommen!«

»Es geht ihm gut«, erklärt sie. »Ist ein Wunder, dass der Staat ihn genommen hat nach dem … was passiert ist. Hat ihm wahrscheinlich geholfen, dass er gedient hat.«

»Bitte, was?«

»Er hat gedient«, sagt Gran.

Teddy in der Armee? Nie im Leben.

»Lass gut sein«, warnt mich Gran.

»Okay«, sage ich. »Ich lasse es jetzt gut sein. Bitte sehr, ich lasse los.«

»Ich meine es ernst, Lily.«

»Ich auch. Bis später, Gran.«

Ich fahre zurück nach Key West und gerate direkt in den Baustellenstau auf der Roosevelt. Ich sehe ein Hinweisschild zum Büro von EnerGreen Solutions – die Tochterfirma, von der Pete sprach. Ich kann mir genauso gut schnell seine Personalakte holen, bin ja eine vorbildliche Mitarbeiterin. Als ich auf das Gelände fahre, sehe ich einige Demonstranten auf dem Parkplatz. Ich lächele und winke ihnen zu, dann gehe ich ins Gebäude. Ich versuche, immer freundlich zu sein, wenn ich auf Menschen treffe, die gegen die Ölverschmutzung protestieren. Im persönlichen Gespräch sind sie meistens ganz nett, und ihre Schilder finde ich witzig. (ENERGIER! Naheliegend, aber clever.)

Ich finde Maria und veranlasse, dass eine Kopie von Petes Personalakte an die Kanzlei geschickt wird. Ich rufe meine Anwaltsgehilfin an und weise sie an, die Kopie an die Gegenseite weiterzuleiten, wenn sie eintrifft. Als ich den Parkplatz verlasse, fährt Moms Pick-up an mir vorbei. Ich hupe, aber sie hört mich nicht. Ich beschließe, ihr zu folgen. Vielleicht können wir noch ein spätes Mittagessen einlegen. Sie fährt in die schmalen Straßen der Altstadt und hält vor einem Haus, das hinter Bauplanen und einem Gerüst verschwindet. Ein

Schild von ihr steht im Vorgarten: ERSTKLASSIGE ARBEIT VON WILDER CONSTRUCTION! Wie peinlich! Als ich in der Mittelstufe war, klaute ich die Schilder immer, aus Prinzip.

Sie springt aus ihrem Wagen und verschwindet am Haus entlang nach hinten. Ich parke und sehe ihr nach. Mom wirkt deutlich gepflegter als sonst. Ihr T-Shirt und ihre kurze Hose sind sauber. Ihr Haar ist gekämmt und ordentlich zu einem Pferdeschwanz zusammengebunden. Vielleicht trifft sie sich mit einem Kunden.

Bevor ich aussteige, versuche ich, Will anzurufen. Keine Antwort. Ich versuche es noch mal bei Philip, um sicherzugehen, dass Lyle ihm wirklich die Ernsthaftigkeit der Lage vermittelt hat, aber bei ihm ist immer noch besetzt. Ich überfliege meine beruflichen E-Mails. Mein Handy meldet sich. Eine SMS von Ana, sie schickt mir ein Selfie aus irgendeiner Umkleidekabine, auf dem sie ein buntes, albernes bäuerliches Outfit trägt. Dazu schreibt sie:

– ok?

Ich schreibe zurück:

– damit bist du der Knaller beim Erntefest

– Zicke!!!

Schließlich gehe ich zum Haus und folge einem schmalen Backsteinweg nach hinten. Er windet sich an wuchernden Büschen vorbei und führt zu einer verwitterten Küchentür. Ich schaue durch die beschlagene Scheibe.

Verrostete alte Geräte, Werkzeug und Kisten mit Baumaterial sind im Raum verteilt. Ich sehe meine Mutter.

Doch sie arbeitet nicht.

Nein, sie liegt auf einem Stapel Umzugsdecken, stöhnt und gräbt die Hände in die sehr attraktiven Pobacken eines Mannes, der auf ihr liegt und sie kräftig bumst.

Ich springe zurück. Dann schaue ich wieder hin. Ich weiß, dass das irgendwie krank ist, aber ich kann von ihr selbst so gut wie nichts sehen. Ich betrachte ihren Freund. Er ist echt gut in Form. Netter Arsch, wie schon gesagt. Auch der Rücken ist gut. Rücken sowieso. Werden unterbewertet. Man denkt erst drüber nach, wenn man einen wirklich schönen sieht, und dann ist das, als ob man …

Wow, der hat vielleicht mal Energie.

Ich weiß, ich weiß – ich sollte empört sein. Aber es macht mich glücklich.

Für sie, meine ich.

Ich sollte nicht länger zugucken.

Wirklich nicht? Jetzt mal ehrlich: Männer sind gar nicht so heiß. Nicht rundum, so wie Frauen. Männer haben Körperbehaarung und einen schlechten Kleidergeschmack. Riechen komisch. Sie enthaaren sich nie. Entweder übertreiben sie es, oder sie versuchen es erst gar nicht. Klar, manche sind nett, die meisten haben ein paar gute Eigenschaften, aber manchmal muss man auch lange nach ihnen suchen. Wie in diesen Wimmelbüchern. Oder wie auf den Cocktailkarten der angesagten neuen Läden in Brooklyn, wo nur noch regional produzierte Spirituosen, uralte Kornsorten und vergorene Pastinaken aufgeführt sind und man echt verdammt genau hingucken muss, um etwas Trinkbares zu finden.

Worauf ich hinauswill: Wenn man einen gutaussehenden Mann entdeckt, so wie das Exemplar, das gerade meine Mutter vögelt, ist es schwer, nicht hinzugucken. Man fühlt sich geehrt. Ausgezeichnet. So fühlen sich wahrscheinlich Vogelbeobachter, wenn sie den ganzen Tag mit Fernglas in regenfester Hose in einem Baumhaus hocken und endlich einen Blick auf die seltene dreizehige Grackel oder so erhaschen. Es ist dasselbe Gefühl von Bewunderung und Freude.

Nur dass sie die Grackel nicht bumsen wollen.

Oder vielleicht doch. Vielleicht ist das der Sinn des Vogelbeobachtens. Ich weiß es nicht.

Die beiden sind wirklich heftig dabei.

Ich höre jetzt auf, zuzugucken.

Aber eins wollte ich noch sagen: Ich freue mich, dass Mom jemanden gefunden hat. In meiner Vorstellung ist sie immer eine arme alte Nonne. Sie war so fertig, als Dad sie verließ. Am Boden zerstört. Irgendwann erholte sie sich, aber traf sich nie wieder mit einem anderen Mann, solange ich bei ihr lebte. Ihre gesamte Energie floss in zwei Projekte: in ihre Firma und in mich. In ihren melancholischeren Stunden sagte sie manchmal, dass mein Vater für sie der Einzige war.

Oh.

O nein!

Manchmal beschreibt man einen Mann als »umwerfend gutaussehend«. Diese Bezeichnung trifft den Nagel auf den Kopf. Ein wirklich schöner Mann kann dir weiche Knie machen. Kann dich fertigmachen. Denn da ist er, der Beweis, dass es das Perfekte gibt in der Welt, die ganze Zeit schon, aber dass es nicht für dich und deine Schwestern bestimmt ist. Man kann nicht anders, als sehnsüchtig hinzusehen, ein bisschen zu träumen und den Göttern für diesen kleinen Vorgeschmack auf den Himmel zu danken.

Ein bisschen kompliziert wird es allerdings, wenn besagter Mann zufälligerweise auch der …

»Dad!«, rufe ich und schlage mit der Faust gegen die Scheibe.

Sie springen auseinander. O Gott, splitternackt! Schnell ziehe ich mich in den Vorgarten zurück.

Mein Vater ist ein umwerfend, lächerlich gutaussehender Mann. Er geht auf die fünfzig zu, aber er hat es noch drauf. Ein voller Schopf gewellter schwarzer Haare, nur ansatzweise ergraut. Ein athletischer Körper. Ein faltenfreies Gesicht mit unglaublich grünen Augen. Er wäre ein faszinierender Filmstar geworden, denn er hat unwahrscheinlich viel Charisma. Außerdem hat er dieses adelig Britische, was wirklich unwiderstehlich ist. Wenn man was dafür übrighat.

Was … na ja. Manche halt haben.

Im Grunde genommen ist Henry wie eine kleine Gottheit,

ein Mundschenk, der den Göttern des Olymps den Kaffee und den Imbiss reicht und um den sie sich streiten.

Ich sehe genauso aus wie er.

Haha! Nee …

Ich sehe aus wie Mom. An sich nicht schlecht, aber im Vergleich zu Dad sind wir richtige Trolle.

Die Küchentür fällt zu. Da kommt er, schlüpft in sein Hemd. »Kleine!«, ruft er und breitet die Arme aus. »Lass dich ansehen!«

Mit erhobenen Händen weiche ich ihm aus. »Nicht anfassen, ja, Henry? Kann ich gerade nicht mit umgehen.«

Ich habe den beiden deutlich zu lange zugeguckt. Müsste wohl eine Marathonsitzung bei Dr. Boog buchen.

»Schätzchen«, Dad ist verletzt. »Komm rein. Lass uns reden.«

Widerwillig folge ich ihm in die Küche und setze mich auf einen Klappstuhl. Dad schenkt Champagner in einen Pappbecher und reicht ihn mir.

»Woher kommt der denn?«

»Habe ich aus dem Hotel mitgebracht«, sagt er. »Inzwischen gibt es die tollsten Kühltaschen. In Form von Weinflaschen!«

Ich hebe meinen Becher. »Auf den Fortschritt!«

»Prost!« Er stößt mit seinem Pappbecher gegen meinen. Wir trinken.

Meine Mutter kommt aus einem anderen Zimmer hereingehuscht, den Blick gesenkt. Die beiden setzen sich mir gegenüber auf zwei Umzugskisten.

Ich trinke noch einen Schluck und stelle den Becher auf den Boden. »So, Kinder«, sage ich und klatsche mir auf die Knie. »Das ist ja mal eine Überraschung!«

»Ach, Süße«, sagt Mom. »Es tut mir leid, dass du es so erfahren musstest. Das ist mir unglaublich peinlich!«

Ehrlich überrascht sieht Dad sie an. »Was denn, um Himmels willen?«

»Können wir mal eben einen Schritt zurück machen?«, frage ich. »Ihr beide habt euch seit Jahren nicht gesehen, soweit ich weiß – obwohl ich mich langsam frage, ob ich wirklich so viel weiß, wie ich zu wissen glaube. Egal, ihr versteht euch nicht miteinander. Ihr habt euch nie verstanden. Wie ist das hier dann passiert?«

»In den letzten Jahren war es ziemlich eisig zwischen uns«, bestätigt Dad. »Ich nehme an, die Veränderung hat tatsächlich mit dir zu tun. Vor ein paar Monaten rief mich deine Mutter an, um über eure Verlobung zu sprechen. Wir haben uns ganz wunderbar unterhalten, Kat, nicht wahr?« Er schiebt sich eine Locke hinters Ohr. »Wir sprachen über die Hochzeit, über unsere gemeinsame Zeit in Key West und natürlich über dich.« Er knipst sein Lächeln für mich an. Ich merke, dass mein Gesicht heiß wird. Schnell trinke ich den Schampus aus.

»Es war herrlich, wieder zu reden«, sagt Mom. »Danach riefen wir uns ziemlich regelmäßig an. Ganz normale Brautelterngespräche.«

»Und dann«, fährt Dad eifrig fort, »saßen wir beide irgendwann vor unseren Computern, und deine Mutter brachte mir bei, wie man skypt. Kennst du Skype?«

»Skype?«, sage ich. »Meine Güte, was ist das?«

»Das ist wirklich die genialste …«

Mom legt ihm eine Hand aufs Bein. »Sie weiß, was Skype ist, Henry.«

»Dann weißt du ja, wie magisch das ist!« Er schlingt einen Arm um Moms Taille. »Sie wiedersehen zu können – es war unglaublich!« Mom lehnt den Kopf an seine Schulter. »Wir tauschten weiter E-Mails und SMS aus«, berichtet Dad. »Wir haben noch ein paarmal Skype gemacht. Schließlich beschlossen wir, dass ich früher herkommen würde, um zu sehen, ob irgendwas passiert.« Er lacht breit. »Und es ist definitiv was passiert.«

Mom schlägt die Hände vors Gesicht.

»Schön, Dad. Wie lange bist du schon hier?«

»Zwei Tage.« Er hebt die Flasche. »Willst du noch was?«

Ich halte ihm den Becher hin. »Das heißt, als du mich am Sonntag angerufen hast …«

»Wollte ich eigentlich deine Mutter sprechen«, gibt er zu.

»Rätsel gelöst.« Ich trinke einen Schluck. »Was hältst du vom Wetter?«

»Großartig! Aber ist es ja immer.«

»Der Februar kann launisch sein. Als wir uns den Termin ausgesucht haben, dachten wir …«

»Das hier stört dich wirklich nicht?«, fragt Mom.

»Natürlich nicht«, sage ich. »Darüber bilde ich mir kein Urteil.«

Es freut mich aufrichtig, sie so glücklich zu sehen. Sie strahlt.

»Da hast du's, Kat.« Dad tätschelt ihr Knie. »Ich hab dir gesagt, dass es sie nicht stört.«

»Wissen Jane und Ana Bescheid?«, frage ich.

Mom lässt den Kopf wieder hängen. Dad schüttelt seinen.

»Ich halte mich da raus«, erkläre ich. »Ich habe keine Aktien in diesem Spiel. Genauer gesagt, sind all meine Aktien in diesem Spiel. Kommt auf dasselbe raus, schätze ich. Wo ist Trina?«

»In Vilnius«, sagt Dad. »Ihre Mutter ist ziemlich krank.«

»Was hat sie denn?«

Er runzelt die Stirn. »Krebs, leider.«

»Krebs«, wiederhole ich. »Ihre Mutter ist ›ziemlich krank mit Krebs‹.«

»Ich weiß, das klingt furchtbar«, wendet Mom schnell ein, »aber du musst verstehen …«

»Hey!«, rufe ich. »Ich habe ein Déjà-vu! Dad, weißt du noch, als ich sechzehn war und du mich und Charlie Hurst in dem Poolhaus in Montauk erwischt hast?«

»Du warst fünfzehn«, entgegnet Dad. »Und ja, ich erinnere mich daran.«

Wir plaudern noch ein bisschen länger. Es ist wirklich nett. Ich kann mich nicht erinnern, wann wir drei mal so locker zusammengesessen hätten. Dad macht noch eine Flasche Champagner auf. Schließlich bringt er mich zu meinem Wagen.

»Und, was heißt das jetzt?«, frage ich. »Kommt ihr wieder zusammen?«

Dad runzelt die Stirn. »Schwer zu sagen. Wir lassen es auf uns zukommen. Ich mag deine Mutter natürlich sehr gerne, aber es gibt so viele andere Faktoren zu bedenken …«

Er redet weiter und legt mir einen Arm um die Schulter. Ich schließe die Augen. Er riecht so gut.

»Hör sich das einer an!«, ruft er. »Da erzähle ich die ganze Zeit von mir, während es in dieser Woche eigentlich um dich gehen sollte. Ich habe dich vernachlässigt, Schätzchen, das tut mir leid. Versuchen sie immer noch, es dir auszureden? Soll ich mich einmischen?«

»Ganz ehrlich, Daddy? Du bist momentan wohl nicht der überzeugendste Fürsprecher für den heiligen Stand der Ehe.«

Er ist tatsächlich beleidigt!

»Schon gut, es ist unter Kontrolle«, sage ich. »Sind nur noch vier Tage bis zur Hochzeit.«

Vier Tage?

O Gott!

Liebevoll drückt er meinen Arm. »Was immer du für das Beste hältst. Wann lerne ich deinen Will endlich kennen?«

»Heute Abend ist sein Junggesellenabschied. Soll ich sehen, ob wir uns vorher auf ein Glas treffen können?«

Dad verzieht das Gesicht. »Heute Abend passt nicht so gut.«

»Was ist mit Abendessen morgen?«

»Nein … Tut mir leid, morgen geht auch nicht.«

Ich bleibe stehen und sehe ihn an. »Du bist in Key West, Dad. Was kannst du hier zu tun haben?«

Er scharrt mit dem nackten Fuß im Gras, wirkt verlegen.

»Ach, dies und das. Alte Freunde treffen. Papierkram erledigen.«

Papierkram? Egal – es lohnt sich nicht, ihn zu verhören. »Spätestens am Donnerstag lernst du Will kennen. Das ist der Abend, wo die Familien gemeinsam essen gehen.«

Er hört gar nicht mehr zu, sieht sich über die Schulter zum Haus um. »Gut«, sagt er. »Also, ich denke, ich sollte … wieder reingehen. Ist das in Ordnung?«

»Klar, Dad.« Ich drücke ihn fest. »Schön, dich zu sehen.«

»Dich auch, Kleine.« Übermütig winkt er mir zu und flitzt wieder ins Haus.

12

Ich fahre zurück ins Hotel. Was für ein seltsamer Tag. Draußen auf dem Balkon sehe ich mir den Sonnenuntergang an. Ich simse Freddy:

– Hi!

– Hola!

– Will @ Junggesellenabschied

– Wichser!

– Und?

– Wir zeigen's ihm

Für meinen zweiten Junggesellinnenabschied trommeln wir alle frisch eingetroffenen Gäste zusammen und suchen uns einen Platz am Pool. In den Palmen flackern Lichter. Ein Jazztrio spielt in der Bar. Ich lasse mich in einen Loungesessel zwischen Freddy und Nicole sinken. Wie durch ein Wunder ist Nicoles Handy nicht in Sicht. Wir reden über die Arbeit, die Hochzeit. Es scheint ihr sogar Spaß zu machen.

Ein toller Typ läuft vorbei. Freddy legt die Hand aufs Herz. »Umwerfend«, stimme ich ihr zu.

Nicole verdreht die Augen.

»Was ist?«, frage ich lachend. »Darf ich nicht mal mehr gucken?«

»Wann hast du jemals nur geguckt?« Nicole lächelt, aber ihre Stimme hat einen schneidenden Ton.

»Mach dich mal locker!«, sagt Freddy zu ihr. »Wir haben einfach Spaß.«

Sie zuckt mit den Achseln. »Wenn du meinst. Ich finde es irgendwie traurig.«

Ich hätte wissen müssen, dass ihre gute Laune nicht von Dauer ist. Schade. Nicole und ich waren während des Studiums so eng befreundet. Sie war immer ein bisschen kratzbürstig, aber gleichzeitig war sie cool, lustig und total klug. In letzter Zeit ist sie absolut verbissen und voreingenommen. Ich glaube, die Trennung von ihrem Freund hat sie verbittert.

»Was ist traurig daran, einem gutaussehenden Mann nachzusehen?«, frage ich.

»Traurig ist, dass du das nur machst, wenn du was getrunken hast«, erwidert sie.

»Stimmt nicht«, korrigiert Freddy sie. »Ich habe schon gesehen, dass Lily Typen abcheckt, wenn sie absolut nüchtern ist. Zum Beispiel beim Autofahren. Oder beim Arzt. Oder bei Beerdigungen.«

»Hey«, sage ich. »Wer nicht will, dass gegafft wird, soll den Sarg zulassen!«

»Im Ernst«, sagt Nicole in unser Gelächter hinein. »Dadurch wirkst du wie eine Frau, die sich besäuft, damit sie ihre Hemmungen verliert.«

Kennt diese Frau mich überhaupt? »Alkohol senkt meine Ansprüche, nicht meine Hemmungen«, sage ich. »Großer Unterschied.«

Freddy und ich stoßen an. Aber Nicole lässt nicht locker. »Ich mache mir Sorgen um dich, Lily.«

»Das ist rührend«, sagt Freddy bissig. »Aber deine Beweisführung hat ein paar Lücken.«

»Das ist keine Beweisführung«, erwidert Nicole. »Ich meine nur …«

Freddy unterbricht sie. »Natürlich ist das Beweisführung. Warum streitest du das ab? Lily trinkt, und Lily vögelt rum. Daraus schließt du, dass Lily rumvögelt, weil sie trinkt. Ist es nicht ebenso gut möglich, dass sie trinkt, weil sie rumvögelt? Oder, was viel wahrscheinlicher ist, dass das eine mit dem anderen nichts zu tun hat?«

»Möglich, klar«, sagt Nicole. »Aber die meisten Frauen sind nicht so.«

»Ah, okay«, sagt Freddy. »Also reden wir gar nicht über Lily. Wir reden über die ›meisten Frauen‹ und was die ›meisten Frauen‹ tun oder nicht tun. Interessant.«

Nicole sieht mich an. »Liege ich wirklich so falsch?«

»Ja.«

»Die ganzen ungeplanten Nummern? Der anonyme Sex? Macht dir das wirklich Spaß?«

»Ja.«

Nicole schüttelt den Kopf. »Kaufe ich dir nicht ab.«

Da verliere ich die Geduld. »Warum nicht, weil ich eine Frau bin? Weil Frauen nicht so sind? Weil sie nicht wirklich Spaß am Sex haben? Keine Lust?«

»Nein, aber …«

»Ich tu wohl nur so, was? Das ist ein Trick von mir, um mir einen Mann zu angeln und Kinder von ihm zu kriegen? Gut zu wissen, Nicole. Danke. Finde ich super, wenn Frauen anderen Frauen erklären, wie sie drauf sind. Und dann noch so richtig schön herablassend? Das wärmt mir echt das Herz.«

Nicole steht auf und geht. Ich stelle mein leeres Glas auf den Tisch. Freddy sieht mich an.

»Zu heftig?«

Sie zuckt mit den Schultern. »Wenn die Wunden verheilt sind, ist sie bestimmt dankbar. Wieso hast du dich so aufgeregt?«

»War ’n langer Tag. Komischer Tag. Zum Beispiel habe ich meine Mom und meinen Dad heute Nachmittag dabei erwischt, wie sie es auf dem Boden eines leerstehenden Hauses trieben.«

»Katherine? Und Henry?«, ruft sie. »Zusammen?«

»Ja, ja und nochmals ja.« Freddy will alles wissen. Ich erzähle ihr die schmutzigen Details. Ich habe nicht aufhören können, daran zu denken. Meine Eltern, wieder zusammen. Mein Vater, der seine fünfte Frau mit der ersten betrügt. Die Bedeutung des Ganzen für meine eigene eheliche Zukunft ist … nicht gerade super.

Zufrieden lehnt sich Freddy nach hinten. »Dein Vater ist ein schöner Mann. Ich hätte auch zugeguckt. Hey, ich hätte mitgemacht.«

Ich rutsche auf dem Sessel herum. »Er ist ja nicht dein Vater.«

»Das gäbe einen super Country-Song ab! Ich fand meine Mutter und meinen Vater im alten Haus«, schmettert sie los, »dabei ist es schon seit Jahren mit ihnen aus!«

»Ich glaube, du verstehst nicht, worum es geht, Freddy.«

»Ich muss pieseln, wir reden gleich weiter!« Sie verschwindet.

Ich stehe auf und mische mich unter die Gäste. Die Party ist in vollem Gange. Ich begrüße alte Freunde und lerne einige Verwandte und Schulfreunde von Will kennen. Es macht Spaß, dennoch bin ich bekümmert. Ich gehe zur Bar. Bevor ich dort ankomme, stürzt sich meine Freundin Diane schreiend auf mich und wirft mich fast zu Boden. Ich freue mich so, sie zu sehen! Wir lernten uns als Jugendliche im Krankenhaus kennen. Jetzt ist sie selbst Psychiaterin. Das passt perfekt, weil sie total irre ist.

»Ich brauche einen Rat«, sage ich.

»Tu's nicht«, antwortet sie.

»Was?«

»Das, worüber du nachgedacht hast.«

»Warum nicht?«

»Weil es nicht dein erster Impuls war, egal, um was es geht«, erklärt Diane. »Wenn es das gewesen wäre, würdest du nicht um Rat fragen – dann hättest du es einfach getan. Und wenn es nicht dein erster Impuls war, liegt es nicht in deiner Natur, es zu tun. Also solltest du es lassen.«

»Ich habe echt keine Ahnung, worüber wir reden«, sage ich.

»Gut«, sagt Diane. »Dann mach das.«

Freddy gesellt sich zu uns. »Und was, wenn es Lilys erster Impuls gewesen wäre? Sie kann sich geändert haben.«

»Menschen ändern sich nicht.« Diane weist auf den Cocktail, den Freddy mir gerade gereicht hat. »Willst du das trinken?«

Ich gebe das Glas an sie weiter. »Du als Psychiaterin sagst mir, dass ich mich nicht ändern kann?«

»Vielleicht ein bisschen, ansatzweise«, erwidert sie. »Aber nicht grundsätzlich.«

»Ich sitze in der Scheiße.«

»Du sitzt nicht in der Scheiße«, sagt Diane. »Du hast ein tolles Leben. Du heiratest Indiana Jones!«

Ich lache. »Will ist nicht Indiana Jones.«

»Er ist so superheiß!«, ruft Diane. »Behält er den Hut im Bett auf?«

Ich lege die Arme um sie. »Apropos Bett, ich glaube, wir müssen dir helfen, deins ganz schnell zu finden.«

Doch sie wankt davon, Freddy bringt mir ein neues Glas. Wir setzen uns. Alle haben leichten Sonnenbrand und sind angeheitert, unterhalten sich fröhlich darüber, wie sie die Vorteile ausgenutzt haben, die die Insel zu bieten hat. Meine Freundinnen Leta und Caroline sind mit einem Kajak durch die Mangrovenwälder gefahren. Eine andere Gruppe war schnorcheln. Wills Tante Dahlia kann nicht aufhören, von den Meeresfrüchten zu schwärmen. Alle erzählen, dass sie gerade noch vor einem großen Schneesturm fliehen konnten, der auf die Ostküste zugerast kommt, und wie erleichtert sie sind, hier in diesem Paradies zu sein, wo es nur warmen Wind, fruchtige Drinks und einen glitzernden Pool gibt.

Mein Handy kündigt eine SMS an.

– Was geht?

Ich antworte:

– Nada

– Langeweile?

– kann sein

– Schick mir ein Bild

– Wovon

– Überrasch mich

Freddy schaut über meine Schulter auf das Display. »Warum schreibt dir deine Reinigung jetzt eine SMS?«

»Das ist nicht wirklich meine Reinigung«, erkläre ich. »Nur ein Typ, den ich da kennengelernt habe. So kann ich die Männer auseinanderhalten.«

»Interessant«, sagt sie. »Ich dachte, dafür hätte man Namen erfunden.«

»So ahnt Will aber nichts, wenn er auf mein Handy guckt.«

Die Reinigung schreibt:

– Ich will dich jetzt

»Das ist ja auch gar nicht auffällig«, sagt Freddy. Sie stellt ihr Glas ab, nimmt mein Handy und scrollt durch die Kontakte. »Nagelpflege, Friseur, Baumarkt …«

Ich seufze. »Hohl, aber total romantisch.«

»Putzfrau, Tierhandlung.« Sie schaut auf. »Was machst du denn in einer Tierhandlung?«

Ich zucke mit den Schultern. »Seh mich gerne um.«

»Steuerberater, Zahnarzt«, liest sie vor. »Sind das alles Decknamen?«

»Nein, Zahnarzt ist wirklich mein Zahnarzt.«

Sie legt das Handy auf den Tisch. »Ich muss wohl froh sein, dass du nicht auch mit deinem Zahnarzt schläfst.«

»Nein.« Ich leere mein Glas. »Nicht mehr.«

»Gott, Lily!«

»Was? Das war super. Bis es komisch wurde.«

Sie nimmt ihr Glas. »Sexting begreife ich einfach nicht. Fand ich immer schon abartig.«

»Ist nur abartig, wenn man die Nachrichten von anderen liest«, sage ich. »Aber wenn man es selbst macht? Und weiß, wer am anderen Ende ist, was der kann? Was losschicken, warten, dass was zurückkommt? Nicht wissen, was drin steht oder was zu sehen ist? Ist total aufregend.«

»Bäh«, macht Freddy. »Ich mag Körper.«

»Du bist analog. Rückständig. Lo-Fi.«

»Ich bin No-Fi.« Das Handy plingt, Freddy hebt es hoch. »Deine Reinigung ist so weit. Wie ist deine PIN?«

»9455.«

Sie tippt die Zahlen ein. »9455«, sagt sie. »W-I-L-L. Das ist entweder total süß oder total krank.«

Sie gibt mir mein Handy zurück.

– wo bist du?

– 1000 Meilen weit weg

– ☹

»Wie öde!«, sagt Freddy.

Ich stecke den Apparat in die Handtasche. »Ich glaube, Will verheimlicht mir etwas«, sage ich. »Etwas Wichtiges.«

Freddy streckt die Beine aus und verschränkt die Knöchel. »Schieß los.«

»Er war in letzter Zeit ziemlich aufgedreht. Hektisch. Nervös. Nicht er selbst.«

»Süße, wenn ich kurz davor stünde, dich zu heiraten, wäre ich nicht nur nervös«, sagt sie. »Ich würde mir in die Hose machen.«

Der Kellner bringt noch eine Runde. »Zum Beispiel Folgendes«, beginne ich. »Will hat gesagt, er war noch nie in Key West, aber er wusste genau, wo der Friedhof ist.«

»Ein Archäologe weiß, wo die ganzen alten Knochen liegen?« Sie reißt die Augen auf. »Das ist voll abgefuckt!«

»Und er hat mich wegen seines Namens angelogen. Er heißt nicht William. Er heißt Wilberforce.«

»Nein«, sagt sie automatisch.

»Doch.«

»Wilberforce«, wiederholt sie. »Wilberforce Field.«

»Ach, du Scheiße«, flüstere ich. »Daran habe ich gar nicht gedacht.«

»In Wirklichkeit ist er eine Figur aus *Krieg der Sterne*«, sagt sie. »Übriggeblieben aus der Cantina-Szene!«

Wir sterben fast vor Lachen. Dann steht Freddy auf und hält mir die Hand hin. »Komm mit!«

Wir gehen nach oben und setzen uns auf ihren Balkon. Teilen uns einen Joint. Sie macht zwei Flaschen Rum aus der Minibar auf. Dann rückt sie ihren Stuhl so herum, dass sie mir gegenübersitzt.

»Zeit für eine ehrliche Aussprache«, verkündet sie.

»O Mann.«

»Du weißt, wie gerne ich dich habe«, beginnt sie. »Ich sage immer meine Meinung und verurteile niemanden. Ich unterstütze dich zu hundert Prozent. Und ich verteidige dich mit meinem Leben vor Hohlköpfen wie Nicole und ihren verlogenen Vorstellungen, was alle Frauen denken und wie wir uns benehmen sollen. Du bist so, wie du bist, du tust das, was du tust – Sexting, der Typ Sonntagabend, was auch immer du mit deinem Chef treibst, alles – so bist du einfach. Das ist dein … wie auch immer man es nennen will. Dein Lebenshunger. Du bist ungehemmt und zügellos. Aber, Spätzchen? Allmählich mache ich mir ein klein bisschen Sorgen.«

»Mir geht's gut«, versichere ich ihr. »Hab alles im Griff.«

»In den letzten drei Tagen sprichst du jedes Mal von deinen Zweifeln, wenn wir uns unterhalten. Als könntest du gar nicht anders. Aber sobald wir anfangen, darüber zu reden, machst du einen Rückzieher. Lenkst ab. Machst einen Witz, wechselst das Thema oder spinnst an der albernen Theorie, Will wäre ein ruchloser Goldgräber. Ich habe mitgespielt. Ich wollte dir keinen Druck machen. Aber heute ist Dienstagabend. Am Samstag heiratest du. Verzeih mir die deutlichen

Worte, Lily, aber jetzt heißt es: Scheißen oder runter vom Pott!«

Ich schlage die Hände vors Gesicht. »Ich weiß nicht, was ich will, Freddy! Ich habe ja gesagt, oder? Es war so romantisch! So unerwartet. Er hat mich umgehauen. Er ist so ein Typ, den jemand wie ich heiraten wollen sollte. Er ist interessant, intelligent, nett, zuverlässig und liebevoll.«

»Also kein mieser Lügner mit einer dunklen Vergangenheit?«

»Natürlich nicht. Und darum geht's. Wenn jemand zu mir sagt, ich soll ihn nicht heiraten, oder einen Hinderungsgrund nennt, dann bin ich erst recht überzeugt, dass es das Richtige ist. Größtenteils will ich das wirklich.«

»Nur nicht ganz«, sagt sie leise.

Was ist mit meiner Überzeugung, meiner Selbstsicherheit von gestern Abend passiert, dass ich genau das hier will? Ich schaue aufs Wasser, wo die Lichter eines Kreuzfahrtschiffs langsam am Horizont entlanggleiten.

Freddy nimmt meine Hand und drückt sie tröstlich. »Du bist so ein ehrlicher Mensch«, sagt sie. »Du bist jedem gegenüber offen, in jeder Hinsicht. Aber mit dem einzigen Menschen, der alles über dich wissen sollte, scheinst du nicht ehrlich sein zu können. Kapier ich nicht.«

Sie kapiert es nicht? Sie sollte mal eine Zeitlang versuchen, in meiner Haut zu stecken.

Ich leere meinen Rum und nehme die Füße vom Balkongeländer. »Los, gehen wir!«

»Zurück zur Party?«

»Nein.« Ich stehe auf. »Raus. Nur wir beide.«

13

Als Freddy und ich in die Duval Street einbiegen, entdecken wir Teddy, noch einen halben Häuserblock entfernt.

»Scheiße«, murmele ich.

»Was ist?«

Ein Mädchen ist bei ihm. Er berührt sie nicht, geht nur dicht neben ihr. Hat die Hände in den Taschen. Er sagt etwas zu ihr. Sie lacht.

Ich sehe mich um, aber entdecke nirgends ein Versteck. Schließlich bemerkt er mich. Es ist dunkel auf dem Bürgersteig, dennoch sehe ich, dass er zögert. Dann geht er weiter.

»Lily.« Er nickt. »Hi.«

»Oh, hi!« Ich strecke dem Mädchen meine Hand entgegen. »Ich bin Lily.«

Sie lächelt. »Ich bin Melanie.«

Sie hat lange rotblonde Haare. Ist groß. Dünn. Gebräunt. Hübsch.

Zicke.

Was ist bloß mit mir los?

Ich spreche Teddy an: »Ist ja ein Ding, dass wir uns ständig über den Weg laufen.«

»Ist eine kleine Stadt«, erwidert er, den Blick auf dem Boden, als wäre er überall lieber als hier.

»Gut«, sage ich. »Gut.« Noch immer halte ich Melanies Hand fest. Ich lasse los. »Wollt ihr gerade essen gehen?«

Sie sieht mich verwirrt an. »Es ist ein Uhr nachts!«

»Echt?« Ich lache. »Das ist spät!«

»Yeah«, sagt sie.

»Du hättest gestern Abend nicht so schnell verschwinden sollen«, sage ich zu Teddy.

Er sieht mich an, sein Gesicht ist düster. Ich wende mich wieder an Melanie. »So ist das nicht«, erkläre ich. »Wir sind alte Freunde. Wir haben uns in meinem Hotel unterhalten. Nicht mein Hotel natürlich – das gehört mir nicht. Ich wohne da. Wir saßen im Foyer, nicht in meinem Zimmer oder seinem …«

»Lily«, sagt Teddy leise.

»Er war mit jemand anders verabredet«, fahre ich fort, kann einfach nicht aufhören. »Natürlich keine Frau. Mit einem Zeugen. Sicher, könnte natürlich eine Frau gewesen sein, klar. Aber nicht ich!«

»Lily«, wiederholt Teddy.

»Wir sind alte Freunde«, sage ich noch mal. »Habe ich das schon gesagt? Also, ja.« Ich sehe Teddy an. »Es war so schön, dich zu sehen und mit dir zu reden …«

»Und jetzt müssen wir los«, sagt Freddy und nimmt meinen Arm. »Bye!«

Einige Blocks weiter sehen wir eine überfüllte Kneipe, gehen hinein und suchen uns Plätze. Der Barkeeper kommt zu uns. »Zwei Jack-Rose-Cocktails bitte«, sagt Freddy, und dann zu mir: »Was war das denn eben?«

»Was war was?«

»Dein schlimmer Anfall von extremer Dusseligkeit? Wer war der Typ?«

Ich antworte nicht. Sie wartet.

»Er heißt Teddy«, erkläre ich. »Wir waren als Kinder ganz enge Freunde.«

»Nur Freunde?«

»Warum fragt mich das jeder?«

»Wahrscheinlich weil du ihn so komisch ansiehst«, entgegnet sie. »Wer fragt denn noch?«

»Will. Gestern Abend trafen wir Teddy zufällig. Wie sehe ich ihn denn an? Moment«, beeile ich mich zu sagen. »Antworte nicht darauf.«

Unsere Getränke kommen. Wir stoßen an.

»Wie kommt es, dass du mir nie von ihm erzählt hast?«, fragt Freddy.

Ich halte mir das Glas nah vors Gesicht, betrachte die trübe rote Flüssigkeit darin und bewege das Handgelenk, so dass sie sanft schwappt.

»Wir haben uns aus den Augen verloren«, sage ich schließlich. »Habe ihn dreizehn Jahre nicht gesehen.«

Ich leere mein Glas in drei raschen Zügen und stelle es auf die Theke. Freddy wartet, aber ich spreche nicht weiter, sondern bestelle noch eine Runde. Mit den neuen Getränken drehen wir uns auf den Barhockern um und sichten das Publikum.

»Siehst du den Typ da drüben?«, frage ich. »An der Musikbox?«

Sie schaut hinüber. »Mit dem dunklen Haar?«

»Das ist für mich der perfekte Mann. Groß und schmal. Nicht allzu geschniegelt. Intelligentes Gesicht. Aber trinkt Bier. Ich mag Männer, die Bier trinken.«

Freddy drückt meine Hand. »Ist es schwer, so einen ausgefallenen Geschmack zu haben?«

»Ich meine, er sieht intellektuell aus, aber tut etwas Schlichtes. Das gefällt mir«, sage ich. »Ich mag verborgene Tiefen. Wenn einer gefühlvoll, aber lüstern ist. Kultiviert und zupackend. Wenn einer mit mir in einen alten französischen Film geht und wir am Ende in der letzten Reihe rummachen.«

»Das klingt eher nach verborgenen Untiefen«, bemerkt Freddy.

»Verborgene Untiefen«, widerhole ich. »Genau die will ich.« Ich gebe dem Barkeeper ein Zeichen. »Noch zwei, wenn's geht?«

»Da kommt der perfekte Mann«, sagt Freddy.

Grinsend schlendert er auf uns zu. Er ist ein bisschen angetrunken. Ich grinse zurück. »Wie steht's, Sportsfreund?«

Er nimmt meine Hand und küsst sie. »Du bist die schönste Frau hier drin«, sagt er.

Ich sehe mich um. »Das heißt nicht viel.«

»Kaum zu glauben, dass du allein bist. Warte.« Er sieht Freddy an. »Seid ihr beide …?«

»Gott, nein!«, sagt Freddy.

»Weiß man heutzutage nie«, meint er. »Zwei hübsche Damen wie ihr. Ihr könntet ja … schon klar, nicht? Wäre völlig in Ordnung. Eigentlich sogar super.«

»Er scheint die richtige Untiefe zu besitzen«, bemerkt Freddy.

Ich nehme sein Gesicht in die Hände und küsse ihn auf die Lippen. »Auf jeden Fall.«

»Du machst es schon wieder«, sagt sie.

»Bitte, Freddy! Ich will nicht mehr darüber reden.«

»Worüber?«, fragt der Perfekte.

»Du lenkst dich ab, damit du dich nicht mit dem auseinandersetzen musst, womit du dich dringend beschäftigen musst«, erklärt sie. »Das machst du immer wieder. Gestern wurde die Hochzeit endlich real für dich, und was machst du? Betrinkst dich und bringst deine Schwiegereltern gegen dich auf.«

»Schwiegereltern?«, fragt der perfekte Mann.

»Samstagabend im Club«, fährt Freddy fort, »kaum reden wir über deine bevorstehende Eheschließung, verschwindest du in die Kanzlei. Jetzt machst du mit irgendeinem Typen rum, direkt nach dem, über was wir gesprochen haben? Ich wette, Sonntagabend lief es genauso, als du allein unterwegs warst. Stimmt's?«

Ich bestelle noch eine Runde. »Ich muss dir sagen, Winifred, für jemanden, der von sich behauptet, unvoreingenommen zu sein, klingst du gerade verdammt voreingenommen.«

Freddy nimmt meine Hand. »Ich urteile nicht. Heirate ihn, lass es bleiben, interessiert mich nicht.«

»Wen heiraten?«, fragt der Perfekte.

»Du weißt, dass ich dich unterstütze, egal, was ist«, fährt sie fort. »Ich meine nur, du solltest dich endlich entscheiden und nicht alles einfach nur geschehen lassen.«

Sie hat recht. Natürlich hat sie recht. Ich werde mich auch entscheiden. Bald. Nur ... nicht jetzt. Ich nehme die Hand des perfekten Mannes und schleppe ihn hinter mir her durch die Kneipe. Wir finden eine Abstellkammer. Ich schließe die Tür. Greife nach seinem Gürtel und ziehe ihn an mich. Wir taumeln gegen die Regale. Ein leerer Karton fällt auf uns herunter, wir lachen. Er drückt die Hüften gegen mich, seine Hände umfassen mein Gesicht, ich ziehe mich leicht zurück, zögere es hinaus. Ich mag diese Vorfreude. Mit den Fingern fahre ich ihm durchs Haar. Er beugt sich wieder vor, erneut weiche ich ihm aus. Ich küsse seine Augen – erst links, dann rechts. Seine Wangen. Sein Kinn. Lasse mir Zeit mit den Ohren, beiße in die Läppchen. Ich drücke meine Wange an seine und sauge seinen Geruch ein. Swimmingpool, Limetten, Whiskey. Schiebe die Hand unter sein T-Shirt. Mit geschlossenen Lippen streife ich seinen Mund, ganz sacht, von rechts nach links und wieder zurück. Ich küsse seine Oberlippe. Nehme die Unterlippe zwischen die Zähne und ziehe vorsichtig daran. Küsse seinen Hals. Schließlich küsse ich ihn mitten auf den Mund, öffne seine Lippen mit meinen. Ich schiebe die Zunge vor. Schmecke seine, süß und rauchig. Ich spüre seine Hände auf meinen Hüften, meiner Taille, unter meinem Oberteil, auf meinem Rücken. Ich lege ihm die Hand zwischen die Beine und fühle die harte Kontur seines Schwanzes. Er presst sich an mich, beißt mir in die Kehle, dann küsst er mich wieder auf den Mund, inbrünstig.

Gott, ich liebe süße Jungs. Sie lassen all meine Probleme verschwinden. Ich muss an nichts mehr denken. Nur noch das hier: Münder, Zungen, Lippen, Zähne, Hände. Nur noch Körper. Wir drängen uns aneinander, beide schwer atmend. Er löst meinen BH, streichelt meine Brüste, kneift mir vorsichtig in die Nippel. Ich halte die Luft an, er drückt den Mund auf meinen. Gerade will ich ihn fragen, ob er ein Kondom dabei hat, da murmelt er: »Das war echt witzig eben, was du gesagt hast.«

Ich greife nach seinem Gürtel, will ihn lösen. »Was?«

»Dass du heiratest.« Er schiebt den Kragen meiner Bluse zur Seite und küsst mich auf die Schulter.

»Aber es stimmt«, sage ich. »Ich heirate.«

Er stutzt. »Wann?«

»Samstag.« Ich beuge mich vor und küsse ihn wieder.

Welch eine Verwirrung in seinem schönen Gesicht. »Was machst du dann mit mir?«

»Wie meinst du das?« Ich lache. »Ich mache … das hier. Ich habe Spaß.«

»Aber warum?«

Im selben Moment kommt ein Barkeeper herein und wirft uns raus. Ich bin froh. So muss ich nicht in Tränen ausbrechen.

Ich verliere den perfekten Mann und gehe wieder nach vorne. Freddy unterhält sich mit einem Mädchen. Ich quatsche den Typen links von mir an, aber er hat nichts Interessantes zu erzählen. Ich will zur Toilette, stolpere, und der Inhalt meines Glases ergießt sich über einen Gast. »Entschuldigung!«, rufe ich, nehme Servietten von einem Tisch und reiche sie dem Fremden.

Jetzt sehe ich ihn richtig. Er ist Ende dreißig, hat ein rotes Gesicht und schütteres Haar. Sein Golfshirt spannt sich über seinem beachtlichen Bauch. Drei oder vier weitere betrunkene Männer mit Sonnenbrand stehen um ihn herum.

Er streicht mir über den Arm. »Süße«, sagt er anzüglich. »Du darfst mir jeden Tag was übers Hemd kippen.«

Auf einmal erfasst mich blinde Wut. Nicht auf diesen x-beliebigen besoffenen Kerl, der in einer Kneipe etwas Dämliches zu einer Frau sagt, sondern auf mich selbst. Ich beschließe, sein Angebot anzunehmen, hole ein volles Bierglas von einem nahen Tisch und kippe es über ihn. Er springt von seinem Barhocker und schreit mich an, seine Freunde regen sich ebenfalls auf. Sofort ist Freddy bei mir und schiebt mich aus dem Laden.

»Wohin?«, frage ich.

»Nach Hause, Süße«, sagt sie. »Nach Hause.«

Wir gehen zurück zum Hotel. Ich hätte das Glas nicht auskippen sollen. Ich hätte nicht mit dem perfekten Mann knutschen sollen. Natürlich nicht. Aber es ist in Ordnung. War ein anstrengender Tag. Fast komplett von Arbeit vereinnahmt. Zum Glück muss ich mich nicht mehr mit EnerGreen und diesem verschwitzten kleinen Buchhalter herumschlagen. Was für ein Verbrecherladen! Bilden sich ein, einfach tun zu können, was sie wollen, pfeifen auf die Folgen. Die armen Möwen. EnerGier. Die Demonstranten haben recht. EnerGreen hat es verdient, auf die Schnauze zu fallen. Lügt und betrügt wie …? Ungehemmt und zügellos, genau. Was?

Nein. Nein, nein, nein, nein, nein.

Das ist nicht … Ich bin nicht … So schlimm bin ich nicht.

Ich stolpere über eine Wurzel, die aus dem Bürgersteig ragt.

Am liebsten würde ich mit Teddy über alles reden. Am liebsten würde ich mit ihm über alles Mögliche reden. Aber er will nichts mit mir zu tun haben. Ich weiß nicht, wie ich ihn angesehen habe, aber ich weiß genau, wie er mich anschaute. Seine Augen waren überschattet, wie früher immer, wenn er wütend war. Teddy. Und Freddy. Hey, das ist mir ja noch gar nicht aufgefallen! Werden sich all meine besten Freunde reimen? Werde ich in siebzig Jahren auf der Veranda eines Altenheims sitzen, im Schaukelstuhl wippen, links und rechts von mir Hetty und Betty, und ihnen Geschichten aus den guten alten Zeiten von Eddy und Neddy erzählen?

Wahrscheinlich nicht. Wenn ich alt bin, gibt es keine Veranden an Altenheimen mehr. Und keine Fenster. Man wird die Alten in kleine Kammern stecken und Minifernseher an ihren Augen befestigen. Oder man schießt sie in den Weltraum, wie …

Das ist der Grund, warum ich im Jetzt lebe. Wenn ich an die Zukunft denke, werde ich zu einer kleinen alten Frau als Weltraumschrott. Denke ich an die Vergangenheit, dann … Nein. Ich denke nicht an die Vergangenheit.

Wir sind zurück im Hotel. Die Party ist vorbei, meine Freunde sind weg. Die Band hat abgebaut, die Bar will schließen. Als ich am Pool stehe und auf das türkisgrüne Wasser schaue, geht das Licht aus.

Ich sollte das nicht tun.

Es ist ein großer Fehler. Die Erkenntnis trifft mich wie ein körperlicher Schlag. Ich entferne mich vom Schwimmbecken, gehe runter an den Strand. Streife die Sandalen ab und wate ins Wasser. Es ist eiskalt. Ich setze mich auf den trockenen Sand und strecke die Beine aus. Der Mond scheint so hell, dass ich alles sehen kann.

Freddy hat recht. Meine Familie hat recht. Ich habe kein Recht zu heiraten. Das weiß ich seit fünf Monaten, tief in mir. Ich habe es nicht in den Genen. Wurde nicht dazu erzogen. Und auch wenn ich mich ändern kann – ich habe es nicht getan.

Aber was ist mit Will? Er wird schnell über mich hinwegkommen. Jemand Passenderes finden. Auf lange Sicht ist das besser für ihn.

Es wird nicht lustig werden, was ich tun muss. Genaugenommen wird es richtig mies. Ich will Freddy fragen, wie sie ihre ganzen Verlobungen aufgelöst hat. Was sie gesagt hat, wie sie es gesagt hat. Was danach passierte. Sie wird mir zeigen, wie es geht. Tut sie immer.

Ich fühle mich schon besser.

Nein, stimmt nicht. Ich fühle mich schrecklich.

Was habe ich getan?

Eine Welle rollt heran, saugt am Sand unter meinen Füßen, nimmt ihn mit sich ins Meer.

Es ist in Ordnung. Besser spät als nie, oder?

MITTWOCH

14

Es raschelt im Wandschrank. Ich schiele übers Bett, aber sehe nichts. Will liegt ausgestreckt neben mir, das Gesicht auf der Matratze, voll bekleidet. Ich höre ein dumpfes Geräusch. Noch mehr Geraschel.

»Wer auch immer Sie sind, machen Sie's kurz und schmerzlos«, rufe ich. »Wir wehren uns nicht.«

Freddy taucht mit einem Arm voller Klamotten auf. »Kleiderinspektion!«

»Du!« Ich lasse den Kopf aufs Kissen sinken. »Hätte ich mir denken können.«

Sie wirft alles auf das Fußende des Bettes, zieht ein Kleid heraus, mustert es verächtlich und schmeißt es auf den Boden.

»Das ist fürs Probeessen!«, protestiere ich.

»Interessant. Du hast mir gar nicht gesagt, dass wir verkleidet kommen sollen.« Sie greift zu einer schlichten Bluse.

»Sei nicht so fies.«

Will stöhnt lang und kehlig.

Freddy sortiert schnell aus. »Nein, nein, gut, o Gott, gut, wow. Wow!« Sie hält eine Jacke hoch. »Was ist das denn?«

»Hab ich bei Barney's gekauft!«

»Hoffentlich hast du den Bon von diesem Senftopf aufgehoben.« Sie lässt die Jacke fallen und tritt sie angewidert zur Seite. »Die bringen wir zurück.«

»Lily?«, krächzt Will.

»Will ist wach!« Ich werfe mich auf ihn und küsse seinen

Kopf. »Will ist wach! Will ist wach!« Er rollt sich zur Seite und versucht, mich von sich zu schieben.

»Können wir Croissants bestellen?«, fragt Freddy.

»War's lustig?«, frage ich Will. »Wo wart ihr?«

»Lily, ich kann wirklich …«

»Was ist das denn?« Freddy pflückt eine blassblaue Tunika aus dem Kleiderberg und hält sie hoch. »Tante Edna, wenn sie im Gemeinschaftsraum Kniffel spielt.«

»Hattet ihr Stripperinnen dabei?«, will ich wissen. »Waren die heiß?«

Er legt die Arme über den Kopf. »Könntest du mich im Moment bitte in Ruhe lassen?«

»Hilf mir, Obi Wan Kenobi!«, kreischt Freddy und zeigt mir mein weißes Maxikleid. »Du bist meine einzige Hoffnung!«

»Sei leise!«, brülle ich. Will jammert schwach. Ich streiche ihm das Haar aus der Stirn. »Brauchst du eine Schmerztablette, Schatz? Ich habe Vicodin da. Und Percocet, meine ich. Vielleicht hab ich auch noch ein paar Oxys übrig von meiner Wurzelbehandlung.«

»Nein, die haben wir genommen«, sagt Freddy und untersucht die Nähte einer Leinenhose. Ich funkele sie wütend an. »Ich meine, die hast du mir gegeben«, fügt sie schnell hinzu. »Damit ich sie nehme. Wenn ich … Schmerzen habe.«

»Hast du keine Ibus?«, fragt Will.

Ich sehe zu Freddy hinüber. »Kannst du mal nachgucken?« Sie verschwindet im Bad. Ich streichele Wills Kopf. »Was habt ihr gestern Abend gemacht?«

»Warum schreist du so?«, wimmert er.

Freddy kommt zurück. »Nichts frei Verkäufliches.« Sie greift zum Telefon. »Sind alle bei Croissants dabei?«

Mit Mühe richtet Will sich auf. »Meine Mutter will mit dir frühstücken.«

»Kein Problem«, sagt Freddy. »Ihre Leute sollen meine Leute anrufen.«

»Doch nicht mit dir. Mann!« Will umklammert seinen Kopf. »Schon das Atmen tut weh!«

»Mit mir?«, frage ich. »Wann denn?«

»Jetzt. Sie hat gesagt, sie wartet im Restaurant auf dich, wo wir das Probeessen haben. Ab neun Uhr.«

Es ist fast zehn. Ich überrede Will, ein bisschen Wasser zu trinken. Dann verschwindet er unter der Decke. Ich ziehe mich an. Freddy geht mit mir nach unten, durchs Foyer. Sie schiebt mir den Arm unter. »Hab dich verloren, als wir gestern Nacht wieder hier waren.«

»Bin spazieren gegangen. Musste über eine Menge nachdenken.«

»Ich hatte Angst, dass ich ein bisschen zu hart zu dir war.«

»Mit deiner liebevollen Strenge? Natürlich nicht.« Ich tätschele ihre Hand. »Du hast mit allem recht.«

Entsetzt sieht sie mich an. »Ja?«

»Na klar. Du hast mich überzeugt, die Hochzeit abzusagen.«

»Wirklich?«

»Ja.« Wir gehen durch die Tür nach draußen in einen weiteren schmerzhaft schönen Tag. Ich atme die salzhaltige Luft tief ein. »Aber jetzt bin ich mir nicht mehr so sicher.«

Freddy schlägt die Hände vors Gesicht.

»Ich kann nichts dafür!«, rufe ich. »Gerade eben bin ich neben ihm aufgewacht, und er war so zerknittert und hilflos und fertig. Das war so süß. Ich wollte bei ihm sein.«

Freddy schüttelt den Kopf.

»Ich schätze, ich bin so was wie Hamlet«, sage ich.

Freddy sieht mich mit einem extrem skeptischen Auge durch die Finger hindurch an.

»Ich meine wegen der Unentschlossenheit und so.«

»Ah«, sagt sie. »Ich dachte, du meinst, weil du blutrünstig, dänisch und irre bist.«

»Das auch.«

Sie nimmt meine Hand. »Lily, Schätzchen, jetzt mal ohne Flachs …«

»Wir reden später darüber«, sage ich. »Versprochen. Ich muss jetzt los. Ich kann Wills Mutter nicht länger warten lassen.«

Wir haben den Bürgersteig erreicht. Freddy zupft am Ausschnitt meines Kleids. »Du bist ein hoffnungsloser Fall.«

»Wahrscheinlich«, sage ich. »Aber gib mich nicht auf! Vielleicht überrasche ich dich.«

In den rund zwanzig Minuten, die ich brauche, um zum Restaurant zu gelangen, lege ich mir einen kleinen Verhaltenskodex für das Treffen zurecht. Ich werde mich benehmen. Nein, noch besser: Ich werde dieses beschissene Frühstück rocken! Ich werde dafür sorgen, dass Wills Mom mich liebt. Aus irgendeinem Grund ist es für Will wichtig, was seine Eltern denken. Und mir ist wichtig, was Will denkt. Den Montag wieder auszubügeln ist das Mindeste, was ich tun kann. Natürlich werde ich mich wortreich entschuldigen. Will in den höchsten Tönen loben – welcher Mutter gefällt das nicht? Werde von der Hochzeit erzählen, von den Vorbereitungen, damit wir gemeinsam darüber stöhnen können. Was noch? Ich könnte die naive junge Anwältin geben, sie mit Fragen zu ihrer geilen Karriere als Bundesanwältin löchern. Natürlich ohne das Wort geil zu verwenden. Oder andere anzügliche Wörter. Wird schwer sein, ein Gespräch mit ihr zu führen, aber in Ordnung, ohne Obszönitäten. Und keine Witze über die Hochzeit. Oder die Arbeit. Oder Sex. Besser überhaupt keine Witze? Ich werde ihr den Vortritt lassen, zuhören, nicken und lächeln.

Und natürlich nichts trinken.

Na gut, ein Glas.

Willensstärke!

Als ich auf die Whitehead Street gehe, kündigt mein Handy eine SMS an:

– Ich bin in 5 Minuten da, mein Schatz. Warte im Bett auf mich.

Dieser Kerl, also wirklich!

– echt, henry?

– Lily!

– Lern bitte, mit dieser Technik umzugehen

– lol!

– und sag nicht lol, Dad, lass es einfach

– Sorry Schatz! cu!

Ich betrete das Blue Heaven, gehe durch in einen fröhlichen Innenhof, der mit bunten Gitarren, Hummerfallen und anderem Strandgut der Keys dekoriert ist. Anita sitzt an einem Tisch unter einem eingerissenen Schirm aus Segeltuch. Sie wirkt steif in der lockeren Umgebung, scheint sich nicht wohl zu fühlen. Doch als ich den Stuhl hervorziehe und mich ihr gegenübersetze, lächelt sie mich warmherzig an. »Guten Morgen«, sagt sie. »Hast du gut geschlafen?«

»Wie ein Murmeltier. Und du?«

»Hervorragend. Wir haben einen wirklich herrlichen Urlaub. Die Sonne und das Meer, das Essen und die Architektur. Die unterhaltsame Kultur. Das ist so entspannend und beruhigend.« Sie seufzt. »Schade, dass wir nicht länger bleiben.«

»Was?«

Der Kellner taucht auf. »Was darf ich Ihnen bringen?«

»Ich hätte gerne eine von Ihren Bloody Marys«, sage ich.

»Nein, sie nimmt einen Kaffee«, erklärt Anita ihm.

Ich sehe sie an. »Wie bitte?«

Der Kellner verschwindet. Anita beugt sich vor und schnippt mit ihren Fingern vor meinem Gesicht. Ich bin so überrascht, dass ich sie sprachlos anstarre. Dann muss ich lachen. »Hast du das gerade wirklich gemacht?«

»Sei still«, sagt sie. »Ich möchte, dass du jetzt still bist und mir zuhörst.«

Ihre Nasenlöcher blähen sich auf. Ihr sorgfältig geschminktes Gesicht wird ganz fleckig.

Schwiegermutter ist stinkig.

»Ich habe dich nicht hergebeten, damit du dich noch einmal so unmöglich aufführst«, zischt sie.

»Dafür wollte ich mich entschuldigen«, sage ich. »Es war total …«

Sie winkt ab. »Spar dir die Luft. Dein Auftreten am Montag war zwar betrüblich, aber entsprach immerhin deinem Charakter.«

Was ist denn hier los? »Meinem Charakter? Willst du …?«

»Jede Entschuldigung von dir wäre gelogen, und ich interessiere mich nicht für weitere Lügen. Aber eines werde ich dir sagen.« Mit ihrem brutalen roten Fingernagel klopft sie auf den Tisch. »Ich habe erwartet, dass eine Anwältin – noch dazu eine junge – eine Bundesanwältin mit ein bisschen mehr Respekt behandelt. Ich bin noch nie dermaßen beleidigt worden wie von dir.«

»Mit Sicherheit«, gebe ich zurück. »Nur nicht persönlich.«

Wieso soll ich hier sitzen und alles schlucken, was sie mir an den Kopf wirft? Wenn sie nicht nett ist, bin ich es auch nicht.

Aus irgendeinem Grund scheint meine Frechheit sie zu beruhigen. »Machen wir's kurz.« Sie holt einen dicken weißen Umschlag aus ihrer Handtasche und legt ihn auf den Tisch. »Der ist für dich.«

»Nein, danke«, entgegne ich. »Brauche ich nicht.«

Hier sitzen wir und haben einen hübschen Schwiegermutter-Schwiegertochter-Krach, und sie knallt mir einen großen, alten, unbeschrifteten Umschlag hin? Das gibt es im wahren Leben doch gar nicht! Was glaubt sie, wer sie ist? Robert De Niro?

»Nimm ihn!« Sie schiebt ihn mir zu. Ich öffne die Lasche und ziehe zwei schwere Aktenmappen heraus.

Die erste ist eine Kopie meiner Jugendgerichtsakte.

Irgendwie weiß ich, dass ich jetzt schockiert, sauer und entsetzt sein sollte. Wahrscheinlich auch eingeschüchtert. Aber ich bin nicht mal überrascht. Ich glaube, ich wusste, dass das irgendwann kommt. Seit ich Teddy am Montagabend sah. Oder als ich am Sonntag aus dem Flugzeug stieg. Oder vor dreizehn Jahren in ein anderes stieg. Ein Teil von mir muss gewusst haben, dass es irgendwann passiert.

Anita beobachtet mich, lässt mein Gesicht nicht aus den Augen. Sie triumphiert erwartungsfroh und selbstgefällig.

»Das ist seltsam«, sage ich. »Ich kann mich nicht erinnern, das auf die Hochzeitsliste gesetzt zu haben.«

Sie lächelt.

Die Teilhaber in meiner Kanzlei hatten recht: Sie hat Reißzähne.

Ich klopfe auf die Mappe. »Ich weiß nicht, woher du das hast. Das wurde gelöscht.«

Sie nickt mitfühlend. »Digitale Akten können so gemein sein, nicht?«

Inzwischen weiß ich, was in der anderen Mappe ist. Aber ich muss mich vergewissern. Ich schiebe die obere Akte beiseite, damit ich den Namen lesen kann, der auf den Reiter getippt ist: Lee DiFortuna. Ich schlage sie nicht auf.

»Willst du nicht die Fotos sehen?«, fragt Anita.

Ich schiebe die Mappen zurück in den Umschlag und lege ihn mitten auf den Tisch. Mein Kaffee wird serviert. Ich trinke einen Schluck und stelle die Tasse vorsichtig wieder ab. »Ich würde sagen, das ist ein kranker Scherz, aber du siehst nicht aus, als ob du Witze machst.«

»Das ist kein Witz.«

»In diesem Fall«, sage ich vorsichtig, »bin ich mir ziemlich sicher, dass wir das, was du getan hast, in unserem Beruf als illegal bezeichnen.«

»In deiner Lage kannst du es dir kaum leisten, mir Vorträge über legal und illegal zu halten«, erwidert sie.

Ich hebe kapitulierend die Hände. »Können wir mal kurz aufhören? Du regst dich offenbar ziemlich auf, und das tut mir leid, aber ich habe keine Ahnung, was das hier soll. Ich halte es im Moment für das Beste, wenn ich gehe, dann können wir später noch …«

»Das Beste für dich jetzt im Moment«, sagt sie, »ist, die Beziehung zu meinem Sohn zu beenden.«

Auf gar keinen Fall. Das kann sie nicht ernst meinen. Das kann nicht wahr sein.

»Wenn du das nicht tust«, fährt sie fort, »werde ich ihm diese Dokumente zeigen.«

Gran hatte recht: Diese Frau ist ein Killer. Also echt, das ist dermaßen typisch für Staatsanwälte. Staatsanwälte halten sich für die Herrscher der Welt. Sie bedrohen andere Menschen und zwingen sie zu tun, was sie wollen. Sie sind so selbstsicher, so überzeugt, auf der Seite des Rechts zu stehen, dass sie sich für berechtigt halten, Menschen einzuschüchtern, indem sie die ganze Macht des Staates ausnutzen und noch ein bisschen mehr.

Sie ist eine Tyrannin. Und ich hasse Tyrannen.

Ich klopfe auf den Umschlag. »Will wird verstehen, dass das junge Mädchen, das diese Sachen gemacht hat, nicht die Frau ist, die ich heute bin. Also bitte, nur zu! Binde eine dicke, fette Schleife drum und schenk es ihm.« Ich hebe die Kaffeetasse an und proste ihr zu.

»Das werde ich tun«, sagt sie. »Und eine weitere Kopie werde ich an den Geschäftsführer deiner Kanzlei schicken.«

Ich erstarre. Sie nimmt ihre Kaffeetasse und stößt mit meiner an, trinkt einen Schluck, setzt die Tasse wieder ab und lächelt. »Angesichts deiner Unfähigkeit, eine schnippische Antwort zu formulieren, gehe ich davon aus, dass du deine farbenfrohe Vergangenheit bei deiner Einstellung nicht offengelegt hast.«

Ich schweige.

»Wie bedauerlich. Obwohl ich nicht behaupten kann, dass es mich wundert.«

Endlich finde ich meine Stimme wieder. »Das kannst du nicht tun.«

»Nein? Wer will mich davon abhalten?«

»Zum Beispiel die Polizei?«, sage ich zu laut. Köpfe drehen sich zu uns um. Ich spreche leiser weiter. »Zum Beispiel Kollegen von dir? Zum Beispiel jeder, der ein Interesse daran haben könnte, dass du, ups, ein halbes Dutzend staatlicher und bundesstaatlicher Gesetze verletzt hast, denn das ist die einzige Möglichkeit, an diese Akten zu kommen.«

»Es wird sehr interessant sein zu sehen, wer von uns glaubwürdiger ist«, sagt sie nachdenklich. »Die mit Auszeichnungen überhäufte Bundesanwältin oder die in Ungnade gefallene ehemalige Juristin.«

»Gut, also: Ich weiß, dass du nicht viel von mir hältst, aber …«

Sie unterbricht mich. »Ich kann dir gar nicht sagen, wie sehr ich mich gefreut habe, als Will angerufen und mir von dir erzählt hat. ›Mom‹, sagte er, ›ich habe mich verliebt. Lily ist perfekt. Sie ist klug und ehrgeizig, und sie liebt Jura.‹ Ich war außer mir vor Freude. Aber es ging alles so schnell. Das klang zu gut, um wahr zu sein. Deshalb«, sie zuckt mit den Schultern, »habe ich mich ein bisschen umgehört.«

»Unglaublich.«

»Genau das dachte ich auch!«, gibt sie zurück. »Denn da fand ich dich«, sie zeigt abwinkend auf die Mappen, »in all deiner Pracht. Kannst du dir mein Entsetzen vorstellen? Meinen Schrecken? Aber weißt du, was ich getan habe? Ich habe das Richtige getan.«

Darüber muss ich lachen. »Inwiefern willst du das Richtige getan haben?«

»Ich habe im Zweifel für die Angeklagte entschieden«, fährt sie mich an. »Ich bin ganz unvoreingenommen zu dem Essen am Montag gegangen. Ich dachte, ich sollte mir kein Urteil bilden. Vielleicht hat sie sich ja verändert. Vielleicht ist sie anders.«

»Ich habe mich verändert«, sage ich fast flehend. »Ich bin anders.«

»Das sehe ich.« Anita beugt sich vor und zischt mich an: »Du bist noch schlimmer geworden.«

Das stimmt nicht. Ich weiß, dass das nicht stimmt, und das hilft mir, mich zusammenzureißen. Ich greife nach meiner Tasse, trinke einen Schluck. Stelle sie ab, lehne mich auf meinem Stuhl zurück und lächele sie an. »Weißt du, worauf ich mich freue? Auf Weihnachten in Chicago!«

»Du wirst diese Hochzeit absagen«, erklärt sie. »Du hast keine andere Wahl.«

»Wer hier keine Wahl hat, das bist du, Mama-Bär. Es ist Wills Entscheidung und meine. Nicht deine.«

»Will weiß ja gar nicht, wer du wirklich bist!«, kreischt sie. »Mein Sohn ist ein wunderbarer Mann. Er ist intelligent. Er ist kreativ. Sensibel. Er ist lieb und arglos. Viel zu arglos.«

»Und er hat eine Mutter, die viel zu sehr auf ihn steht.«

»Er braucht jemanden, der sich um ihn kümmern kann, der ihn unterstützt. Keine Frau, deren offensichtliche moralische Schwächen alles zu untergraben drohen, wofür er so hart gearbeitet hat.«

»Kommen wir mal ein bisschen runter, ja? Will ist ein toller Kerl, aber ich habe in letzter Zeit nicht gesehen, dass er Leprakranke geheilt hätte.«

Ich hätte nicht gedacht, dass ihr Gesicht noch röter werden kann, doch es geht.

»Dein wunderbarer Sohn«, fahre ich fort, »ist ein Mann von Anfang dreißig, dem es gelungen ist, einen Collegeabschluss zu machen, einen Job zu finden und ihn zu behalten. Außerdem kann er selbständig essen und sich den Hintern abwischen. Glückwunsch, Anita!« Ich halte ihr die ausgestreckten Daumen hin. »Du hast einen Gewinner großgezogen!«

Es ist sehr befriedigend zu sehen, wie sie mit ihrer Selbstbeherrschung kämpft. Ich kann mir nicht verkneifen, noch mal nachzutreten. Ich beuge mich vor und lächele sie an. »Nein, das muss ich korrigieren. Will ist auch der Wahnsinn im Bett. Hast du ihm das auch beigebracht?«

Da geht es mit ihr durch. »Wie kannst du es wagen?«, schreit sie.

Jetzt haben wir die Aufmerksamkeit des gesamten Restaurants. Ich stehe auf. »Danke für das Frühstück, Mom!«

»Du hast vierundzwanzig Stunden«, ruft sie mir nach.

»Hab dich lieb!« Ich zeige ihr den Finger und gehe.

15

Ich verlasse das Restaurant und haste zur Marina hinter einem der großen neuen Hotels. Schnell legt sich die Aufregung des Streits, mir wird ein bisschen schlecht. Was war das eigentlich gerade? Wie konnte das Frühstück innerhalb von zwei Schluck Kaffee von null auf hundert gehen?

Ich setze mich auf eine Bank und betrachte ein riesiges Kreuzfahrtschiff, das am Anleger vertäut ist. Das Teil ist vier oder fünf Stockwerke hoch – als hätte gerade ein riesiges Mietshaus an meine Heimatstadt angedockt. Ich bemühe mich nach Kräften, an nichts zu denken. Klappt nicht. Immer wieder stören die Gedanken an Lee. Normalerweise kann ich sie gut verdrängen. Selbst hier, in dieser Woche, habe ich kaum an Lee gedacht. Aber meine üblichen Strategien funktionieren nicht mehr. Ich gebe es auf, schließe die Augen, und sofort ist er da.

Nach einer Weile rufe ich Freddy an.

»Was meinst du, soll ich ein T-Shirt kaufen, auf dem steht: ›Mein Dödel kann Tricks‹?«, fragt sie.

»Nein.«

»Die kosten zwei Stück einen Zehner«, sagt sie. »Ich hab noch kein Hochzeitsgeschenk für euch.«

»Kannst du dich mit mir treffen?«

»Stimmt was nicht?«

Ich lehne mich auf der Bank zurück und schließe die Augen. »Alles.«

Ich warte am Eingang des Hemingway-Museums auf sie. Freddy biegt um die Ecke, sieht mein Gesicht und nimmt mich in die Arme. Ich weiß wirklich nicht, was ich ohne sie tun würde.

»Gott, Lily! Du siehst furchtbar aus.«

Wir kaufen Eintrittskarten und betreten das Hauptgebäude, ein quadratisches Haus, cremeweiß getüncht, mit hohen gelben Fensterläden. Zehn, zwölf Personen haben sich im Wohnzimmer eingefunden und warten auf den Beginn der Führung. Freddy und ich lassen uns nach hinten fallen.

Eine Uhr schlägt, und eine kleine alte Dame in Tropenhemd und Bermuda-Shorts kommt hereingerauscht. Sie hat einen wachen Blick und einen herausgewachsenen Topfschnitt. »Herzlich willkommen, alle miteinander, im wunderschönen Key West in Florida und im Haus und Museum von Ernest Hemingway!«, ruft sie. »Ich heiße Donna Kuntsmeister –«

»Glaub ich nicht«, murmelt Freddy.

»– und ich mache diese Führung mit Ihnen. Wir gehen zeitlich zurück, über *achtzig Jahre,* als der Ort, wo wir *in diesem Moment* stehen, das Heim von einem der produktivsten, einflussreichsten und *umstrittensten* Schriftsteller Amerikas war.« Dramatisch sieht sie sich um. »Ernest *Hemingway*.«

»Warum sind wir hier?«, flüstert Freddy.

»Hemingway wohnte über *zehn Jahre* in diesem Haus mit seiner zweiten Frau Pauline Pfeiffer, einer Journalistin und Erbin aus *Parkersburg,* Iowa.« Donna strahlt uns an. »Sind heute Gäste aus Iowa unter uns?«

»Ich musste mit jemandem reden«, flüstere ich zurück.

»Bin ganz Ohr«, sagt Freddy. »Wie das Baby da hinten. Mann, das arme Ding.«

»– also legen wir los!«, ruft Donna. »Wenn jemand zwischendurch eine Frage hat, bitte nicht zögern und sich melden!«

Die Gruppe schlurft ihr nach in den Flur. »Ich habe ein Problem«, sage ich zu Freddy.

»Wir stehen jetzt im Esszimmer der Hemingways«, verkündet Donna. »Als sie hier in Key West wohnten, hatten Ernest und Pauline *sehr gerne* Gäste.«

»Lass mich raten«, sagt Freddy. »Du warst frech, und Wills Mutter ist ausgeflippt.«

»Das ist ein Teil davon.«

»Warum machst du das immer?« Sie seufzt.

»Warum mache ich überhaupt das, was ich immer mache?«

»1940«, beantwortet Donna eine Frage. »Aber Pauline lebte hier bis zu ihrem Tod 1951. Sie starb, nachdem sie erfuhr, dass ihr Sohn Gregory verhaftet worden war, weil er in Frauenkleidern Damentoiletten besuchte.«

Freddy blinzelt. »Das ist wirklich nicht das, was ich von ihr erwartet habe.«

»Diese Seemannskiste ist aus tscherkessischer Walnuss«, erklärt Donna. »Pauline benutzte sie als Schreibtisch.«

Eine Frau fragt: »Was ist denn tscherkessische Walnuss?«

»Eine Holzart«, erwidert Donna.

»Hört sich an, als wäre sie aus *Krieg der Sterne*«, bemerke ich.

Die Frau nickt. »Ja.«

»Die ist nicht aus *Krieg der Sterne*«, sagt Donna.

»Vielleicht war der Millennium-Falke ja daraus gemacht«, werfe ich ein. »Aus tscherkessischer Walnuss.«

Donna schüttelt den Kopf. »War er nicht.«

»Ich habe gehört, dass das Raumschiff eigentlich Tscherkessischer Falke heißen sollte«, sage ich. »Aber weil George Lucas lispelt, konnte er es nicht aussprechen. Und da er der Chef war …«

»George Lucas lispelt?«, fragt die Frau.

»Was hat das mit Hemingway zu tun?«, will ein Mann wissen.

Donna unterbricht: »Wir gehen jetzt weiter, ja?«

Wir folgen ihr in die Bibliothek. Freddy stößt mich an. »Erzählst du mir noch, was du für ein Problem hast, oder sind wir nur hier, damit du die Gästeführerin nerven kannst?«

»Sie hat mir gedroht«, flüstere ich.

»Donna?«

»Wills Mutter! Sie will mich erpressen.«

»Diesen Kronleuchter kaufte Pauline in *Paris*«, sagt Donna. »Sie ließ ihn mit dem *Schiff transportieren*.«

»Das kann nicht sein«, sagt Freddy. »Das musst du falsch verstanden haben.«

»Glaub mir. Ich habe es laut und deutlich gehört.«

»– in Los Angeles, wo Pauline bei ihrer Schwester Jinny und deren Freundin wohnte, der Geigerin und Filmproduzentin Laura Archera. Laura und Jinny hatten später eine polyamoröse Beziehung mit Aldous Huxley.«

»Sind wir gerade bekifft?«, fragt Freddy. »Ist diese Führung nur eine Halluzination?«

»Willkommen in Key West«, sage ich.

»Nein«, erklärt Donna, »ich weiß leider nicht, woher diese Lampe ist.«

»Wenn ich die Hochzeit nicht absage, wird sie Will etwas erzählen, das in meiner Kindheit geschah.«

»Etwas Schlimmes?«

Ich nicke.

»Gregory lernte seine vierte Frau auf der Damentoilette einer Bar in Coconut Grove kennen«, berichtet Donna. »Kurz zuvor hatte er sich links eine Brust implantieren lassen. Nach der Hochzeit ließ er das Implantat wieder entfernen.«

»Moment mal«, sagt Freddy zu mir und hebt die Hand. »Entschuldigung, Donna? Ich muss Sie bitten, an dieser Stelle aufzuhören.«

»Wie bitte?«

»Das denken Sie sich doch aus«, sagt Freddy. »Kann doch nicht sein.«

Donna verschränkt die Arme vor der Brust und sieht Freddy

an, als wollte sie sagen: Google es doch, Bitch! Freddy zieht ihr Handy heraus. Ein paar tun es ihr nach.

»Und?«, fragt jemand.

»Es stimmt«, murmelt Freddy beim Scrollen. »Wort für Wort.«

»Wo sehen Sie das?«, fragt ein Mann und starrt auf sein Handy.

»Geben Sie ›Gregory Hemingway Titten‹ ein«, erteilt Freddy Auskunft.

Er tippt es ein. Reißt die Augen auf. »Großer Gott!«

Freddy verstaut ihr Handy und lächelt die Fremdenführerin an. »Entschuldigung, Donna. Bitte fahren Sie fort!«

Irgendwann entfernen wir uns von den anderen und gehen nach draußen. Wir schlendern hinüber zum Remise und steigen die Stufen hinauf in den ersten Stock, um Hemingways Arbeitszimmer zu besichtigen. Wir bummeln durch den Garten. Freddy ist geduldig, wartet, dass ich anfange zu erzählen.

Der Swimmingpool funkelt in der Sonne. Ein Dutzend Elefantenstatuen steht im Halbkreis darum und starrt auf das Wasser. Ich steige über die weiße Plastikabtrennung und streife meine Sandalen ab. Freddy folgt mir. Wir setzen uns an den Rand und tauchen die Füße in das warme Wasser.

Ich sehe sie an. »Willst du was zu essen holen?«

»Jetzt hör auf«, sagt sie. »Wenn du es erzählt hast, geht's dir besser.«

»Der Anfang ist so schwer. Ich habe den ganzen Mist verdrängt.« Ich trete ins Wasser. »Aber ich habe das Gefühl, wenn ich es dir erzähle, habe ich jemanden auf meiner Seite. Jemand, der alles weiß.«

»Ich bin immer auf deiner Seite«, sagt Freddy.

»Ich weiß, aber … okay. Also.«

Tief Luft holen.

»Das ist wahrscheinlich keine große Überraschung für dich, aber früher als Kind war ich schwierig. Richtig daneben. Nicht mit Drogen, Saufen und Sex, ob du's glaubst oder nicht. Das war hier normal, interessierte mich nicht. Damals nicht. Ich war einfach nur … wild. Ungehorsam, störte in der Schule, hatte eine große Klappe. So eine richtige Nervensäge.«

»Wie die meisten Kinder«, bemerkt Freddy.

»Die meisten Kinder legen das irgendwann ab. Bei mir wurde es immer schlimmer. Und ich hatte einen Komplizen.«

»Teddy«, sagt sie.

»Wir sind nur ein paar Wochen auseinander. Unsere Mütter waren schon seit der Schulzeit befreundet. Als Dad auszog, wurde die Freundschaft noch enger – Teddys Mutter musste ihren Sohn auch allein großziehen. Sie war Krankenschwester. Mom und Mrs Bennet passten immer abwechselnd auf uns auf, wenn sie arbeiten mussten. Ich wusste alles über Teddy. Er redete nicht viel, aber ich wusste, was er dachte. Immer.« Ich tauche einen Fuß ins Wasser, schlage kleine Wellen.

»Und wir waren furchtbar. Auf dem besten Wege zu richtigen Straftätern, noch bevor wir zehn Jahre alt waren. Wir beschmierten Wände. Schwänzten die Schule. Warfen Eier auf Autos. Klauten. Ohne dass uns etwas passierte. Ich meine, wir wurden natürlich hin und wieder erwischt, aber meistens gab es keine richtige Strafe. Ich konnte mich aus allem herausreden und hatte Gran im Rücken. Sie schimpfte und tobte, meine Mutter weinte und erteilte mir Hausarrest, aber die beiden sorgten dafür, dass Schule, Polizei und so weiter uns in Ruhe ließen. Und Teddy war so … so engelsgleich. Er war so ruhig und still. Niemand konnte glauben, dass er solche Dinge tat.«

»Das klingt nach zwei schlimmen Fingern.«

»Wir langweilten uns so sehr. Versteh mich nicht falsch – wir waren nicht rund um die Uhr kriminell. Wir gingen zum Strand, fuhren mit den Rädern herum. Wir angelten, gingen schwimmen und solche Sachen. Aber diese Insel ist so klein. Nach kurzer Zeit kennt man alles. Ärger zu machen war aufregend. Und wir kannten keine Angst. Null.«

»Hört sich an, als hättest du dich nicht verändert.«

Das ist so ungefähr das Letzte, was ich jetzt hören muss. »Sag so was nicht, bitte!«

»Schon gut«, rudert Freddy zurück. »Tut mir leid. Erzähl weiter!«

Das tue ich. Ich erzähle ihr, wie Teddy und ich uns gegenseitig anstachelten, uns herausforderten. Wenn ich ein Fahrrad klaute, stahl er einen Roller. Wenn er sich in einen Stripclub schlich, suchte ich mir einen Massagesalon. Je älter wir wurden, desto schlimmer wurde es. Wir knackten Autos und fuhren mitten in der Nacht damit herum. Wir brachen in Ferienhäuser ein und machten uns dort Frühstück, wir bestellten für fremde Menschen Bücher von den Anonymen Alkoholikern oder strichen ihre Wände an.

Freddy lacht ungläubig. »Nein!«

»Wir waren verrückt. Als wir in der Schule die Wikinger durchnahmen, schnitten wir ein Segelboot am Anleger los und setzten es in Brand. Und waren selbst noch drauf.«

»Wow«, sagt sie.

Wow kommt hin. Ich nehme die Sonnenbrille ab und blinzele ins Wasser, das das Licht reflektiert. Wir hatten so viel Spaß. Jeder Tag war ein Abenteuer. Ich hasse mich selbst dafür, dass ich in diesen Erinnerungen schwelge, weil ich weiß, wie es weiterging, aber ich kann nichts dagegen tun. Ich schließe die Augen, und kurz habe ich uns wieder vor Augen. Teddy und mich, zusammen.

»Ich kann mich an keinen besonderen Moment erinnern, als es sich änderte. Als sich meine … meine Gefühle für Teddy änderten. Das war nicht wie ein Blitz, der in mich fuhr, oder so. Mir wurde nicht plötzlich klar, dass der Junge, den ich schon mein Leben lang kannte, tatsächlich viel, viel mehr als mein bester Freund war. Aber als ich vierzehn war, konnte ich es nicht länger vor mir selbst verbergen. Ich war in ihn verliebt. Über beide Ohren, ganz schlimm. Verzweifelt.«

»Wie man nur mit vierzehn verliebt sein kann«, bemerkt Freddy.

Es war schlimm. Als in jenem Jahr im Juni die Schulferien begannen, war ich eine Woche in Washington bei Ana, anschließend bei Dad und Jane in New York. Die ganze Zeit konnte ich nur an Teddy denken. Ich stellte mir vor, was er ohne mich machte. Zählte die Tage, bis ich wieder bei ihm wäre. Verglich ihn mit jedem anderen Jungen, den ich sah, und keiner kam an ihn heran – nicht so schlau, nicht so lustig, nicht so interessant. Er war kein süßes Kind mehr – er war wunderschön. Seine blaugrauen Augen. Das schiefe Grinsen. Die listige Art. Und er hatte so eine körperliche Anziehungskraft. Schon mit vierzehn war er so präsent.

»Ich weiß nicht, was ich erwartete, als ich zurückkam«, erzähle ich weiter. »Vielleicht, dass ihm bei unserem Wiedersehen ein Licht aufgehen würde. War aber nicht so. Ich kam nach Hause, und nichts änderte sich.«

In null Komma nichts wurde ich zu einem wandelnden Klischee, der Inbegriff jugendlichen Liebeskummers. Ich war so unsicher. Befangen. Redete absoluten Blödsinn. Brach ohne Anlass in Tränen aus. Konnte nicht schlafen. Nicht essen.

Und Teddy raffte überhaupt nichts. Ich lechzte dermaßen nach seiner Aufmerksamkeit – aber nur in einer Hinsicht. Ich gab dem Genörgel meiner Mutter nach und ließ mir eine anständige Frisur schneiden. Teddy machte sich darüber lustig. Einmal trug ich einen Rock. Er kriegte sich gar nicht wieder ein vor Lachen.

Wieso konnte er nicht verstehen, was los war? Wieso fühlte er es nicht? Ich litt Höllenqualen. Das musste sich ändern. Ich musste Teddy zwingen, mich zu lieben. Ich brauchte nur eine Waffe.

»Sein Name«, sage ich zu Freddy, »war Lee.«

Er kam aus Jacksonville. Seine Familie war im Haus neben Teddy eingezogen, während ich im Urlaub war. Lee war so alt wie wir, aber ansonsten völlig anders. Er war lieb und gut erzogen. Ein bisschen schüchtern. Er angelte gerne. Er hatte eine Lücke zwischen den Schneidezähnen und wieherte laut beim Lachen. Er grinste immer. Irgendwie war er verschlossen – man hatte das Gefühl, dass er etwas verbarg, der Welt ein sorgsam gezeichnetes Bild von sich zeigte. Aber vielleicht meine ich das nur im Nachhinein.

Ich hatte es satt, für Teddy unsichtbar zu sein. Deshalb beschloss ich, mich bei Lee sichtbar zu machen – sehr, sehr sichtbar –, so dass Teddy endlich erkennen würde, was ihm entging.

Ich machte Lee Komplimente. Berührte ihn. Kopierte, was ich bei meinem Vater sah – wie er Jane anschaute, mit ihr flirtete. Ich lächelte Lee an, hörte ihm zu, lachte über seine Witze. Aber ausschließlich in Gegenwart von Teddy.

Unbekümmerter jugendlicher Leichtsinn.

Aber es funktionierte.

Lee reagierte fast sofort drauf. Er wurde nervös, wenn ich in der Nähe war. Machte mir Geschenke. Stellte mir eine CD mit furchtbarer Countrymusik zusammen. Lud mich zum Essen bei seinen seltsamen, humorlosen Eltern ein. Es gelang mir, ihn hinzuhalten, ohne ihm letztlich irgendwas zu geben. Ich hielt nicht mal Händchen mit ihm. Aber ich lachte und flirtete.

Für mich war das alles in Ordnung, weil ich verliebt war. Nicht ein Mal hatte ich ein schlechtes Gewissen, weil ich Lee benutzte.

Nicht dass es etwas geändert hätte. Meine vorgetäuschte Sympathie zeigte keine Wirkung. Teddy schien es nicht zu bemerken, oder es war ihm egal. Ich legte mich noch mehr ins Zeug, wodurch Lee sich noch viel schlimmer verliebte.

Die Liebe machte mich zu einem verlogenen Miststück.

»Du warst vierzehn«, sagt Freddy. »Alle Vierzehnjährigen sind Miststücke«

»Lass mich zu Ende erzählen, dann kannst du entscheiden, ob das mein Verhalten entschuldigt.«

Jetzt gehörte Lee zu unserer kleinen Bande, aber er fand es nicht so aufregend wie wir, Mist zu bauen. Seine Familie war ziemlich religiös, deshalb hatte er Skrupel. Und er hatte Angst vor seinen Eltern. Er wurde unsere Stimme der Vernunft, die uns die schlimmsten Sachen ausredete. Meistens. Nicht immer.

Anfang August besuchte ich Teddy und fand ihn und Lee auf den Sofas im Wohnzimmer, wo sie gerade Videospiele spielten.

»Ratet mal!«, sagte ich.

»Du stehst im Bild«, erwiderte Teddy.

Lee setzte sich auf und machte mir Platz. »Was ist?«

»Dieses Haus, das meine Mutter gerade renoviert, ja? Ihre Leute haben eine Kiste Dynamit in der Remise gefunden.«

Da endlich schaute Teddy hoch. »Echt?«

Ich nickte.

Er warf den Joystick beiseite. »Los!«

»Sie hat schon die Behörden benachrichtigt. Heute Morgen war der Kampfmittelräumdienst da.«

Entnervt ließ er sich wieder auf die Couch fallen.

»Aber vorher habe ich noch ein paar Stangen rausgenommen«, sagte ich.

Sein träges Grinsen machte mir Schmetterlinge im Bauch.

»Was sollen wir denn mit so was?«, fragte Lee skeptisch.

»Was in die Luft jagen«, erwiderte Teddy.

»Logo«, sagte ich.

Lee hatte Bedenken. »Ich weiß nicht, ob das eine so gute Idee ist.«

Wir ignorierten ihn und planten unseren nächsten zerstörerischen Akt, Lee hörte widerwillig zu. Bald hatten wir ein Ziel gefunden: den Luftwaffenstützpunkt der Marine an der Palm Avenue.

»Moment mal«, unterbricht mich Freddy. »Einen Luftwaffenstützpunkt?«

»Wir waren vierzehn«, erwidere ich. »Wir waren bescheuert. Lee wollte das Dynamit irgendwo am Strand oder im Sumpf hochgehen lassen, aber er wurde überstimmt. Und wir hatten ja nicht vor, ein Flugzeug in die Luft zu jagen. Wir wollten es einfach in der Nacht vor dem Tor abstellen. Es ging eher darum, dass es krass war.«

Wir recherchierten. Ich steigerte mich derart in die Sache hinein, dass ich meine Flirterei mit Lee so gut wie vergaß. Er versuchte, seine Gefühle zu verbergen. Gelang ihm nicht besonders gut.

An einem Sonntagmorgen setzten Teddy und ich die Bombe auf einem klapprigen Kartentisch in seiner Garage zusammen. Licht fiel nur durch zwei Fenster oben in der Mauer. Es war unglaublich heiß und stickig, aber wir mussten die Tür geschlossen halten, um keine Aufmerksamkeit auf uns zu lenken.

Teddy hielt mir einen alten Wecker hin, den ich bei uns auf dem Dachboden gefunden hatte. »Brauchen wir den wirklich?«

»Ja.«

»Warum?«

»Weil es so cooler ist«, sagte ich. »Ist doch klar.«

»Das ist dämlich«, murmelte er, doch ich überhörte ihn. Ich studierte die Anleitung, die ich in Grans Büro aus dem Internet gezogen hatte.

»Wo ist Lee?«, fragte Teddy.

»In der Kirche, schätze ich. Sein Vater will, dass er hingeht.«

»O Gott«, brummte Teddy. »Bring mich lieber um.«

»Nee, im Ernst.«

Er wühlte in den Schraubenziehern in seiner Werkzeugkiste herum. Ich kam nicht weiter mit der Anleitung, wie man den Wecker mit einem Draht am Sprengstoff befestigte. Ich weiß noch, dass ich dachte, wie blöd es sei, dass ich meine Mutter nicht um Hilfe bitten konnte – sie hätte es sofort rausgehabt.

Mit einer Stimme, die irgendwie fremd klang, fragte Teddy: »Und, bist du jetzt mit Lee zusammen?«

Sofort wurde mein Mund trocken. Ich hielt den Blick starr auf das Blatt vor mir gerichtet.

»Keine Ahnung. Vielleicht.«

»Magst du ihn?«

Ich tat so, als suchte ich etwas. »Klar. Er ist super.«

»Yeah«, sagte Teddy voller Verachtung. »Er ist super.«

Ich schwieg.

»Er mag dich«, sagte Teddy vorwurfsvoll. »Er redet ständig von dir. Lily hier, Lily da. Das nervt.«

Ich schluckte meine Wut nur mit Mühe hinunter. »Wahrscheinlich sieht er Dinge, die du nicht siehst.«

»Genau«, schnaubte er verächtlich. »Weil sie nämlich nicht da sind.«

Da warf ich das Blatt Papier beiseite. »Was hast du für ein Problem, Theodore?«

»Hör auf!«, warnte er. Er hasste es, wenn ich ihn mit seinem vollen Namen ansprach.

»Hör du auf, dich wie ein Arsch aufzuführen.«

»Hör du auf, dich wie eine Tussi aufzuführen!«, rief Teddy. »Wie du immer um ihn herumscharwenzelst, da wird mir schlecht! Immer nur« – er warf die Haare nach hinten und setzte eine hohe Mädchenstimme auf – »o Lee, du bist so witzig! Ha ha ha! Du bist so schlau!«

»Was kümmert dich das?«

»Weil du das bei mir nicht machst!«, schrie er.

Es war still in der Garage. Draußen hörte ich einen Laster vorbeifahren, in der Ferne brummte ein Rasenmäher.

Teddys Blick war voller Schmerz. Er sagte mir alles, was ich wissen musste. Alles, was ich den ganzen Sommer lang unbedingt hatte wissen wollen.

»Ich hab's versucht«, sagte ich schließlich. »Ich habe versucht, bei dir so zu sein.«

Er schüttelte den Kopf. »Nicht richtig.«

»Ich hab's versucht«, beharrte ich. »Du hast mich ausgelacht.«

»Versuch's noch mal«, sagte er leise. »Ich lache nicht.«

Ich konnte ihn nur ansehen. Machte er Witze? Geschah das jetzt wirklich – das, was ich mir so sehnlich wünschte, schon so lange?

Ja. Teddy legte die Hände auf meine Schulter, beugte sich vor und küsste mich.

Es war für uns beide der erste Kuss.

Er war furchtbar.

Freddy lacht. »Furchtbar?«

»Wir wussten doch gar nicht, wie das geht! Er hatte den Mund auf, ich meinen zu. In dem Moment, als er seinen schloss, machte ich den Mund auf. Meine Lippen waren zu trocken. Seine zu nass. Unsere Zähne stießen aufeinander.« Ich zucke mit den Achseln und trete ins Wasser. »Es war total komisch, so schlabberig und seltsam.«

Und trotzdem …

Magisch.

Irgendwann lösten wir uns voneinander. Sahen uns an. Und fingen beide an zu lachen.

Wir gingen aus der Garage ins Haus, wo wir uns in den nächsten drei Stunden auf dem Sofa das Küssen beibrachten. Als wir hörten, dass sich seine Mutter im ersten Stock für die Arbeit fertigmachte, waren wir Experten. Profis. Zukünftige Olympiasieger.

Teddy und ich begannen, uns bei jeder Möglichzeit, die sich bot, zu verdrücken. Lee merkte, dass etwas im Busch war. Er versuchte ständig, mich allein zu erwischen, doch ich machte vage Ausflüchte. Er klingelte bei mir, ich öffnete nicht. Ich lachte nicht mehr über seine Witze. Ging ihm aus dem Weg. Er war traurig und bekümmert. Ehrlich gesagt, ging er uns allmählich auf die Nerven. Wir hätten ihn gänzlich aus der

Nummer rausgehalten, aber er bestand darauf, dabei zu sein. Er steigerte sich total rein in die Sache und konnte von nichts anderem mehr reden, als wie wahnsinnig das sein würde, wenn wir unsere Bombe in die Luft jagten.

Alles nur, um mich zu beeindrucken.

»Du solltest es ihm sagen«, meinte Teddy irgendwann.

Wir waren in meinem Zimmer, lagen auf meinem Bett. Ich starrte an die Decke, betrachtete die Löcher von den Messern, die wir als Kinder hochgeworfen hatten. Teddy hatte recht, aber ich schob es vor mir her. Jetzt, da ich hatte, was ich wollte, bekam ich Schuldgefühle.

»Ich erzähl's ihm«, sagte ich. »Bald.«

Zwei Abende später trafen wir uns um Mitternacht für unseren großen Angriff auf das Militär der Vereinigten Staaten. Wir schlichen uns zum Eingang des Stützpunkts und stellten die Bombe an eine niedrige Betonmauer in der Nähe des Wachhäuschens. Ich hatte es nicht geschafft, den Wecker anzuschließen, deshalb steckten wir einfach die Zündschnur an und stellten uns in ungefähr hundert Meter Entfernung hinter ein paar Palmen.

Ich kann mich an alles so genau erinnern. Die Ungewissheit, die Angst, dass wir es verbockt und das Dynamit verschwendet hatten, dass es vielleicht zu alt und verkrustet war, um hochzugehen.

Die Bombe explodierte mit einem ohrenbetäubenden Knall. Flammen schossen hoch, die Fenster von mehreren Gebäuden auf der anderen Straßenseite flogen heraus. Wir kreischten vor Freude und tanzten im Licht des Feuers. Selbst Lee war begeistert.

Dann hörten wir Sirenen.

Irgendwie waren wir nicht auf die Idee gekommen, dass man auf eine Explosion in der Nähe eines Militärstützpunkts sehr schnell reagieren würde. Lee lief in Richtung Marina. Teddy nahm meine Hand. Wir rannten durch eine moderne Sozialbausiedlung zurück in die Altstadt. Liefen durch die engen Straßen und Gassen, die wir so gut kannten, sprangen über Zäune, durchquerten Gärten, duckten uns hinter geparkte Autos, mieden Straßenlaternen.

Schließlich kamen wir zu einem Conch House auf der Eaton Street. Ein paar Jahre zuvor hatte meine Mutter daran gearbeitet. Ich wusste, dass es meistens leer stand. Wir fanden einen lockeren Fensterladen und brachen ihn auf. Im Haus tranken wir abwechselnd aus dem Wasserhahn, große Schlucke lauwarmen, rostigen Wassers, das uns am Kinn hinunterlief. Wir wollten kein Licht anmachen, fanden aber ein paar Kerzen in der Küche und zündeten sie an.

Dann gingen wir nach oben, ins große Schlafzimmer, und begannen, uns gegenseitig auszuziehen.

Ich breche ab. Freddy sieht mich an.

»Und«, sagt sie. »Habt ihr …?«

»Ja.«

»Du warst vierzehn?«

Ich sehe sie kurz an. »Überrascht dich das?«

»Eher nicht.« Sie überlegt. »Wie war es?«

Ich schaue auf das Wasser. »Wahnsinn.«

Das war nicht richtig. Es hätte wie unser erster Kuss sein sollen, ungelenk und unangenehm. Drei Sekunden lang tat es auch wirklich höllisch weh. Ich schrie auf, und Teddy erstarrte. »Alles in Ordnung?«, flüsterte er.

»Ja«, flüsterte ich zurück. »Ja, ja, ja.«

Es war in Ordnung. Es war mehr als in Ordnung.

Er war in mir. Es gefiel mir sehr, sehr gut.

Wir waren sehr, sehr gut darin.

Bis kurz vor dem Morgengrauen blieben wir dort. Dann brachte Teddy mich nach Hause, kletterte mit mir am Mandelbaum hoch in mein Zimmer. Wir zogen uns aus und machten es noch mal, ganz langsam, damit das Bett nicht knarrte. Schließlich breitete er das Laken über mich und verschwand.

Ich schlief ein, glücklich und zufrieden. Etwas hatte sich geändert – ich konnte es fühlen. Ich hatte keine Lust mehr darauf, Ärger zu machen. Ich hatte gerade die beste Möglichkeit entdeckt, mich nicht zu langweilen.

Leider ein bisschen zu spät.

Gegen drei Uhr am Nachmittag tauchte die Polizei bei Lee auf. Teddy kam zu mir gelaufen. Die unglaubliche Dummheit unserer Tat wurde uns endlich bewusst. Dynamit vor einem Militärstützpunkt? Hatten wir den Verstand verloren? Warum hatten wir nicht auf Lee gehört und waren damit an den Strand gegangen oder hatten ein altes Fischerboot in die Luft gejagt? Warum hatten wir Staatseigentum zerstören müssen?

Auf einmal war der Spaß vorbei. Uns drohte richtiger Ärger – Erziehungsheim, vielleicht sogar Gefängnis. Wir wohnten schließlich in Florida, wo Jugendliche wie Erwachsene verurteilt werden.

Teddy und ich gingen zu seinem Haus und warteten. Die Polizei blieb lange bei Lee. Wir sahen, wie die Beamten gingen. Ungefähr eine Stunde später verschwanden auch Lees Eltern.

»Komm, wir reden mit ihm«, sagte Teddy. »Mal hören, was die gesagt haben.«

Ich schüttelte den Kopf. »Ich gehe allein rüber.«

Sofort war er misstrauisch, eifersüchtig. »Warum?«

»Lass mich das allein machen, Teddy. Ich beruhige ihn. Ich sorge dafür, dass er es versteht.«

Von der Hintertür aus sah ich Lee am Küchentisch sitzen und ins Leere starren. Ich klopfte und ging hinein. Er drehte sich zu mir um.

»Sie wissen es«, sagt er leise. »Sie wissen, dass wir es waren.«

Jemand hatte drei Jugendliche herumlungern sehen, bevor die Bombe explodierte. Durch unsere erstklassige Vergangenheit waren wir automatisch Hauptverdächtige. Die Polizei war wahrscheinlich zuerst bei Lee gewesen, damit sich Gran nicht einmischte.

»Es ist bloß eine Frage der Zeit.« Die Worte purzelten nur so aus Lee heraus. Er hatte Panik. »Wir müssen gestehen. Das ist besser für uns. Haben sie mir gesagt.«

Ich griff über den Tisch nach seinen Händen. »Lee, die lügen. Die haben keine Beweise.«

»Mein Vater bringt mich um«, flüsterte er.

Er hatte wirklich einen verrückten Vater. Lee wurde nicht misshandelt oder so, aber der Vater war total streng. Ein Mann, den man nicht enttäuschte. Lee hatte Riesenangst vor ihm.

Ich redete auf ihn ein, wir müssten zusammenhalten, wir dürften nicht gestehen, es würde gutgehen, meine Großmutter würde sich darum kümmern. Sie kenne die Polizei, die Anwälte. Sie würde uns raushauen. Man hätte keinen stichhaltigen Beweis gegen uns in der Hand. Ich lächelte ihn an. Streichelte seine Hände. Ich versuchte alles, was mir einfiel, um ihn zu überreden.

»Sie wollen uns Angst einjagen, Lee. Und selbst wenn sie einen Augenzeugen haben! Meine Oma sagt immer, Aussagen von Augenzeugen sind unzuverlässig. Wer auch immer uns gesehen hat, hat uns nicht erkannt, sonst hätten die Bullen uns schon längst geholt. Wir müssen einfach nur …«

»Ich dachte, du magst mich«, sagte Lee plötzlich.

»Was? Natürlich mag ich dich.« Ich lächelte ihn aufmunternd an und betete, dass es nicht so falsch aussah, wie es sich anfühlte.

»Ich hab euch weglaufen sehen. Wo seid ihr hin?«

»Wo wir hingelaufen sind?« Ich dachte fieberhaft nach. »Einfach nur weg. Zurück zu mir.«

Lee sah mich an, aber schien kein Wort von dem zu hören, was ich sagte. »Magst du ihn?«

»Was? Nein!« Wieder griff ich nach seiner Hand, die er mir entzogen hatte. »Ich will mit dir zusammen sein.«

»Du magst ihn. Du willst mit ihm zusammen sein.«

»Nein! So was will ich mir gar nicht vorstellen.«

»Hast du ihn geküsst?«

Ich antwortete nicht. Lee beugte sich auf seinem Stuhl vor, beobachtete mich. Sein Knie wackelte unter dem Tisch auf und ab.

»Lily. Hast du ihn geküsst?«

»Er hat mich geküsst«, gab ich zu. »Mochte ich aber nicht.«

»Habt ihr es getan?«

»Was?« Ich versuchte, mich ahnungslos zu geben. Aber natürlich wusste ich, was er meinte.

»Ich habe euch gesehen. Ihr habt mich absichtlich im Stich gelassen.«

»Nein, Lee! Wir …«

»Seid ihr irgendwohin gelaufen und habt's getan?«

»Nein!«

»Sag es mir, dann rede ich nicht. Dann gestehe ich nicht. Ich will es nur wissen.«

Ich war in der Falle. Konnte ich ihm vertrauen, dass er schwieg, wenn ich die Wahrheit sagte? Hatte ich eine Wahl?

»Was willst du wissen?«, fragte ich.

Lee schluckte. »Habt ihr es getan?«

Ich senkte den Blick, dann sah ich ihm in die Augen.

»Ja«, sagte ich.

Sein Gesicht wurde völlig leer. Und da endlich spürte ich es, tief in meinem Bauch. Er liebte mich. Ich hatte ihn dazu gebracht. Ich hatte ihm etwas vorgemacht. Und damit sein Herz gebrochen. Denn er war vierzehn, so wie ich, und mit vierzehn ist alles eine Tragödie, entweder der Anfang oder das Ende der Welt.

Er sollte aufhören, mich so anzusehen. Ich konnte es nicht ertragen.

»Es hatte nichts zu bedeuten, Lee. Es war dämlich. Ich will mit dir …«

»Gut«, sagte er. »Ist gut.«

»Was ist gut?«

»Alles ist gut. Mir geht's gut. Ich sage nichts.«

Ich redete noch etwas länger auf ihn ein. Versuchte zu erklären, dass es nicht um mich ginge, sondern dass es für uns alle das Beste wäre. Aber es war, als könnte er mich nicht mehr hören. Deshalb ging ich schließlich. Als die Fliegentür hinter mir zuschlug, spürte ich, wie sich meine Laune besserte. Wir waren aus dem Schneider: Wir würden nicht geschnappt werden, zwischen Lee und mir war alles geklärt, ich konnte jetzt richtig mit Teddy zusammen sein, offiziell.

All meine Probleme waren gelöst.

Aus dem Nichts kommt eine Brise auf, kräuselt die Wasseroberfläche.

»Das war es?«, fragt Freddy.

»Nein.« Der Wind legt sich, das Wasser wird wieder unruhig. »Ungefähr eine Stunde später ging Lee zum Kleiderschrank seiner Eltern, holte die Pistole seines Vaters heraus und erschoss sich.«

Geräuschvoll zieht Freddy die Luft ein.

Am liebsten würde ich vom Beckenrand ins Wasser rutschen.

»Als seine Eltern nach Hause kamen, lebte Lee noch.« Ich halte inne. »Er starb am nächsten Tag im Krankenhaus.«

Ich spüre Freddys Augen auf mir, halte den Blick aufs Wasser gesenkt.

»Teddy und ich gestanden alles. In gewisser Weise hatten wir großes Glück. Das alles geschah im August 2001.«

»Mein Gott«, murmelt Freddy.

»Allerdings: mein Gott. Wenn wir unsere Nummer nur einen Monat später durchgezogen hätten, säße ich jetzt noch im Knast. Aber so war nach ein paar Tagen alles vorbei – die Ermittlung, die Anwälte, die Sozialarbeiter. Mein Vater kam mit seinen Top-Juristen runtergeflogen, Gran bearbeitete alle, die ihr noch etwas schuldig waren. Ana ebenfalls. All meine Eltern waren beteiligt – dadurch räumten sie ihre Meinungsverschiedenheiten aus und schlossen sich zusammen. Ich musste vor Gericht erscheinen und alles Mögliche versprechen. Meine Eltern versprachen ebenfalls alles Mögliche: Therapie, Ausgangssperren und Privatunterricht für mich, mein Vater zahlte einen Riesenbatzen Geld, dann nahm er mich mit nach New York. Eine Zeitlang war ich in einer schicken Psychiatrie auf Long Island, wo jede Menge Ärzte herauszufinden versuchten, ob das, was offensichtlich bei mir schieflief, diagnostiziert und therapiert werden konnte, was leider nicht der Fall war. Danach ging ich wieder zur Schule.«

»Was geschah mit Teddy?«

»Seine Mutter war stinksauer – sie gab mir die Schuld an allem. Mein Vater bot an, ihm einen Anwalt zu bezahlen, aber seine Mutter lehnte ab. Am Ende musste er in eine Erziehungsanstalt in der Nähe von Miami. Wir … wir verloren uns aus den Augen.«

»Du hast ihn nie wiedergesehen?«

»Bis vor zwei Tagen.«

Eine Weile schweigt Freddy. »Das war nicht deine Schuld, Lily.«

»Lee hatte Probleme«, erwidere ich. »Wahrscheinlich hatte er Depressionen, aber seine Eltern wollten nichts davon wissen. Sie tickten richtig aus. Seine Mutter kam im Gericht auf mich zu, als wir gehen wollten. Sie packte mich am Arm, kam ganz nah an mich heran und sagte: ›Ich hoffe, du hast irgendwann selbst ein Kind. Und hoffentlich musst du es sterben sehen.‹«

»O Gott, Lily.«

Ich zucke mit den Achseln. »Kann man es ihr verübeln?«

»Aber …«

»Nein, ich habe nicht abgedrückt, und ja, er war schon vorher verkorkst, aber verstehst du, Freddy: Wenn ich mit meinem Leichtsinn und meiner Grausamkeit nicht gewesen wäre, wäre Lee jetzt siebenundzwanzig, hätte eine leichte Depression und eine durchgeknallte Familie. Er wäre kein Kind, das jetzt fast so lange tot ist, wie es je gelebt hat.«

Freddy nimmt mich in die Arme. Eine Katze schleicht sich an den Swimmingpool heran und schlägt mit der Tatze aufs Wasser. Eine neue Brise kräuselt die Oberfläche.

Ich höre noch immer seine Stimme. »Ich dachte, du magst mich«, sagte er.

Ich dachte, du magst mich.

16

Freddy und ich starren eine Zeitlang aufs Wasser.

»Lily?«, sagt sie vorsichtig. »Ich weiß, das ist furchtbar. Aber lass uns nach vorne schauen. Wird Will das alles wirklich stören? Du warst doch noch ein Kind.«

Ich denke an Montagabend. An Wills Sorge, dass wir nicht viel über den anderen wissen. An seine ausdrücklichen Fragen nach meiner Kindheit.

»Vielleicht nicht«, sage ich. »Aber wenn ich nicht Schluss mache, wird seine Mutter es auch meiner Kanzlei erzählen.«

»Was beweist, dass sie das letzte Drecksstück ist«, sagt Freddy. »Aber noch mal: ja, und? Die sind von dir begeistert. Du hast unglaubliche Arbeit geleistet.«

Ich drücke mir die Handballen auf die Augen. »Wenn man beantragt, in die Anwaltsliste eingetragen zu werden, das ist praktisch die Zulassung, als Rechtsanwalt zu arbeiten, dann muss man alle bisherigen Straftaten offenlegen. Auch Straftaten, die gelöscht wurden. Es ist nicht unbedingt so, dass man mit einer Vorstrafe nicht zugelassen würde«, ich mache eine Pause, »aber wenn später herauskommt, dass man etwas verschwiegen hat …«

Freddy versteht sofort. »O Lily, nein!«

»Ich hab's versaut! Ich hab's versaut, und wenn die Firma das herausfindet, bin ich in null Komma nichts draußen. Die könnten mich anzeigen, ich würde suspendiert. Vielleicht würde mir sogar die Lizenz entzogen.«

Sie denkt darüber nach. »Aber du musst ja nicht unbedingt Anwältin sein. Deine Familie hat Geld. Du kannst doch tun, was du willst.«

Es ist süß, wie sie mir zu helfen versucht. »Ich mache meine Arbeit nicht einfach gerne«, erkläre ich. »Ich liebe sie. Es ist das Einzige, was ich immer tun wollte – das Einzige, für das ich mich wie gemacht fühle. Das Jurastudium, die Arbeit in der Kanzlei – das sind die einzigen Herausforderungen, von denen ich mich je angesprochen fühlte. Und die einzigen, die ich bis jetzt noch nicht verbockt habe. Wenn ich nicht mehr tun kann, was mir gefällt, weiß ich nicht, was passiert, Freddy. Ich könnte ... so richtig abdrehen.«

Eine andere Katze tapert zum Beckenrand. Sie taucht die Tatze ins Wasser, schüttelt sie grazil und leckt die Tropfen ab.

»Du musst Will loslassen«, sagt Freddy.

Ungläubig starre ich sie an. »Damit seine Mutter gewinnt? Sie ist eine Erpresserin!«

»Das ist kein Wettstreit, Lily. Das ist dein Leben.«

»Es ist beides. Ich lasse ihn nicht los.«

»Aber du zweifelst doch eh schon an der ganzen Sache und ...«

Mit Nachdruck schüttele ich den Kopf. »Nicht mehr. Ich stehe voll dahinter.«

»Weil sich dir jetzt jemand entgegenstellt«, sagt sie.

»Halt zu mir, Freddy, bitte!«

»Tu ich doch. Das weißt du genau. Aber ich lüge dich nicht an, meine Liebe. Du sitzt so richtig in der Scheiße.«

Ich muss lachen. Auf einmal tut sich etwas im Souvenirladen, jemand flattert auf uns zu.

»Donna!«, ruft Freddy. »Kommen Sie zu uns, Süße! Das Wasser ist herrlich!«

Doch sie wirft uns raus. Freddy und ich gehen zurück zum Hotel. Sie nimmt meinen Arm. »Ich muss sagen, das kommt mir vor wie der Schlüssel zu allen Rätseln.«

»Was meinst du damit?«

Sie zuckt die Achseln. »Kein Wunder, dass es dir so schwerfällt, Will die Wahrheit zu sagen. Man muss sich nur ansehen, was das letzte Mal passiert ist, als du einem Jungen gegenüber ehrlich warst, was Sex angeht.«

»So war es«, sage ich. »Und es war furchtbar. Ich denke jeden Tag daran. Aber es hat mich nicht verändert, Freddy. Sieh dir an, wie ich vorher war. Sieh dir meinen Vater an. Ich werde immer so sein.«

Wir durchqueren das Hotelfoyer, gehen zu den Aufzügen, ich bleibe stehen. »Willst du mich wirklich aufheitern? Dann komm, trinken wir richtig einen zum Mittagessen.«

»Geht nicht«, entgegnet Freddy. »Deine Mütter warten oben. Sie wollen sehen, wie du das Brautkleid anprobierst.«

»Das ist wohl ein Witz.«

»Überraschung?«, sagt sie.

Ich lasse den Kopf auf ihre Schulter sinken.

Oben schiebe ich den Schlüssel in die Tür. »Spiel mit!«, flüstert Freddy. Ich schließe auf.

»Überraschung!« Mom, Ana, Jane und Gran rekeln sich auf dem Bett und den Sofas, sie essen Obst aus einer großen Schale wie eine Horde antiker Kaiserinnen.

»Mädels!«, rufe ich. »Wow!«

Ich habe Angst, dass es furchtbar wird, ist es aber nicht. Ob mit Absicht oder nicht, aber keine nörgelt an mir herum, ich solle Will nicht heiraten. Wahrscheinlich haben sie aufgegeben und akzeptieren das Unvermeidliche, und das ausgerechnet in dem Moment, wo alles so völlig … vermeidlich geworden ist.

Fürs Erste sind sie mit ihrem eigenen kaiserlichen Klatsch und Tratsch beschäftigt.

»Sag schon«, drängt Ana. »Sag einfach, wie er heißt.«

»Ich habe keinen Freund!«, ruft Mom.

»Du wirst rot, Kat.« Mit ihren langen Fingern schält Jane eine Apfelsine. »Nicht mal ein Kind würde dir glauben.«

Freddy holt eine Kleiderhülle aus dem Schrank. Ich ziehe mein Kleid aus. Sie reicht mir eine Augenbinde.

»Wirklich?«

Ich habe mein Brautkleid bisher nicht gesehen. Weder eine Zeichnung noch einen Stofffetzen.

»Zum letzten Mal«, verspricht Freddy. »Ich will, dass es perfekt ist, wenn du es siehst.«

Ich verbinde mir die Augen. Höre, wie Freddy die Kleiderhülle öffnet.

»Du bist knallrot«, sagt Ana zu Mom. »Du explodierst gleich.«

»Ich bin nicht rot!«

»Du kannst mir nichts vormachen. Ich habe ein zu feines Näschen. Das ist die Latina in mir.«

Gran schnaubt verächtlich. »Du bist ungefähr so viel Latina wie das Mädchen auf der Rosinendose.«

Seide raschelt, als Freddy das Kleid aus der Hülle zieht. Alle verstummen.

»Heiliges Kanonenrohr!«, sagt Gran.

»Du meine Güte!«, flüstert Mom.

Ana lacht. »Freddy, du hast wirklich Mut.«

»Psst!«, macht Freddy und sagt zu mir: »Du steigst jetzt hinein. Leg die Hand auf meine Schulter.« Sie zieht das Kleid hoch, schiebt mir die Ärmel über die Arme.

»Du bist diejenige, die verdächtig strahlt, Ana«, bemerkt Jane. »Seit letzten Herbst hast du auch ein bisschen zugenommen.«

»Aha!«, ruft Mom. »Du isst nur, wenn du glücklich bist. Wer ist es?«

Ich höre es klopfen, die Tür wird geöffnet. »Mattie!«, sagt Mom. »Kommen Sie rein. Freddy zeigt uns gerade das Kleid.«

Freddy schließt Knöpfe, quetscht, zieht und dehnt. Ich zupfe am Rock. Der Stoff ist so weich, dass ich ihn kaum spüre. Sie schlägt meine Hand weg und zupft am Ausschnitt. »Wo sind deine Brüste geblieben?«

»Hab ich Gregory Hemingway geliehen.«

Gran kichert. »Heute einen kleinen Rundgang gemacht?«

»Morgen ist die Generalprobe im Audubon Haus«, erklärt Mattie. »Ich mache mir große Sorgen um die bauliche Struktur der Veranda. Heute Morgen habe ich in den Nachrichten von einer Hochzeit gehört, wo die Tanzfläche einbrach und elf Menschen starben!«

»Grundgütiger!«, ruft Mom.

»Fünf davon waren Kinder!«

»Das war in Pakistan«, sagt Ana.

»Ah!« Mattie seufzt vor Erleichterung. »Gott sei Dank!«

Freddy macht irgendetwas Kompliziertes hinten am Kleid. »Normalerweise hat Lily ja einen fürchterlichen Geschmack«, bemerkt Jane, »aber ich sehe schon, dass sie mit dir richtig lag, Freddy.«

»Natürlich! Du solltest Freddy einen Haufen Geld geben, damit sie kündigen und ihren eigenen Laden aufmachen kann.«

»Vielleicht ist das eine gute Idee.«

»Sie würde nicht viel brauchen. Und du und Nerge, ihr schwimmt doch immer noch im Geld, oder?«

»Er heißt Serge«, sagt Jane. »Wie du genau weißt.«

»Wo ist er überhaupt?«

»In Bonn. Kommt morgen.«

Vorsichtig zupft Freddy am Saum. »Können wir zurück auf das Thema kommen, wer mir Geld gibt?«

»Du kannst kein Geld von Serge nehmen«, erklärt Ana ihr. »Es ist schmutzig.«

»Sein Großvater war Nazi«, werfe ich ein.

»Er war ein französischer Kollaborateur«, sagt Jane fröhlich. »Das ist etwas ganz anderes.«

»So.« Freddy dreht mich zum Spiegel und löst die Augenbinde.

Ich kann nicht glauben, was ich sehe. Das Kleid hat angeschnittene Ärmel und einen tiefen Ausschnitt. Bis zu den Hüften ist es auf Figur geschnitten, darunter fächert es sich auf und hat eine kleine Schleppe. Es hat unzählige Fältchen und Biesen und Kleinigkeiten, deren Namen ich nicht mal weiß. Es ist glamourös, elegant und sexy.

Was alles super ist, aber nicht das Unglaubliche. Das Unglaubliche ist die Farbe.

Das Kleid ist nicht weiß, nicht elfenbeinfarben, nicht mal champagnerfarben.

Es ist aus einem tiefen, satten, schimmernden Scharlachrot.

Ein rotes Brautkleid.

Ich betrachte mich im Spiegel, in meinem Hochzeitskleid, und mir wird klar, dass dies der Augenblick ist, von dem jedes Mädchen träumt. Der Moment, wenn das Märchen Wirklichkeit wird.

Doch für mich zerfällt er zu Staub.

Und nicht wegen Anitas Versuch, meine Hochzeit zu verhindern. Oder weil ich gerade vor Freddy die schlimmsten Erlebnisse meines Lebens ausgepackt habe. Nein, ich denke an die Gegenwart. An meine Unsicherheit, mein Schwanken. An meine Zweifel, ob ich heiraten soll. An meine Lügen, mein Verhalten.

Welche Braut verhält sich wie ich?

Was für ein Mensch tut so was?

Ich breche in Tränen aus. Alle erschrecken.

Freddy ist entsetzt. »Du magst das Kleid nicht!«

»Ich finde es toll!«, heule ich. »Ich finde es absolut super!«

»Lily«, sagt Freddy leise. »Hör auf.« Sie nimmt mich in die Arme.

»Es tut mir leid«, schniefe ich. »Wahrscheinlich ruiniere ich den Stoff.«

»Ähm, ja«, sagt sie. »Aber das ist schon in Ordnung.«

»Die Angst vor dem großen Schritt.« Mattie gluckst voller Mitgefühl. »Hat jeder.« Ich weine nur noch heftiger.

Ana erhebt sich. »Kommt, Mädels! Alle mal aufstehen!«

Sie stellen sich um mich herum und nehmen mich gemeinsam in den Arm.

»Nicht weinen, Schätzchen«, sagt Gran.

»Isi hat recht.« Jane streicht mir über die Haare. »Davon bekommst du nur dicke Augen.«

»Das wird schon wieder, Lilybär«, sagt Ana. »Egal, was los ist, es wird schon wieder.«

Irgendwann reiße ich mich zusammen. Ich ziehe das Kleid aus, Freddy packt es ein. Meine Mütter möchten mit mir essen gehen, aber ich entschuldige mich. Ich sage Freddy, dass ich ein bisschen schlafen will, und sie verschwindet widerwillig.

Ich versuche zu schlafen, aber bin zu unruhig. Ich gehe nach draußen und laufe ziellos umher. Duval Street, Angela Street, Thomas Street. Olivia Street, Emma Street, Petronia Street. Irgendwann stehe ich vor einem ganz normalen Haus. Weiße Holzverschalung. Gelbe Fensterläden. Hier wohnte früher Lee. Damals war es braun und langweilig, in der Küche wellte sich der Linoleumboden, die Teppiche waren abgetreten, der Vorgarten zugewuchert. Jetzt ist es ein weiteres nichtssagendes, makellos renoviertes Haus, das auf den nächsten Hurrikan wartet.

Ich hole die Visitenkarte aus der Tasche, die ich aus Teddys Portemonnaie gemopst habe, und wähle seine Nummer.

»Ted Bennet«, meldet er sich.

»Ted?«, frage ich.

»Hi.«

»Seit wann heißt du Ted?«

»Ein Polizeibeamter namens Teddy wird nicht besonders ernst genommen«, sagt er. »Seltsamerweise.«

»Das könntest du doch zu deinem Vorteil nutzen. Du heißt Teddy, und die Leute glauben, sie stecken dich locker in die Tasche, und dann kommst du rein und *wumm!* Machst du sie fertig.«

»Interessante Idee.«

»Du bist ein superböser Brutalo. Namens Teddy.«

»Kann ich irgendwas für dich tun?«

»Ja«, sage ich. »Lass uns irgendwo treffen.«

»Das halte ich für keine gute Idee.«

»Warum nicht?«

»Warum nicht«, wiederholt er, als wäre es eine Frage an mich.

»Bitte, Teddy!«

Er schweigt lange. Schließlich sagt er: »Ich denke darüber nach.«

Damit legt er auf. Ich gehe zurück ins Hotel. Immer noch ruhelos. Aufgedreht. Ich fahre hoch zu unserem Zimmer. Als ich die Tür öffne, denke ich: Es reicht. Das bin nicht ich. Ich bin gerne glücklich. Ich bin immer glücklich. Daran arbeite ich sehr, sehr hart.

Ich werfe mich aufs Bett. Ich brauche Ablenkung, irgendetwas, das meine Laune aufhellt. Gerade will ich mir auf dem Computer Pornos angucken, da kündigt mein Handy eine SMS an. Vielleicht ist sie von Will!

Oh, noch besser. Sie ist von Lyle.

– Philip und ich müssen morgen um 1 vielleicht mit dir sprechen.

– Weswegen?

– Sieh einfach zu, dass du Zeit hast.

Ich schicke ihm noch ein paar weitere SMS, aber er antwortet nicht. Vielleicht geht es um unseren nächsten Mandanten. Falls es noch einen für mich gibt.

Ich höre einen Schlüssel in der Tür. Will ist da!

»Hey, Baby!«

»Hi.« Er wirft seine Brieftasche auf den Tisch, zieht ein Büschel Seegras aus der Tasche und breitet es auf der Fensterbank aus. Ich will ihn danach fragen, doch er bückt sich und küsst mich. Ich ziehe ihn aufs Bett. Er legt sich neben mich,

ich greife nach seinem Gürtel. Er hilft mir, mein Kleid auszuziehen. Es läuft. Kein Feuerwerk, aber das ist schon in Ordnung. Ich nehme jetzt auch schlichten Blümchensex.

Ich greife in seine Hose. Keine Reaktion. Ich streichele ihn zärtlich, dann heftiger. Immer noch nichts. Ich nehme ihn in den Mund. Es tut sich ein wenig, aber … nicht genug. Was ist das denn?

»Ich hab gestern zu viel getrunken«, entschuldigt er sich. »Es klappt nicht.«

»Können wir es trotzdem versuchen?«

Er zieht mich an sich. »Mir geht's immer noch mies.«

»Aber …«

Will nimmt die Fernbedienung vom Nachttisch und stellt den Fernseher an. Er zappt einige Sender durch, dann dreht er sich zu mir um. Er streichelt mir übers Haar und küsst mich auf die Stirn. »Tut mir leid. Wir können doch ein bisschen kuscheln, oder?«

Auf dem Bildschirm schlagen Flammen aus einem Hotelfenster. Menschen mit Siebziger-Frisuren schreien. Ich weiß, wie sie sich fühlen.

Denn: *kuscheln*? Kuscheln? Seine durchgeknallte Mutter droht, meine Karriere zu zerstören. Ich habe heute meine schlimmsten Erinnerungen gebeichtet. Ich habe keinen Bock, nur zu kuscheln!

Ob es sich so anfühlt, eine Beziehung zu haben? Wahrscheinlich ist mir das in New York nicht aufgefallen. Wir arbeiten beide viel, sind oft unterwegs. Aber hier, im Urlaub? Will müsste die ganze Zeit mit mir vögeln wollen, pfeif auf den dicken Kopf! Er sollte sich mehr anstrengen. Was ist los?

Ich springe aus dem Bett und ziehe mich an. »Ich gehe schwimmen.«

Er wirkt überrascht. »Aha.«

Mehr hat er dazu nicht zu sagen? Aha? Nicht: »Aber du hast doch gar keinen Badeanzug an« oder »Du hast kein Handtuch dabei«. Merkt er wirklich nicht, dass es eine schamlose Lüge ist?

Ich öffne die Tür. »Bye!«

»Viel Spaß!«, sagt er.

Ich gehe. Schlage die Tür hinter mir zu.

Frust!

Im Flur wäge ich meine Möglichkeiten ab.

Der Aufzug klingelt, Javier kommt heraus. Beim Gehen liest er etwas auf seinem Handy, stolpert, fällt fast gegen die Wand. Er findet seine Tür und sucht in der Hosentasche nach dem Schlüssel.

Ich husche schnell zu ihm hinüber, schiebe ihn in sein Zimmer und schließe die Tür hinter uns.

»Lily!«, sagt er überrascht. »Hey. Was ist ...«

»Hast du eine Minute Zeit, Javier?« Ich ziehe einen Stuhl hervor und setze mich.

Er rückt seine Brille zurecht und sieht mich neugierig an. »Klar.« Er setzt sich mir gegenüber.

»Ich möchte mit dir über Will sprechen«, sage ich.

Er wirkt besorgt. »Alles okay mit ihm?«

»Ich hatte gehofft, dass du mir das sagen kannst.« Ich strecke die Beine unter dem Tisch aus und sehe mich um. Das Zimmer ist kleiner als unseres. Tadellos sauber. Javier muss sehr ordentlich sein.

Nervös zupft er sich am Ohr. »Geht es um den Junggesellenabschied? Ich schwöre, dass ich nichts damit zu tun hatte ...«

Ich grinse. »Hast du was zu trinken da?«

»Ich will eigentlich nicht an die Minibar gehen«, sagt er entschuldigend. »Ist so teuer.«

Ich öffne den Kühlschrank und hole mehrere Flaschen heraus. Bourbon. Perfekt. Ich schraube eine auf und trinke sie aus.

»Will hat wirklich nicht gelogen«, bemerkt Javier.

Schweigend betrachte ich ihn. Er ist süß. Ein Geek, aber niedlich. Freddy hätte nicht so schnell aufgeben sollen.

»Kannst du mir helfen, Javier? Ich habe so ein komisches Gefühl wegen Will. Ich weiß nicht, ob er wirklich so ist, wie er behauptet.«

»Ist er.« Javier nickt heftig. »Auf jeden Fall.«

Ich schraube noch eine Flasche auf und nehme einen Schluck. »Ich hätte ein paar Fragen an dich.«

Javier runzelt die Stirn. »Ich habe kein gutes Gefühl dabei, hinter Wills Rücken über ihn zu sprechen.«

Ich beuge mich vor. »Ich brauche dich, Javier. Ich brauche dein Wissen. Du kennst Will seit dem Kindergarten.«

»Schule.«

»Egal. Ich erklär dir jetzt, was wir machen.« Ich improvisiere gerade. Der Bourbon hilft. Er hilft immer. »Für jede Frage, die du beantwortest, ziehe ich ein Kleidungsstück aus.«

Javier ist entsetzt. »Dabei fühle ich mich wirklich unwohl.«

»Na gut. Dann behalte ich für jede Frage, die du beantwortest, ein Kleidungsstück an.«

»Ich will wirklich nicht …«

Ich beginne, mein Oberteil aufzuknöpfen.

»Schon gut, schon gut«, sagt er. »Was willst du wissen?«

»Erzähl mir alles über Will! Erzähl mir seine Geheimnisse.«

»Ich glaube nicht, dass er Geheimnisse hat.«

Ich streife eine Sandale ab.

»Sein Großvater ist im Gefängnis gestorben«, sagt Javier schnell. »Er kam nicht in *Breaking Bad* rein, weil die Wissenschaft zu einfach dargestellt war. Er hatte mal Filzläuse von einem Handtuch in der Sporthalle von Yale.«

»Erzähl mir von seinen Freundinnen!«

»Sie waren nett«, sagt Javier. »Studentinnen. Intellektuell, ernst.«

»Also ungefähr wie ich.«

»Ähm, ja …«

»Hat er eine schlechte Angewohnheit? Irgendeinen Fehler?«

»Einmal hat er es mit Kautabak versucht, in der Examenswoche«, sagt Javier. »Davon musste er sich übergeben.«

Es ist sinnlos. Und ich langweile mich. »Wie steht er zu seiner Mutter?«

Javier wirkt erschrocken. »Zu seiner Mutter? Gut, soviel ich weiß. Ich meine, normal. Sie ist etwas anstrengend. Ich glaube, er sucht ihre Anerkennung.«

»Anstrengend trifft es«, sage ich. »Kennst du sie?«

»Hmm.« Er schlägt die Beine übereinander und stellt sie wieder ab. Schaut auf den Boden, plötzlich fasziniert von dem beigen Teppich.

Ich kneife die Augen zusammen. »Woher?«

»Will und ich gingen zusammen zur Schule, also …« Voller Unbehagen rutscht er auf seinem Stuhl herum. »Und einmal in den Sommerferien hatte ich einen Aushilfsjob bei ihr.«

»Hattest du viel mit ihr zu tun?«

Er beißt sich auf die Lippen. »Eigentlich nicht.«

Ich trinke noch einen Schluck Bourbon, warte. Ein guter Anwalt weiß, wann er auf die Bremse tritt, die Pausen länger werden lässt. Nervöse Menschen hassen Schweigen. Sie verstehen es als Urteil und überschlagen sich regelrecht, um die Stille zu unterbrechen.

Und genau das tut Javier. »Ich meine, Anita … also Mrs Field … sie war ja damals stellvertretende Staatsanwältin. Sie hatte nicht die gesamte Bundesanwaltschaft unter sich wie heute. Jeder hatte seinen eigenen Fall, und wenn man einen Anwaltsgehilfen wie mich hat …«

»Du hast mit ihr geschlafen«, sage ich.

»Nein!«

»Mein Gott, Javier!« Ich lege die Hand auf den Mund. »Hast du wohl. Du hast Wills Mutter gebumst!«

»Das war ein Fehler!«, ruft er. »Wir hatten ein Softballspiel, gegen das örtliche FBI. Anschließend gingen wir ein Bier trinken. Sie fuhr mich nach Hause!«

»Die Heimfahrt nach einer Sportveranstaltung.« Ich nicke anerkennend. »Klassische Situation.«

Javier schlägt die Hände vors Gesicht. »Ich war betrunken! Wir machten es in ihrem Kombi. In dem Wagen, mit dem sie mich und Will zu Quizabenden fuhr!«

»Wie oft war das?«

Er versucht, sich zusammenzureißen. »Nur ein Mal.«

»Lüg mich nicht an, Javier!«

»Sieben Mal«, heult er. »Wir haben es sieben Mal gemacht!«

»Javier, Javier«, sage ich düster. »Javier.«

»Damals wollte ich noch Anwalt werden, aber danach? Nie wieder!« Er schüttelt sich. »Ihr Juristen seid durchgedreht.«

»Du bekommst großen Ärger«, sage ich.

Er reißt die Augen auf. »Warum?«

»Weißt du nicht, dass es Hochverrat ist, mit einem Staatsanwalt Ehebruch zu begehen?«

Er runzelt die Stirn. »Nein, ist es nicht.«

»Tja, aber es ist auch nicht gerade nett! Die Mutter deines besten Freundes! Ich müsste es Will sagen.«

Panik steht ihm in den Augen. »Das würdest du nicht tun.«

Ich schraube das dritte Fläschchen Bourbon auf. »Stimmt. Tue ich nicht. Unter der Voraussetzung, dass du Anita jetzt anrufst und ihr sagst, du würdest ihm alles erzählen, wenn sie mich nicht in Ruhe lässt.«

»Machst du Witze? Die lässt mich auf eine Überwachungsliste setzen oder so. Sie ist verrückt, falls du das noch nicht gemerkt hast.«

Guter Einwand. Ich leere die letzte Flasche Bourbon und stehe auf.

»Was macht sie denn mit dir?«, fragt er.

»Ist nicht wichtig.« Ich ziehe meinen Pulli aus und lasse ihn zu Boden fallen. »Komm, wir machen uns nackig.«

»Was?«, ruft er. »Nein!«

»Wieso nicht? Bin ich dir nicht gut genug?«

»Nein, daran liegt es nicht. Du bist sehr ... aber ...«

»Schläfst du nur mit Frauen, die vom Senat abgesegnet sind? Das sind nicht viele, Javier.« Ich streife die andere Sandale ab.

»Will ist mein bester Freund!«, ruft Javier. »Das könnte ich ihm nicht antun.«

Ich bücke mich und schaue ihm in die Augen. Der Ausschnitt meines Kleids lässt tief blicken – er will nicht reinsehen, aber kann sich nicht beherrschen. »Javier«, flüstere ich. »Lass uns ein bisschen Spaß haben.«

Er sieht beiseite, dann wieder zu mir. »Das ist nicht richtig«, sagt er.

»Deshalb macht es ja so viel Spaß!« Ich ziehe mir das Kleid über den Kopf und knie mich vor ihn. Lege die Hände auf seine Oberschenkel, spreize seine Beine leicht. »Verrat mir, was dir gefällt.«

»Ich kann nicht«, sagt er leise.

Ich beuge mich weiter vor. »Javier.« Ich lege ihm eine Hand in den Nacken und ziehe ihn an mich, streife sanft seine Lippen mit meinen. »Du kannst es mir sagen.« Ich küsse ihn wieder, diesmal vorsichtiger. Ich merke, dass er reagiert. Ich schiebe die andere Hand an seinem Bein hoch. »Was ist dein größter Wunsch, den dir niemand erfüllt?

Er sieht mir in die Augen. Ich merke, dass er zögert.

Dann sagt er: »Ich glaube, du gehst besser.«

17

Ich schließe die Tür zu Javiers Zimmer im selben Moment hinter mir, als der Fahrstuhl klingelt. Freddy steigt aus. Sie sieht mich und bleibt abrupt stehen.

Ich salutiere. »Wohin des Wegs, Mylady?«

Sie legt den Kopf schräg. »Wessen Zimmer ist das?«

»Javiers.«

»Javier«, sagt Freddy. »Wills Trauzeuge.«

»Keine Sorge, Mutter Oberin, er hat mich abgeschossen.«

Sie macht große Augen, wankt dramatisch. »Ich spüre eine große Erschütterung der Macht.«

»Können wir jetzt bitte mal die *Star-Wars*-Zitate lassen?«

»Als ob Millionen in panischer Angst aufschrien ...«

Ich nehme ihren Arm. »Sei leise und gib mir einen aus.«

Wir verlassen das Hotel und treten in die warme Sternennacht. Wir kommen an einem mexikanischen Restaurant vorbei. »Margaritas!«, rufen wir beide gleichzeitig.

Auf der Terrasse hebt Freddy ihr Glas. »Auf Javier. Einen Mann von seltener Tapferkeit.«

»Bitte ...« Ich probiere den Drink. »Ich bekomme ständig Abfuhren.«

»Es juckt dich wirklich nicht?«

Ich zucke mit den Schultern. »Dann hat halt einer mal kein Interesse an mir. Was soll's. Vielleicht ist er verheiratet. Vielleicht ist er schwul. Oder er mag lieber Blondinen. Ist doch seine Sache, nicht meine.«

»Ich schätze, du bist die mit der Tapferkeit. Oder«, fügt sie trocken hinzu, »es liegt am Alkohol, der all deine Unsicherheiten und Unfähigkeiten kaschiert.«

»Vergiss nicht meine Unzulänglichkeiten«, sage ich. »Meine Ungeschicklichkeiten und Unvollkommenheiten.«

»Deine Unreife. Deine Untreue.«

»Ich hebe das Glas. »Auf all meine Uns. Meine Uns, Ins und Dises.« Freddy stößt mit mir an.

Wir trinken aus und gehen. Einen Block weiter nimmt sie meinen Arm und beschleunigt ihre Schritte. »Egal, was du tust«, sagt sie, »guck nicht hoch zur Terrasse auf der anderen Straßenseite.«

Natürlich tue ich genau das. Es ist ein schöner Laden, ein romantisches kleines Meeresfrüchte-Restaurant in einem alten Inselhaus. Auf der Terrasse stehen kleine Bistrotische mit weißen Tischdecken, beleuchtet von flackernden Kerzen. Mehrere schicke Pärchen trinken Wein, halten Händchen, sehen sich tief in die Augen.

So auch mein Vater und Jane.

Jane?

Ich bleibe stehen.

»Oh«, flüstere ich. »O nein.«

»Vielleicht hat das nichts zu sagen«, vermutet Freddy. »Man kann doch mit seinem Ex essen gehen. Bisschen reden.«

Seine Hand rutscht unter den Tisch und verschwindet unter Janes Rock.

»Vielleicht hat sie einen Krampf«, meint Freddy und kann den Blick nicht abwenden.

Dad führt Janes Hand an seine Lippen und küsst sie. Sie lächelt ihn milde an, neigt sich ihm zu, spielt mit ihrer Goldkette. Er dreht ihre Hand, streicht mit den Fingerspitzen über den Handteller und sieht ihr tief in die Augen.

»Diese Geste habe ich bei dir auch schon gesehen«, murmelt Freddy.

Dad fährt mit dem Finger an Janes Wangenknochen entlang. Er schiebt ein paar Haarsträhnen nach hinten.

»Jetzt küsst er sie«, sagt Freddy hypnotisiert.

Er legt Jane die Hand in den Nacken und zieht sie an sich. Er flüstert ihr etwas ins Ohr.

Er küsst sie.

Wir verstecken uns unter einer Markise und sehen zu. Lange.

Dann unterbricht er sich wie durch eine Eingebung, als hätte er einen sechsten Sinn, und sieht zu mir herüber. Seine Augen werden groß. Ich nehme Freddys Hand und ziehe meine Freundin hinter mir her.

Einen Block weiter bleibt sie stehen. »Ich glaube, ich habe mich in deinen Vater verliebt.«

Ich zerre sie weiter. Wir kommen an der offenen Tür einer ruhigen Bar vorbei und spähen hinein. Es läuft leiser Jazz. Die meisten Lederstühle sind leer.

»Der Laden ist total edel«, sagt Freddy. »Komm, wir gehen.«

Ich ziehe sie hinein. Der Barkeeper wischt die Theke vor uns ab. »Was trinken die Damen?«

»Das Blut unserer Unterdrücker«, sage ich.

»Oder Absinth«, meint Freddy.

»Jetzt mal der Reihe nach«, sage ich. »Mein Vater betrügt seine aktuelle Frau mit seiner Exfrau, die er wiederum mit seiner anderen Exfrau betrügt. Wie geht so was?«

»Eltern«, sagt Freddy. »Sie werden so schnell erwachsen.«

Was denkt sich Jane dabei? Sie ist mit einem wirklich netten Kerl verheiratet (abgesehen von seinen Ahnen). Will sie das alles für meinen Vater wegwerfen, der sie mit ihrer besten Freundin betrogen hat? Und was ist mit meiner armen Mutter? Ihr wird das Herz ein zweites Mal gebrochen.

Unsere Getränke kommen. Sie schmecken furchtbar, aber bald spüre ich ein tröstliches Glühen. Mein Handy klingelt.

Es ist Henry. Ich ignoriere es. Freddy spricht die Frau rechts neben sich an. Ich schiele nach links. Der Platz ist leer, das ist eine Erleichterung. Fast hatte ich erwartet, dort den Geist der zukünftigen Weihnacht mit schwarzem Umhang und Skeletthänden sitzen zu sehen, der zu mir sagt: »Hast du gesehen, was ich dort sah? Hast du gut aufgepasst? Denn das, meine Süße, das bist du.«

Ich zupfe an Freddys Ärmel. Sie dreht sich zu mir um. »Wie hast du deine Verlobungen aufgelöst?«, frage ich.

Sie sieht mich sehr liebevoll an. Sie spürt, dass ich endlich einen Entschluss gefasst habe.

»Man sollte nicht zu lange darüber nachdenken«, erklärt sie. »Man bringt es einfach hinter sich. Geh rein und sag: ›Will? Es ist vorbei. Wir passen nicht zusammen.‹ Und dann gehst du. Sauber und ordentlich.«

»Hat er es nicht verdient, die Wahrheit zu erfahren?«

»Das Letzte, was Männer verdient haben«, sagt sie zärtlich, »ist die Wahrheit.«

Wir bestellen noch eine Runde. Mein Handy kündigt eine SMS an:

– Bitte geh dran. Wir müssen reden.

– Hier ist deine Tochter, nur zur Info.

– Das weiß ich!

– Was soll das, henry? was machst du da?

– Ich kann es leider nicht erklären.

– Versuch es

– Ich habe Jane letzten Monat in Aspen getroffen. Sie sah so gut aus. Wir tranken einen Kaffee und sprachen die ganze Zeit von dir.

– O nein. Damit hab ich diesmal nichts zu tun.

– Das meinte ich nicht! Die letzten Monate waren sehr anstrengend für mich, Liebling. Trina fliegt regelmäßig nach Europa. Du weißt, dass ich nicht gerne allein bin. Ich bin schlechte Gesellschaft …

…

☹

…

– Ich kläre das. Wirklich.

…

– Bis es so weit ist, würde es mir sehr helfen, wenn du niemandem davon erzählst.

Ich denke eine Weile darüber nach. Dann schreibe ich:

– Und mir würde es sehr helfen, wenn du mir ein Jaguar Cabrio kaufst.

Eine Minute lang nichts, dann:

– Farbe?

– rot bitte!

– Fitzwilliam kümmert sich am Montag darum.

Ich lege das Handy beiseite. Freddy knufft mich. »Kannst du mir einen Gefallen tun?«

»Was du willst«, sage ich.

»Leih mir fünfhundert Dollar!«

»Musst du schnell abtreiben oder was?«

»Ich brauche ein eigenes Zimmer. Nicole geht mir dermaßen auf den Wecker!«

»Weshalb denn jetzt?«

»Mal ehrlich, Lily!« Freddy leert ihr Glas und gibt dem Barkeeper ein Zeichen. »Ich kann nicht mehr hören, wie sie über dich lästert. Sie hält nicht viel von dir, okay, das ist ihr gutes Recht, auch wenn ich nicht begreife, warum sie sich dann als deine Freundin bezeichnet. So oder so rechtfertigt das nicht ihren ständigen gehässigen, passiv-aggressiven Bockmist. Heute Nachmittag benutzte sie sogar das S-Wort.«

»Sozialistin?«, frage ich.

»Nein.«

»Super speziell?«

»Nein.«

»Sensationell sexy?«

»Nein: Schlampe, Lily. Sie nannte dich eine Schlampe.«

Die nächste Runde kommt. Ich hebe mein Glas. »Auf Nicole. Die furchtlose Enthüllerin.«

»O nein«, warnt mich Freddy. »Du weißt, dass wir das S-Wort in diesem Haus nicht mögen.«

»Ich dachte, das wäre das F-Wort.«

»Das auch nicht«, sagt sie. »Und je nach Kontext auch nicht das N-Wort. Aber vor allen Dingen mögen wir nicht das S-Wort.«

Ich zucke mit den Achseln. »Ist doch nur ein Wort.«

Freddy hebt abwehrend die Hände. »Nein! Das ist nicht nur ein Wort, ja? Das ist ein mieses kleines Urteil, besonders wenn es eine Frau auf eine andere anwendet.«

»Lass Nicole doch urteilen«, sage ich. »Sollen sie alle urteilen. Juckt mich nicht.«

»Sollte es aber«, beharrt Freddy. »Weil es nicht richtig ist. Sie würde dich nicht verurteilen, wenn du ein Mann wärst.«

»Es hat nichts damit zu tun, ob ich ein Mann bin, sondern nur damit, dass Nicole eine blöde Kuh ist.«

»Beides«, sagt Freddy. »Wenn du ein Mann wärst, hätte Nicole gar nicht die passenden Worte, um dich zu verurteilen. Alle Bezeichnungen für Frauen, die unverbindlichen Sex mögen, sind negativ. Alle Wörter für Männer, die unverbindlichen Sex mögen, sind positiv.«

»Es gibt bestimmt Ausnahmen.«

»Schlampe, Hure. Nutte. Schnalle. Flittchen. Was noch?« Freddy überlegt. »Matratze. Leichtes Mädchen. Jetzt müssen wir etwas altmodischer werden. Dirne. Metze. Kokotte. Fallen dir irgendwelche positiven Ausdrücke ein? Oder auch nur neutrale?«

Ich denke nach. »Nein«, gebe ich zu.

»Aber Männer, die rumvögeln? Das sind Casanovas. Don Juans.«

»Romeos. Schürzenjäger.«

»Siehst du?«, sagt Freddy. »Wenn das nicht zweierlei Maß ist. Männer bekommen Shakespeare, Frauen die Gosse.«

In dem Moment tippt mir jemand auf den Arm. Ich drehe mich um. Er hat dunkle Haare. Blaue Augen. Super sexy. Er beugt sich zu mir vor und lächelt vertraulich.

»Ich mochte schon immer gerne den Ausdruck Luder«, sagt er. »Er ist ein wenig pejorativ, aber nicht so stark.«

Ein Brite.

Ich verliebe mich heftig.

Er hält mir die Hand hin. »Ich bin Ian.«

Ich ergreife sie. »Ich bin dein.«

Freddy beäugt ihn. »Das ist nicht derselbe wie Samstagabend, oder?«

Ich nehme sein Gesicht in die Hände und küsse ihn auf den Mund. »Nein«, sage ich und löse mich schließlich. »Der ist neu.«

Leicht verstört lächelt er mich an. »Um das herauszufinden, hast du dir aber Zeit gelassen.«

»Es hilft nichts, solche Sachen zu überstürzen, Ian.« Ich schlage mit der Faust auf den Tresen. »Mein guter Lloyd! Eine Magnum von eurem besten Whiskey!«

Der Barkeeper schaut von seinem Handy hoch. »Was denn nun?«

»Gib mir einen Bourbon«, sage ich. »Dieser Absinth ist ekelhaft.«

»Mach zwei«, sagt Freddy.

»Mach vier«, sage ich. »Wir haben eine Menge mit unserem neuen Freund hier zu besprechen.«

»Dann fünf«, sagt Freddy. »Lloyd muss ja auch was trinken.«

»Fünf«, sage ich zum Barkeeper. »Nein, sechs.«

»Sechs?«, fragt Freddy.

»Na, wenn wir jeder zwei trinken, und dann er …« Ich halte inne. »Warte.«

Freddy schüttelt den Kopf. »Mathe.«

Bald sind mehrere Gläser vor uns aufgereiht. Jeder nimmt eins in die Hand. »Auf die wahre Liebe«, schlage ich vor. Alle lachen verbittert und trinken.

»Stimmst du meiner Freundin Freddy zu?«, frage ich Ian. »Hat mich die englische Sprache verurteilt?«

»Absolut«, erwidert er und stellt sein leeres Glas ab. »Sprache hat eine Schlüsselrolle in der Verschwörung, oder?«

»Welche Verschwörung?«

Ian greift zum nächsten Bourbon. Er hält das Glas hoch und betrachtet anerkennend die bernsteingelbe Flüssigkeit. Er probiert einen Schluck. »Die Verschwörung«, er zieht das Wort in die Länge, lässt es sich auf der Zunge zergehen. »Die große Verschwörung, bei der wir uns alle mit Hilfe von Sex unglücklich machen.«

Freddy und ich tauschen einen Blick aus.

Ich sage: »Ich hatte bisher den Eindruck, dass wir Sex benutzen, um uns gegenseitig glücklich zu machen.«

»Das ist ja das Geniale an der Verschwörung«, sagt Ian. »Sie überzeugt uns mit ihrem Versprechen, uns kurzfristig enorme Befriedigung und Freude zu schenken. Aber langfristig? Verarscht sie uns so richtig.«

»Ich versuche nicht, jemanden unglücklich zu machen«, wendet Freddy ein.

»Natürlich versucht das niemand mit Absicht«, stimmt Ian zu. »Das ist das noch Genialere an der Verschwörung. Wir nehmen alle daran teil, sind Opfer wie Täter, selbst wenn uns gar nicht bewusst ist, dass sie existiert.«

Er trinkt den nächsten Bourbon. Freddy und ich stecken die Köpfe zusammen.

»Der ist total durchgedreht«, flüstere ich.

»Ich weiß!«, flüstert sie zurück.

»Ich hab echt Bock, mit ihm zu schlafen.«

»Ich auch.«

»Aber du bist lesbisch!«

Sie wirkt beleidigt. »Nur meistens!«

»Du willst ihn nur haben, weil er dich an meinen Vater erinnert.«

»Steine im Glashaus, Lillian«, warnt sie mich. »Steine im Glashaus.«

»Egal«, sage ich. »Wir müssen zu einer Lösung kommen – der trinkt uns den ganzen Bourbon weg.«

»Wir werfen eine Münze.«

Sie holt eine aus der Tasche. Ich wähle Kopf.

Ich gewinne!

Ich bestelle drei Pink Squirrels für Freddy. »Bist du auch nicht sauer?«

Sie tätschelt meinen Arm. »Hol ihn dir, Tiger!«

Unsere Gläser sind leer. Ich bestelle noch eine Runde und wende mich wieder an Ian. »Zeig mir, wie sie funktioniert, deine kleine Verschwörung.«

Er hebt eine Augenbraue. »Spüre ich da einen Hauch von Skepsis?«

»Ich bin kein Fan von hochtrabenden Theorien«, sage ich. »Aber komm, überzeug mich!«

Er legt sich richtig ins Zeug. »Es gibt eine Botschaft, ja? Diese Botschaft ist überall: Sex ist schlecht. Sex ist falsch. Sex tötet. Wir hören sie in der Kirche, von unseren Eltern, in der Schule, von den Ärzten, aus den Nachrichten. Die Botschaft ist schlicht, immer gleich, beharrlich und allgegenwärtig.« Er nimmt das nächste Glas Bourbon. »Was also passiert? Wir verinnerlichen die Botschaft, legen vor uns selbst Rechenschaft ab und verurteilen jeden, der anders denkt, handelt oder glaubt.«

»Moment mal«, sage ich. »›Sex ist falsch‹ soll eine allgegenwärtige Botschaft sein? Wir leben in einer Welt, die überquillt von Sex. Fernsehen, Kino, Internetpornos, junge Popstars. Ach, guck dich doch um!« Ich weise durch die offene Tür auf die Feiernden, die auf der Duval Street vorbeiwanken. »Du bist hier mitten in Sexy Sextown, USA.«

Ian leert sein Glas. »Sicher sind wir davon umgeben. Die Verschwörung braucht Gegner, um zu gedeihen. Widerspruch macht die Botschaft nur stärker. Überall Sex sehen und glauben, dass es jeder macht und toll findet, während man es gleichzeitig für schändlich und falsch hält, es sich aber insgeheim wünscht ... Das sorgt für innere Zerrissenheit und Marter.«

Ich werfe Freddy einen Blick zu, um zu sehen, was sie davon hält. Sie spricht wieder mit dem Mädel neben sich. »Ich schätze, das ist nie bei mir angekommen«, sage ich zu Ian.

»Wie bitte?«

»Ich glaube nicht, dass Sex schlecht ist.«

»Sicher glaubst du das«, entgegnet er. »Du bist doch eine Frau, oder?«

Ich stelle mein Glas auf die Theke und sehe ihn kühl an. »Bis jetzt hast du dich so gut geschlagen, Ian. Versau es nicht!«

»Hör mir einfach zu«, sagt er. »Männer haben es nicht leicht. Uns wird beigebracht, dass Sex falsch ist, aber auch dass wir egoistische Schweine sind, unserem Schwanz geradezu hörig. Wenn wir versuchen, unsere niederen Instinkte zu beherrschen, sind wir Schwächlinge und haben keine Eier in der Hose. Wenn wir ihnen freien Lauf lassen, sind wir Frauenschänder und Vergewaltiger. Das Ergebnis? Frust. Aber für Frauen ist es viel schlimmer.«

»Wieso?«

Ian trinkt den nächsten Bourbon. »Ihr müsst überzeugt werden, euch beim Sex noch schlechter zu fühlen als Männer, denn jeglicher Spaß, den ihr daran haben könntet, muss auf jeden Fall kleiner als unserer sein.«

»Ihr wollt nicht, dass es uns Spaß macht, weil ihr Angst habt, Hörner aufgesetzt zu bekommen«, sage ich.

»Ich meine eigentlich etwas viel Einfacheres. Wenn Männer sich tatsächlich Gedanken darüber machen müssten, wie man Frauen befriedigt, wären wir am Ende. Dann hieße es ›Schotten dicht‹ für das männliche Geschlecht. Wir bekämen alle einen verschrumpelten Penis und würden uns in ein Buddhistenkloster nach Kalifornien zurückziehen.«

Ich lache.

»Das ist mein Ernst«, beharrt Ian. »Nicht das mit dem Kloster natürlich, aber alles andere. Verantwortung dafür zu übernehmen, eine Frau sexuell zufriedenzustellen? Das ist für die überwältigende Mehrzahl der Männer eine erschreckende Aussicht. Wie vermeiden wir das? Indem wir uns einreden, dass euer Wunsch nach Befriedigung nicht stark ausgeprägt ist. Deshalb erzählt man euch so früh wie möglich – noch weit früher als Jungen –, dass Sex schmutzig und ekelig ist, dass brave Mädchen so etwas nicht tun. Man redet euch ein, dass ihr Nähe wollt, stabile Beziehungen, Kinder. Dass ihr nur Sex wollt, insofern er euch diese Dinge gibt. Wenn ihr diese Botschaft verinnerlicht, habt ihr nicht mehr so viel Spaß am Sex. Das Ergebnis: Frust. Wer die Botschaft nicht annimmt, gilt als verkommene Nymphomanin. Ergebnis: Frust.« Er stößt mit seinem Glas gegen meins und lächelt mich fröhlich an. »Teuflisch, was?«

Freddy schiebt den Kopf in unsere Diskussion. »Danke. ›Nymphomanin‹ hatten wir vergessen. Aber was ist mit Homosexuellen? Wie passen wir da rein?«

»Ihr habt eure eigenen Probleme«, erklärt Ian. »Aber fürchtet euch nicht: Die Verschwörung tut ihr Bestes, auch euch ins Reich des umfassenden sexuellen Frusts zu holen.« Er hält ihr sein Glas hin. »Zum Beispiel: Willkommen in der Ehe!«

»Moment mal«, sage ich, »wir sind ja nicht mehr im Mittelalter. Es gibt jede Menge Frauen, die Spaß an Sex haben.«

»Genau, und damit unterstützen und begünstigen sie die Verschwörung«, sagt er. »Frauen, die ihre Sexualität frei ausleben und Spaß des Spaßes wegen haben? Sie existieren, um bestraft und verurteilt zu werden. Wichtiger noch, man hat sie gebändigt. Ihr Verhalten erklärt. Sie sind ebenso Sklaven der

Verschwörung wie der Rest von uns. Ich nehme an, du gehörst dazu. Dementsprechend bist du eine Schlampe, und andere – Männer wie Frauen, aber hauptsächlich Frauen – werden dich bloßstellen, damit du ein abschreckendes Beispiel für andere bist. Du bist eine Beleidigung für all ihre Überzeugungen und eine Erinnerung an das, was sie sich heimlich wünschen, aber sich nicht trauen. Was uns zu unserem Ausgangspunkt zurückbringt: Warum gibt es keine positiven Ausdrücke für eine Frau, die fröhlich und schamlos durch die Gegend vögelt? Weil wir solche Wörter nicht brauchen. Weil wir sie nicht wollen. Weil wir nicht wollen, dass es so eine Frau gibt.«

Er hält inne und trinkt das nächste Glas. Ich sehe mich um. Der Laden leert sich allmählich.

Wie ich schon sagte, habe ich nicht viel übrig für hochtrabende Theorien. Im Großen und Ganzen halte ich sie für Schwachsinn. Ich habe mich praktisch ausgeklinkt, sobald Ian anfing, von ›den Frauen‹ im Allgemeinen zu sprechen. Was Frauen sind. Was Frauen wollen. Was Frauen beigebracht wird und was sie denken und fühlen. Das ist so eine handliche Reduzierung. Der endgültige Beweis für die Richtigkeit jeder bescheuerten Theorie. Die weitverbreitete Rechtfertigung für die gigantische Ungerechtigkeit in der Welt.

Wie auch immer. Es ist spät. Zeit, weiterzuziehen.

Ian leert das nächste Glas. Ich beuge mich zu ihm vor und lege ihm die Hand auf den Arm. »Ian?«

»Ja, Schätzchen?«

»Komm, wir machen uns gegenseitig unglücklich.«

Ich verabschiede mich von Freddy, die so begeistert von ihrer neuen Freundin ist, dass sie es kaum mitbekommt. Ian und ich verlassen die Bar und gehen die Duval hoch. Zufällig wohnen wir im selben Hotel. Wink des Schicksals! Wir steigen in den Fahrstuhl, er drängt mich gegen die Wand. Die Türen schließen sich. Sofort kniet sich Ian vor mich und hebt mein Kleid an. Er reißt meinen Slip hinunter und presst seine

Lippen auf mich. Ich spüre, wie seine Zunge in mich drückt, sein heißer Atem, seine Lippen. Ich kann kaum noch gerade stehen. Ich schließe die Augen und vergrabe die Hände in seinen Haaren. Und ja, das geschieht in einem Hotel, wo ich ungefähr achtzig Gäste kenne – einer davon ist mein Verlobter. In diesem Moment ist mir das so was von egal.

Im obersten Stockwerk öffnen sich die Türen. Ian zieht mich heraus, wir taumeln gegen die Wand, küssen uns, klammern uns aneinander. Ich versuche, mich ihm zu entziehen, damit er warten muss, aber er lässt nicht locker, zwängt meinen Mund mit seinem auf, schiebt mir das Knie zwischen die Beine, hält mich so fest, dass es fast weh tut. Irgendwie schaffen wir es in sein Zimmer, dort geht es langsamer weiter. Er nimmt mir den Pullover von den Schultern, öffnet den Reißverschluss des Kleides und zieht es mir über den Kopf. Er löst die Ösen des BHs und lässt ihn zu Boden fallen. Streift mein Höschen nach unten. Lässt mich aus den Schuhen schlüpfen. Dabei küsst er mich die ganze Zeit, überall. Es fühlt sich unglaublich toll an.

Ich knöpfe sein Hemd auf. »Menschen sind furchtbar zueinander, nicht?«

»Abscheulich«, stimmt er zu. Er umfasst meine Brüste und küsst sie, während ich ihm das Unterhemd über den Kopf ziehe. Seine breite, muskulöse Brust ist mit hellen Sommersprossen übersät. Er hat irgendein Rasierwasser aufgelegt. Ich atme es tief ein, der Duft gefällt mir. Ich senke den Kopf und nehme einen Nippel zwischen die Zähne. Er wird hart. Wir sinken zu Boden. Ich küsse seinen Brustkorb, den Bauch, die Hüftknochen. Er drückt sich gegen mich, seine Fersen stemmen sich in den Boden, die Hüften heben sich. Ich lasse mir Zeit.

»Was meinst du, warum behandeln Männer und Frauen einander so schlecht?«, frage ich.

Er nimmt mein Gesicht in die Hände und küsst mich innig. »Du hast eine sehr lustige Vorstellung von Vorspiel.«

Ich löse seinen Gürtel, knöpfe die Jeans auf und ziehe sie

nach unten. Mit der Hand streichele ich seine Erektion. »Und du hast einen sehr schönen Schwanz.«

»Das sagst du bestimmt zu allen Männern.«

Ich lächele ihn an. »Ja, aber ich meine es nicht immer ernst.« Ich knie mich hin und nehme ihn in den Mund. Er vergräbt die Hände in meinen Haaren, packt meinen Kopf und drückt ihn nach unten.

»Deine Freundin liegt falsch«, keucht er. »Es gibt so viele schöne Wörter für Frauen wie dich.«

Ich schaue hoch. »Nenn mal ein Beispiel!«

Er drückt mich wieder runter. »Später, Schatz, später.«

Nach einer Weile finde ich seine Jacke und durchsuche die Taschen in der Hoffnung, ein Kondom aufzustöbern. Ich finde eins, ziehe es ihm über und senke mich dann auf ihn, ganz langsam. Er stöhnt. Ich lege seine Hände auf meine Brüste. Bewege mich auf und ab, nehme ihn ganz in mir auf. Ich küsse ihn, beiße ihm sanft in die Zunge.

»Wollüstig«, sagt er. »Das ist ein Wort.«

»Sag noch eins!«

Er schlingt die Arme um mich, dreht sich mit mir. »Lasziv natürlich.« Er versenkt sich wieder in mir, ganz tief. »Zügellos«, sagt er. »Sinnlich.«

»Sinnlich ist gut.« Ich drücke mich gegen ihn. »Sinnlich gefällt mir.«

»Lüstern«, sagt er. »Geil«. Bei jedem Wort stößt er tief in mich. »Obszön. Versaut.«

Ich umklammere seine Hüften und drücke ihn in mich. Ich schlage auf seinen Arsch. Er hält meine Arme auf dem Boden fest. »Verrucht«, sagt er, »absolut verrucht.«

Wir landen auf dem Balkon, die Nachtluft kribbelt uns auf der Haut. Er lässt mich aufs Geländer steigen, ich schlinge die Beine um seine Taille. Er vergräbt die Finger in meinem Haar und zerrt meinen Kopf nach hinten, während er in mich eintaucht und sich wieder herauszieht. Er küsst meinen Hals, meine Brüste, meine Schultern. Das Metall ist nass von der Gischt des Meeres. Ich könnte abrutschen und fallen, es ist mir egal. Stattdessen komme ich, ewig lange. Er auch.

Ian lässt uns ein Bad ein. Wir sitzen im dampfenden Wasser und sehen uns an.

»Ian?«

»Meine Liebe?«

»Deine Theorie ist albern.«

Er wirkt verletzt. »Habe ich dich nicht überzeugt?«

»Nein«, sage ich. »Aber es könnte die erfolgreichste Anmachstrategie sein, die ich je erlebt habe.«

Zufrieden lehnt er sich gegen die Fliesen. »Ich habe auch lange gebraucht, bis sie fertig war.«

»Als Verschwörung ergibt das bloß nicht viel Sinn.« Ich lege meinen Fuß zwischen seine Beine und beginne, mit ihm zu spielen. »Warum sollten wir uns für das Unglücklichsein entscheiden?«

»Weil wir es mögen«, erwidert er. Er hebt meinen Fuß aus dem Wasser, untersucht ihn und küsst meinen großen Zeh. »Unzufriedenheit ist sicher. Sie ist bequemer als Glück.«

»Bequemer?«

»Klar.« Er küsst einen anderen Zeh. »Wir müssen uns keine Sorgen machen, dass sie uns verlässt.«

»Ich mag keine Unzufriedenheit«, sage ich.

»Nein? Was magst du denn?«

Ich setze mich auf und nähere mich ihm. »Zeige ich dir.«

Schnell bin ich wieder auf ihm. »Wenn ich dich doch Monate eher kennengelernt hätte«, sage ich atemlos.

»Genau.« Er küsst mich. »Ich fand es so schade, dass du die Weihnachtsfeier verpasst hast.«

Ich erstarre. »Was?«

Er lacht und küsst meine Brüste.

»Die Weihnachtsfeier«, sage ich und überlege. »Die Weihnachtsfeier …«

O Scheiße!

Ich will aufstehen, doch er hält mich fest.

»Ian!«, sage ich und schlage mir mit dem Handrücken vor die Stirn. »Ian vom Museum!«

Er ist ein Kollege von Will.

Genaugenommen sein Chef.

Und einer der Trauzeugen.

Er lacht leise, küsst meinen Hals. »Ich habe so viel über dich gehört.«

Wieder versuche ich aufzustehen, doch er lässt mich nicht.

Gerade als ich dachte, ich hätte die Schuldgefühle hinter mir.

Lächelnd beobachtet er mich.

Aber was schadet es jetzt noch? Ich meine, im Ernst? Was macht es?

Ich höre auf, mich zu wehren. Ians Hände streicheln über meinen Rücken. »Will ist ein glücklicher Mann«, sagt er.

»Meinst du?«

Er lacht wieder. »Oh, ganz bestimmt.«

DONNERSTAG

18

Ich öffne die Augen. Ich liege im Bett, schaue aus dem Fenster auf das glitzernde Meer.

Ich bin total nüchtern. Mein Kopf ist klar.

Ich werde es Will erzählen. Sage das Ganze ab, jetzt sofort.

Ich hole tief Luft. Drehe mich um.

Er ist nicht da.

Ich setze mich auf und sehe mich um. Das Zimmer ist leer. Als ich aufstehe, entdecke ich einen Zettel auf dem Schreibtisch.

Du siehst so friedlich aus – wollte dich nicht wecken.
Wir sehen uns um 11 im Audubon House.

Audubon House? Ach ja! Wir treffen dort heute Vormittag Mattie zur Generalprobe. Der Hochzeit, die nicht stattfinden wird.

Ich bestelle Frühstück und ziehe mich während des Essens an. Schelte mich für die vergangene Nacht, aber höre dann auf. Es ist nicht wichtig. Ich meine, es ist schon wichtig – wenn ich meinen Vater sehe, dieser Unsinn mit Ian? Ein weiterer Beweis, dass es nicht mein Ding ist zu heiraten.

Ich verlasse das Hotel und gehe die United Street hinunter. Diese kleine Hochzeitsprobe wird grauenhaft werden. Mit Matties Gequatsche, dass die Feier ein Fest wie aus dem Bilderbuch werden soll, ein wahr gewordenes Märchen. Ich stelle mir regnende Rosenblüten und mobile Eisbildhauer vor. Außer Kontrolle geratene Kinder mit luftigen Flügeln.

Ich habe keinerlei Zweifel: Es werden Tauben fliegen.

Vielleicht kann ich Will zur Seite nehmen, bevor Mattie kommt, und die Sache hinter mich bringen.

Ich biege ab auf die Whitehead Street. Will wartet am Zaun vor dem Audubon House. Neben ihm stehen seine Mutter und sein Vater. Ich erstarre.

Er kommt auf mich zu und küsst mich. »Morgen, Schlafmütze!«

»Was machen die denn hier?«

»Meine Eltern sind neugierig. Besonders meine Mutter.«

Die mich jetzt auf ihre ganze besondere Weise anlächelt.

»Will?«, sage ich. »Wir müssen reden.«

In dem Moment kommt Mattie in ihrem Wagen angebraust, ein Reifen rumst auf den Bürgersteig. Sie poltert heraus, das Haar durcheinander, schleppt eine vollgestopfte Tote Bag und eine riesige Mappe heran, lässt ihr Handy fallen, verliert ihre Brille und ruft: »Hallo! Hallo ihr!« Sie winkt wie wild, obwohl wir alle nur drei Meter entfernt sind.

»Es tut mir so leid, dass ich zu spät komm! Ach, sieh mal – die Eltern! Ich bin Matilda Kline – freut mich. Freut mich wirklich. Wie erfreulich! Und wie geht es allen heute Morgen? Gut? Gut. Ich habe mir die Wettervorhersage angesehen, sieht aus, als wäre das Wetter in guter Form in den nächsten Tagen. In sehr guter Form. Kein Problem an der meteorologischen Front. Jedenfalls nicht hier. Im Rest des Landes, na ja … So, jetzt muss ich mal … das ist …« Sie kramt in ihrer Tasche herum, Papiere flattern auf den Asphalt. »Ups! Alles klärchen. Haus und Garten sind heute öffentlich zugänglich – am Samstag machen sie natürlich eher zu, damit wir alles vorbereiten können. Heute gucken wir nur kurz rein, damit ich euch herumführen kann, so dass ihr eine Vorstellung habt, was schon in zwei Tagen geschieht!«

Mattie scheucht uns durch den kleinen Souvenirladen, winkt der Frau am Ticketschalter zu und führt uns über einen gewundenen Backsteinweg in den Garten. Sonnenlicht fängt sich funkelnd im üppigen Laub. Wir erreichen die Rückseite des Gebäudes, einen von hohen Palmen umgebenen Innenhof.

»Da wären wir!«, ruft sie. »So. Mal sehen, ob ich euch helfen kann, es euch vorzustellen.« Sie legt ihre Sachen auf eine Bank, betritt den Hof und dreht sich zu uns um. Eine Ruhe scheint sich auf sie zu legen. Sie lächelt selig. »Die Gäste sitzen auf weißen Stühlen in Reihen, hier unten. Die Zeremonie findet auf der hinteren Terrasse des Hauses statt, dort oben.« Sie weist auf die Stufen, die zu einer breiten Veranda mit Holzboden führen. »Ihr beide werdet einen guten Blick auf die Gäste haben«, erklärt sie. »Das wird oft vergessen – beim Eheversprechen solltet ihr ebenso gut eure Angehörigen sehen können wie sie euch.«

Will drückt meine Hand. Mattie erklärt verschiedene Dinge über Blumengestecke und Flaggen und wie die Eltern den Gang hinuntergehen und zu ihren Plätzen gebracht werden.

»So, Lily: Deine Brautjungfern werden dort drüben aus dem Garten kommen – die Iris blüht, ich denke, das wird wunderschön. Sie werden den Gang entlanggehen, du dahinter. Es dämmert dann bereits, so dass wir die Lichter in den Bäumen und außenherum anschalten werden, wenn ihr nach vorne kommt. Ist ein bisschen dramatisch«, gibt sie zu, »aber es ist ja immerhin eine Hochzeit.«

»Klingt wunderschön«, bemerkt Harry. Anita starrt mich mit verschränkten Armen an. Ich wende mich ab. Es ist alles sehr hübsch und deutlich geschmackvoller als erwartet. Aber was soll's?

Mattie führt uns zu einer anderen Ecke des Gartens, neben einen rechteckigen Teich voller Seerosen. »Die Tische zum Essen werden überall im Garten aufgestellt, aber das Zentrum der Feier wird genau hier sein. Wir beginnen direkt nach der

Trauung mit Champagner und ein bisschen Musik, solange ihr mit den Fotos beschäftigt seid. Ich habe ein Bluegrass-Duo gefunden, Mann und Frau. Ich denke, sie werden euch gefallen.«

Will grinst. »Klingt super!«

»Dachte ich mir, dass ihr das mögt. Wisst ihr«, neckisch droht sie uns mit dem Finger, »in der letzten Woche habe ich das Gefühl bekommen, euch beide ganz gut zu kennen. Das hat mich auf ein paar frische Ideen gebracht.«

Frische Ideen. Meine Rede! Wie wär's mit kleinen Cupidos auf Crack?

»Zum Beispiel ist mir aufgefallen, wie gerne ihr Zeit mit euren Freunden verbringt. Deshalb habe ich herumtelefoniert, und ... das hier gefunden.« Mattie schlägt ihre Mappe auf und zeigt uns das Bild eines altmodischen Fotoautomaten mit rotem Samtvorhang und Hocker. »Eure Gäste können die Kabine den ganzen Abend benutzen und die Fotos als Andenken mit nach Hause nehmen. Die Maschine behält Kopien, so dass ihr daraus ein Album machen könnt. Was meint ihr?«

Will lacht. »Das ist Wahnsinn, Mattie!«

Sie strahlt uns an. »Freut mich, dass es euch gefällt. So, hier drüben wird eine normale Theke aufgebaut. Und daneben«, sie zeigt auf eine kleine Ecke neben dem Seerosenteich, »werden wir euren Hochzeitsmixer positionieren.«

»Unseren Mixer?«

»Ich habe letzte Woche einen unglaublich tollen jungen Mann kennengelernt. Er heißt Joseph. Er ist erst vor kurzem von Brooklyn hergezogen und kennt Hunderte von Cocktailrezepten. Kürzlich hat er eins erfunden, das sich seiner Meinung nach perfekt als Hochzeitsdrink eignen würde. Besteht aus Champagner, Limettensaft und einem französischen Likör, von dem ich noch nie gehört hatte, und dann, was noch? Ach ja – eine in Gin eingelegte Erdbeere. Man gibt die Erdbeere in den Champagner, dann sprudelt sie nach oben. Ist superlecker«, sagt sie und zwinkert mir zu.

Mattie ist Feuer und Flamme.

Sie hat eine umwerfende Swing-Band gefunden. Einen preisgekrönten Tortenbäcker. Am Ende des Abends wird ein Eiswagen vorfahren und als Abschiedsgeschenk Zitroneneis an die Gäste verteilen.

Eis am Stiel!

Keine Frage, das würde eine super Party.

»Was ist passiert?«, frage ich sie. »Du bist so … auf einmal so … begeistert. Nicht böse gemeint.«

Sie lächelt verlegen. »Das passiert immer ein paar Tage davor. Ich bin im Flow.«

Wir schlendern weiter durch den Garten, hören zu, wie Mattie weitere Details und kleine Effekte erklärt. Plötzlich hält sie inne und schlägt sich vor die Stirn. »Mein Gott! Hätte ich fast vergessen.« Sie holt zwei kleine Heftchen aus ihrer Riesentasche. Sie sind aus cremefarbenem Karton und werden von einem champagnerfarbenen Band zusammengehalten. »Das Programm«, sagt sie. »Ich habe es gerade vom Drucker geholt.«

Sie reicht jedem von uns eins. Auf der ersten Seite steht:

Die Hochzeit von
Lillian Grace Wilder
und
Will Clayborne Field

23. Februar 2014

QUOS AMOR VERUS TENUIT, TENEBIT.

Ich starre auf den lateinischen Satz, lese ihn vielleicht drei, vier Mal. Wende mich zu Will um. »Hast du ihr das gesagt?«

»Sie hat mich gefragt, wie wir uns verlobt hätten«, erwidert er. »Aber ich wusste nicht, dass sie es …«

»Nein, nein, das geht ganz allein auf meine Kappe«, sagt Mattie eifrig. »Will hatte mir davon erzählt, und ich fand es so schön. Wahre Liebe ...« Beschämt lachend sieht sie Will an. »Ich habe den Rest vergessen. Was heißt es noch mal?«

»Es bedeutet ...« Er zögert, räuspert sich. »Es heißt: Wen wahre Liebe hielt, den wird sie halten.«

Mattie legt eine Hand aufs Herz. »Wunderschön! Und von wem ist der Satz?«

»Von Seneca«, sagt Will. »Einem römischen Philosophen.«

Endlich reiße ich den Blick davon los und sehe Will an. Er betrachtet noch immer das Programm.

»Was halten Sie von der Schrift?«, fragt Mattie.

Ich antworte nicht. Kann nicht. Ich bin gefangen in der Erinnerung an eine Nacht Mitte September.

Es war ein Mittwoch. Will rief mich im Büro an und fragte, ob ich mich um acht Uhr vor dem Museum mit ihm treffen könne. In jener Woche hatte ich noch mehr Zeit als sonst auf der Arbeit verbracht und war müde. »Muss es unbedingt heute Abend sein?«

»Ja«, sagte er. »Es ist Vollmond.«

Geheimnisvoll. Als ich die eindrucksvollen Stufen an der Fifth Avenue erreichte, schrieb ich ihm eine SMS. Er lotste mich zu einem Seiteneingang, wo er wartete, um mich hereinzulassen. Ich folgte ihm durch mehrere schwach beleuchtete, schweigende Galerien in den Großen Saal. Das einzige Licht kam durch die halbmondförmigen Fenster hoch über uns und von den Notausgangschildern über den Türen. Der Raum, den ich immer nur gefüllt mit Hunderten Besuchern erlebt hatte, war leer. Unsere Schritte hallten über den Marmorboden.

Wir gingen am Eingang zum Souvenirladen und an der großen Treppe vorbei, wo Will einem Museumswärter zuwinkte. Insgeheim hoffte ich, er hätte mich eingeladen, damit wir es im Tempel von Dendur machen können – ein langjähriger Traum von mir –, doch stattdessen führte mich Will in den griechisch-römischen Flügel. Wir gingen durch lange Galerien voller Statuen, Vasen und Mosaiken, bis wir zu einem Innenhof unter einer Glasdecke gelangten. Ein Brunnen in der Mitte war von Säulen umgeben.

Will hatte recht: Es war Vollmond. Die Statuen leuchteten in seinem Licht. Ein Männertorso, ein Zenturio, ein Satyr, eine Nymphe ohne Arme. Die Büste einer Adeligen. Ein Sarkophag mit eingearbeiteten Kampfszenen. In der Stille dieses Atriums waren es keine toten Kunstgegenstände mehr, sondern lebendige Dinge. Nicht Teile einer Sammlung, sondern individuelle Kunstwerke, die für sich existierten, so wie es vor Tausenden von Jahren gewesen sein muss.

»Die sind wunderschön.«

»Ich will dir noch etwas anderes zeigen.« Er löste das Absperrseil vor einem schmalen Durchgang. »Wir sind gerade mit der Restaurierung fertig geworden. Komm rein.«

Ich betrat einen kleinen Raum. Er wurde allein durch den Türbogen und ein kleines Milchglasfenster hoch oben in der Wand beleuchtet.

»Was ist das?«

»Ein Cubiculum nocturnum«, erklärte Will. »Ein Schlafzimmer. Aus einer römischen Villa, die beim Ausbruch des Vesuvs verschüttet wurde.«

Ich blinzelte im schwachen Licht. An den Wänden waren Bilder, die ich nicht erkennen konnte. »Das ist aus Pompeji?«

»Aus der Nähe. Ungefähr eine Meile entfernt.«

Ich stand in der Mitte des Zimmers und drehte mich langsam. Meine Augen gewöhnten sich an die Dunkelheit, allmählich konnte ich die Fresken an den Wänden erkennen. Blauer Himmel. Klippen in der Ferne. Eine Vogeltränke – nein, zwei. Im Wasser badende Vögel. Umrankte Säulen. An den beiden längeren Wänden ragten Gebäude hoch bis zur Decke, ein Haus über dem anderen. Eine Stadt als Wandschmuck in einem Landhaus. Die Farben waren so kräftig: Blau, Karmesinrot, Grün, Gelb, Ocker. Ich erkannte Tempel, Statuen, Vasen und brennende Holzhaufen.

Ein Schlafzimmer, zweitausend Jahre lang verschüttet. War jemand darin, als der Vulkan ausbrach? Schliefen oder liebten sich hier Menschen? Wachten sie durch den Ausbruch auf, durch die Hitzewelle, den Ascheregen vor dem Fenster?

Ich rechnete damit, dass Will sein übliches Archäologenwissen abspulte – Bedeutung der Darstellungen, Beschreibung der Auffindesituation, der Restauration der Fresken. Doch er sagte gar nichts.

»Du bist ja so still«, wunderte ich mich laut und drehte mich zu ihm um.

Da trat er vor, nahm meine Hand und kniete sich hin.

Er hatte einen Ring in der Hand.

»Weißt du noch, der Abend, als wir uns kennenlernten?«, fragte er. Seine Stimme bebte leicht. »Du wolltest, dass ich etwas auf Latein zu dir sage, das habe ich gemacht, aber ich wollte dir nicht verraten, was es bedeutet.« Ich nickte. Bekam kein Wort heraus. Er schob mir den Ring auf den Finger. Er war schlicht silbern und graviert. *»Quos amor verus tenuit, tenebit«*, wiederholte er und fuhr langsam über die Buchstaben. Dann übersetzte er sie mir. »Das habe ich zum ersten Mal vor vielen Jahren gelesen, als ich Latein lernte. Mir gefiel der Rhythmus des Satzes. Aber im Original klingt er noch besser, oder?« Er wiederholte den Satz leise und drehte dabei den Ring an meinem Finger. »Als ich ihn las, dachte ich, daran werde ich mich erinnern. Wenn ich mich jemals verliebe, werde ich diesen Satz zu ihr sagen. Deshalb sagte ich es zu dir, am ersten Abend. Weil ich es wusste. Ich wusste, dass es wahre Liebe ist, ich wusste, dass sie mich hält und immer halten wird.« Er sah zu mir hoch. »Willst du mich heiraten, Lily Wilder?«

Da fiel auch ich auf die Knie und sagte: »Ja.«

»Ja?«, rief er hoffnungsvoll, fast ungläubig. »Ja, wirklich?«

»Ja!«, rief ich. »Ja, wirklich! Ja, natürlich!«

Dann küssten wir uns, und wir weinten, wir lachten und küssten uns wieder. Wir liefen durch den Rest der griechisch-römischen Galerie, hielten Händchen und blieben immer wieder stehen, um uns zu küssen, zu umarmen und zu lachen. Dann gingen wir nach Hause ins Bett.

Und es war wie an jenen ersten drei Tagen, leidenschaftlich und aufrichtig, und danach sah ich in seine Augen, ganz tief in ihn hinein. Aber ich sah nicht nur ihn. Ich sah uns. Ich sah, wo mein Platz war. Ich wollte nicht mehr weg. Und ich würde nicht gehen. Das alles begriff ich, auf einmal. Und ich akzeptierte es. Ich versteckte mich nicht davor, lief nicht weg. Erst am nächsten Tag oder am Tag darauf begann ich zu leugnen, zu zweifeln, es wegzuerklären.

Für dieses Ja jedoch gibt es nur eine Erklärung. Und für so viele andere Dinge. Weshalb ich jedes Mal glücklich bin, wenn ich ein Zimmer betrete und Will da ist. Weshalb ich entgegen allen Ratschlägen unsere Verlobung nicht aufgelöst habe, entgegen meinem besseren Wissen, entgegen meinem Eigeninteresse. Weshalb ich ihn anrufe, ihm schreibe, ihm maile und ihn immer wieder zu Tode nerve. Weshalb ich ihn ständig berühre, küsse, mit seinen Haaren spiele. Weshalb ich gerne mit ihm rede und lache. Mit ihm ausgehe. Zu ihm nach Hause komme. Weshalb ich ständig versuche, ihm an die Wäsche zu gehen. Weshalb ich jedes Mal dieses Flattern im Bauch habe, wenn er mich berührt, anlächelt oder nur ansieht.

Ich sagte ja, weil ich mich in dem Moment in ihn verliebte, als ich ihn sah. Ich sagte ja, weil ich ihn heiraten will.

Liebe.

Ich liebe ihn.

O Scheiße!

»Lily?«, fragt Mattie. »Die Schrift?«

Ich schaue hoch. »Die Schrift ist gut, Mattie.«

Was soll ich nur tun? Wieso erkenne ich das alles jetzt? Wie kann ich auf einmal im am wenigsten geeigneten Moment entdecken, dass ich den Mann tatsächlich liebe, den zu lieben ich tagelang, wochenlang, monatelang bezweifelt habe?

Gut, Moment. Immer mit der Ruhe.

Ich kann das hinbiegen. Ich kann mir eine Möglichkeit überlegen, seine Mutter davon abzuhalten, unsere Hochzeit zu verhindern.

Aber wie? Weiß nicht genau. Weiß ich wirklich nicht genau.

Ich brauche Zeit zum Nachdenken. Habe keine Zeit dafür.

Wir wandern weiter. Will hat die Hände in den Taschen und sieht nachdenklich zu Boden. Seine Eltern sind vor uns. Als wir zum Eingangstor schlendern, schließt er zu ihnen auf, um etwas zu seinem Vater zu sagen, und Anita lässt sich zurückfallen, geht neben mir.

Sie schenkt sich die Höflichkeiten. »Deine Zeit ist abgelaufen.«

»Warum muss ich das tun?«, frage ich. »Du hast etwas herausgefunden – warum erzählst du es ihm nicht selbst?«

Sie lächelt mich freundlich an. »Soll ich ihm auch von deinen Seitensprüngen berichten?«

Und ich hatte gedacht, es könnte nicht noch schlimmer kommen.

»Ich kenne verschiedene Leute in New York. Kollegen aus der Staatsanwaltschaft, Freunde vom Studium.« Sie hebt die Augenbrauen. »Du hast einen ganz schönen Ruf.«

»Du hast ja vielleicht Nerven, von Seitensprüngen zu reden.«

Nach einer fast unmerklich kurzen Pause erwidert sie: »Ich habe keine Ahnung, wovon du sprichst.«

Mein Handy kündigt eine SMS an. Ich schaue kurz drauf – irgendetwas Albernes von Diane. Gerade will ich es wieder in meiner Tasche verstauen … tue es dann aber doch nicht.

Anita redet weiter. »Ist es denn nicht besser so? Das hier kannst du doch nicht wollen, nicht wirklich. Eine aufwendige Hochzeit? Jemanden heiraten, der so offensichtlich nicht zu dir passt, eine Ehe, die scheitern muss? Es lohnt sich nicht, dafür deine Karriere zu opfern.«

»Woher wusstest du, dass mir meine Karriere wichtig ist?«

Sie zuckt mit den Schultern, dreht den Stiel eines Blatts zwischen den Fingern. »Ich habe mich umgehört.«

»Natürlich.« Wieder schiele ich auf mein Handy.

»Ich dachte, ich würde meinen Sohn kennen«, fährt sie fort. »Aber er ist mir ein vollkommenes Rätsel. Er ist so ein intelligenter Mensch. Er muss blind sein, dass er nicht sieht, wer du wirklich bist.«

Jetzt reicht es mir. Ich bleibe stehen und sehe sie an. »Javier lässt grüßen.«

Ihr Ausdruck ist unschuldig, leicht verwirrt. »Javier? Wills Freund?«

»Ja, der Javier. Er hat mir eine interessante Geschichte über den Sommer erzählt, als er in deinem Büro arbeitete.«

»Hat er da gearbeitet?« Sie neigt den Kopf, als müsste sie sich stark anstrengen, um sich daran zu erinnern. Alle guten Prozessanwälte sind begabte Schauspieler – Anita ist keine Ausnahme. »Jetzt, wo du es erwähnst, fällt es mir wieder ein … meine Güte, das ist so lange her!«

»Meine Güte, ja, wirklich lange! Aber Javier kann sich noch gut daran erinnern. Wie kaputt er immer nach dem Softballtraining war. Er war dir ja so dankbar, wenn du ihn nach Hause brachtest.«

Sie sieht mich ausdruckslos an. »Ich weiß nicht, auf was du hinauswillst.«

»Nein, Anita?«

»Nein.«

»Das leuchtet ein. Im Laufe der Jahre hattest du wahrscheinlich viele Affären mit Untergebenen. Aber für Javier war es die einzige Gelegenheit, eine Staatsanwältin zu bumsen.«

Ihr Gesicht verzerrt sich vor Wut. »Wie kannst du es wagen?«

»Und dann noch eine verheiratete«, fahre ich fort. »Und die

Mutter seines besten Freundes. Ich verstehe schon, dass das für ihn sehr viel einprägsamer war als für dich.«

»Das ist wirklich eine Ungeheuerlichkeit!«

»Was sagte er noch mal? Es lief über Monate. Ihr konntet nicht genug voneinander bekommen. Abend um Abend.«

»Ich habe niemals …«

»Manchmal konntest du nicht mal abwarten, bis das Büro leer war. Du riefst ihn herein, hast die Jalousien runtergelassen und direkt auf dem Schreibtisch mit ihm gevögelt.« Ich mache große Augen. »Ein einfacher Anwaltsgehilfe und die Oberstaatsanwältin von Chicago. Das klingt echt heiß, Anita. Die große Chefin und ihr süßer kleiner Untergebener.«

»Das stimmt vorne und hinten nicht!«, fährt sie mich an. »Ich war damals erst stellvertretende Staatsanwältin. Und es ist nicht zigmal passiert. Es war höchstens vier oder …«

Im plötzlichen Schweigen höre ich einen Vogel munter im Baum über unseren Köpfen singen. Will und sein Vater lachen über irgendetwas. Auf einem Dach in der Nähe kräht ein Hahn.

Anita sieht mich an, ihr Mund ist ein schmaler Strich.

»Das war ja fast schon zu leicht«, sage ich, »aber andererseits ist das typisch Staatsanwältin. Ihr sagt den Leuten einfach zu gerne, wenn sie sich irren. Als könntet ihr einfach nicht anders.«

»Ich warne dich!«, sagt sie mit leiser Stimme. »Wenn du versuchst, mich zu verleumden, dann wird es dir sehr, sehr leidtun. Ich werde alles leugnen, und man wird mir glauben. Ich habe einen unbescholtenen Ruf. Ich kann sogar behaupten, dass …« Genervt unterbricht sie sich. »Hörst du mir überhaupt zu? Hör auf, mit deinem Handy herumzuspielen!«

Es stimmt – die ganze Zeit habe ich daran herumgedrückt.

»Ihr jungen Leute seid alle gleich!«, faucht sie. Wahrscheinlich muss sie Dampf ablassen. »Total besessen von diesen dämlichen Geräten! SMS und soziale Netzwerke und dann diese idiotischen Spiele. Will führt sich genauso auf. Ihr verschwendet euer Leben!«

»Ist nicht alles nur Simsen«, protestiere ich. »Mein Handy kann noch viel mehr. Zum Beispiel diese Anwendung hier?«

Ich halte ihr meinen Apparat vor die Nase.

»Die nennt sich *Voice Memo*.«

Anita starrt auf den blinkenden roten Punkt im Display.

»Ist sehr praktisch«, füge ich hinzu. Ich halte die Aufnahme an und drücke auf *Play*.

Wir hören sie sagen: »Das stimmt vorne und hinten nicht! Ich war damals erst stellvertretende Staatsanwältin. Und es ist nicht zigmal passiert. Es war höchstens vier oder …«

Ich drücke auf *Stop* und lächele sie an.

»Dein Gesichtsausdruck jetzt … Unbezahlbar! Eigentlich …« Ich mache ein Foto und zeige es ihr. »Das wäre doch toll fürs Hochzeitsalbum, nicht?«

Sie greift nach dem Handy, aber ich entziehe es ihr. Ihre Selbstachtung erlaubt ihr nicht, darum zu kämpfen.

»Damit kommst du niemals durch«, zischt sie. »Dir wird niemand glauben.«

Ich nicke nachdenklich. »Das wird sehr interessant sein zu sehen, wer von uns beiden glaubwürdiger ist. Die Staatsanwältin, die sich gegen den Vorwurf sexuellen Fehlverhaltens wehrt, oder die Frau mit der Audiodatei.«

Sie sieht aus, als wollte sie mich umbringen. »Du kannst auf gar keinen Fall …«

»Lily? Anita?«

Wir sehen uns um. Will und sein Vater warten auf uns.

Harry grinst. »Um was geht's, Mädels?«

»Nichts!«, antworten wir wie aus einem Mund.

Wir schließen zu den Männern auf. »Dafür mache ich dich fertig«, murmelt sie.

Ich gebe ihr einen freundschaftlichen Klaps auf den Hintern. »Ganz bestimmt, Mom. Ganz bestimmt.«

Wir stehen wieder vorm Eingangstor. Ich nehme Matties Hand in meine. »Ich kann dir nicht genug danken. Du hast eine wirklich umwerfende Hochzeit geplant.«

Sie errötet und strahlt mich an. »Ich freue mich so, dass es euch gefällt. Aber du hast es mir auch leicht gemacht, meine Liebe.«

»Wirklich?«

Sie legt den Kopf schräg. »Na ja, nein. Aber das ist jetzt egal, oder? Wir sind auf dem richtigen Weg!«

Sie erteilt mir unzählige Anweisungen für das Probeessen am nächsten Tag. Ich höre nicht richtig zu. Ich bin zu happy. Schließlich verschwindet sie in einer Wolke aus Rechnungen und Abschiedsgrüßen. Wills Eltern kehren zurück ins Hotel, Anita hält den Kopf gesenkt.

Ich sage zu Will: »Ich muss gleich kurz in der Kanzlei anrufen. Warte auf mich, dann können wir zusammen Mittag essen gehen.«

Will runzelt die Stirn, fährt sich mit den Händen durchs Haar. Er wirkt ein wenig niedergeschlagen.

»Ist alles in Ordnung, Baby?«

»O ja!«, sagt er und schüttelt es ab. »Auf jeden Fall. Aber ich habe Javier versprochen, seine Trauzeugenrede mit ihm durchzugehen. Ich komme später zu dir.«

»Gut. Viel Spaß!«

Er küsst mich zum Abschied, ich sehe ihm nach. Dann gehe ich in die andere Richtung. Ich erhalte eine SMS von Freddy.

– alles gut?

– Alles super!

– ??

– Ich liebe Will!

– ???

– und ich habe den bösen Plan seiner Mutter durchkreuzt, mein Leben zu ruinieren!

– ??????

– Hochzeit läuft, ihr Bitches!

Mein Handy klingelt. »Was hast du geraucht?«, will Freddy wissen.

»Liebe!«, rufe ich. »Ich rauche Liebe!«

»Das habe ich befürchtet«, sagt sie. »Wir haben gestern Abend einfach zu viel Absinth getrunken.«

»Das ist keine Halluzination. Es ist echt. Richtig, richtig echt.«

Sie seufzt. »Können wir das der Reihe nach durchgehen?«

»Klar!« Ich hüpfe praktisch über die Straße. Pflücke eine Blume von einer Kletterpflanze an einem Gartenzaun und stecke sie mir ins Haar.

»Also … du liebst Will«, sagt Freddy voller Zweifel.

»Ich habe ihn die ganze Zeit geliebt, Freddy. Ich bin hin und weg von ihm.« Ich erzähle ihr von meiner Erkenntnis. Dass ich nun weiß, dass es Liebe ist, weil ich die ganze Zeit versucht habe, es mir zu erklären – ich sollte Will wegen x und y und z heiraten, ich sollte Will wegen a, b und c nicht heiraten –, anstatt meine Gefühle zu erforschen. Ich versuchte zu leugnen, was ich für ihn empfinde, versuchte alles in meiner Macht Stehende, um das Gefühl zu unterdrücken. Weil ich schon einmal die Liebe verloren hatte und glaubte, sie nicht wieder zu verdienen. Weil ich dachte, ich sei nicht dazu bestimmt, nicht fähig, es richtig zu machen.

Aber wenn man aufhört, die Wahrheit zu leugnen, die Augen öffnet und hinschaut? Dann hat sie eine solide Qualität. Man weiß es einfach.

Als ich mit der Erklärung fertig bin, meckert Freddy nicht daran herum oder zweifelt sie an – sie versteht. »Also wird geheiratet?«

»Ja! Seine Mutter kann mich nicht mehr verpfeifen.« Die Blüte fällt mir aus den Haaren, ich stecke sie wieder hinein. »Ich habe es heimlich mit dem Handy aufgenommen, als sie zugab, eine Affäre mit Javier gehabt zu haben.«

»Moment mal … was?«

Ich hatte vergessen, Freddy das zu erzählen. Wahrscheinlich hatte ich zu viel im Kopf. Ich hole es schnell nach.

»Und das reicht, um sie aufzuhalten?«

»Wenn das herauskäme, das wäre ein Riesenskandal. Würde ihre Karriere ruinieren, so wie sie es mit meiner versucht hat. Ich habe die Erpresserin erpresst, Freddy!«

»Das hat durchaus eine gewisse ausgleichende Gerechtigkeit«, gibt sie zu.

Ein anderer Anruf klopft an. Das muss mein Ein-Uhr-Gespräch mit Philip und Lyle sein. »Ich muss auflegen, Freddy. Rufe dich zurück.«

Jetzt ist alles perfekt! Ich werde heiraten. Ich habe meinen Job gerettet. Ich werde dieses Gespräch mit Philip und Lyle führen, um zu erfahren, was für ein interessanter neuer Fall mich bei meiner Rückkehr erwartet. Dann werde ich in vollen Zügen die letzten beiden Tage vor meiner wunderbaren, lustigen Hochzeit mit dem Mann, den ich liebe, genießen.

Es waren schwierige Tage. Oder Monate. Wäre gut gewesen, wenn ich mich ein wenig anders verhalten hätte in Bezug auf … na ja, so gut wie alles.

Aber ich wusste ja nicht, dass ich Will liebe! Das macht den ganzen Unterschied.

Jetzt wird alles klappen. Ein Leben voller Lockerheit, Zufriedenheit und Glück erwartet mich.

Ich nehme das andere Gespräch an. »Guten Tag, die Herren!«

»Wilder?«, sagt Philip. »Wir haben ein Problem.«

19

»Ein Problem? Was für ein Problem?«

»Der Vergleich hat nicht geklappt«, sagt Lyle.

»Der Vergleich mit EnerGreen? Warum nicht?«

»Weil sich unser Mandant weigert, auf die Stimme der Vernunft zu hören«, sagt Philip gereizt.

Ich biege in die Duval Street ab, während Philip erklärt, dass der Aufsichtsrat von EnerGreen sich gegen die vorgeschlagene Methode der Geldverteilung an die Kläger sperrt. Am Dienstag klang alles noch so positiv. Die Zeugenvernehmung war abgesagt, alle Dokumente so gut wie unterschrieben. Und jetzt hängen sie sich an so einem nebensächlichen Verfahrenspunkt auf. Lächerlich.

»Ich nehme an, dann findet die Zeugenvernehmung morgen doch statt?«

»Ja«, bestätigt Lyle. »Ich habe Hoffman schon angerufen. Er ist bereit.«

»Warte, bis du diesen Typ kennenlernst, Philip. Der ist ein echtes Stück Arbeit.«

»Ich komme nicht«, erwidert Philip. »Das wirst du allein erledigen müssen.«

Ich bleibe stehen. Von hinten prallt eine Frau gegen mich – zumindest glaube ich, dass es eine Frau ist. Ich bin zu abgelenkt von dem, was Philip gerade gesagt hat, um es genau beurteilen zu können.

»Moment, Moment! Was redest du da?«

»Der Sturm, Wilder. Die ganze Stadt wird dichtgemacht.«

»Was für ein Sturm?«

»Du bist echt im Urlaubsmodus, was?«, sagt Lyle. »Auf die Ostküste kommt ein Schneesturm zu. Angeblich der größte seit Jahren. Die Flughäfen werden jetzt schon geschlossen.«

Ein Schneesturm? Ein bisschen Schnee und Eis? Ja, und? Unsere Kanzlei ist berühmt für die irrwitzigen Anstrengungen, die unsere Anwälte unternehmen, um dem Mandanten zu helfen, wenn viel auf dem Spiel steht. Tagelang durcharbeiten. Missachten schwerer Krankheiten. Inkaufnahme von Gefängnisstrafen. Schlechtes Wetter hat uns noch nie aufgehalten. Was denkt sich Philip dabei?

»Du musst herkommen«, erkläre ich ihm. »Nie im Leben kann ich diese Vernehmung allein verantworten.« Der nächste Fußgänger prallt gegen mich. Ich setze mich in Bewegung, biege in eine Seitenstraße ein.

»Wieso denn das nicht?«, fragt Lyle. Seine Stimme trieft vor aufgesetzter gönnerhafter Fröhlichkeit. »Du wirst das toll machen!«

»Du schaffst das mit Hoffmans E-Mails«, sagt Philip. »Ich werde dir genau sagen, was du tun musst.«

»Ich mache mir nicht nur Sorgen um die E-Mails, Philip, sondern um das, was er über die Bilanzen aussagen muss. Wenn er unter Eid von dem Betrug erzählt, ist es vorbei mit EnerGreen.«

»Dem angeblichen Betrug«, korrigiert mich Philip.

»Nicht angeblich«, erwidere ich. »Tatsächlich. Dem tatsächlichen Betrug.«

»Sag mal, wovon redest du da, Wilder?«

»Hat Lyle es dir nicht erzählt?«

Schweigen im Walde.

»Ihm was erzählt?«, sagt Lyle unschuldig.

Im ersten Moment ist mein Kopf leer. Ich halte inne und

lehne mich gegen ein Schaufenster. Ich begreife kaum die Größenordnung dessen, was gerade passiert.

»Lyle«, sage ich. »O Lyle. Du mieses kleines Stück Scheiße.«

»Bitte, Wilder!«, schilt mich Philip.

»Die ist hysterisch«, sagt Lyle zu Philip. »Ich sage doch, die ist noch nicht so weit.«

»Einer von euch erzählt mir jetzt, was los ist«, sagt Philip. »Sofort!«

Und so setze ich mich auf den Bordstein, in den Schatten eines Banyanbaumes, und fange an. Ich beschreibe, wie ich Pete vorbereitet habe. Ich erkläre, dass die wirren Anschuldigungen in der Klageschrift, der übertriebene Kram, den wir für reine Rhetorik hielten, tatsächlich wahr ist. Dass EnerGreen Milliarden von Dollar durch Zockerei an der Börse verloren hat und die Ölkatastrophe nutzte, um die Verluste zu vertuschen. Ich erzähle ihm, dass Pete einknicken wird, wenn er danach gefragt wird. Ich teile ihm mit, dass EnerGreen nicht nur den Fall verlieren wird, sondern das Unternehmen aufgrund der Größe des Betrugs ohne weiteres pleitegehen könnte.

Dann verstumme ich und warte.

Es folgt eine lange Pause. Philip räuspert sich. »Erklär mir einer von euch beiden mal bitte etwas«, sagt er. Seine Stimme ist ruhig, ausgeglichen. Äußerst unheilvoll. »Erklärt mir, wie es sein kann, dass ich als der für diesen Fall zuständige Teilhaber diese Information erst jetzt bekomme. Heute, einen Tag vor der Zeugenvernehmung unter Eid. Wie ist das möglich?«

»Das ist auch für mich das Erste, was ich höre«, sagt Lyle.

»Er lügt, Philip.«

»Ich lüge nicht! Sie hat mir nichts davon erzählt.«

»Er lügt nach Strich und Faden.«

»Schluss!«, sagt Philip. »Beide. Aufhören.«

Noch eine lange Pause. Lyle will etwas sagen, aber Philip bedeutet ihm wahrscheinlich zu schweigen. Schließlich spricht er: »Ich führe jetzt ein paar Telefonate. Wir melden uns bald wieder, Wilder.«

Wir legen auf. Ich laufe noch eine Weile herum, staune über Lyles Verrat. Das ist ein neuer Tiefpunkt, selbst für ihn. Ich sollte wütend sein, fuchsteufelswild, aber ich kann nicht mehr als leichte Verärgerung aufbringen. Warum soll ich mich plagen? Auf gar keinen Fall wird Philip mich mit der Sache hier allein lassen. Er wird das Problem lösen, so oder so.

Mein Handy kündigt eine SMS von Teddy an:

– Wir können uns um 3 treffen. Green Parrot.

Ich tippe gerade die Antwort, da rufen Philip und Lyle zurück. Ich merke sofort, dass sie keine guten Nachrichten haben. Philip klingt erregt, abgelenkt. Anders als sonst.

»Ich habe gerade mit Daniel Kostova telefoniert«, erklärt er. Kostova ist der Hauptanwalt der Gegenseite. »Er weigert sich, die Vernehmung zu verschieben. Kostova ist … er behauptet, er wäre bereits unterwegs zu den Keys. Und falls … Er hat angekündigt, falls wir versuchen, das Ganze hinauszuzögern, wird er einen Dringlichkeitsantrag bei Gericht stellen – einen Antrag auf Sanktionen – und Hoffmans E-Mails als Beweismittel für unsere vermeintliche Arglist vorlegen.«

»Dann ist es einfach«, sage ich. »Wir gehen einfach nicht hin. Kein Zeuge, keine Vernehmung.«

»Das funktioniert nicht«, sagt Lyle. »Dann wird Kostova erst recht beantragen, Sanktionen gegen uns zu verhängen, und dann hat er eine noch bessere Ausrede, um dem Richter die E-Mails zu zeigen.«

»Ich konnte Urs noch nicht … nicht erreichen«, fährt Philip fort. »Ich werde es weiter versuchen, aber ich denke, wir können uns nicht darauf verlassen, dass EnerGreen der außergerichtlichen Einigung zustimmt, nicht mal, wenn wir – wenn die –, wenn wir ihnen die Dringlichkeit der Situation klarmachen können.« Er atmet schwer. »Wilder hat recht. Ich muss dabei sein.«

Er fährt fort, zählt Lyle eine ganze Liste von Unterlagen auf, die er braucht, Protokolle anderer Vernehmungen, Kopien von Gerichtsbeschlüssen. Nie zuvor habe ich ihn so nervös erlebt. Der Ernst der Lage ist bei ihm angekommen. Wenn EnerGreen wegen einer schiefgegangenen Zeugenbefragung Pleite macht, wird der Ruf der Kanzlei einen mächtigen Dämpfer erhalten. Und seiner auch.

»Betty soll mir den Flug buchen«, sagt er. »Sie wird … ich sage ihr, dass sie dir die genauen Daten mitteilt, Wilder. Lyle, ich will, dass du Hoffman Bescheid sagst, er soll sich bereithalten, mich als Allererstes morgen früh zu treffen.« Er hält inne. »Versuch diesmal, die Nachricht korrekt zu übermitteln.«

»Philip, ich habe nicht …«, protestiert Lyle.

»Halt die Klappe«, sagt Philip. »Kein Wort mehr.«

Lyle und ich schweigen beide erschrocken. In unserer Kanzlei gibt es ein paar üble Choleriker. Philip hingegen ist berühmt für seine Höflichkeit. Ich habe noch nie gehört, dass er die Stimme erhoben oder jemandem gegenüber etwas Unfreundliches gesagt hätte. Er ist der Inbegriff der vornehmen Distanziertheit. Diese Fassade zu durchbrechen ist ein Grund dafür, weshalb es so viel Spaß macht, mit ihm zu schlafen.

War. War ein Grund dafür, weshalb es so viel Spaß machte, mit ihm zu schlafen.

Wir beenden das Gespräch. Ich prüfe meine Nachrichten. Nichts von Will. Ich muss noch ein bisschen Zeit totschlagen, bevor ich mich mit Teddy treffe, deshalb beschließe ich, mir die Haare machen zu lassen. Ein Testlauf für Samstag. Ich finde einen Salon, und bald veranstaltet ein netter schwuler Friseur all die komplizierten, aufwendigen Dinge mit meinem Haar, die ich immer schon mal gemacht haben wollte. Ich lehne mich auf dem Stuhl zurück und entspanne mich.

Irgendwie nervig, dass ich den Großteil des morgigen Tages mit Arbeit verbringen muss. Aber bei dieser speziellen Zeugenvernehmung zu assistieren wird mit nichts zu vergleichen sein, was ich bisher getan habe. Beruflich, meine ich. Philip ist der Hammer in solchen Sachen, und soweit ich gehört habe, ist auch Kostova nicht gerade eine Niete. Es sollte ordentlich knallen.

Dann denke ich an meine bevorstehenden Flitterwochen mit Will. Wir werden so viel Spaß haben. Ich werde dafür sorgen, dass wir seinem unerklärlichen Sex-Verhalten auf den Grund gehen. Alles kommt auf den Tisch. Ich werde mich öffnen und ehrlich sein – also, in vertretbarem Rahmen –, dann können wir unser Eheleben ohne Vorbelastungen beginnen.

Kommt mir albern vor, das ständig zu wiederholen, aber ich bin momentan wirklich total glücklich.

Selig!

Ungefähr eine Stunde später verlasse ich den Salon, bleibe vor einem Schaufenster stehen und bewundere mein Spiegelbild. Nicht übel. Wirklich nicht übel.

Ich bin nicht die Einzige, die das meint. Hinter mir hält ein Mann inne und betrachtet mich.

Ich drehe mich um, lächele ihn an und betaste meine Haare. »Und?«

Er lächelt zurück. »Schön. Sehr schön.«

Was mache ich hier eigentlich? Schnell haste ich davon. Ich kann nicht mehr so herumflirten – ich bin vergeben!

Aber ist nicht so schlimm. Ich hab's ja selbst noch gemerkt. Das ist eine Angewohnheit, die ich abstellen muss.

Mein Handy klingelt. Mein guter alter Kumpel Lyle!

»Hey, Loser! Hat er dich schon rausgeschmissen?«

»Ich glaube, fürs Erste bin ich aus dem Schneider«, entgegnet Lyle. »Philip wird in nächster Zeit niemanden rausschmeißen.«

Irgendetwas an seinem Tonfall lässt mich innehalten.

»Er wurde gerade ins Krankenhaus eingeliefert«, erklärt Lyle.

Ich begebe mich näher zum Bordstein, um den Strom der Fußgänger nicht zu stören. »Das ist nicht witzig, Lyle.«

»Betty hörte ein lautes Geräusch aus seinem Büro, ging rein und fand ihn hinter dem Schreibtisch. Zum Glück konnten die Notärzte ihn stabilisieren.«

»Pass doch auf!«, schreit jemand und greift nach meinem Arm. Fast wäre ich auf die Straße getreten. Ich biege in eine Seitenstraße ab.

»Ist noch zu früh, um zu sagen, ob es ein richtiger Herzinfarkt war, aber ich habe ihn gesehen, als sie ihn rausfuhren.« Lyle pfeift. »Er sah nicht gut aus.«

Es stimmt. Ich höre es an seiner Stimme, an der fast unverhohlenen Schadenfreude. Philip kommt nicht. Die Zeugenvernehmung wird stattfinden, und er wird nicht da sein. Ich bin allein. Und ich weiß, dass mir jetzt die berufliche Bedeutung dieser neuen Entwicklung klarwerden sollte, dass sie mich mit Angst und Schrecken, mit Verzagtheit und so weiter erfüllen sollte. Aber, ganz ehrlich? Ich kann nur daran denken, wie oft – und auf wie viele Arten – Philip und ich Sex hatten. Intensiven, anstrengenden, wahnsinnigen Sex. In seinem Büro, in meinem. Im Waldorf. Auf dem … muss ich nicht aussprechen, oder? Wenn der Typ erst mal loslegt, ist er wie ein Bulle. Das alles kann er, aber steht er vor einem kleinen Personalproblem bei einer Vernehmung, dann knickt er ein wie ein zartes Pflänzchen?

Männer.

Ich werde sie nie verstehen.

»Ist ja klar, dass du die Vernehmung übernimmst«, sagt Lyle.

Natürlich ist das nicht nur ein kleines Personalproblem. Es ist eine große Krise bei einem großen Mandanten in einem großen Fall, der – und das ist das Wichtigste – große Auswirkungen auf mein Leben hat.

»Kann die Kanzlei nicht jemand anderen schicken?«

»Nee.«

»Wir haben achtzig Prozessanwälte.« Ich höre die Panik in meiner Stimme, kann aber nichts dagegen tun. »Du willst behaupten, dass jeder Einzelne von den achtzig mit etwas Wichtigerem beschäftigt ist?«

»Ich behaupte, dass keiner von den achtzig besonders erpicht darauf ist, in diese Scheiße reingezogen zu werden«, gibt Lyle zurück. »Philip hat sein Bestes versucht, jemanden dafür abzustellen, noch als sie ihn auf die Trage packten. Aber niemand will sich durch einen Schneesturm schleppen, durch das halbe Land fliegen und eine aussichtslose Vernehmung in einem verlorenen Fall übernehmen. Philip hat mich gebeten, alle möglichen Partner anzusprechen, bis ich jemanden finde, der bereit ist, ihn zu vertreten, aber … ich fand dann doch, dass ich im Moment ein bisschen zu viel um die Ohren habe.«

»Du … du … Lyle, du bist ein …« Mir fällt noch nicht mal eine treffende Beleidigung ein.

»Kostova wird dich fertigmachen«, fährt er hilfsbereit fort. »Er ist gut, Wilder. Jahrzehntelange Erfahrung. Du wirst bestimmt eine Menge von ihm lernen. Nicht dass dir das groß helfen wird.«

Ich verabscheue das, was ich jetzt tun werde, aber die Situation lässt mir keine andere Wahl. »Was ist mit dir, Lyle? Kannst du nicht kommen?«

Er schweigt eine Weile. »Überlege ich mir vielleicht«, erwidert er. »Aber du musst schon ›bitte‹ sagen.«

Ich beiße mir auf die Lippe, schließe die Augen und kreuze die Finger. »Bitte?«

»Bitte was?«

»Kommst du bitte …« Das bringt mich um. Ich setze noch einmal an. »Kommst du bitte her und hilfst mir?«

Sein Gelächter dröhnt durch das Handy. »Nicht in einer Million Jahren.«

»Du Arschloch!«, schreie ich. »Das wird schlimm für die Kanzlei werden. Juckt dich das gar nicht?«

Er schnaubt verächtlich. »Ich bin kein Teilhaber. Ich bekomme mein Geld so oder so. Unsere Mandanten sind Drecksäcke – hast du selbst gesagt. Warum sollte ich Kopf und Kragen für die riskieren? Diese demütigende Niederlage wird keine Auswirkungen auf meinen Ruf haben.« Er überlegt. »Was man von dir leider nicht behaupten kann.«

»Das ist alles deine Schuld!«, schreie ich wutentbrannt.

»Vielleicht«, sagt er, »aber du bist diejenige, an der es hängenbleibt. Wenn alles vorbei ist, wird Philip dich vielleicht nicht sofort rauswerfen, aber das wirst du nie mehr los. Weder in der Kanzlei noch draußen. Du wirst die Anwältin sein, die im Alleingang die größte umweltpolitische Sammelklage der Geschichte verloren hat.«

Er hat recht. In unserem Metier ist es unerheblich, dass EnerGreen die Verbrechen begangen hat, nicht ich. Mein Name und mein Name allein wird als Rechtsbeistand auf dem Protokoll stehen. Meine Stimme wird auf der Videoaufnahme zu hören sein, wenn ich vergeblich Einspruch erhebe, während Hoffman rasiert wird. Wahrscheinlich wird es eine breite Medienberichterstattung in dem Fall geben, ganz zu schweigen von dem Interesse auf Regierungsseite. Ausgewählte Mitschnitte könnten auf YouTube erscheinen.

Ich werde berühmt sein. Berüchtigt.

Sicher werden manche Leute verstehen, dass es nicht meine Schuld ist, dass ich nichts dagegen tun konnte. Manche werden mich bemitleiden.

Aber niemals, nie im Leben werden sie mich engagieren.

Ich umklammere mein Handy so heftig, dass mir die Hand weh tut. »Du kannst von Glück sagen, dass ich gerade nicht in deinem Büro bin, Lyle.«

Er überhört mich. »Aber wer weiß? Vielleicht schmeißt Philip dich auch gleich endgültig raus. Hoffe, es wird dir eine Lehre sein.«

»Wieso eine Lehre, Lyle?«

»Damit du lernst, dass es sich nicht immer lohnt, mit dem Boss zu ficken«, erwidert er.

»Verdammt nochmal!« Jetzt verliere ich die Geduld. »Ich habe ihn nicht gefickt, weil er mein Boss ist. Ich habe ihn gefickt, weil ich ihn ficken wollte!«

Plötzlich ist es still. Ich schaue auf.

Auf dem Bürgersteig vor mir stehen ungefähr ein Dutzend Kleinkinder. Sie tragen einheitliche grüne Hemdchen mit Namensschildern. Bilden händchenhaltend eine süße kleine Kette.

Ich kenne diese Hemdchen. Ich kenne die Frau mittleren Alters, die die Kinder führt. Ich brauche ungefähr drei Sekunden, um sie einzuordnen.

»Mrs Carter?«

Meine Kindergärtnerin schüttelt den Kopf. »Lily Wilder. Deine Ausdrucksweise.«

Ich schließe die Augen. »Tut mir leid. Ich bin einfach … tut mir leid.« Ich verschwinde in die andere Richtung.

»Also ist das Zufall?«, fragt Lyle. »Hättest du auch mit Philip geschlafen, wenn es deiner Karriere nicht genutzt hätte, wenn du nichts davon gehabt hättest? Das soll ich dir glauben?«

»Von mir aus kannst du glauben, was du willst, Lyle. Aber denk mal drüber nach, was du gerade gesagt hast, und vergleich es mit der Realität. Du prüfst meine Arbeitszeiten. Du siehst, was ich berechne. Du weißt, dass ich genauso hart arbeite wie du und genauso viele beschissene Aufträge bekomme, oder?«

Er schweigt.

»Ich verrat dir mal was, Lyle. Wenn eine Frau beschließt, Sex zu haben, hat sie nicht immer Hintergedanken. Wir sind nicht immer nur auf Macht oder Fortpflanzung, auf eine sichere Beziehung oder berufliche Vorteile aus. Manchmal wollen wir einfach nur Sex. Ja, ich habe etwas davon gehabt, mit Philip zu schlafen. Ich hatte Sex. Das ist für dich wahrscheinlich schwer zu verstehen. Ist vielleicht ein bisschen unheimlich, weil es sich nicht mit deiner extrem begrenzten Vorstellung deckt, wie Frauen funktionieren. Es passt nicht zu der Botschaft, die du dein Leben lang gehört hast.«

Wow … Botschaft? Ich muss aufpassen. Nicht mehr lange, und ich klinge wie Ian.

»Hör zu, Wilder«, sagt Lyle. »Mich interessiert nicht …«

Ich unterbreche ihn. »Es interessiert dich. Offensichtlich interessiert es dich, sonst würdest du keinen Zwanzig-Milliarden-Dollar-Prozess aufs Spiel setzen, nur um mich fertigzumachen. Es interessiert dich, und deshalb erkläre ich es dir. In der Hoffnung, dass du einsiehst, wie falsch du liegst. Das Wichtigste, Lyle, ist Folgendes: Es gibt nicht DIE Frau. Es gibt keinen Prototypen, nach dem du dich richten kannst.«

Meine Stimme ist lauter geworden, ich gestikuliere wild mit der freien Hand. Ein älteres Paar, das mir auf dem Bürgersteig entgegenkommt, macht einen weiten Bogen. Kann ich den beiden nicht verübeln.

»Du willst wissen, warum ich mit Philip geschlafen habe? Weil ich Bock drauf hatte, Lyle. Vielleicht fühle ich mich von älteren Männern angezogen, weil ich eine Schwäche für graue Haare habe, weil die meisten Männer in meinem Alter langweilig sind oder weil ich einen dicken, fetten Ödipuskomplex habe. Aber weißt du was? Eigentlich bevorzuge ich überhaupt keine alten Männer. Ich mag junge Kerle genauso. Ich mag alle möglichen Männer. Und ich werde sie weiterhin mögen und mit ihnen schlafen – oder sie nicht mögen und nicht mit ihnen schlafen –, aber nur auf Grundlage meiner Vorlieben und nicht nach den Vorstellungen von anmaßenden, engstirnigen Leuten wie dir. Letzten Endes, Lyle, liegst du daneben. Bei mir und auch sonst bei allem. Ist das klar? Noch Fragen? Nein? Gut. Dann verpiss dich mit deinem mickrigen, schissigen Pimmel und fick dich selbst, ja? Denn sonst wird es keiner tun.«

Ich lege auf. Atme schwer.
So also fühlen sich Lockerheit, Zufriedenheit und Glück an.
Wahnsinn.
Ich schaue auf die Uhr und laufe zum Green Parrot.

20

Ich habe keine Ahnung, was das soll: mitten in einer beruflichen Krise, zwei Tage vor meiner Hochzeit, Teddy in einer Kaschemme auf der Whitehead Street zu treffen. Aber ich gehe hin, und er sitzt da, ein Bier vor sich, wirkt ruhelos und auf der Hut, gelangweilt und genervt.

Ich nehme den Stuhl ihm gegenüber. Er registriert mein frisch frisiertes Haar, und sofort bin ich befangen. Eine Locke streift meine Wange, schnell schiebe ich sie hinters Ohr.

»Ich dachte, im Dienst darfst du nicht trinken«, sage ich.

Er nimmt sein Bier und trinkt einen Schluck. »Bin nicht im Dienst.«

Er schenkt mir ein geduldiges Lächeln, doch es erreicht seine Augen nicht.

»Ich habe gerade zufällig unsere alte Kindergärtnerin getroffen«, sage ich.

»Mrs Carter?«

»Sie mag mich immer noch nicht.«

»Überraschung!« Er sieht sich um, als suchte er den nächsten Ausgang.

»Gran hat mir erzählt, dass du bei der Army warst.«

Er nickt.

»Warum?«

Er trinkt wieder einen Schluck. »Heimatliebe.«

»Komm!«

Keine Antwort.

»Warst du im Ausland?«

Er stellt sein Bier ab. »Ist das wirklich der Grund, warum ich herkommen sollte, Lily?«

»Ich wollte dich sehen«, sage ich, »ein bisschen erzählen.«

Ich ziehe den Kopf ein. Das war der absolut falsche Tonfall. Teddy merkt es auch. Er breitet die Arme aus, nach dem Motto: Hier bin ich.

»Warum bist du sauer auf mich, Teddy?«

»Ich bin nicht sauer auf dich.«

Er gibt sich cool und gefasst. Das macht er, um mich zu provozieren, wie immer. Und es funktioniert. Deshalb fange ich an, ihn aus der Reserve zu locken, ebenfalls wie immer.

»Du bist sauer auf mich, seit wir uns am Montag gesehen haben. Lüg nicht! Ich weiß immer noch, wenn du lügst.«

»Sei dir da nicht so sicher!«, sagt er.

Der Kellner kommt zu uns. Ich bestelle ein Glas Wasser und wende mich wieder Teddy zu. »Warum bist du sauer auf mich?«

»Bin ich nicht.« Er weicht meinem Blick aus.

Ich versuche es mit einer anderen Taktik. »Magst du deinen Job?«

»Ja.«

»Bist du gut darin?«

»Ja.«

»Ist Melody deine Freundin?«

»Melanie«, sagt er. »Ja.«

»Liebst du sie?«

Er antwortet nicht.

»Warum bist du sauer auf mich, Teddy?«

»Bin ich nicht.«

»Wie geht's deiner Mutter?«

»Gut.«

»Warum bist du sauer auf mich, Teddy?«

»Weil du abgehauen bist!«, ruft er und schlägt mit der Hand

auf den Tisch. Ich zucke zusammen. Sein Glas kippt um und fällt auf den Boden. Der Kellner guckt herüber. Ein paar Gäste sehen von ihren Getränken hoch.

»Jetzt zufrieden?«, fragt er.

»Die haben mich gezwungen«, sage ich leise. »Ich hatte keine Wahl.«

»Ich habe dir geschrieben«, sagt er mit tiefer, wütender Stimme. »Immer und immer und immer wieder. Du hast nicht ein Mal geantwortet. Du hast nicht ein Mal angerufen. Dabei wolltest du zurückkommen. Hattest du versprochen.«

So war er schon immer – fraß alles in sich hinein, immer mehr, bis der Damm brach.

»Es war kompliziert«, sage ich.

»Ein Scheiß war kompliziert, Lily! Du konntest abhauen, ich wanderte in den Knast.«

»Das war kein Knast«, sage ich und bereue es sofort.

Er lacht ungläubig. »Willst du mich verarschen?«

»Tut mir leid«, sage ich. »Tut mir leid. So meinte ich das nicht. Ich hab nur – keine Ahnung, Teddy. Ich war vierzehn. Ich drehte am Rad. Wusste nicht, wie ich damit umgehen sollte. Lee war ...«

»Das hat nichts mit Lee zu tun.«

»Natürlich hat es das! Wenn ich nicht so gewesen wäre, wie ich war, würde er noch leben.«

Teddy beugt sich über den Tisch zu mir. »Lily, das hat nichts mit Lee zu tun. Lee war schon längst durch den Wind, als du ihn in die Finger bekamst. Dies hat mit dir und mir zu tun. Es geht darum, dass du mich liebtest und ich dich liebte und du mich im Stich gelassen hast.«

»Ich hab dich nicht ...«

»Du konntest mit deinem reichen Vater im Norden noch mal von vorn anfangen. Ich wanderte in den Knast. Oh, sorry« – gespielt kapitulierend hebt er die Hände, »das muss ich korrigieren. Ich wurde unfreiwillig in der Avon Park Youth

Academy angemeldet. Aber komisch: Damals hatte die Einrichtung nicht viel Ähnlichkeit mit einer Akademie, so viele Banden und Dealer, wie es da gab. So oft, wie ich zusammengeschlagen wurde. Wenn meine Mutter mich besuchte, konnte sie gar nicht mehr aufhören zu weinen. Aber klar, war halt Schule.«

Jetzt bin ich diejenige, die seinem Blick ausweicht.

»Du willst wissen, warum ich zur Army ging? Weil ich keine Wahl hatte, Lily! Und Mann, haben die vier Jahre Spaß gemacht! Als ich zurückkam, ging ich zur Strafverfolgungsbehörde – keine einfache Aufgabe, dank meiner Jugendstrafen, aber da ich in Afghanistan zweimal fast getötet wurde und ein paar Wunden und Auszeichnungen sammeln konnte, hatte ich das Glück, ein paar höhere Tiere beeindrucken zu können.«

Ich spüre, wie mir eine Träne über die Wange rinnt. Ich wische sie fort.

»So, Lily, mein Mädel, das habe ich in der Zwischenzeit gemacht«, fährt er gnadenlos fort. »Ist auf jeden Fall nett, dich nach so langer Zeit mal wiederzusehen. Jetzt bist du dran. Erzähl doch – wie lange warst du noch mal in diesem schicken Krankenhaus?«

»Neun Wochen«, sage ich leise.

»Neun Wochen. Und dann auf dem Internat, nicht? Dann College. Und Jurastudium. Wo arbeitest du jetzt? In so einer großen Kanzlei in New York, richtig? Schön. Wie ist dein Büro? Schöner Blick auf den Park?«

»Es tut mir leid«, sage ich. »Teddy, es tut mir so leid.«

»Du. Hast. Mich. Verlassen. Du hast mir nicht ein Mal geschrieben. Etwas von dir zu hören hätte mir alles bedeutet. Denn du hast mir alles bedeutet. Aber du warst weg. Und du bist die ganze Zeit weggeblieben. Jetzt bist du wieder hier, um zu heiraten. Und ich soll mich darüber freuen. Ich soll mich freuen, dich zu sehen.«

»Du hasst mich«, sage ich.

Er lehnt sich auf seinem Stuhl zurück, plötzlich ganz leer. All die Wut ist fort. Über den Tisch hinweg schauen wir uns an. »Falls das ein Trost ist«, sage ich, »du kannst mir niemals mehr Vorwürfe machen als ich mir selbst.«

Er beugt sich vor, sofort wieder zornig. »Ach, nein? Weißt du was, Lily? Mach dir Vorwürfe, so viel du willst – wissen, dass etwas falsch ist, aber einen Scheiß dagegen tun? Das bringt es nicht wieder in Ordnung.«

Ich hebe die Hände. »Gut, Teddy, du hast gewonnen! Du willst es nicht hören. Wozu also das alles?«

»Du warst diejenige, die mich sehen wollte! Lass uns was trinken gehen, wie alte Freunde, ja? Ich wollte dich nie wiedersehen! Montagabend, okay, das war meine Entscheidung. Keine Ahnung, was ich da dachte. Ich hab gehört, dass du hier bist, und aus dem Bauch heraus reagiert. Ich habe es so bereut. Denn ich merkte, was bei dir ablief. Du sahst mich an und hast beschlossen, so zu tun, als ob nie etwas zwischen uns vorgefallen wäre. Als wären wir alte Freunde, Kumpel, die zusammen abhängen. Ich konnte sehen, wie du den Entschluss gefasst hast. In deinen Augen. Und deshalb weiß ich, dass du es weißt. Du weißt, was du getan hast. Und versuch es mir nicht auszureden, denn auch ich weiß noch immer, wenn du lügst.«

Ich habe den Blick gesenkt, aber jetzt schaue ich ihn an, und auf einmal ist er wieder ein Junge mit einem verletzten, wütenden Jungengesicht.

»Ich habe dich geliebt«, sagt er. »Ich habe dich geliebt, aber es hat dir nichts bedeutet.«

Ich greife über den Tisch nach seiner Hand, doch er entzieht sie mir.

»Nichts da. Du kommst zu spät.« Er steht auf und verlässt die Kneipe.

Ich sehe ihm nach. Dann lege ich den Kopf auf die Arme.

Natürlich hat er recht. Ich ließ meinen allerbesten Freund

auf der ganzen Welt im Stich. Meinen besten Freund und meine erste Liebe. Ich lief davon, weil es einfacher war. Ich hinterließ eine Spur der Verwüstung und tat so, als würde ich es nicht merken. Dann tat ich so, als könnte ich hier einfach auftauchen und mich in sein Leben schleimen, und alles wäre super zwischen uns. Ich könnte ihm meine Probleme erzählen, er würde mir helfen.

Wills Mom hat es auf den Punkt gebracht: Ich habe mich nicht geändert – ich bin schlimmer geworden.

Ich denke an die Arbeit. Wie gerne ich mich über meinen schrecklichen Mandanten lustig mache und ihn kritisiere, mich innerlich von ihm distanziere. Angriff ist ein rein egoistischer Mechanismus, der mit Hilfe eines Verbrechens das nächste begeht. Der alles in seiner Macht Stehende tut, um sich selbst und seine eigenen Interessen vor allen anderen zu schützen.

Kommt mir bekannt vor.

Heute Morgen wurde mir endlich klar, dass ich Will liebe. Dass ich ihn heiraten will. Und es ist mir gelungen, seine Mutter in ihrem eigenen Spiel zu schlagen und meinen Weg ins Glück zu ebnen.

Doch was genau habe ich gewonnen? Die Möglichkeit, weiter zu lügen. Immer weiter zu lügen und zu betrügen. Den einzigen Menschen anzulügen, der ehrlich ist. Den einzigen Menschen, der immer die Wahrheit sagt.

»Entschuldigung?«

Ich hebe den Kopf. Der Kellner will Teddys auf den Boden gefallenes Glas aufwischen. »Sie können hier nicht schlafen«, sagt er und lächelt entschuldigend.

»Ich schlafe nicht, Lloyd. Ich ordne meine extrem begrenzten Mittel.«

»Möchten Sie was trinken?«, fragt er.

»Nein, danke«, sage ich. »Ich muss los.«

21

Ich verlasse die Kneipe und gehe zurück zum Hotel. Mir bleibt noch ein bisschen Zeit bis zum großen Familienessen, also setze ich mich auf den Balkon und denke nach. Dann dusche ich ausgiebig, schminke mich und mache mir die Haare. Ich bügele mein Lieblingskleid. Ich ziehe mich passend an, lege meine Rüstung an. Bloß weiß ich nicht genau, gegen wen ich kämpfe. Vielleicht nur gegen mich.

Als ich ins Restaurant komme, bleibe ich kurz in der Tür zu unserem Saal stehen. Alle sind da, um den Tisch gruppiert wie auf einem Gemälde. Aber es ist kein förmliches Familienfoto, sondern eher eine ausschweifende, turbulente Szene wie bei Caravaggio oder einem anderen barocken Meister. Kennt man – Hintergrund ist eine Spielhöhle oder eine Taverne, sehr bunt, sehr bewegt, davor sind verschiedene Diebe, Briganten und leichte Mädchen abgebildet, kurz bevor die Messer gezückt werden.

Dad am Kopfende studiert die Weinkarte mit baroneskem Gehabe, hin und wieder hebt er den Kopf, um die Kellnerin anzulächeln, die hinter ihm herumscharwenzelt. Ana sitzt links von ihm, sie murmelt mit düsterem Blick vor sich hin, während ihre Daumen über ihr Handy fliegen. Auf der anderen Seite versucht Wills Vater verzweifelt, Jane zu imponieren, indem er eine komplizierte juristische Anekdote zum Besten gibt. Sie nickt höflich, spielt mit dem großen Saphir an ihrer rechten Hand und wünscht sich offensichtlich, er enthalte Gift. Mom sitzt neben Jane – jedenfalls theoretisch, denn sie ist auf den Knien, das Haar im Gesicht, und versucht, den wackelnden Tisch zu stützen. Gegenüber von ihnen hält Gran einen Vortrag über die gigantische Dummheit des Obersten Gerichtshofs, während Anita mit den Fingernägeln ungeduldig auf den Tisch klopft und versucht, ein Wort dazwischen zu bekommen.

Und Will ist auch da, er schielt aufs Handy und sieht sich angespannt um. Wartet auf mich.

Es ist leicht vorstellbar, wie dieser Abend sich entwickeln könnte. Nach der ersten schnellen Vorstellungsrunde und gezwungenen Gesprächen würden sich alle entspannen. Sich aneinander gewöhnen. Wein und Essen würden uns locker machen. Dad würde Wills Eltern in seinen Bann ziehen. Ana würde uns mit Polittratsch unterhalten. Gran und Anita würden Gemeinsamkeiten entdecken. Harry würde Anekdoten aus Wills Kindheit zum Besten geben. Langsam würden wir den steinigen Weg des gegenseitigen Kennenlernens beschreiten und eine große, zänkische, chaotische Einheit schmieden, wie sie auf jeder Hochzeit entsteht.

Ich wette, es könnte lustig werden.

Endlich entdeckt mich Will in der Tür. Er springt auf, kommt um den Tisch herum und küsst mich auf die Wange. »Wow, du siehst wunderschön aus.«

»Danke. Du auch.« Ich habe ihn noch nie in Anzug und Krawatte gesehen. Er hat sich sogar rasiert. Er sieht so gut aus. Ich muss schlucken. »Will? Wir müssen reden.«

»Gehen wir was trinken«, sagt er. »Nur du und ich.«

Er führt mich zurück durch den Gang in die Bar des Restaurants, wo er einen Tisch in der Ecke wählt. Eine Kellnerin kommt herüber, Will bestellt ein Bier.

»Für Sie auch etwas?«, fragt die Bedienung.

Ich schüttele den Kopf. Es ist jetzt Zeit.

»Will, es gibt ein paar Dinge, über die ich mit dir sprechen muss.«

»Ähm, kann ich vielleicht anfangen?« Er holt tief Luft und atmet bebend aus. Fährt sich mit den Händen durchs Haar. »Also, ich habe den ganzen Tag darüber nachgedacht und … ist irgendwie komisch. Als wir heute Morgen im Audubon House waren, ja? Da wurde die Hochzeit für mich auf einmal so … so real. Anders als vorher. Ich wusste natürlich, dass sie kommen würde, aber … und den ganzen Tag habe ich gedacht, also, dass …«

Er verstummt. Sieht zu Boden und wischt sich die Hände an der Hose ab. »Weißt du was? Ich mache es kurz.« Er sieht mir in die Augen. »Ich weiß alles, Lily.«

Sprachlos starre ich ihn an.

Sein Bier kommt. Er nimmt es und trinkt einen langen Schluck.

»Ich weiß, dass du mir untreu warst«, fährt er fort. »Mehrmals.«

Mein Herz sackt mir in die Hose. Mein Gesicht wird heiß. Plötzlich ist keine Luft mehr im Raum.

»Woher?«, frage ich. »Woher weißt du das?«

»Ich wusste es schon immer«, sagt er schlicht. »Fast von Anfang an.«

»Was soll das heißen?«

»Lily«, sagt er, »du kommst mitten in der Nacht von der ›Arbeit‹, total betrunken, das Haar völlig zerzaust. Ständig verhaspelst du dich mit Erklärungen, wo du gewesen bist und wer noch da war. Ich sehe, wie du andere Männer anschaust, wenn du denkst, ich passe nicht auf. Und manche Dinge, die du im Bett machst, lassen darauf schließen, dass du die letzten zehn Jahre nicht im Kloster verbracht hast. Außerdem?« Fast mitleidig lächelt er mich an. »Du lässt dein Handy herumliegen, mit deiner Kontaktliste. Ich müsste total beschränkt sein, um nichts zu merken.«

Er trinkt noch einen großen Schluck Bier. Wie kann er so ruhig sein? Ich bin total am Schwimmen, bis es mir gelingt, mich an einem Detail festzuhalten »Du hast mein SMS-System durchschaut?«

»Zwei Handys, komplett separat«, sagt er. »Das ist das Einzige, was funktioniert.«

»Möchten Sie noch ein Bier?«, fragt die Kellnerin. Er nickt. Sie wendet sich an mich. Ich schüttele den Kopf. Starre Will unverwandt an.

»Was meinst du damit, zwei Handys?«

Er lehnt sich auf dem Stuhl zurück. »Damit komme ich zum nächsten Punkt.« Er sieht mir tief in die Augen. »Ich habe dasselbe gemacht.«

Ich sehe ihn ausdruckslos an.

Er erwidert meinen Blick.

»Was?«, sage ich.

»Ich war dir auch untreu.«

»Nein.«

»Doch, Lily, war ich.«

»Ist das ein Witz?«, frage ich mit wackliger Stimme. »So eine verquere Art, deinen Stolz zu retten? Denn das ist wichtig – was ich tue, hat nichts mit dir zu tun.«

»Ich weiß«, sagt er. »Glaub mir, das verstehe ich.«

»Nein!«, rufe ich etwas zu laut. »Du verstehst das nicht! Kannst du nicht. Du bist nicht ich. Du bist Will Field. Du bist zweiunddreißig Jahre alt und hast drei Doktortitel. Du arbeitest für das verfluchte Metropolitan Museum of Art! Du bist lustig, ein bisschen nerdy und süß. Du liebst mich. Du kannst nicht ich sein.«

»Ich liebe dich, und ich schlafe mit anderen Frauen«, sagt er.

»Das kann nicht sein.«

Er beugt sich vor. Ich schaue zur Seite, doch er hebt mein Kinn an, zwingt mich, ihm in die Augen zu sehen. »Das kann sein, Lily. Es ist wahr. Erinnerst du dich an die Kellnerin Montagabend? Mit der du mich aufgezogen hast – du meintest, sie fände mich niedlich? Tat sie wirklich. Als du auf der Toilette warst, gab sie mir ihre Nummer. Ich traf mich am nächsten Abend mit ihr, nach dem Junggesellenabschied. Und dann noch mal am Mittwochnachmittag.«

Ich stutze, aber kann den Blick nicht abwenden.

»An dem Abend, als ich zurück ins Zimmer kam und du mit mir schlafen wolltest, aber ich keinen hochbekam? Das lag nicht am Alkohol, Lily.«

»Warum sagst du das?«, frage ich kleinlaut.

Er nimmt meine Hände in seine. Seine Augen sind voller Erwartung, sie flehen mich an. »Weil ich nicht mehr will, dass wir uns anlügen! Es macht uns kaputt. Am Montagabend habe ich schon versucht, dir die Wahrheit zu sagen, aber dann doch gekniffen.«

Montag. Der Abend mit dem langen, seltsamen Gespräch über unsere Kindheit. Ich dachte, er versuchte, Informationen aus mir herauszubekommen. Nicht dass er seinen Mut zusammennahm, um selbst etwas zu gestehen.

Ich entziehe ihm meine Hände. »Ich glaube dir nicht.«

Perplex sieht er mich eine Weile an. Dann holt er ein Handy aus der Tasche und legt es zwischen uns auf den Tisch.

»Was ist das?«

»Mein Arbeitshandy«, erklärt er. »In Anführungsstrichen.«

»Warum hast du …«

»Lies die Nachrichten!«

Ich betrachte das Gerät. »Das hat eine Sperre.«

»Der PIN ist 5459.«

Ich tippe ihn ein. Das Display erscheint.

»Meine PIN ist L-I-L-Y«, sagt er. »Ich hoffe, das vergisst du nicht, anschließend.«

Ich sehe ihn an. »Anschließend?«

Er nimmt mir das Telefon ab, öffnet die Nachrichten und reicht es zurück.

»Ja, nach dem hier.«

Ich scrolle durch seine Nachrichten. Es sind mehrere hundert. Seltsamerweise steht der Name desjenigen, den Will angeschrieben hat, nie dabei. Nur Telefonnummern. Ich öffne irgendeine. Jemand fragt:

– wo bist du

Will antwortet:

– im bett.

Ich klicke auf den nächsten Thread. Jemand schreibt:

– was machst du gerade?

Will antwortet:

– Bin auf der Arbeit.

– Mach eine Pause.

– Geht nicht.

– Es ist die Mühe wert.

– Meine Mühe ist auch viel wert.

– haha wie viel denn

Ich öffne einen anderen Thread:

– kann es nicht erwarten, dich wiederzusehen

– Warte nicht, könnte gefährlich sein.

– Lol, gib mir 1 Std

Der ist von gestern Morgen.

Die Kellnerin stellt das nächste Bier vor Will. Ich nehme es und trinke es in langen Zügen. Verschlucke mich. Will kommt um den Tisch herum, um mir auf den Rücken zu klopfen, doch ich winke ab.

»Das ist nicht dein Handy!«, japse ich. »Kann nicht.«

Ich lese:

– Morgen abend?

– Wie wärs mit jetzt?

– Im Ernst?

– Bin in 20 min da.

Vor zwei Wochen verschickt.

»Diese SMS sind so hohl«, sage ich. »Du bist doch viel geistreicher. Ich ...«

– Du sollst mich fesseln und ...

Nein, nein, nein. Nie im Leben. Ich prüfe seinen Kontaktordner. Leer. »Warum stehen da keine Namen?«

»Ich merke mir die Nummern«, sagt er. »Ist sicherer.«

»Das hast du dir ausgedacht. Du hast das irgendwie manipuliert.«

Ich verstumme. Gerade habe ich eine SMS mit dem Bild eines Mädchens angeklickt. Eine Rothaarige. Sie ist nackt, lächelt in die Kamera, liegt ausgestreckt auf dem Bett, eine Hand hinterm Kopf.

Es ist Wills Bett in seiner alten Wohnung. Ich erkenne das Kopfteil.

Ich sehe hoch. Er nimmt mir das Handy weg. Ich bekomme keine Luft. Fühle mich innerlich leer. Geschieht das gerade tatsächlich? Kann das wirklich Will sein?

Ein gähnender Abgrund tut sich unter mir auf, ich falle durch eine Welt, von der ich keine Ahnung hatte. Alles ist neu. Alles ist sonderbar.

»Es gibt noch eine Sache, die du wissen musst.« Er scrollt durch die SMS und gibt mir das Handy noch mal. Er hat einen Thread von Samstagabend geöffnet, der mit einer Nachricht von einer Nummer aus Brooklyn beginnt.

– Wo bist du?

Er antwortet:

– Zu Hause. Und du?

– Im Club. So langweilig

– Komme zu deiner Wohnung.

– Haha

– Doch, wirklich.

– Kann nicht.

…

– Moment. Sie geht.

…

– Sie geht zur Arbeit. Ich bin zu Hause.

»Samstagabend?«, frage ich. »Während meiner Party?«

Will drückt auf die Nummer, und das Gerät wählt. Er stellt es auf Lautsprecher und legt es zwischen uns auf den Tisch. Wir hören ein blechernes Klingeln. Dann meldet sich jemand.

»Ich habe gesagt, ich will nichts mehr von dir hören.«

Ich kenne diese Stimme. Diesen spitzen, leicht nasalen Tonfall. Es ist die Stimme von tausend geflüsterten nächtlichen Gesprächen in der Bibliothek bei Büchern und Kaffee. Die Stimme von zahlreichen Lernstunden, wenn wir für unsere Abschlussprüfungen büffelten. Die Stimme, die als erste anrief und mir gratulierte, als die Ergebnisse unseres Juraexamens zugestellt wurden.

»Hallo?«, sagt Nicole. »Will?«

Ich schaue auf den Apparat. Will beendet den Anruf.

Nicole. Und Will.

Meine Freundin Nicole. Und Will, mein Verlobter.

Der Mann, den ich liebe.

Ich stürze mich über den Tisch auf ihn.

Er hält mich an den Handgelenken fest, bevor ich ihm die Augen auskratzen kann. »Lily!«, ruft er. »Hör auf!«

»Du Nutte!«, schreie ich.

Ich will ihn fertigmachen, doch er hält mich fest. Die ganze Bar schweigt. Ich wehre mich – ich will jetzt nichts anderes, als ihm weh zu tun, damit er nur einen Bruchteil des Schmerzes und der Wut spürt, die ich gerade empfinde. Ich will treten, schreien und beißen.

»Wusstest du, dass sie Wanzen in der Wohnung hat, Will? Wenn du die Wanzen bei uns eingeschleppt hast, bringe ich dich um!«

»Alles in Ordnung«, sagt Will zu der Kellnerin, die sich uns zögernd nähert. »Wir kommen klar.« Zu mir sagt er: »Lily, beruhige dich. Du kannst nicht sauer sein.« Langsam und vorsichtig lässt er mich los.

»Ich kann nicht sauer sein?«, rufe ich. »Wie interessant. Ich kann nicht sauer sein?«

»Hör auf, Lily.«

»Aber ich bin es trotzdem«, keife ich. Ein frischer Schub Zorn verleiht mir neue Energie. »Nur ein ganz klitzekleines bisschen … sauer. Ist das nicht komisch? Ist das nicht erstaunlich? Solltest du in deinen wissenschaftlichen Aufsätzen erörtern. Vorausgesetzt, du bist überhaupt Archäologe und nicht der hinterletzte Müllmann!«

Wieder stürze ich mich auf sein Gesicht, doch er fängt mich ab. »Hör auf!«

»Wie konntest du nur, Will? Sie ist meine Brautjungfer!«

Er kommt ganz dicht an mich heran. »Es stört dich also, dass sie zur Hochzeitsgesellschaft gehört? Sollen wir wirklich darüber sprechen, Lily?«

Ich höre auf, mich zu wehren. Liege fast auf dem Tisch. Ich versuche, mich zurückzuziehen, aber Will lässt nicht los.

»Du bist nicht wütend«, sagt er wieder. »Du bist überrascht. Schockiert. Aber das kann dich nicht wirklich verletzen. Nicht dich.«

Ich sehe ihn an. Meine Wut ist verflogen, ebenso schnell, wie sie kam. Er muss es spüren, denn er lässt mich los und setzt sich vorsichtig hin, wartet auf meine nächste Attacke.

Doch ich habe nur noch eine einzige Frage, die ich ihm ruhig und gefasst stelle.

»Warum hast du mich gebeten, dich zu heiraten, Will?«

Er beugt sich vor und nimmt meine Hand. »Weil ich dich liebe.«

Ich entziehe sie ihm. »Das geht nicht.«

»Lily Wilder«, sagt er. »Ich liebe dich seit der Sekunde, als ich dich zum ersten Mal sah. Als du in dieser Kneipe auf mich zukamst und die Hand auf meinen Arm legtest, als ich dich ansah und du mich anlächeltest. Da begann mein Leben. Alles davor war … Vorbereitung. Hallentraining.« Er grinst. »Vorspiel. Du kamst herein, und es war, als würde die Welt von Schwarzweiß auf Farbe springen. Du verstärkst alles. In deiner

Nähe klingt die Musik besser. Essen schmeckt besser. Zusammen mit dir ist Alkohol völlig überflüssig. Ich weiß nie, was du als Nächstes sagst oder tust, und das ist so aufregend. Manchmal bekomme ich in deiner Nähe kaum Luft. Ich habe Angst, dass mein Herz verschleißt, weil es immer so schnell schlägt. Du bist klug und schön. Wir können uns richtig miteinander unterhalten. Du bist niedlich, fürsorglich und lustig. Ich liebe dich so sehr, dass es mich ein bisschen verrückt macht. Und wenn ich nicht den Rest meines Lebens mit dir verbringen kann, weiß ich wirklich nicht, was ich mit mir anstellen soll.«

Meine Augen füllen sich mit Tränen.

Wir werden das klären. Wir bringen das in Ordnung. Wir finden einen Weg.

»Aber trotzdem will ich mit anderen Frauen schlafen«, fügt er hinzu.

Ich schlage zu, so heftig ich kann. Das Geräusch hallt durch die Bar. Alle Gäste, die uns nicht schon zusahen, drehen sich jetzt um. Will schweigt, hält sich sein brennendes Gesicht.

Sein Handy liegt auf dem Tisch. Ich nehme es und stecke es in meine Tasche. »Ich gehe jetzt zurück«, sage ich und weise mit dem Kopf auf den Saal, wo unsere Familien warten. »Komm mir nicht nach.«

Ich ziehe meinen Verlobungsring vom Finger, meinen wunderschönen, romantischen Ring, und lege ihn vor Will. Dann bin ich weg.

22

Ich betrete den Saal und gehe direkt zu Anita. »Die Hochzeit ist abgesagt«, erkläre ich ihr. Alle verstummen. »Dein Sohn wartet draußen.«

Sie erhebt sich. Harry starrt sie an. »Anita«, sagt er. »Was hast du getan?«

Sie antwortet nicht, er wendet sich an mich. »Was hat sie getan?«

»Geht bitte«, sage ich. Sie gehorchen.

Ich ziehe einen Stuhl hervor und lasse mich darauf fallen, schenke mir ein großes Glas Wein ein und kippe es hinunter. Nicke anerkennend.

»Herrlich, nicht?« Dad lächelt. »Probier auch mal den Weißen.«

Ich stelle das Glas auf die schneeweiße Tischdecke und sehe jeden Einzelnen an. Gran, Mom, Jane, Ana, Dad. In ihren Augen ist so viel Liebe, so viel Leid und Mitleid und Mitgefühl.

Nicht mehr lange!

»Ihr seid ein Haufen abartiger, verlogener Drecksäcke«, sage ich. »Und ihr habt mein Leben ruiniert.«

»Lilybär«, sagt Ana liebevoll, »du musst dich gerade furchtbar fühlen, aber du hast es richtig gemacht.«

Mom fügt hinzu: »Das war bestimmt schwierig, aber lass es nicht an uns aus.«

»Schwierig?«, rufe ich. »Du glaubst, das war schwierig?

Woher wollt ihr das wissen? Ihr habt doch alle eure eigenen Dramen. Ich habe richtige Probleme, Leute! Außerdem habe ich ungefähr siebzehn Eltern, und es wäre nett, wenn ich das Gefühl hätte, dass ich auch nur zu einem von euch gehen könnte, um mir einen Rat oder Ermunterung zu holen. Aber nein!« Ich fuchtele mit den Händen herum. »O nein! Ich höre nur von euch, wenn ihr mich beschimpfen oder mir Vorschläge zur Sitzordnung machen wollt, oder wenn ihr aus Versehen mir simst statt eurem nächsten Bums!«

Mit Nachdruck sehe ich Dad an. Er hat einen Blick drauf, der sagt: Bitte nicht, bitte nicht, bitte nicht.

»Ich kenne euch!«, rufe ich und zeige nacheinander auf jeden Einzelnen. »Ich kenne euch alle! Ihr seid schuldig, schuldig, schuldig!«

»Ich nicht! Von wegen!«, schnaubt Gran.

»Du nicht«, gebe ich zu. »Obwohl du mich verwöhnt hast. Du hast mich verwahrlosen lassen. Ich hätte in Ketten gelegt werden müssen, sobald ich krabbeln konnte. Nein, ich rede von dem Rest. Was für eine prächtige Sammlung von Rollenvorbildern. Du, Mom«, ich zeige auf sie, »hast meine gesamte Kindheit lang einem Mann hinterhergeheult, der dich verlassen hat. Und Jane«, ich sehe sie an. »Du bist eine gefühllose gesellschaftliche Aufsteigerin und Blutsaugerin.« Als Nächstes spreche ich mit Ana. »Und du. Wahrscheinlich die Schlimmste von allen.« Angewidert verziehe ich die Lippen. »Ein Mitglied des amerikanischen Repräsentantenhauses.«

Wütend knallt Ana ihr Handy auf den Tisch. Ich hebe eine Hand. »Nein. Du bist nicht die Schlimmste. Bei weitem nicht. Nein, den Preis hat Henry mit links gewonnen.« Ich visiere meinen Vater an.

»Schätzchen, du machst dich noch ganz krank«, sagt er beschwichtigend.

»Weiß jemand von euch, warum ich in dieser Scheiße stecke?«, rufe ich. »Habt ihr die geringste Ahnung?«

Jetzt sind alle sauer auf mich und machen entsprechende Vorschläge.

»Gendefekt?«, sagt Gran.

»Übersteigerte Libido?«, wirft Jane ein.

»Chronischer Drogenmissbrauch?«, versucht es Ana.

»Okay, ja!«, rufe ich. »Ja, das alles! Aber viel wichtiger ist, dass ich niemals eine stabile moralische Grundlage hatte. Kinder lernen durch Vorbilder. Seht euch meine Vorbilder an! Wir alle sind ein Haufen dicker, fetter Lügner. Das muss sich ändern. Wir brauchen ein neues familiäres Bekenntnis zur Ehrlichkeit. Henry?« Ich zeige auf Dad. »Du bist an der Reihe.«

Panisch sieht er mich an, doch dann geschieht etwas. Es dämmert ihm. Ich sehe, wie er sich von einem flehenden, hilflosen, gehetzten Wesen in einen entschlossenen, mutigen Mann verwandelt. Er drückt die Schultern durch und spitzt die Lippen. Dann wendet er sich an seine Exfrauen.

»Ich schlafe mit euch allen«, verkündet er.

Totenstille. Alle glotzen ihn an, dann werfen sie sich gegenseitig Blicke zu.

»Auch mit Ana?«, frage ich.

Sein Blick streift sie. »Leider ja.«

»Du bist unglaublich!«, rufe ich. »Wahrscheinlich ist das auch meine Schuld. Bestimmt habt ihr euch zufällig getroffen und über die Hochzeit gesprochen, und dann …«

»O nein.« Mein Vater schmunzelt. »Ana und ich schlafen schon seit Jahren miteinander.«

Mit offenem Mund sehe ich ihn an.

»Wir haben nie richtig damit aufgehört«, fügt Ana hinzu und fragt Jane: »Was ist mit dir?«

»Erst seit ein paar Wochen wieder«, erwidert sie. »Kat?«

»Seit ein paar Monaten«, sagt Mom. »Meistens sprechen wir über Skype.«

Ich starre die Frauen an. Es stört sie nicht? Ich schiele zu

Dad hinüber. Er scheint sich ebenso über ihre Einstellung zu wundern wie ich.

Ich wende mich an Mom. »Aber du bist in ihn verliebt! Du weinst ihm seit Jahrzehnten nach!«

»Ach, Schätzchen! Das ist schon lange vorbei.«

»Ja?«, fragt Dad.

»Natürlich, Henry.« Mom lächelt. »Jetzt benutze ich dich nur noch zum Sex.«

Stille. Dann kichert jemand. Ich weiß nicht, wer es ist – vielleicht Ana. Mom giggelt. Ein lauter Lacher. Bald grölen alle drei, halten sich aneinander fest, schnappen nach Luft. Ana krümmt sich, schlägt auf den Tisch. Mom wischt sich Tränen aus den Augen. Jane zeigt tatsächlich Gefühle.

Dad und ich beobachten sie staunend. Gran wirkt angeekelt.

»Lieblinge«, sagt Dad. »Seid ihr wirklich nicht böse?«

Das löst nur noch mehr Lachsalven aus. »Lieblinge!«, johlen sie. »Lieblinge!«

Ich wollte nur einen schönen großen Familienkrach, ja? Einen handfesten Streit, bei dem der Zorn meiner Mutterfiguren quasi stellvertretend für meinen eigenen zum Ausdruck kommt. Bei dem ich zusehen kann, wie jemand anders für sein ungeheuer schlimmes Verhalten fertiggemacht und bestraft wird.

Aber das hier? Ich habe keine Ahnung, was ich davon halten soll.

Endlich kommen sie wieder runter, sammeln sich. Es gelingt mir, ihre Aufmerksamkeit zu bekommen. »Es muss doch immerhin eine Überraschung gewesen sein, oder?«

Sie sehen sich gegenseitig an und kichern schon wieder los.

Ich frage Gran: »Was ist mit dir?«

Sie seufzt erschöpft. »Mich wundert nichts mehr, Schätzchen. Ich bin zu alt, verfickt.«

Das bringt wieder alle zum Grölen. Selbst Gran schmunzelt.

Dad ist immer noch baff, aber sichtlich erleichtert. Irgendwann verdrücke ich mich, sie merken es nicht mal.

Ich verlasse das Restaurant und rufe Freddy an. Weiß nicht, was ich ihr sagen will, doch innerhalb von zehn Minuten ist sie da und zieht mich mit sich. In einer nahe gelegenen Bar pflanzt sie mich auf einen Hocker, hält meine Hände und sieht mir in die Augen. »Was ist los? Was ist passiert?«

»Die Hochzeit ist abgeblasen.«

Sie umklammert meine Hände fester. »Wirklich?«

»Wirklich«, sage ich und unterdrücke ein Schluchzen. »Richtig wirklich.«

Freddy gibt dem Barkeeper ein Zeichen. »Zwei Sazeracs, bitte.« Dann spricht sie wieder mit mir. »Ich dachte, du würdest ihn lieben. Ich dachte, ihr hättet alles geklärt.«

»Ich liebe ihn ja auch, aber … es ist so viel passiert.« Sie reicht mir eine Serviette, ich trockne mir die Augen. »Mir wurde klar, dass ich es nicht durchziehen kann. Ist eine lange Geschichte. Aber deshalb rege ich mich nicht auf. Schon, auch, aber das ist nicht alles.«

»Was ist denn? Was stimmt nicht?«

Der Barkeeper bringt uns die Getränke. Ich breche in Tränen aus. Freddy legt die Arme um mich, lange weine ich an ihrer Schulter. Irgendwann richte ich mich auf und wische mir über die Augen. Ich erzähle ihr alles. Sie glaubt mir nicht. Ich zeige ihr Wills Handy.

Sie scrollt durch die SMS-Liste. »Will. Ausgerechnet!«

»Ich dachte, er wäre der Einzige, der die Wahrheit sagt«, schließe ich traurig. »Der Einzige, der absolut ehrlich ist. Ich habe mich so geirrt.«

Ich sagte, ich liebe Überraschungen. Ich wünschte mir verborgene Untiefen.

Und wie ich die bekommen habe.

»Er wirkt so normal«, staunt Freddy.

»Tut er immer noch! Das war so abgedreht, Freddy. Er

saß mir gegenüber, beichtete alles, machte reinen Tisch, und trotzdem war er derselbe wie gestern. Ich habe die ganze Zeit darauf gewartet, dass es wie bei diesen dramatischen Beichten im Film läuft, weißt du? Dass der Typ, den man für den Guten hält, sich als der Böse entpuppt, und auf einmal verschiebt sich alles ein ganz klein bisschen, plötzlich passen ihm seine Sachen irgendwie besser, sein Lächeln wirkt unheimlich, und er hat so zerwühlte Haare?«

»Auf diesem Bild hier hat er zerwühlte Haare«, bemerkt Freddy. Sie schielt zu mir herüber. »Sorry.«

»Egal. Auf jeden Fall passierte nichts von all dem. Er war immer noch Will. Mein Will. Aber wenn ich jetzt darüber nachdenke, ist das alles ganz logisch. Ständig werfen sich ihm Frauen an den Hals. Wenn ich dabei bin, tut er es ab.«

»Ich habe nie geglaubt, dass er wirklich so ein Nerd ist, wie du immer behauptest«, sagt Freddy. Sie klickt die nächste SMS an und liest mit großen Augen. »Aber ich hatte ja keine Vorstellung, dass er so drauf ist.«

Ich werfe einen kurzen Blick aufs Display. Wie konnte ich so blind sein? Irgendwie wirkt Will so aufrichtig. Das hat mich letztlich zu ihm hingezogen. Und andere wohl auch. Ich denke an Diane, die am Dienstagabend gar nicht aufhören konnte, von ihm zu schwärmen. Wie cool es wäre, dass er Archäologe ist. Wie heiß er wäre, genau wie …

»O mein Gott«, flüstere ich. »Er ist wirklich Indiana Jones.«

Freddy öffnet noch eine SMS. Sie schaut hoch und nickt.

Das ist unerträglich! Will mit all diesen Frauen. Selbst meine Mütter waren hin und weg. Am Sonntag dachte ich, er wäre nur höflich zu meiner Mutter, der ganze Bockmist über historische Restaurierung. In Wirklichkeit hat er mit ihr geflirtet!

Der Wichser.

So viel zu meiner Fähigkeit, Menschen zu durchschauen. So viel zu meiner Intuition, zu meiner Überzeugung, immer zu wissen, wenn jemand lügt.

»Er hat mit Nicole geschlafen«, sage ich.

Freddy lässt beinahe das Handy fallen. »Bitte, was?«

Ich erkläre es ihr. Sie ist entsetzt. »Das ist wirklich abartig!«, ruft sie. »Ich meine, klar ist Nicole hübsch und so, aber …«

Ich sehe sie an. »Du findest sie hübsch?«

»Nicht so hübsch wie du«, beeilt sich Freddy zu sagen.

»O Gott!« Ich lege die Arme über den Kopf. »Was geht hier mit mir ab?«

»Die Alte hat vielleicht mal Nerven, dich anzumachen, weil du rumvögelst«, bemerkt Freddy. »Was für eine Schlampe.«

Ich nehme Wills Handy und scrolle aufs Neue durch die Nachrichten. Klicke auf das nächste Bild, wieder eine schöne Frau. Ich öffne sein Fotoalbum und sehe es durch. Ein Mädchen nach dem anderen, eins schöner als das nächste. Und die SMS selbst? Massen von Flirts, Verabredungen, leidenschaftlichen Dankesbekundungen.

Da trifft es mich.

Will ist zu all dem hier fähig. Zu dieser Leidenschaft, dieser Lust, diesem Spaß. Und er teilt es mit anderen Menschen.

Nicht mit mir.

Ich schleudere das Handy von mir. Es fliegt durch den Raum, gegen die Wand.

»Hey!«, ruft der Barkeeper.

»Sorry, ist mir aus der Hand gerutscht.« Ich verkünde Freddy: »Ich suche ihn jetzt und schneide ihm den Schwanz ab.«

»Lily, warte«, sagt Freddy. »Du wolltest diese Hochzeit doch absagen, schon vergessen? Die ganze Woche über warst du voller Zweifel. Will hat dir einen Gefallen getan.«

Absolut richtig. Absolut vernünftig. Ich heule wieder los. Seufzend streicht mir Freddy über die Haare. Sie nimmt mich in den Arm und sagt, dass es schon werden wird. Sie schimpft mit mir und macht sich lustig. Sie bestellt alberne Getränke und lenkt mich mit lustigen Geschichten über ihre eigenen katastrophalen Verlobungen ab.

Gerade erzählt sie eine richtig gute Story über Norman, als ihr Handy summt. »Das ist Leta. Sie will wissen, wo wir sind.« Freddy beginnt, eine Antwort zu tippen. »Ich sage ihr, dass du bei deiner Familie bist.«

»Nein.« Ich lege die Hand auf ihren Arm. »Lass uns irgendwo treffen. Lass uns alle einladen.«

»Bist du denn in der richtigen Stimmung dafür?«

»Was soll ich sonst tun?«

»Essen?«, schlägt sie vor. »Schlafen? Nichts wie raus aus der Stadt?«

»Geht nicht«, flöte ich. »Muss morgen arbeiten!« Ich erzähle ihr von meiner todgeweihten Zeugenvernehmung. Dann berichte ich ihr, was mit Teddy geschah. Schließlich habe ich keine Lust mehr zu reden, und da sie auch keine Lust hat, hole ich mein Handy heraus und trommele die üblichen Verdächtigen zusammen. Bald startet mein dritter und letzter Junggesellinnenabschied. Niemand außer Freddy weiß irgendwas, deshalb muss ich so tun, als wäre ich glücklich. Ich glaube, es gelingt mir ganz gut.

Wir trinken eine Menge. Wir tanzen. Wir gehen in einen Stripclub. Sie ziehen ein paar Lines auf dem Klo. Wir sehen zu, wie die männlichen Stripper sich auf der Bühne wälzen.

»Was hat es eigentlich mit Eiern auf sich?«, sagt Freddy, als ein Stripper mit seinen Teilen vor ihrem Gesicht herumwackelt. »Was macht sie für Menschen wie dich so unwiderstehlich?«

»Kann ich nicht erklären«, sage ich. »Gehört zu den Rätseln des Lebens.«

Diane quetscht sich zwischen uns. »Ich kann es erklären«, sagt sie. »Sieht doch aus, als wären die ganzen Frauen hier richtig bei der Sache, oder? Total begeistert! Sind sie aber nicht. Sie sind in einem Zustand echter psychosexueller Panik. Siehst du Janelle da drüben?« Meine Freundin Janelle genießt gerade die sehr persönliche Aufmerksamkeit eines

Tänzers. »Sie kann den Blick nicht abwenden, weil jeden Moment dieser winzige Tanga reißen könnte, und dann würden ihr zwei fette, gewachste Hoden ins Gesicht springen und ihr eine klatschen.«

»Du bist verrückt!«, lache ich. »Sie hat voll ihren Spaß.«

Janelle sieht zu uns rüber. *Hilfe*, artikuliert sie lautlos.

Wir gehen in die nächste Bar. Noch eine und noch eine. Wir tanzen und trinken, trinken und tanzen. Die Gruppe wird größer, andere Freundinnen stoßen dazu, Gäste, die denken, dass es sich hier um das erste zur Hochzeit gehörige Event des Wochenendes handelt, während in Wirklichkeit ... haha, nix da. Wir finden eine Kaschemme in der Nähe des Meeres, setzen uns auf die Terrasse, trinken Bier und essen Pommes. Wir versuchen es in einer Transenbar. In einer Lounge mit ausgefallenen Cocktails. Irgendwann tue ich nicht mehr so, als wäre ich glücklich, sondern bin es. Mehr oder weniger.

Bis Nicole mit ein paar Freundinnen von der Uni reinkommt.

Freddy sieht sie und steht auf. »Ich kümmere mich um sie.«

»Nicht.« Langsam erhebe ich mich. »Ich will mit ihr reden.«

Freddy legt mir eine Hand auf den Arm. »Was willst du zu ihr sagen?«

Ich trinke mein Glas in einem Zug leer. »Mit ›reden‹ meine ich, ihr eine reinhauen.«

»Lillian. Sei die Erwachsenere.«

»Aber ich will die Kindischere sein.« Ich mache einen Schritt nach vorn. »Ich will jetzt so richtig verflucht scheiße kindisch sein.«

»Schlägereien sind nichts für dich.« Freddy muss mich mit Macht zurückhalten. »Erinnerst du dich noch an den Abend in Greenpoint letztes Jahr?«

»Brooklyn.« Ich setze mich wieder. »Macht mich jedes Mal fertig.«

»Warte hier«, sagt sie, und ich verfolge, wie sie auf Nicole zumarschiert und mit nur wenigen Worten vertreibt. Nach einer Weile beruhige ich mich und grübele über die Sache nach. Welches Recht habe ich überhaupt, Nicole anzumachen? Was hat sie getan, das ich nicht getan hätte, immer und immer wieder?

Als wir in einer großen, lärmigen Bar auf der Duval Street sind, erhalte ich eine SMS:

– Können wir bitte reden?

Eine Minute lang starre ich auf das Display. Dann antworte ich:

– nein

– Ich weiß, dass es ein Schock war, aber du kannst eigentlich nicht böse sein.

– Sims doch einem anderen Mädel. Hast doch genug zur Auswahl.

– Bitte, Lily! Ich versuche zu verstehen, warum du dich so aufregst.

Freddy plumpst neben mich, ihr Glas schwappt über. Sie ist ein bisschen angeheitert. Ich zeige ihr mein Handy. »Warum rege ich mich auf?«

»Weil du dachtest, du würdest ihn kennen, aber es nicht stimmte«, sagt sie. »Weil du blind warst. Weil dein Stolz verletzt ist. Weil selbst Lügner nicht gerne angelogen, Betrüger nicht gerne betrogen werden. Weil …«

»Gott, Winifred. Es reicht.«

– Ich kenne dich nicht. Du bist nicht der Mensch für den ich dich hielt

– Doch! Das ist nur ein Teil von mir. Wie es auch nur ein Teil von dir ist.

…

– Lily?

– Hör auf, mir zu schreiben. Du bist ein Mistkerl. Du bist ein Aufreißer mit deinem kleinen Sammelalbum voller Eroberungen und den ganzen dämlichen SMS

– Du lässt mich nicht erklären.

…

– Deine Untreue ist also kein Problem, meine aber schon? Dass ich dir nicht reichte, war okay, aber wenn sich erweist, dass du mir nicht gereicht hast, dann ist das nicht okay?

Ich schaue aufs Display. Ich habe ihm nicht gereicht. Da steht es. Schwarz auf Weiß.

Es tut weh. Gott, tut das weh.

Freddy liest über meine Schulter mit. Ich schiele zu ihr hoch, hoffe auf Mitgefühl. Stattdessen sagt sie: »Das stimmt. Du bist nicht besonders fair.«

Sie hat recht. Und ich kann nicht anders, als an meine begeisterte, große Rede im Telefongespräch mit Lyle am Nachmittag zu denken. Ich vögele jeden, den ich vögeln will, und jeder, der mich deswegen verurteilt, der kann mich mal kreuzweise. Ich bin eine Frau, hört mein Gebrüll!

Trotzdem. Das ist etwas anderes.

»Warum muss ich fair sein?«, frage ich. »Jetzt sage ich endlich mal ehrlich, was ich fühle. Ist das nicht am wichtigsten?«

»Klar«, meint sie. »Aber …«

»Nein, ich versteh schon«, erwidere ich. »Alles rächt sich irgendwann. Das Karma ist ein mieser Verräter. Ich werde bestraft für meine …«

Ich halte inne.

»Lily?«

Sünden. Ich werde bestraft für meine Sünden.

Ian hatte recht!

»Die sexuelle Verschwörung!« Ich greife mir an den Kopf. »Sie hat mich erwischt!«

Mein Handy kündigt die nächste SMS an.

– Bitte sprich mit mir.

Er will reden? Kann er haben.

– nicole, will? NICOLE? willst du mich verarschen?

– Ich sage nur 3 Namen, Lily: Ian. Javier. Tom.

»Wer ist Tom?«, fragt Freddy.

Ich kippe das Glas runter und bestelle ein neues. »Ich glaube, er meint Tim.«

Das Telefon plingt wieder.

– Das mit Nicole tut mir leid, ja? Das war ein Fehler. Ich hab ihr am Sonntagabend gesagt, dass es nicht wieder vorkommt. Sie war nicht gerade begeistert.

Ich denke zurück an Sonntag. In der letzten Hemingway-Bar war Will so aufgeregt. Und Nicole wirkte danach noch muffiger als sonst. Logisch.

Freddy geht zur Toilette. Ich starre auf mein Handy. Meine Wut hat sich aufgelöst – sie scheint stoßweise zu kommen und zu gehen –, jetzt gibt es einiges, was ich wissen will.

– Wenn Betrügen nicht schlimm ist, warum hast du es dann vor mir verheimlicht?

– Ich wollte dich nicht verlieren.

– Hahaha

– Es war ein Fehler. Ich hätte ehrlich sein sollen. Aber ich merkte, dass du dir nicht sicher warst mit dem Heiraten. Ich hatte Angst, dich zu verlieren. Ich liebe dich so sehr.

– Du LIEBST mich? lol

– Weißt du nicht mehr, was ich Sonntagabend zu dir sagte? Was ich immer zu dir sage? Ich liebe dich genau so, wie du bist. Ich kenne dich in- und auswendig, und ich liebe dich.

– Ich erinnere mich. Jetzt weiß ich, dass es gelogen ist.

Kurz darauf klingelt das Handy. Ich gebe ihm keine Gelegenheit, etwas zu sagen.

»Du hast es nicht ernst gemeint, Will! Nichts davon meintest du ernst. Der lateinische Spruch. Mein Ring.« Mir will ein Schluchzen entfahren, ich kann es zurückhalten. »Die Nacht, als wir uns verlobten. Alles gelogen.«

»Das stimmt nicht, Lily! Ich liebe dich. Ja, ich habe mit anderen Frauen geschlafen. Aber das eine schließt das andere nicht aus.«

»Tut es wohl! Du kannst mich nicht lieben und mit anderen schlafen. Du kannst keine schweinischen SMS an irgendwelche Frauen schreiben und mich gleichzeitig heiraten wollen.«

»Nein?«, sagt er. »Dann erklär mir bitte dein eigenes Verhalten in den letzten sechs Monaten.«

»Das ist einfach. Ich wusste nicht, dass ich dich liebe, du Arsch!« Ich knalle das Telefon auf den Tisch. Ich weiß, dass das nicht alles ist, dass es komplizierter ist, aber mittlerweile bin ich zu betrunken, traurig und angepisst, um darauf Rücksicht zu nehmen.

Das Handy klingelt erneut. Ich gehe nicht mehr dran, sondern trinke noch einen. Ein Typ setzt sich neben mich. Wir unterhalten uns eine Weile, aber ich kann nicht anders, als ihn unablässig mit Will zu vergleichen. Registriere, inwiefern er ihm unterlegen ist. Nicht so geistreich. Nicht so klug. Nicht so schöne Augen. Das Lächeln nicht so …

Wieder fange ich an zu weinen. Der Typ brummt etwas und verschwindet.

Einige Freundinnen kommen, um mich zu trösten – inzwischen ist allen klar, dass irgendetwas nicht stimmt –, doch ich spiele es herunter. Bammel vor dem großen Tag! Wegen des Kleides! Ich will nicht getröstet werden. Ich glaubte, es wäre meine Strafe, Will die Wahrheit über mich erzählen zu müssen. Ich dachte, meine Qualen bestünden darin, meine Lügen zuzugeben und ihn zu verlieren. Ich hatte keine Ahnung, was auf mich zukam.

– Komm ins Hotel.

…

– Lily. Klink dich nicht einfach aus.

Ich stelle das Handy aus und stecke es in meine Tasche. Freddy beobachtet mich argwöhnisch.

»Was?«, sage ich etwas heftiger, als ich sollte.

»Gib ihm die Möglichkeit, sich zu erklären«, sagt sie. »Persönlich.«

Ich nicke langsam. »Ich wette, das ist so richtig nach deinem Geschmack, was?«

»Lily. Wie kannst du so was sagen?«

»Du hattest recht, und ich lag falsch«, fahre ich fort. »Mit allem. Ich wette, du wusstest sogar, dass ich ihn liebe, nicht? Du wusstest, dass es nur eine mögliche Erklärung für meine Unentschlossenheit gibt, für meine Zweifel und Fragen, für meine Sturheit angesichts der ernstzunehmenden Einwände – nämlich dass ich hin und weg bin vor Liebe zu ihm, ohne es selbst zu erkennen. Bestreite das, Freddy, bitte! Sag mir, dass ich unrecht habe.«

Ich beobachte sie genau. Sie kann mich nicht anlügen.

»Mir kam mal der Gedanke«, gibt sie zu.

»Dir kam mal der Gedanke. Ist das nicht süß? Danke, dass du's mir gesagt hast.«

»Lily ...«

»Weißt du was? Das war alles sehr nett, aber jetzt muss ich los. Ich muss morgen arbeiten.« Ich stehe auf und gehe.

Auf dem Weg nach draußen sehe ich ein Pärchen an einem kleinen Tisch. Die beiden sind mir schon vorher aufgefallen – sie sind sehr attraktiv und wirken so freundlich, jung und gebräunt, glücklich und entspannt. Ich ändere meinen Kurs und setze mich zu ihnen.

»Schönen Gruß!«, sage ich. »Ich bin Viktor Boog, ein berühmter Psychotherapeut.«

Die beiden heißen Sandra und James. Sie kommen aus Laguna Beach, Kalifornien.

»Wir beobachten dich schon etwas länger«, sagt James. »Sieht aus, als hättest du einen schweren Tag.«

Ich tue seine Sorge ab. »Reden wir über euch.«

Sie feiern ihren fünften Hochzeitstag. Während wir reden, halten sie Händchen und kuscheln miteinander.

»Ihr wirkt so glücklich«, sage ich. »Wie sorgt ihr dafür, dass der Zauber bleibt?«

»Kommunikation«, sagt James.

»Flotte Dreier«, sagt Sandra.

Ich lache.

»Nein, wirklich«, meint sie.

»Flotte Dreier fand ich immer schon kompliziert«, sage ich. »Ich bin nicht so gut im Planen.«

»Die muss man nicht unbedingt im Voraus planen«, entgegnet James.

»Interessant.« Ich stehe auf. »Entschuldigt ihr mich kurz? Ich muss zur Toilette.«

Sandra erhebt sich ebenfalls. »Ich komme mit.«

Sie folgt mir den Flur hinunter auf die Damentoilette, wo wir eine leere Kabine finden. Sie schließt die Tür hinter uns und legt mir den Arm um die Taille.

Ich habe nur verschwommene Erinnerungen an Knutschereien mit Mädchen im Internat, bin mir aber ziemlich sicher, dass sie nicht hiermit vergleichbar waren. Denn wenn sie es gewesen wären, wäre ich niemals auf Jungen umgestiegen. Aber jetzt? Das ist unglaublich. Unsere Lippen passen perfekt zusammen. Wir beginnen, uns zu küssen, erst vorsichtig, dann mit wachsender Begeisterung, wir öffnen uns einander, heiß und weich suchen sich unsere Lippen. Sandra riecht herrlich, so blumig und üppig – ich senke den Kopf und streife mit dem Mund ihren weichen Hals. Ich möchte sie verschlingen – ihren Mund, ihre Zunge, ihr Gesicht und ihren Hals. Ihre Haut ist unerträglich weich, ich möchte jeden Zentimeter von ihr berühren. Ich küsse ihr Handgelenk, ihre Hand, jeden Finger. Ihr Mund ist auf meinem, ihre Hände gleiten über meinen Körper. Sie legt eine Hand zwischen meine Beine und drückt dagegen. Ich keuche. Sie küsst mich wieder, ihre süße Zunge in meinem Mund schmeckt nach Champagner und Erdbeeren.

Und die Brüste! Die machen so viel Spaß! Wer konnte das ahnen? Gut, viele Menschen, aber nicht ich! Die von Sandra sind klein und rund, perfekt. Ich umschließe sie mit den Händen. Beuge mich vor und küsse eine durch den dünnen Stoff ihres Oberteils. Ihr Nippel wird hart, ich ziehe mit den Lippen daran. Beiße vorsichtig hinein, sie stöhnt auf. Sie nimmt mein Gesicht in die Hände und küsst mich aufs Neue. Ich vergrabe die Finger in ihrem seidigen Haar, spüre, wie ihre Hand an meinem Kleid herauftastet. Sie zieht mein Höschen beiseite und schiebt einen Finger in mich.

»Lass uns immer hier drin bleiben««, flüstere ich ihr ins Ohr. »Lass uns einfach nicht mehr rausgehen.«

»Wir schließen gerade meinen Mann aus«, murmelt sie. »Das ist ungerecht.«

»Stimmt«, sage ich fiebrig. »Komm, wir holen ihn.«

Wir verlassen die Toilette. Sandra nickt James zu. Schnell bezahlt er die Getränke, wir sind fertig zum Aufbruch. Auf einmal ist Freddy bei mir.

»Lily«, sagt sie. »Tu das nicht.«

Ich lächele sie an. »Alles gut! Außerdem? Jetzt raffe ich das endlich mit den Mädchen. Du hast vollkommen recht!«

»Bitte, Lily. Du bist nicht in der Verfassung.«

Sie legt mir eine Hand auf den Arm. Grob schüttele ich sie ab. »Lass mich in Ruhe!«

Sie wirkt getroffen. Kurz habe ich Schuldgefühle, aber verdränge sie. Ich habe das Nachdenken satt.

»Ich rufe dich später an«, sage ich zu ihr. »Hör auf, dir so viele Gedanken zu machen!«

Wir verlassen die Bar und gehen die Duval hinunter. Ich halte Sandras Hand. Es weht ein leichter Wind, der nach Ozean schmeckt. Ihr Hotel ist noch schicker als meins. James küsst mich im Aufzug. Er ist ebenfalls gut. Am liebsten würde ich alles hinter mir lassen und mit den beiden nach Laguna Beach gehen. Am liebsten würde ich die beiden heiraten. Wäre bestimmt ein nettes Leben.

Wir steigen aus dem Aufzug und gehen den Korridor hinunter. James hat seinen Arm um meine Taille gelegt. Sandra schiebt den Schlüssel in die Tür.

Langsam schüttele ich den Kopf.

Überrascht dreht sie sich zu mir um. »Schätzchen, was ist?«

»Ich kann das nicht«, sage ich.

»Schon gut«, sagt James schnell. »Wir wollen nicht, dass du was machst, das du nicht willst.«

»Ich will ja, aber ich kann nicht«, schluchze ich. »Ich glaube … ich glaube, ich gehe ins Bett.«

Sandra legt die Arme um mich, ich weine an ihrer Schulter. »Ach, Süße.«

»Ich wollte Samstag eigentlich heiraten. Ich fand ihn so toll. Und jetzt stellt sich heraus, dass er ein fremdgehendes Arschloch ist. Genau wie ich!«

Sandra klopft mir auf den Rücken. »Psst. Schon gut. Ssssch.«

Die beiden sind sehr verständnisvoll. James bringt mich nach unten und wartet mit mir auf ein Taxi. Als eins kommt, öffnet er mir die Tür. Dann umarmt er mich.

»Keine Sorge«, sagt er freundlich. »Solche Sachen renken sich meistens von selbst wieder ein.«

FREITAG

23

Irgendwo in der Nähe meines Kopfes piepst ein Wecker. Ich taste unter dem Kissen herum, finde mein Handy und drücke es aus. Warum habe ich es auf sieben Uhr gestellt? Ich habe elf verpasste Anrufe von meinen Mutterfiguren. Außerdem eine neue Textnachricht von Will:

– Check deine E-Mails.

Ich schreibe zurück:

– Fick dich

Dann werfe ich das Handy auf den Nachttisch und drehe mich um. Freddy liegt neben mir.

»Du bist echt abhängig von dem Teil«, flüstert sie.

»Tut mir leid, dass ich gestern Abend gemein zu dir war«, flüstere ich zurück.

»Schon gut, Schätzchen.«

»Wo sind wir?«

»In meinem Zimmer. Hab Nicole rausgeworfen.«

»Mein Leben ist vorbei, Freddy.«

»Du brauchst nur eine Schönheitskur. Du siehst aus wie das Mädchen, das in *The Ring* aus dem Fernseher kriecht.«

»Wozu? Ich hab eh keine Zeit.«

Sie streicht mir übers Haar. »Schon gut. Das wird eine Komplettüberarbeitung.«

Sie hat bereits Termine im Spa des Hotels gebucht. Langsam ziehe ich mich an. Meine ganze Wut ist fort. Ich bin nur noch traurig. Tieftraurig.

Wir wollen gerade nach unten gehen, da plingt mein Handy.

– Ich glaube, ich weiß jetzt, warum du dich so aufregst.

Warum kann er mich nicht einfach in Ruhe lassen?

– Nicht weil ich gelogen habe. Nicht weil du das Gefühl hast, mich nicht zu kennen.

…

– Du denkst bestimmt, dass es falsch ist, was wir tun. Du fühlst dich schuldig. Du sollst wissen, dass ich das verstehe.

Die Sache mit der Wut, die weg ist? Vorbei.

– du verstehst, will? wow, was für eine ERLEICHTERUNG! Jetzt geht es mir schon VIEL besser. Jetzt hasse ich dich nicht mehr abgrundtief!!!

– Lies meine E-Mail, Lily.

Als Freddy und ich in den Fahrstuhl steigen, klingelt mein Handy. Ich gehe dran. »Lass. Mich. In. Ruhe.«

»Ich bin bei Javier«, sagt Will. »Lass uns das ausdiskutieren.«

»Warum soll ich mich mit dir treffen?«, sage ich hitzig. »Damit du mir einen Vortrag darüber halten kannst, dass ich der letzte Mensch der Welt bin, der jetzt mit Steinen werfen sollte? Damit du mir genau die ›Schuld‹ erklären kannst, die ich angeblich empfinde? Quälst du all deine Frauen so?«

»Lily, bitte.«

»Erklär mir, was am Montagmorgen los war«, sage ich. »Erklär mir unsere ersten drei Tage. Und dann erklär mir all die anderen Male. Warum der Sex mit dir einmal umwerfend und überwältigend war und beim nächsten Mal wieder total langweilig. Warst du kaputt? Hast du dich zurückgehalten? Im Ernst, Will, das wüsste ich gerne.«

Schweigen. Schließlich sagt er. »Das ist kompliziert.«

Ich lache. »Das glaube ich sofort.«

»Warum hast du nie ein Wort gesagt?«, gibt er zurück. »Warum hast du das nie angesprochen?«

»Guter Versuch, aber wir reden jetzt nicht über mich. Wir reden über dich.«

»Wir reden über uns, Lily. Du hast nichts dazu gesagt, weil es dir unangenehm war, oder? Du wolltest nicht, dass ich dein wahres Ich sehe. Das so richtig gerne Sex hat. Weil du dich geschämt hast.«

Es macht mich stinksauer, wie wenig er mich versteht. »Ich habe mich noch nie für Sex geschämt, Will. Ich habe nur Schuldgefühle, weil ich dich angelogen habe.«

»Und du hast mich angelogen, weil du dachtest, es sei falsch, was du tust! Aber das ist es nicht. Wir sind keine schlechten Menschen. Was wir tun, ist normal. Wir sind perfekt füreinander, Lily. Wir sind praktisch dieselben. Siehst du das nicht?«

Ich halte es nicht mehr aus. »Ich will nicht mich selbst heiraten!«, schreie ich. »Ich will mich ändern!«

Es folgt ein langes Schweigen.

»Wenn du dich nicht schämst«, sagt er schließlich, »warum willst du dich dann ändern?«

Ich lege auf. Freddy schaut starr geradeaus, tut so, als hätte sie nichts gehört. Schätze, nach gestern Abend geht sie auf Nummer Sicher. Erneut wähle ich Wills Nummer. Ich will ihm sagen, dass er es nicht begreift. Dass ich mich falsch ausgedrückt habe. Ich will mich überhaupt nicht ändern. Ich will …

Ach, zur Hölle damit. Ich muss mich vor ihm nicht rechtfertigen.

Wir verlassen den Aufzug, durchqueren das Foyer und betreten das Spa. Die Frau hinter dem schmalen, minimalistischen Bambustisch hat ein breites rosa Grinsen im Gesicht und eine Haut, die so glatt, prall und makellos wie der Popo eines Neugeborenen ist. Freundlich neigt sie den Kopf und grüßt uns mit einem überhaupt nicht aufgesetzten »Namaste«.

Sofort will ich wieder gehen, aber Freddy hält mich fest. »Vertrau mir. Hinterher fühlst du dich besser.«

Das bezweifele ich. Namaste führt uns in die Umkleideräume, wo wir uns ausziehen und in flauschig weiße Bademäntel schlüpfen. Sie kommt wieder und leitet uns in den großen Wartebereich, einen stillen, schwach beleuchteten Raum, wo schräge fernöstliche Musik aus versteckten Lautsprechern säuselt, und niedrige Sofas um einen Brunnen in der Mitte gruppiert sind.

Auf diesen Sofas fläzen sich Mom, Jane und Ana in weißen Bademänteln und trinken grünen Tee.

Ich drehe mich zu Freddy um. »Ist das dein Ernst?«

»Sie haben sich Sorgen gemacht«, sagt sie abwehrend und quetscht sich zwischen die Frauen.

»Du hast nicht auf unsere Anrufe reagiert«, fügt Jane hinzu. Um ihr Haar ist ein großes weißes Handtuch gewickelt, sie hat bereits einen giftig wirkenden orangefarbenen Glibber im Gesicht.

Ana schiebt ihr Handy in die Tasche des Bademantels. »Irgendwann haben wir uns an Freddy gewandt. Sie hat uns erzählt, was passiert ist.«

Ich gehe zu einem Beistelltisch und gieße mir ein Glas Wasser ein, in dem Gurkenscheiben schwimmen. »Dann wisst ihr ja alle, dass Glückwünsche angebracht sind. Ihr habt gewonnen. Ich heirate nicht.«

»Deshalb sind wir hier, Schätzchen«, sagt Mom. »Wir haben unsere Meinung geändert. Wir finden, dass du Will heiraten solltest.«

In diesem Moment explodiert mein Kopf, und das Gehirn spritzt auf die schönen Teakwände und die bestickten indischen Kissen.

»Wir dachten nicht, dass du ihn wirklich liebst«, erklärt sie. »Wir hatten Sorge, dass du ihn betrügen würdest und dass ihr beide furchtbar unglücklich wärt, wenn er die Wahrheit herausfände. Aber jetzt stellt sich heraus, dass du ihn doch liebst und er alles wusste und dich trotzdem liebt. Von daher …«

Ich sehe mich um. »Wo ist Gran?«

Ana runzelt die Stirn. »Sie wollte nicht mit. Sie findet Spas unhygienisch.«

Namaste geht mit einem Stapel Handtücher durch den Raum. Sie hält inne, macht ein vorwurfsvolles Gesicht und verschwindet in einem Behandlungszimmer.

Ana sieht ihr nach. »Ist hier noch irgendjemand neidisch auf die Haut dieser Frau?«

»Sie ist außerordentlich gut hydratisiert«, sagt Jane anerkennend.

Ich schenke mir noch ein Glas Wasser ein und setze mich auf ein Sofa gegenüber den anderen.

»Nur um sicherzugehen, dass ich richtig verstehe«, sage ich. »Eine Sippe geschiedener Frauen – von denen jede momentan eine Affäre mit einem verheirateten Mann hat, einem Mann, mit dem jede von ihnen verheiratet war und von dem sie sich wegen seiner chronischen Untreue scheiden ließ – diese Frauen geben mir jetzt den Rat, zu heiraten?«

Sie werfen sich Blicke zu.

»Frauen, die mich besser kennen als jeder andere«, fahre ich fort. »Frauen, die alles über mich wissen. Das sind die Frauen, die mich jetzt drängen, einem einzigen Mann Treue und Ergebenheit zu schwören – einem Mann, den ich wiederholt betrogen habe und der mich mehrmals hintergangen hat? Das läuft hier gerade ab?«

»Kann man so sagen«, meint Ana.

»Eins muss dir klar sein, Schätzchen«, sagt Jane. »Untreue in einer Ehe ist unvermeidlich.«

Mom wirkt leicht überrascht. »Ich weiß nicht, ob das stimmt.«

»Natürlich stimmt das«, sagt Ana und schielt auf ihr Handy.

»Sie ist unvermeidlich und unwichtig«, fährt Jane fort. »Die Affären waren nicht das eigentliche Problem, das wir mit Henry hatten. Es war die grundlegende Unvereinbarkeit.«

»Deine Mutter ist ein häuslicher Typ«, sagt Ana. »Sie wollte in Key West bleiben, während dein Vater um die Welt reisen wollte. Ich wollte in die Politik gehen, und Henry war dafür nicht der richtige Ehemann. Jane hatte gesellschaftliche Ambitionen, die Henry vollkommen abgehen. Du und Will, ihr seid in eurem Leben beide in derselben Phase. Ihr liebt euren Beruf. Ihr wollt in New York sein. Ihr habt an denselben Dingen Spaß.«

»Offensichtlich«, murmelt Jane.

Ich lehne mich auf der Couch zurück. »Untreue ist keine große Sache. Das willst du mir gerade sagen.«

»Sie ist eine große Sache, weil sie universell ist«, sagt Ana. »Denk mal drüber nach, Lilybär. Warum behauptet jeder in diesem Land, dass er Fremdgehen unmöglich findet, dass es schlimm und furchtbar ist, aber gleichzeitig vögeln alle durch die Gegend, träumen zumindest davon oder treiben es am Telefon, am Computer oder auch nur in der Phantasie? Männer, Frauen, Kollegen von mir im Kongress – auf die abartigste Art und Weise – Prominente, normale Menschen, frisch Verheiratete, alte Leute. Alle«, schließt sie. »Alle betrügen, und alle lügen.«

»Das ist ein bisschen übertrieben«, meint Mom.

»Wir sind Tiere«, sagt Ana. »Das müssen wir akzeptieren. Eine Ehe besteht aus viel mehr als Sex. Aber wir lassen es zu, dass er eigentlich gesunde Beziehungen zerstört.« Sie schielt auf ihr Handy. »Na, danke für die Antwort, du blöder Wichser!«

»Tu das Teil weg«, seufzt Jane. »Wir sind in einem Spa, Herrgott nochmal.«

Namaste führt eine Kundin in ein Behandlungszimmer. Sie legt einen Finger auf die Lippen. Wir ignorieren sie.

»Was ist, wenn ich einem Menschen treu sein will?«, sage ich. »Was ist, wenn ich mich ändern will?«

»Du willst dich ändern?«, fragt Ana.

Das beschäftigt mich, seit ich es unüberlegt zu Will sagte.

Ich muss einen Grund dafür gehabt haben. »Vielleicht ist ›wollen‹ ein zu starkes Wort. Ich habe das Gefühl, ich sollte mich ändern.«

»Das ist vielleicht keine schlechte Idee«, meint Mom.

»Warum sollte sie sich ändern?«, will Ana wissen.

»Die Bevölkerung von Manhattan schrumpft«, bemerkt Jane und betrachtet ihre glänzenden Nägel. »Irgendwann werden ihr die Männer ausgehen.«

»Lily braucht keinen Mann, um vollständig zu sein«, sagt Ana. »Das braucht niemand. Dafür sind wir alle Beweis.«

»Ich mache mir Sorgen um mein kleines Mädchen«, sagt Mom. »Ihre Lebensweise ist so … so unkonventionell.«

Freddy wird hellhörig. »Unkonventionell? Ist das ein anderes Wort für ›falsch‹?«

»Nein!«, ruft Mom. »Ich meinte …«

»Im Ernst, Mom«, sage ich. »Das musst du gerade sagen. Was ich da am Dienstagnachmittag gesehen habe, war auch ziemlich unkonventionell, denkst du nicht?«

»Nicht abschweifen«, sagt Jane. »Heirate Will jetzt. Wenn du möchtest, kannst du es dir ja später anders überlegen.«

Mom widerspricht: »Will ist kein Paar Schuhe. Sie kann ihn nicht einfach zurückgeben, falls sie es sich anders überlegt.«

»Warum nicht?«, fragt Ana. »Das haben wir schließlich alle getan.«

»Meine Damen!«, ruft Namaste verärgert. »Ihre Lautstärke!«

Langsam drehen wir uns zu ihr um. Sie bekommt Angst und zieht sich zurück.

»Ich will euch mal eine Frage stellen«, sage ich. »Was ist der Sinn der Ehe?«

»Liebe und Familie?«, sagt Mom.

»Partnerschaft und Kameradschaft«, meint Ana.

»Wohlstand und soziale Legitimierung«, antwortet Jane.

»Ihr drei müsst euch echt besser absprechen«, bemerkt Freddy.

Mom faltet die Hände und beugt sich vor. »Ich habe mitbekommen, wie ihr euch angesehen habt, als ihr gestern Abend ins Restaurant kamt. Ihr liebt euch.«

»Ihr seid beide klug und erfolgreich«, fügt Ana hinzu.

»Er ist so groß«, wirft Jane ein.

»Alles Gründe, warum er mein Partner sein kann«, erwidere ich. »Aber sind das auch Gründe, ihn zu heiraten?«

Niemand antwortet.

»Lily?«

Namaste steht in der Tür.

»Ihre Masseurin wartet auf Sie«, sagt sie.

Als ich ihr folge, bricht hinter mir eine leidenschaftliche Diskussion aus.

In den folgenden drei Stunden werde ich abgeschrubbt, gepeelt, bedampft und in Algen gewickelt. Ich bekomme Reiki, werde biotherapeutisch gereinigt und kraniosakral begradigt. Heiße Steine drücken mich nieder. Danach geht es mir wirklich besser – wenn auch nur ein bisschen.

Der Wecker in meinem Handy meldet sich, ich hole es aus der Bademanteltasche. Die Zeugenvernehmung beginnt in einer Stunde. Ich sehe in meine E-Mails. Vielleicht hat die Gegenseite einer Verschiebung doch noch zugestimmt. Vielleicht ist Philip wunderbarerweise genesen, oder ein anderer Teilhaber kommt zu meiner Rettung geeilt.

Nichts dergleichen. Die einzige Nachricht im Posteingang stammt von Will, abgeschickt um fünf Uhr morgens.

Ich Bin Kein Drecksack, und Du Auch Nicht.

Prägnant. Ich lasse das Handy wieder in die Tasche gleiten.

In meinem Zimmer ziehe ich mich für die Arbeit um. Freddy sitzt auf dem Bett. »Kannst du mir einen Gefallen tun?«, frage ich. »Sag es ab. Offiziell. Setz dich mit Mattie in Verbindung, mit meinen Eltern und … sag die Hochzeit einfach endgültig ab.«

Ihr Gesicht ist voller Besorgnis. »Bist du dir sicher, Süße?«

Ich nicke unglücklich. »Ich bin mir sicher.«

Als ich das Hotel verlasse, regnet es. So viel zu Matties Versprechen, die Sonne würde scheinen. Arme Mattie – sie wird über anderes enttäuscht sein als über das Wetter heute. Aber ich habe keine Zeit, mir über sie oder die Hochzeit oder Will den Kopf zu zerbrechen. Ich muss mich auf die Arbeit konzentrieren. Bei der Schönheitsbehandlung habe ich mir so meine Gedanken über den bevorstehenden Termin gemacht. Mir ist ein winziger verfahrensrechtlicher Grund für einen Aufschub eingefallen, aber ich habe Angst, dass mich der Anwalt der Gegenseite auslacht, wenn ich ihn anführe. Und wenn ich fordere, das Gericht anzurufen und eine Vertagung zu beantragen, wird der Richter das mit Sicherheit ablehnen – und stinksauer sein, dass ich überhaupt damit angekommen bin. Man bräuchte einen triftigen Grund, um die Vernehmung abzusagen, aber bisher habe ich nichts in der Hand.

Ich halte vor Grans Haus und laufe hinein. Sie ist in der Küche und liest Zeitung, ihr Haar ist auf Schaumstoffwickler gedreht.

»Du musst die zweite Bevollmächtigte bei der Vernehmung sein«, sage ich. »Erkläre ich dir alles im Auto. Aber du musst dich beeilen.«

Bevor ich den letzten Satz ausgesprochen habe, liegt die Zeitung auf dem Boden, und Gran hastet nach oben. Da ich nichts Besseres zu tun habe, während ich auf sie warte, beginne ich, Wills E-Mail zu lesen.

Liebe Lily,

es gibt vieles über mich, das du nicht weißt. Das ist meine Schuld, und ich möchte das gerne ändern. Ich hoffe, wenn du besser verstehst, wer ich bin und warum ich so bin, wie ich bin, dann bekommen wir das wieder hin.

Bitte lies diese Mail ganz bis zum Ende durch.

Einiges davon habe ich noch nie jemandem erzählt.

Solange ich denken kann, habe ich Frauen angehimmelt. Mein

Vater sagt, dass ich mit drei Jahren regelmäßig den Kellnerinnen in Imbissbuden und Frauen an Bushaltestellen meine Liebe gestanden habe. Mit vier hatte ich die erste Freundin, wir liefen händchenhaltend über den Spielplatz. Mir gefiel es, wie Frauen aussahen und wie sie sich bewegten. Ihre Haare, ihre Stimmen. Meine Kindergärtnerin war eine ältere Frau namens Mrs Echternach. Sie war klein und untersetzt und hatte einen Oberlippenbart. Aber so wunderschöne blaue Augen. Für mich war sie eine Göttin.

Leider war ich kein Gott. Als ich älter wurde, war ich kein süßer kleiner Junge mehr, sondern ein ungelenker Jugendlicher. Ich trug eine Spange, hatte unreine Haut, spielte Waldhorn – und so weiter. Ich wurde schüchtern – krankhaft schüchtern. Immer noch bewunderte ich die Mädchen, jedoch aus der Ferne. Weißt du noch, dass ich dir von der Bibliothek erzählte, in der ich so viel Zeit verbrachte? Ich kann mich insbesondere an ein Buch erinnern – eine Abhandlung über griechische und römische Plastiken. Wenn ich schlecht drauf war, holte ich es heraus und vertiefte mich in diese Silhouetten und Kurven, in die Hälse und Schultern, die Brüste und Gesichter. Alles Darstellungen der Schönheit, wahrer Schönheit, die einmal existiert hatte.

War ich sexistisch? Sah ich Frauen ausschließlich als Objekt? Ich denke schon. Aber ich war noch nicht erwachsen. Ich wusste nicht, was »Instrumentalisierung« bedeutet und warum sie womöglich schlecht ist. Letztendlich wusste ich, was ich über Frauen und ihren Körper dachte oder nicht dachte, war egal. Ich hatte nicht die geringste Chance, jemals mit einer zusammenzukommen. Und so betrachtete ich sie und betete sie an in der Überzeugung, dass ich sie niemals würde berühren können.

Glaubte ich jedenfalls. Im Laufe der nächsten Jahre

Mein Gott, das ist ja eine Dissertation! Wie lange wäre sein Eheversprechen ausgefallen? Gran kommt die Treppe hinuntergepoltert. In einem dunkelblauen Kostüm und schicken orthopädischen Schuhen erscheint sie in der Tür, am Arm eine Handtasche in der Größe von Rhode Island. Ich werfe das Handy in meine Tasche, und wir gehen nach draußen zum Auto.

Will kann einfach nicht anders. Er war schon immer so. Wie originell. Da vergebe ich ihm natürlich alles.

Auf dem Weg zum Büro von EnerGreen in der Flagler Street erzähle ich Gran, was uns erwartet.

»Diese Zeugenvernehmung unter Eid ist Teil des Verfahrens wegen der Ölkatastrophe von Deepwater Discovery«, führe ich aus. »Wahrscheinlich hast du davon gelesen – diese Sammelklage, weil vor zwei Jahren die Bohrinsel im Golf in die Luft flog.«

»Klar«, knurrt sie. »Diese unfähigen Wichser.«

»Diese unfähigen Wichser sind jetzt unsere Mandanten, Gran. Unser Zeuge ist ein Buchhalter, der schlimme E-Mails geschrieben hat. Darin deutet er an, dass EnerGreen an einem gewaltigen Betrug beteiligt ist – letztendlich kann man aus ihnen herauslesen, dass EnerGreen die Kosten der Ölkatastrophe benutzt hat, um riesige finanzielle Verluste zu vertuschen. Glücklicherweise ist unser Zeuge auch noch ein Volltrottel.« Ich zitiere die E-Mails und erzähle ihr von dem vorbereitenden Treffen.

»Gott, o Gott«, sagt sie. »Kann er erklären, warum er sie geschrieben hat?«

»Leider ja. Es ist die Wahrheit. Diesen Betrug gibt es wirklich. Er hat ein gewaltiges Ausmaß. Wenn die Gegenseite Pete diese Mails vorlegt und er dazu aussagt, wird EnerGreen den Prozess verlieren. Schlimmer noch, die Börsenaufsicht und das Justizministerium werden von dem Betrug erfahren. Die gesamte Firma wird in Flammen aufgehen.«

»Dann steht es außer Frage«, sagt Gran. »Du kannst ihn nicht aussagen lassen.«

»Ich weiß nicht, wie ich es aufhalten soll! Ich habe mir den Kopf zerbrochen, aber nichts gefunden.«

»In dem Fall musst du Schadensbegrenzung betreiben. Manchmal ist das das Einzige, was man tun kann.«

»Ich weiß, Gran, aber das heißt, dass ich gelackmeiert bin. Dann bin ich der Sündenbock für alles Schlimme, was bei dieser Zeugenvernehmung passieren wird. Höchstwahrscheinlich werde ich rausgeworfen – und wenn es nur dazu dient, den Mandanten zu beschwichtigen.«

»Warum bleibt das alles an dir hängen?«, will Gran wissen. »Wo ist der zuständige Teilhaber?«

So schnell ich kann, erzähle ich ihr von Philips Herzinfarkt. Ich rechne damit, dass Gran über Lyles unmögliches Verhalten erbost ist, entgeistert, sauer.

Stattdessen sagt sie: »Philip? So heißt er?«

»Aham.« Ich halte den Blick auf die Straße gerichtet, aber spüre, wie sich ihre scharfen schwarzen Augen in mich bohren.

»Was verheimlichst du?«, fragt sie. Ihre Stimme ist ruhig. Gefährlich ruhig.

Energisch schüttele ich den Kopf. »Nichts.«

»Du schläfst mit ihm, nicht?«

»Ach, Gran!« Ich will lachen, aber es kommt nicht richtig heraus.

»Lillian Grace Wilder!«, ruft Gran. »Schäm dich!«

»War nur ein paarmal! Hatte nichts zu bedeuten.«

»Dann ist es ja gut!« Sie wirft die Hände hoch. »Solange es nichts zu bedeuten hatte.«

»Könntest du dich bitte mal auf das Wichtige konzentrieren?« Ich biege auf den Parkplatz vor dem Ableger von EnerGreen ein und stelle den Wagen ab.

»Und was wäre das?«, fragt sie. »Nach allem, was du mir erzählt hast, weiß ich nicht genau, wie ich dir helfen kann.«

»Ich weiß es auch nicht. Steh mir einfach zur Seite. Gib mir moralische Unterstützung. Halt mich auf, wenn ich etwas total

Bescheuertes tun will. Darüber hinaus kannst du, glaube ich, nicht viel tun.«

Wir steigen aus dem Auto und gehen ins Gebäude. Eine Empfangsdame führt uns zu dem Konferenzraum, wo die Zeugenvernehmung stattfindet. Die Schriftführerin, eine junge Frau mit grünen Fingernägeln und Kaugummi im Mund, stellt bereits ihre Ausrüstung auf – eine Stenographiermaschine, die mit einem Laptop verbunden ist und ihr Steno in ein Protokoll transkribieren wird. Der Filmer, ein alter Mann mit langem grauen Zopf, bereitet seine Kamera und die Mikrophone vor. Der Anwalt der Gegenseite, Daniel Kostova, sitzt am Tisch und blättert in seinen Unterlagen. Lächelnd geben wir uns die Hand und tauschen Höflichkeiten aus.

Und ich denke, es ist in Ordnung. Die Gegenseite wird gewinnen. Soll sie auch. Sie sind die Guten. Man muss sich nur den Anwalt ansehen. Kostova ist ein schluffiger Bär von Mitte vierzig mit wirrem Haar, einem schlecht sitzenden Anzug und herumflatternden Papieren. Vertritt voller Leidenschaft und Überzeugung Opfer von Umweltschäden. Sein ganzes Berufsleben lang hat er gegen Umweltverschmutzer und Giftmüllproduzenten prozessiert und oft gewonnen. Sicher hat er damit eine Menge Geld verdient, aber er hat auch vielen Menschen geholfen. Darüber hinaus ist er gut – Südstaatenmanieren und äußerste Konzentration. Selbst wenn ich es versuchte, würde ich ihn nicht aufhalten können.

»Ich suche mal unseren Zeugen!«, sage ich fröhlich.

Im Gang bekomme ich eine SMS von Mattie.

– Ich hatte gerade ein äußerst verstörendes Gespräch mit deiner Brautjungfer. Könntest du mich anrufen?

Keine Chance. Ich betrete das leere Büro, in dem Pete wartet. Als er mich sieht, springt er auf.

»Mann, bin ich nervös!«, sagt er. Er schwitzt bereits jetzt.

»Das wird schon gutgehen«, versichere ich ihm. »Denken Sie einfach an alles, worüber wir am Dienstag gesprochen haben. Hören Sie sich die Fragen gründlich an. Beantworten Sie nur die Frage, die Ihnen gestellt wurde. Wenn Sie die Frage nicht verstehen, bitten Sie um eine Erläuterung. Warten Sie mit der Antwort, damit ich Zeit habe, Einspruch zu erheben. Verstanden?«

»Ja, Ma'am.« Er nickt eifrig, hält dann inne. »Könnten Sie das noch mal wiederholen?«

Ich wiederhole es. Er geht zur Toilette. Ich schaue auf mein Handy und kann nicht anders … ich öffne Wills E-Mail.

Dachte ich wenigstens. In den nächsten Jahren änderte sich alles ganz gewaltig. Die Pubertät schlug zu. Mein Aussehen verbesserte sich. Die Mädchen fingen an, Notiz von mir zu nehmen. Ich war so schüchtern, dass ich mich niemals getraut hätte, ein hübsches Mädchen anzusprechen. Zum Glück war das auch nicht nötig. Versteh mich nicht falsch – ich weiß, dass ich kein Filmstar bin. Ich denke, sie reagierten auf etwas, was ich verströme. Meine Bewunderung, könnte man vielleicht sagen. Meine Ehrerbietung. Ich log sie nicht an und schmeichelte ihnen nicht. Ich war kein Schwein, kein Aufreißer. Das bin ich bis heute nicht. Die Frauen kommen auf mich zu, Lily. Und sie haben mir viel beigebracht. Beispielsweise Dinge, die man mit Körpern machen kann und die noch toller sind, als sie einfach nur zu betrachten.

Pete kommt zurück. »Ich glaube, ich bin so weit.«

Ich stecke das Handy zurück in die Tasche. »Dann los!«

24

Wir betreten den Konferenzraum, und ich stelle Pete dem Anwalt der Gegenseite vor, Kostova. Gran hat sich am Konferenztisch niedergelassen und kramt in Rhode Island herum.

Ich zeige Pete seinen Platz am Kopfende des Tisches. Er wirkt beunruhigt. »Sitzen Sie nicht neben mir?«

»Ich bin direkt hier, neben der Schriftführerin«, erkläre ich ihm. »Ihr Gesicht ist das einzige, das die Leute sehen wollen.«

Ich setze mich, Kostova lächelt mich freundlich an. »Wir warten noch auf Philip?«

»Er hat es nicht mehr aus New York rausgeschafft, bevor der Sturm kam«, erkläre ich.

Kostova ist überrascht. »Ich dachte, er übertreibt. Also sind heute nur Sie und ich hier?«

»Und meine Unterbevollmächtigte«, sage ich und weise auf Gran.

Kostova mustert mich eingehend. »Ich kann mich nicht erinnern, Sie bei den anderen Vernehmungen gesehen zu haben.«

»Ich verteidige heute zum ersten Mal.«

»Ein Frischling!« Er lächelt nachsichtig. »Ich werd's Ihnen nicht zu schwermachen.«

Wir klemmen unsere Mikros an. Gran pikst mich. »Warum hast du ihm das gesagt?«

»Weil er gefragt hat? Keine Ahnung, Gran. Was soll's? Er macht einen netten Eindruck.«

Sie schüttelt grimmig den Kopf.

Die Filmkamera beginnt zu laufen, die Schriftführerin vereidigt Pete. Ich schiele auf meine E-Mail.

Im Grunde bestand also meine Jugend aus rauen Mengen Sex und Wissenschaft. Doch als ich älter wurde, störte es mich langsam, dass ich mich niemals verliebte. Warum konnte ich den Körper einer Frau bewundern, aber keine romantischen Gefühle für sie aufbringen? Hatte mich das Buch mit den Skulpturen verbogen? Ich mochte viele der Mädchen, mit denen ich schlief, aber verspürte nie eine starke emotionale Verbindung. War ich ein schlechter Mensch, war ich irgendwie gestört?

Ich machte mir Sorgen. Große Sorgen. Letzten Endes fand ich keine Antwort auf die Frage, warum ich mich nicht verlieben konnte, sondern einen Weg, damit meinen Frieden zu machen. Soweit ich weiß, haben wir alle nur eine Runde auf dieser Welt. Eine Möglichkeit, herauszufinden, was es bedeutet, ein Mensch zu sein. Ich weiß, dass mir da manche widersprechen, aber für mich geht es beim Menschsein um den Spaß am Sex. Er bringt die nörgelnden Stimmen in mir zum Schweigen. Er sorgt dafür, dass wir uns gleichzeitig lebendig und unsterblich fühlen. Es ist völlig in Ordnung, wenn jemand – Mann wie Frau – gerne Sex mit vielen verschiedenen Menschen hat. Ich fing an, dieses Thema zu recherchieren, und fand zuhauf wissenschaftliche Beweise, dass der Mensch nicht für die Monogamie gemacht ist. Das ist ein Mythos, der von all unseren soziokulturellen Strukturen aufrechterhalten wird – von Religion, Politik, Kunst. Uns wurde eingeredet zu glauben,

Machen Museumskuratoren so was den ganzen Tag: herumsitzen und ausgefallene Sextheorien ausbrüten? Sollten sie nicht, keine Ahnung, Altertümer von unschätzbarem Wert aufstöbern und kleine Informationsschildchen verfassen, die daneben an der Wand hängen?

Ich überspringe einige Absätze über Jäger-Sammler-Gesellschaften und polyamoröse Primaten. Dann geht es weiter:

Alles, was ich las, stimmte mit meinen Gefühlen überein. Ich sah keinen Grund, warum ich nicht die Freiheit haben sollte, das zu tun, was mir gefiel, so lange ich damit niemanden verletzte. Solange ich ehrlich war und keine meiner Partnerinnen zu dem Glauben veranlasste, es sei Liebe im Spiel, war es in Ordnung, was ich machte. Mehr als in Ordnung. Es war richtig.

Aber dann traf ich dich.

»Der Anwalt gibt jetzt seinen Namen fürs Protokoll an«, sagt die Stenographin.

»Daniel P. Kostova von Kostova, Carey und Gray LLP, Vertreter der Kläger.«

Das ist doch echt zum Lachen. Ich meine, da kommt ein Akademiker mit einer hochtrabenden Rechtfertigung daher, weshalb er seinen Schwanz in jedes verfügbare Loch stecken kann?

»Ms Wilder?«

Ich sehe auf. »Was?«

»Sie müssen sich vorstellen«, erklärt mir Kostova. »Wenn Sie möchten, dass etwas im Protokoll erscheint, müssen Sie sichergehen, dass es in der Mitschrift steht.«

»Klar«, sage ich. »Tut mir leid. Lillian Wilder von der Kanzlei Calder, Tayfield und Hartwell, Anwalt des Beklagten Energy … Enter … Ener*Green* Energy AG. Begleitet von Isabel Curry, unterbevollmächtigte Anwältin des, ähm, des Beklagten.«

Ein Frischling? Wer, ich?

Kostova wendet sich an Pete. »Können Sie bitte auch Ihren Namen zu Protokoll geben, Sir?«

»Peter A. Hoffman«, antwortet Pete nervös.

Kostova lehnt sich zurück, schlägt die Beine übereinander, glättet die Krawatte auf seinem Bauch und lächelt Pete an. »Mr Hoffman, wir wurden schon inoffiziell bekannt gemacht, aber ich möchte mich noch einmal vorstellen. Ich heiße Daniel Kostova, und meine Kanzlei vertritt die Kläger in einer bei Richter George Forster am Bundesbezirksgericht für Ost-Louisiana anhängigen Sammelklage. Ich werde Ihnen heute eine Reihe von Fragen zu dem Fall stellen, aber zuerst würde ich gerne mit Ihnen ein paar Verfahrensregeln durchgehen, was, denke ich, dazu beitragen kann, dass Ihre Vernehmung glatt verlaufen wird. Je früher wir hier fertig sind, desto eher können wir wieder nach draußen gehen und diesen herrlichen Florida-Sonnenschein genießen. Sicher«, schmunzelt er, »im Moment regnet es, aber mit ein wenig Glück ändert sich das bald. Also, Mr Hoffman, was meinen Sie?«

Er konzentriert sich ganz auf Pete. Jede seiner Gesten ist freundlich, locker, entspannt.

Pete nickt. »In Ordnung.«

Kostova strahlt ihn an. »Gut, Sir. So. Haben Sie schon einmal unter Eid ausgesagt?«

Mein Handy vibriert.

– Hast du meine E-Mail gelesen?

– kann jetzt nicht reden

– Es ist wichtig, Lily.

Kostova geht das Einmaleins dessen durch, was jeder Anwalt am Anfang einer Zeugenvernehmung sagt. Ich schiele auf die Mitschrift auf dem Bildschirm der Stenographin.

F: JETZT, MR HOFFMAN, MÖCHTE ICH SIE BITTEN, ALL MEINE FRAGEN IN MÜNDLICHER FORM ZU BEANTWORTEN. EIN NICKEN ODER KOPFSCHÜTTELN ERSCHEINT NICHT IN DER MITSCHRIFT.

A: JA, SIR.

F: WENN SIE EINE PAUSE BRAUCHEN, SAGEN SIE EINFACH BESCHEID.

Ich senke den Blick auf Wills E-Mail.

Zuerst versuchte ich mir einzureden, dass an dir nichts Besonderes wäre. Doch als ich nach der ersten Nacht neben dir

aufwachte, wollte ich nicht mehr gehen. Deshalb blieb ich. Für die besten drei Tage meines Lebens.
Dann riss uns die Arbeit auseinander, aber ich war noch immer so glücklich. Das ist es, dachte ich. Ich bin verliebt, endlich. Ich habe mich geirrt mit dem Sex, den Gefühlen und der Monogamie – mit allem. Das meinen die Menschen, wenn sie sagen, man weiß es einfach.
Als wir uns wiedersahen, wusste ich sofort, dass du fremdgegangen warst. Ich sah es dir an. Sofort ergriff mich ein gewaltiger, eifersüchtiger Zorn. Ich wollte den Typen finden und verletzen. Es war erschreckend. Ich war so sauer auf dich. Zwei Wochen lang hatte ich mich zurückgehalten, keine Frau angesehen, an keine außer dir gedacht. Und du betrogst mich. Ich war verliebt, aber wusste nicht, was ich tun sollte. Es schien hoffnungslos.
Lach jetzt nicht, aber die Stoiker halfen mir, eine Lösung zu finden. Mir wurde klar, dass ich litt, weil ich versuchte, etwas zu kontrollieren, das nicht in meiner Macht stand. Dich. Dich mit deinen Gelüsten, Vorlieben und Impulsen. Dich und deinen Körper. Ich würde niemals glücklich sein, niemals Frieden finden, wenn ich den Drang, dich zu kontrollieren, nicht losließ. Mein Fehler war die Annahme, dass Liebe und Freiheit nicht vereinbar sind. Doch meine Liebe zu dir gab mir nicht das Recht, dir deine Freuden zu verwehren. Du solltest frei sein zu tun, was du willst. Und ich ebenfalls.
Und das tat ich dann, voller Angst, aber neugierig. Und es war gut. An meiner Liebe zu dir änderte es gar nichts. Beides lief nebeneinanderher, und du warst es, Lily, die mir das gezeigt hatte.
Ich habe dir einen Heiratsantrag gemacht, weil ich für immer mit dir zusammen sein will, weil ich das Leben in vollen Zügen genießen und dir das ebenfalls zugestehen will. Aber ich machte einen Fehler. Ich erzählte dir nichts von all dem. Anfangs hielt ich es nicht für notwendig. Aufgrund der Art und

Weise, wie du lebst, ging ich davon aus, dass du es verstündest – das mit der Freiheit. Schnell wurde mir allerdings klar, dass es so einfach nicht war – dass in deinem Kopf viel mehr vor sich ging, als du dir hast anmerken lassen. Doch mit uns lief es so gut, dass ich dachte, ich könnte es dir auch später sagen, dich langsam daran gewöhnen.

Gestern Morgen brach dann alles zusammen. Mir wurde klar, was für eine wunderschöne Feier wir haben würden, ein Wahnsinnsfest. Vor unseren Freunden und Verwandten würden wir unseren Treueschwur ablegen, vor deren Augen vereint werden. Aber es wäre keine Vermählung zweier Gleichberechtigter, denn ich wusste Dinge, die du nicht wusstest, und du wusstest Dinge und glaubtest, sie mir zu verheimlichen. Deshalb erzählte ich es dir. Ich dachte wirklich, dass du es nach dem ersten Schock verstehen würdest. Dass es für dich Sinn ergibt. Jetzt weiß ich, dass ich mich geirrt habe.

Sprich mit mir, Lily. Ich habe dir noch so viel zu sagen.

In Liebe,

Will

Lange starre ich auf das Display. Als ich hochschaue, sehen mich alle an.

»Sorry, was?«

»Ich habe gefragt«, sagt Kostova ganz langsam, »ob die üblichen Regeln gelten sollen?«

Ich merke, dass ich rot anlaufe. »Ähm …«

»Die üblichen Verfahrensregeln«, erklärt er. »Die Regeln, auf die wir uns bei allen Vernehmungen in diesem Prozess geeinigt haben. Dass Einsprüche nicht ins Protokoll aufgenommen werden, ausgenommen Einsprüche, die die Form einer Frage betreffen. Dass die Protokollführerin der Pflicht enthoben wird, die Niederschrift im Original aufzubewahren.« Er hält inne. »Solche Sachen.«

Ich weiß nicht, was ich antworten soll. Mit den Gedanken bin ich halb bei Wills E-Mail. Ich will keiner Sache einfach so zustimmen, nur um nicht unwissend und unerfahren zu wirken, doch leider bin ich unwissend und unerfahren, von daher … Außerdem bin ich kein Golden Retriever, und es wäre mir auch lieber, wenn Kostova nicht mit mir spräche, als wäre ich einer.

In der Zwischenzeit ticken die Sekunden, alle warten auf meine Antwort, und ich sitze da wie ein … ein Golden Retriever.

»Das ist in Ordnung«, murmelt Gran.

»Sehr gut«, sage ich. »Wir sind einverstanden.«

»Könnten Sie bitte lauter sprechen?«, fragt die Stenographin. »Ich verstehe Sie nur sehr schlecht.«

»Ich sagte, wir sind einverstanden.«

Mein verfluchtes Handy vibriert schon wieder. Diesmal ist es Philip.

– Wilder, bist du bei der Vernehmung? Wie läuft es?

– haben gerade angefangen. gehts dir gut?

– Mir geht's prima. Die Ärzte dramatisieren alles. Wer ist bei dir?

– keiner

– Lyle hat keinen gefunden, der runterfliegt?

Ich will ihm die Wahrheit sagen, zögere dann aber. Was ist, wenn er daraufhin endgültig den Löffel abgibt? Das will ich nicht auf dem Gewissen haben. Deshalb nenne ich ihm den ersten Namen, der mir einfällt – eine einschüchternde Teilhaberin, in die ich heimlich verschossen bin.

– ich meinte, ich bin im moment allein. raney moore kommt. sie ist unterwegs vom Flughafen.

– Gut. Sie ist hervorragend. Überlass ihr die Führung.

– ok

– Mach genau, was sie sagt. Und halt mich auf dem Laufenden.

– ok

Kostova beginnt mit den Basics – Petes Ausbildung und Berufslaufbahn. Er ist so liebenswürdig, so freundlich. Ich würde ihm alles erzählen. Er hat sich Pete zugewandt, eine Hand in der Hosentasche. Wir sind doch nur zwei alte Kumpel und machen es uns auf der Veranda gemütlich, plaudern ein bisschen miteinander.

F: ICH MÖCHTE SIE GERNE ZUR VORBEREITUNG FÜR DIESE VERNEHMUNG BEFRAGEN. HABEN SIE SICH MIT DER ANWÄLTIN GETROFFEN?

A: JA.

Kostova stellt Pete noch einige weitere Fragen zur Vorbereitung: wie lange und wo wir uns trafen, wer anwesend war. Dann: »Haben Sie bei der Vorbereitung zur Vernehmung über irgendwelche Dokumente gesprochen?«

Ich mische mich ein. »Ich weise den Zeugen an, diese Frage nicht zu beantworten.«

Kostova unterbricht und starrt mich an. »Auf welcher Grundlage?«

»Verschwiegenheitspflicht«, erwidere ich. »Mein Gespräch mit Mr Hoffman bei der Vorbereitung auf seine Aussage hier unterliegt dem geschützten Anwalt-Mandanten-Verhältnis.«

»Natürlich tut es das«, sagt Kostova. »Aus dem Grund habe ich auch nicht nach Ihrem Gespräch gefragt. Ich habe eine Ja/Nein-Frage gestellt, wollte eine Auskunft zu Fakten. Ob er sich Dokumente angesehen hat. Nicht: Was waren das für Dokumente? Nicht: Hat Ihre Anwältin diese Dokumente ausgewählt? Haben Sie …«

Er hat recht. Ich habe mich zu früh eingemischt. »Gut«, sage ich. »Ich will nur nicht …«

»Unterbrechen Sie mich nicht! Sie haben mich beschuldigt, das geschützte Anwalt-Mandanten-Verhältnis zu unterlaufen, ein ernsthafter Vorwurf. Ich habe das Recht, mich zu verteidigen.«

So geht es immer weiter. Als er endlich fertig ist, sage ich: »Ich bitte um Verzeihung. Ich habe Sie missverstanden. Mr Hoffman, Sie dürfen antworten.«

»Können Sie die Frage bitte wiederholen?«, sagt Pete kleinlaut.

Kostova fährt fort, und langsam weicht die Hitze aus meinem Gesicht. Ich werfe Gran einen kurzen Blick zu. Sie sieht mich strafend an.

Mein Handy vibriert. Ich habe eine neue E-Mail, Betreff: Nachtrag.

Du hast mich heute Morgen nach unserem Sexleben gefragt. Ich weiß ehrlich nicht, ob ich es erklären kann. Ich kann nur sagen, dass das, was wir zusammen haben, etwas Neues für mich ist. Ich bin es nicht gewohnt, mich um jemanden zu sorgen. Ich bin es nicht gewohnt, so stark zu empfinden. Manchmal kann ich loslassen und meinen Spaß haben. Aber manchmal werde ich auch nervös. Bin überwältigt. Ich wollte mit dir darüber reden, aber ... Ich dachte, dafür wäre noch genug Zeit. Für alles. Ein weiteres Beispiel dafür, warum ich hätte ehrlich sein sollen. Warum wir beide hätten ehrlich sein sollen. In Liebe, Will

Kostova versucht, Pete weichzuklopfen. Es funktioniert. Petes Antworten werden immer länger.

F: Was war Ihre Aufgabe bei Allied Gas?

A: Am Anfang war ich in der Lohnbuchhaltung. Später wurde ich zum stellvertretenden Finanzdirektor befördert.

F: Veränderte sich dadurch Ihr Aufgabenbereich?

A: Natürlich. Bevor ich ging, beaufsichtigte ich ein Team von, ach, rund sechs Buchhaltern aus der Kreditorenbuchhaltung.

Kostova kommt zu den Pflichten von Buchhaltern in börsennotierten Unternehmen. »Würden Sie sagen, Mr Hoffman, dass Buchhalter eine wichtige Rolle dabei spielen, sicherzustellen, dass die Informationen, die ein Unternehmen seinen Aktionären zugänglich macht, grundsätzlich korrekt sind?«

»Einspruch«, sage ich.

Kostova dreht sich zu mir um. »Welcher Art ist Ihr Einspruch?«

Die Frage erwischt mich auf dem falschen Fuß. Ich habe noch nie erlebt, dass ein Anwalt seine eigene Fragetaktik unterbrochen hätte, um einen Einspruch anzufechten. »Ich erhebe Einspruch gegen die Form der Frage.«

»Natürlich. Und worin besteht Ihrer Meinung nach der Mangel in der Form meiner Frage?«

»Warum sind Sie …?«

»Wenn meine Frage wirklich unzulässig sein sollte«, fährt Kostova wohlüberlegt und geduldig fort, »wünsche ich sie zu korrigieren. Ich gehe davon aus, dass Sie nicht schlichtweg Einspruch erheben, um Ihren Zeugen zu beeinflussen oder seine Aussage anderweitig zu unterbrechen.«

»Ich beeinflusse meinen Zeugen nicht«, gebe ich zurück. »Die Frage war ungenau. Ich verstehe nicht, was Sie damit meinen, wenn Sie Ausdrücke wie ›wichtig‹ und ›grundsätzlich korrekt‹ verwenden. Ich glaube nicht …«

»Sie verstehen ›wichtig‹ und ›grundsätzlich korrekt‹ nicht?« Kostova lacht. »Warum lassen wir nicht den Zeugen entscheiden, ob er ein ähnliches Problem mit solch einfachen Begriffen hat? Schließlich ist er derjenige, auf dessen Verständnis es ankommt.«

»Mr Kostova, es ist meine Aufgabe, Einspruch zu erheben, wenn ich das Gefühl habe, dass die Frage fehlerhaft ist.«

»Machen wir weiter«, sagt Kostova. »Frau Schriftführerin, könnten Sie die Frage bitte noch einmal vorlesen?«

Die Stenographin späht auf den Computerbildschirm und liest monoton Kostovas letzte Frage vor: »Würden Sie sagen, Mr Hoffman, dass Buchhalter eine wichtige Rolle dabei spielen, sicherzustellen, dass die Informationen, die ein Unternehmen seinen Aktionären zugänglich macht, grundsätzlich korrekt sind?«

»Ja«, sagt Pete.

Kostova stellt noch einige weitere Fragen und bekommt seine Antworten. Dann fragt er: »Würden Sie sagen, dass die vorrangige Aufgabe eines Buchhalters in einem börsennotierten Unternehmen darin besteht, sicherzustellen, dass für die Öffentlichkeit zugängliche Informationen richtig sind?«

»Einspruch«, sage ich.

Kostova seufzt. »Und der Grund für Ihren Einspruch?«

»Mr Kostova«, sage ich, »warum besprechen wir das nicht unter vier Augen?«

Ich würde gerne wissen, warum er es mir so schwermacht, schließlich lege ich ihm wirklich keine Steine in den Weg. Aber er sieht mich an, als hätte ich gerade vorgeschlagen, dass wir auf dem Konferenztisch bumsen.

»Wenn Sie mir etwas zu sagen haben, Ms Wilder, können Sie das offiziell tun. Ich habe nicht die Absicht, diese Vernehmung zu unterbrechen, um zu versuchen, Ihre rätselhaften Einsprüche zu verstehen.«

Ah, jetzt weiß ich, warum er es mir so schwermacht. Da habe ich gedacht, er sei ein Held, der für den kleinen Mann kämpft. Tatsächlich ist er Anwalt und deshalb ein absolutes …

»Nennen Sie freundlicherweise den Grund für Ihren Einspruch, oder ziehen Sie ihn zurück.«

»Die Frage ist ungenau«, sage ich. »Sie fragen den Zeugen nach seiner Meinung zu …«

»Jetzt darf ich ihn nicht mal mehr nach seiner Meinung fragen?« Kostova lacht. »Das ist doch albern.«

Gran klopft mit den Fingerknöcheln auf den Tisch, alle fahren zusammen. »Ich sehe keinen Anlass für diesen Streit«, sagt sie scharf. »Entweder sind Sie überzeugt, dass Ihre Art der Zeugenbefragung korrekt ist, Mr Kostova, oder Sie sind es nicht. Verschwenden Sie keine kostbare Zeit.«

Kostova zuckt mit den Schultern. Die Stenographin liest die Frage erneut vor. Pete antwortet. Mein Handy vibriert.

– Was mich wirklich fertigmacht, ist Folgendes: Du liebst Sex. Du hast so viel Freude daran. Das merke ich, wenn ich in dir bin. Und zwar nicht, weil du Grenzüberschreitungen magst oder durch deine Jugend versaut bist. Du magst es einfach. Und weißt du, warum?

– lass mich in ruhe! Ich ARBEITE!

– Weil du ein Mensch bist, Lily. Sex soll dir gefallen. Sex mit vielen verschiedenen Menschen.

…

– Die frühen Menschen hatten diverse Geschlechtspartner. Monogamie kam erst mit dem Beginn der Landwirtschaft auf.

– Shit, Will. kein Wunder dass du so gefragt bist bei den damen. was du erzählst, ist so dermaßen sexy!!!

– Ich versuche dir zu sagen, dass du normal bist. Offenbar glaubst du das nämlich nicht. Du hattest das Gefühl, dein wahres Ich vor mir verstecken zu müssen. Du musstest lügen.

– Moment mal kurz, ja? Wer hat hier bitte wen angelogen, wilberforce? Wir haben uns GEGENSEITIG nicht die wahrheit gesagt, schon vergessen? Wir haben beide gelogen.

– Stimmt. Aber du hast auch dich selbst belogen.

…

– Du bist dem Trugschluss aufgesessen, dass allein monogame Beziehungen funktionieren können. Das hast du geglaubt, obwohl du dir selbst bewiesen hast, immer wieder, dass du ABSOLUT unfähig zur Treue bist. Wie furchtbar ist das denn? An eine Regel zu glauben, aufrichtig zu glauben, die man nicht befolgen kann. Eine Regel, die besagt, dass du, nur weil du mich liebst, taub gegenüber den Reizen anderer Menschen sein musst.

Ich verstaue mein Handy und wende mich wieder dem Geschehen zu. Pete überschlägt sich fast vor Eifer. Ich mache ihm Zeichen, langsamer zu werden, weniger zu sagen. Er sieht mich an, als würde er mich nicht kennen. Kostova bemerkt mein Gezappel und grinst selbstgefällig.

»Können wir eine kurze Pause einlegen?«, frage ich.
»Wenn ich mit dieser Fragestellung fertig bin«, antwortet er.

F: Es klingt, als hätten Sie eine wichtige Rolle bei der Überprüfung der Finanzberichte von EnerGreen gespielt, bevor sie an die Rechnungsprüfer hinausgingen.

Ms Wilder: Einspruch.

A: Also, das weiß ich nicht.

F: Aber, Sir, Sie sagten gerade, dass Sie dafür verantwortlich waren, sicherzustellen, dass die Zahlen der verschiedenen Firmensparten korrekt in den Dokumenten übernommen wurden, die an Ernst & Young gingen. Ist das nicht richtig?

Ms Wilder: Einspruch.

A: Das ist richtig.

Kostova lächelt mich an. »Machen wir eine Pause.«

Als wir den Raum verlassen, schaue ich aufs Handy. Ich habe eine E-Mail von Urs.

Lily. Ich habe die alarmierende Nachricht erhalten, dass Philip im Krankenhaus ist und Sie die wichtige Vernehmung von Mr Hoffman übernommen haben. Bitten rufen Sie mich sofort an. Ich würde gerne per Konferenzschaltung teilnehmen.

Das Letzte, was ich jetzt gebrauchen kann, ist ein Mandant, der bei dieser Katastrophe auch noch zuhört. Ich schreibe zurück:

Tut mir leid, aber in den Telefonleitungen in diesem Raum ist der Wurm drin.

Er schreibt:

Ich verstehe nicht. Was für ein Wurm?

Du meine Güte!

Ich meine, die Telefone funktionieren nicht, Urs. Man kann sich nicht einwählen. Ich rufe an, wenn es vorbei ist.

Kurz nachdem ich auf *Senden* gedrückt habe, klingelt das Handy. Bevor Will etwas sagen kann, lege ich los:

»Was bist du bloß für ein Heuchler! Am Montagnachmittag hast du dich darüber aufgeregt, wie ich mich vor deinen Eltern verhalten habe. Du hattest Angst, dass du auffliegen würdest. Die wissen wirklich nichts von dir, oder?«

»Nein«, gibt er zu. »Zumindest nichts von diesem Teil. Sie glauben, ich bin ihr höchst erfolgreicher, aufrechter Sohn. Bin ich ja auch, aber dann ... auch wieder nicht.«

»Hey, unterschätz deine Mutter nicht! Ihr zwei habt mehr gemeinsam, als du dir vorstellen kannst.«

»Sie hat mir erzählt, was sie mit dir gemacht hat, und das tut mir unglaublich leid«, sagt Will aufrichtig. »Sie war in Bezug auf mich immer schon etwas zu stark engagiert, aber das war völlig inakzeptabel. Sie hat mir versprochen, dass sie nicht versuchen wird, deiner Karriere zu schaden.«

»Wow, wie großzügig von ihr! Kannst du ihr meinen Dank ausrichten?« Ich laufe im Gang auf und ab und senke die Stimme, als ich an der offenen Tür zum Konferenzraum vorbeikomme. »Sprechen wir über deine Mutter, Will. Und deinen Vater. Du wirfst mir vor, mich selbst zu betrügen. Ich würde mir einreden, ich sei frei von Konventionen, während ich mich insgeheim schäme, ja? Sieh dich mal an! Du erzählst was davon, dass wir alle vögeln sollen, wen wir wollen, aber hast selbst zu viel Angst, deinen Eltern zu gestehen, wer du wirklich bist.«

»Es ist nicht falsch, damit vertraulich umzugehen.«

»Vertraulich? Das willst du sein? Es hört sich aber an, als hättest du eine vollständige interdisziplinäre Theorie des Fickens entwickelt, komplett mit Naturwissenschaften, Philosophie und Kunstgeschichte. Hey, du solltest ein Buch darüber schreiben. Wie man Frauen bumst und Menschen nervt, von Dr. Will Field.«

»Es tut mir leid, ja? Ich wollte mich nicht so anhören, als würde ich dir einen Vortrag halten. Ich habe die Philosophie und die Naturwissenschaften erwähnt, weil ich glaube, dass sie einiges von dem stützen, was wir tun.«

»Es ist mir scheißegal, was die Wissenschaft stützt, Will! Hier geht es nicht um Scham, Freiheit und Neandertaler. Es geht nicht um den kulturellen ›Trugschluss‹ der Monogamie. Es geht um dich und mich. Dass du mich angelogen hast und ich dich. Wir sind perfekt füreinander? Wir sind eine Katastrophe füreinander! Es ist vorbei.«

Ich lege auf und gehe in das Büro, wo Pete und Gran auf mich warten. Sofort mache ich ihn an: »Warum sind Sie eigentlich so verdammt redselig?«, brülle ich. »Dieser Typ da hinten, das ist nicht Ihr Kumpel! Er ist nicht Ihr Freund!«

»Er wirkt ganz nett«, sagt Pete abwehrend.

»Er ist nicht nett, Pete. Er hat das Ziel, Sie an die Wand zu nageln. Er will, dass EnerGreen untergeht. Er will, dass Sie Ihre Stelle verlieren. Wollen Sie das auch?«

»Nein!«

»Dann hören Sie sich seine Fragen an und beantworten Sie nur die Frage, die Ihnen gestellt wird. Mehr will ich nicht von Ihnen.«

Pete huscht zur Toilette. Ich sehe Gran an. »Warum macht mich dieser Kostova fertig?«

»Weil du es zulässt.«

»Tu ich nicht!«

»Du verhältst dich schwach, Lillian Grace, und er nutzt es aus. Wenn du ihn aufhalten willst, musst du selbstbewusster sein.«

»Ach ja, Gran? Ich bin einfach selbstbewusst, und wie durch Zauberhand wird alles gut? Ich weiß nicht, was ich hier tue!«

»Ich sage dir mal, was du auf jeden Fall nicht tust, nämlich dich wie eine Anwältin zu verhalten!«, fährt sie mich an. »Jedes Mal, wenn ich zu dir rübersehe, spielst du mit deinem verfluchten Handy. Jedes Mal, wenn du den Mann herausfordern willst, kneifst du vor Angst. Du sitzt still da, wie ein liebes kleines Mädchen, und lässt ihn machen, und genau das wünscht er sich von dir.« Sie sieht mich angewidert an. »Ich habe dich zu was Besserem erzogen.«

»Warum hast du mir nicht geholfen?«

»Weil du jedes Mal, wenn ich mich einmische, schwach erscheinst. Du bist diejenige, die diese Vernehmung verantwortet, nicht ich.«

»Aber wie, Gran? Wie soll ich es machen?«

Ihr Gesichtsausdruck wird etwas weicher. Sie faltet ihre knorrigen Finger über ihrer Tasche. »Weißt du, was der häufigste Fehler ist, den junge Anwälte machen, wenn sie öffentlich auftreten müssen, beispielsweise vor Gericht oder bei einer Zeugenvernehmung? Sie sind nicht sie selbst. Sie werden ins Scheinwerferlicht geschubst und verlieren plötzlich entweder jede Selbstsicherheit, überwältigt von allem, was sie nicht wissen – was bei dir gerade zu passieren scheint – oder sie glauben, eine Rolle spielen zu müssen. Sie haben eine gewisse Vorstellung davon, wie ein Anwalt sein sollte, wie er auftreten sollte, und sie versuchen, dieser Vorstellung zu entsprechen. So oder so funktioniert es nicht. Du kannst nicht nur so tun, Lillian Grace. Tief unter all deinem Wissen, tief im Bauch, weißt du, wie du es machen musst. Du musst deinen eigenen Weg finden.«

Pete kommt von der Toilette zurück, und wir gehen wieder in den Konferenzraum.

25

Als es weitergeht im Protokoll, gibt Pete sein Bestes, um meine Anweisungen zu befolgen, und antwortet ganz monoton. Kostova sieht mich voller Mitleid an und dreht seinen Charme auf. In null Komma nichts entspannt sich Pete und wird wieder redselig.

F: BEVOR WIR TIEFER EINSTEIGEN, MÖCHTE ICH SIE FRAGEN, WIE IHR OFFIZIELLER TITEL LAUTET.

A: ICH BIN STELLVERTRETENDER LEITER DER SPARTE FINANZDIENSTLEISTUNGEN.

F: UND WO IST DIE SPARTE FINANZDIENSTLEISTUNGEN BEI ENERGREEN ANGESIEDELT?

A: ÄHM, WIR GEHÖREN NICHT DIREKT ZU ENERGREEN. ICH ARBEITE FÜR ENERGREEN ENERGY SOLUTIONS.

F: DAS IST NICHT DASSELBE?

A: NEIN, SIR. DAS IST EINE TOCHTERFIRMA. DIE ENERGREEN AG IST DIE MUTTERGESELLSCHAFT.

Kostova stürzt sich auf Petes Aufgabenbereich. Von Zeit zu Zeit erhebe ich Einspruch, aber Kostova setzt mir nicht besonders hart zu. Ich schiele zu Gran hinüber. Sie strahlt Enttäuschung aus.

Mein Handy vibriert.

– Ich brauche ein Update.

– alles gut, philip

– Bitte ruf mich in der Pause an. Ich will mit Raney sprechen.

– ok

Ich lege das Handy beiseite. Mir kommt eine Idee.

– raney will wissen, wie sie mit hoffmans E-Mails umgehen soll

– Das sollte sie selbst wissen.

Scheiße! Ich versuche es noch mal:

– sie war die ganze nacht unterwegs. glaube, sie hat einen schlimmen jetlag, von daher …

Ich bekomme keine Antwort.

Kostova reicht Pete ein Dokument. »Mr Hoffman, ich zeige Ihnen hier ein Dokument, das als Beweismittel H-12 des Klägers angeführt ist.« Er gibt mir eine Kopie.

Ich blättere sie durch. Sieht aus wie ein Bündel zusammengehefteter Ausdrucke von einer Website. »Entschuldigen Sie, Mr Kostova«, sage ich. »Woher stammen diese Papiere?«

»Wie bitte?«

»Ich interessiere mich dafür, um was es sich bei diesem Beweismittel handelt«, sage ich. »Von uns scheint es nicht zu stammen.«

»Ich bin berechtigt, den Zeugen über jedwedes Dokument zu befragen, das mir gefällt«, erwidert der Anwalt. »Ich muss mich nicht auf die Dokumente beschränken, die EnerGreen vorgelegt hat.«

»Das habe ich auch gar nicht angedeutet«, sage ich vorsichtig. »Ich frage Sie nur, ob Sie mir aus kollegialer Höflichkeit sagen können, wie Sie in seinen Besitz gelangt sind.«

Er lächelt mich an. »Wenn Sie mir eine Frage stellen wollen, junge Dame, dann schlage ich vor, dass Sie mich zu einer Zeugenvernehmung unter Eid auffordern.«

Es wird ganz still im Raum.

»Junge Dame«, sage ich.

Wir sehen uns über den Tisch hinweg an.

»Tatsächlich«, sage ich. »Junge Dame.«

Er nickt. »Tatsächlich.«

Ich schaue Gran an. Sie erwidert meinen Blick.

Ich stehe auf. »Wir machen eine Pause.«

»Wir hatten gerade eine Pause«, sagt Kostova, aber ich bin schon draußen. Pete und Gran folgen.

In dem leeren Büro ziehe ich einen Stuhl hervor und setze mich. Pete wirkt besorgt. »Vermassele ich es gerade?«

»Ja, aber das ist unwichtig.«

»Soll ich …«

»Ruhe! Ich muss nachdenken.«

Und ich denke nach.

Ich denke: Vielen Dank.

Vielen Dank, ihr Männer.

All ihr rücksichtsvollen, wohlmeinenden, fürsorglichen Männer, die ihr euch trotz eurer übervollen Terminpläne Zeit genommen habt, meine Fehler zu korrigieren, mir beizubringen, wer ich bin, und mir zu sagen, was ich tun soll.

Ihr seid alle so nett.

Aber ich habe euch dermaßen satt. Euch selbstsichere, selbstzufriedene, allwissende Männer, die ihr euer Bestes gebt, um mir beizubringen, wie man denkt. Wie man sich benimmt. Wie man versteht, warum ich bin, wie ich bin.

Will zum Beispiel. Er ist wirklich unerträglich. Seine weitschweifigen, eigennützigen Rechtfertigungen. Seine aufgeklärten Theorien. Seine selbstgefälligen Mutmaßungen. Er ist das perfekte Beispiel für einen pedantischen, mit sich selbst beschäftigten Wissenschaftler.

Und dann dieser Kostova. Dieses Herrische. Dieses Herablassende. Mal eben »junge Dame« einwerfen. Um mir klarzumachen, dass ich ihm nicht ebenbürtig bin und es nie sein werde.

Andererseits … Ich habe mich auch nicht gerade ihm ebenbürtig aufgeführt. Simsen wie ein Teenager? Mich durch meinen Liebeskummer von der Arbeit ablenken lassen? Mich von einem Mann herumschubsen lassen?

So. Zeit für eine Planänderung.

Was hat Gran gesagt? Ich muss meinen eigenen Weg finden.

Pete starrt ins Leere. Ich schnippe mit den Fingern. »Haben Sie bereits ausgesagt, dass Sie bei einer Tochterfirma angestellt sind?«

Er blinzelt. »Hm?«

»Hat er«, sagt Gran. »EnerGreen Energy irgendwas. Warum?«

»Weil man argumentieren könnte, dass diese Vernehmung verfahrensrechtlich fehlerhaft ist.«

»Inwiefern?«

Es ist die Möglichkeit, die mir im Spa eingefallen ist. Ich erkläre sie ihr. »Das ist der größte theoretische Schwachsinn, den ich in meinem ganzen Leben gehört habe.«

»Hallo? Wir sind Anwälte, Gran. Theoretischer Schwachsinn ist unser Lebensinhalt.«

»Willst du versuchen, die Vernehmung auf dieser Grundlage zu verschieben? Schätzchen, der Richter wird dich kreuzigen.«

»Was ist, wenn ich Kostova dazu bekomme, den Richter anzurufen?«

Richter hassen es, wenn sie von Parteien genervt werden, um belanglose Streitigkeiten zu klären. Und sie sind immer besonders hart zu demjenigen, der sie gerufen hat.

»Wie willst du das schaffen?«

Ich lächele sie an. »Indem ich ich selbst bin.«

Ich klatsche in die Hände. »Okay, Pete, wir probieren jetzt etwas Neues aus. Immer, wenn ich mit dem Finger auf den Tisch klopfe, so« – ich klopfe auf den Tisch –, »möchte ich, dass Sie sagen: ›Können Sie die Frage bitte wiederholen?‹ Verstanden?«

»Klar«, sagt er voller Zweifel.

»Wir üben das.« Ich klopfe ganz leicht auf den Tisch.

»Können Sie die Frage wiederholen?«, sagt er.

»Perfekt.« Ich reiche Gran mein Handy. »Gib mir das erst zurück, wenn die Vernehmung vorbei ist.« Es verschwindet in den Tiefen ihrer Handtasche. »Gehen wir!«

Wir kehren in den Konferenzraum zurück. »Danke, dass Sie wieder da sind«, sagt Kostova.

Ich grinse ihn an und rücke mit dem Stuhl an den Tisch. »Tut mir sehr leid. Ich musste mich um ein paar Damenprobleme kümmern.«

Das Band läuft wieder. Kostova beginnt mit Fragen zur Unternehmensstruktur von EnerGreen. Dann kommt er zu Petes speziellen Aufgaben.

F: WAS SIND IHRE AUFGABEN ALS STELLVERTRETENDER LEITER DER SPARTE FINANZDIENSTLEISTUNGEN?

MS WILDER: EINSPRUCH.

A: ICH WÜRDE SAGEN, DASS ICH IM GROSSEN UND GANZEN DREI AUFGABENBEREICHE HABE.

F: BESCHREIBEN SIE MIR DEN ERSTEN AUFGABENBEREICH.

Ich höre mir das eine Zeitlang an. Dann kritzele ich etwas auf eine gelbe Haftnotiz. Als Kostova sich umdreht, um in seine Unterlagen zu schauen, schiebe ich Pete das Post-it zu und achte dabei darauf, dass Kostova es merkt.

»Ich möchte zu Protokoll nehmen lassen, dass die Anwältin des Beklagten dem Zeugen einen Zettel gegeben hat«, sagt er. »Ein klarer Verstoß gegen die Verfahrensordnung.«

»Wie können Sie es wagen, das zu Protokoll zu geben!«, ereifere ich mich.

»Was steht darauf?«, fragt Kostova Pete.

»Lesen Sie es nicht vor!«, befehle ich ihm.

»Lesen Sie es!«, sagt Kostova. Eingeschüchtert schaut Pete von einem zum anderen.

»Ich weise Sie an, es nicht zu lesen«, sage ich.

»Mit welcher Begründung?«, will Kostova wissen.

»Mit der Begründung, dass es unter den Schutz des Anwalt-

Mandanten-Verhältnisses fällt.« Ich verdrehe die Augen. »Ist doch logisch.«

»Es fällt nicht unter diesen Schutz, wenn Sie ihm während einer Vernehmung etwas zustecken.« Kostova hat Mühe, seine Verärgerung zu verbergen.

»Für mich aber schon«, gebe ich zurück.

»Das ist doch lachhaft! Entweder liest der Zeuge die Notiz vor, fürs Protokoll, oder ich rufe das Gericht an.«

»Ich rufe das Gericht an«, wiederhole ich in einem hohen, jammernden Ton und wedele hilflos mit den Händen. »Ooooh!«

Kostova beginnt mich zu beschimpfen. Ich schiele auf die Mitschrift auf dem Monitor der Stenographin.

MR KOSTOVA: DAS IST DOCH LACHHAFT! ENTWEDER LIEST DER ZEUGE DIE NOTIZ VOR, FÜRS PROTOKOLL, ODER ICH RUFE DAS GERICHT AN.

MS WILDER: ICH RUFE DAS GERICHT AN. OH.

MR KOSTOVA: ICH MÖCHTE SIE NACHDRÜCKLICH DARAUF HINWEISEN, DASS SIE ...

Das Video hält meinen höhnischen Tonfall natürlich fest, die Mitschrift jedoch nicht. Die meisten Stenographen geben nur den reinen Text von Fragen, Antworten und Einsprüchen wieder. Und genau so macht es unsere, wie ich gehofft hatte.

»Gut«, sage ich. »Lesen Sie bitte den Zettel vor, Mr Hoffman.«

Pete schaut auf den gelben Zettel. Er räuspert sich. »Hab gehört, der Zackenbarsch da soll super sein.«

Kostova sieht mich an, völlig perplex.

»Wir überlegen, wo wir essen gehen«, erkläre ich. »Bitte fahren Sie mit Ihrer Befragung fort. Wir verschwenden den ganzen schönen Florida-Sonnenschein.«

Eine Weile betrachtet mich Kostova, dann nimmt er seine Befragung wieder auf. Er braucht ein wenig Zeit, um wieder hereinzukommen. Zu Pete ist er jetzt nicht mehr ganz so freundlich.

F: GAB ES NOCH ANDERE MITARBEITER IN DER SPARTE FINANZDIENSTLEISTUNGEN, DIE ÄHNLICHE AUFGABEN WIE SIE HATTEN?

MS WILDER: EINSPRUCH.

MR KOSTOVA: MS WILDER, ICH MUSS SIE BITTEN, IHREN EINSPRUCH MIT NORMALER STIMME ZU ERHEBEN.

MS WILDER: ICH ERHEBE MEINEN EINSPRUCH MIT NORMALER STIMME, MR KOSTOVA.

MR KOSTOVA: SIE WISSEN GANZ GENAU, DASS SIE SINGEN.

MS WILDER: ICH SINGE? ALSO, IM ERNST. WIR SIND HIER BEI EINER ZEUGENVERNEHMUNG, NICHT BEI AMERIKA SUCHT DEN SUPERSTAR.

MR KOSTOVA: MS WILDER, SIE SINGEN. BITTE HÖREN SIE DAMIT AUF.

MS WILDER: BITTE HÖREN SIE AUF, DAS PROTOKOLL MIT IRRELEVANTEN BEMERKUNGEN VOLLZUMÜLLEN.

MR KOSTOVA: MACHEN WIR WEITER.

Ich probiere es mit verschiedenen Stilen: Rap, Country, Beyoncé. Tom Waits bringt ihn total auf die Palme. Die Stenographin sieht mich mit erhobenen Augenbrauen an, na ja, verständlich. Doch bei jedem meiner Einsprüche steht in der Mitschrift lediglich:

MS WILDER: EINSPRUCH.

Ich ärgere Kostova, lenke ihn ab, aber, was am wichtigsten ist: Ich verschwende kostbare Zeit. Nach Recht und Gesetz haben Zeugenvernehmungen eine fixe Dauer. Wenn der Tag vorbei ist, ist auch Kostovas Zeit mit Pete vorüber.

Er macht mit den Finanzberichten weiter. »Mr Hoffman, sprechen wir über Ihre Beteiligung an der Erstellung des Finanzberichts 2012 von EnerGreen.«

»Einspruch«, sage ich.

»Ich habe noch gar keine Frage gestellt«, gibt Kostova scharf zurück.

»Ich weiß. Sie überladen die Mitschrift mit unnötigem Geschwätz. Wenn Sie eine Frage haben, dann stellen Sie sie auch.«

Er braucht eine Minute, um wieder in sein Konzept zurückzufinden. »Mr Hoffman: Zu der Zeit, als EnerGreen Energy den Finanzbericht 2012 vorbereitete, der offiziell bei der Börsenaufsichtsbehörde eingereicht wurde, waren Sie stellvertretender Leiter der Sparte Finanzdienstleistungen von EnerGreen Energy Solutions?«

»Einspruch«, sage ich. Vorsichtig klopfe ich mit dem Finger auf den Tisch. Pete wirft mir einen Blick zu. Ich nicke unmerklich.

»Können Sie die Frage bitte wiederholen?«, sagt er.

Das tut Kostova. Ich tippe wieder auf den Tisch.

»Könnten Sie die Frage bitte wiederholen?«, fragt Pete.

»Was verstehen Sie an der Frage nicht?«, will Kostova wissen.

Ich mische mich ein. »Sie ist so weitschweifig und verschwurbelt, dass ich glaube, keiner von uns hier hat eine Vorstellung, auf was Sie überhaupt hinauswollen.«

»Ms Wilder ...«

»Sie reden von EnerGreen Energy, sie reden von EnerGreen Energy Solutions, dann über die Börsenaufsichtsbehörde ...«

»Ms Wilder, könnten Sie ...«

»... von irgendeinem vagen Zeitpunkt in der Vergangenheit, alles offensichtlich nur, um den Zeugen dazu zu verleiten, eine Meinung über etwas abzugeben, an das er möglicherweise überhaupt keine Erinnerung hat ...«

»Ich verlange, dass Sie aufhören zu reden!«, sagt Kostova laut. »Sie beeinflussen Ihren Zeugen, und das ist unzulässig. Wie schon gesagt, Ihr Einspruch kann sich auf die Form der Frage beziehen, aber nicht ... Was machen Sie da? Hören Sie auf, das mit Ihrem Gesicht zu machen!«

»Ich machte nichts mit meinem Gesicht.«

»Ich möchte gerne zu Protokoll geben, dass die Anwältin des Beklagten ... dass sie die Lippen bewegt, während ich spreche, und zwar, und zwar auf ... spottende Weise.«

Ich artikuliere lautlos die Worte *auf spottende Weise* und lächele ihn an. Er weiß, dass er wie der letzte Idiot klingt und dass es jetzt im Protokoll steht. Ich klopfe auf den Tisch.

»Könnten Sie bitte Ihre Frage wiederholen?«, sagt Pete.

Kostova hat die Orientierung verloren. Er wendet sich an die Stenographin, die einen Blick auf die Mitschrift wirft und seine Frage vorliest.

»Ja«, sagt Pete. »Ich war damals stellvertretender Leiter.«

»Und waren Sie an dem Entwurf und der Überprüfung des Finanzberichts beteiligt, bevor er zu den Wirtschaftsprüfern von EnerGreen geschickt wurde?«

Ich klopfe auf den Tisch.

»Könnten Sie die Frage bitte wiederholen?«, sagt Pete.

Kostova gehorcht.

»Wenn Sie beteiligt sagen ...«, setze ich an.

»Ms Wilder!« Kostova rastet aus. »Jetzt ist Schluss mit Ihrem Salbadern!«

»Salbadern?«, schreie ich, und alle zucken zusammen. »Das nennen Sie Salbadern, Mistah?« Ich ahme den breiten Akzent der Südstaaten nach. »Ich erklääre hiermit, dass ich niiiemals, nicht in all meinen Tagen auf Äärden, als Salbaaaderin bezeichnet wuaade, und ich ...«

»Wenn Sie nicht sofort damit aufhören, habe ich ...«

Ich schlage auf den Tisch. »Ich weise Ihre Unterstellung zurück, dass ich salbadere, und ich sage Ihnen, dass ...«

»... habe ich keine andere Wahl, als das Gericht anzurufen und ...«

Ich klopfe mit dem Finger auf den Tisch.

»Könnten Sie Ihre Frage bitte wiederholen?«, sagt Pete.

»Wasser!«, flüstert Gran.

Ich tue so, als wollte ich nach meinem Stift greifen, und stoße dabei mein Glas um. Das Wasser fließt über den Tisch auf Kostovas Unterlagen.

»Leck mich!«, sagt er und wischt es auf.

Gran zwinkert mir zu. Bei den wenigen Malen, als ich mich traute, zu ihr hinüberzuschauen, seit wir wieder zurück sind, war ihre Miene absolut ausdruckslos. Jetzt sehe ich, dass sie zu verbergen versucht, wie sehr sie sich amüsiert.

Kostova sammelt sich und fährt fort. Ich drehe die Einsprüche zurück. Pete ist jetzt misstrauischer, da Kostova mit dem Finanzbericht angefangen hat – seine Antworten sind schön knapp.

»Mr Hoffman«, sagt Kostova und holt mehrere Dokumente aus einem Ordner. »Ich möchte Ihnen gerne ein Dokument mit dem Titel Beweismittel Kläger H-14 zeigen.« Er reicht Hoffman eine Kopie und mir ebenfalls. »Kennen Sie dieses Dokument?«

Mit einer ausholenden Bewegung reiße ich das erste festgetackerte Blatt ab und lege es auf den Tisch. Es erregt Kostovas Aufmerksamkeit. Ich falte die beiden oberen Ecken in die Mitte. Der Anwalt beobachtet mich verwirrt, dann wendet er sich wieder Pete zu.

»So, Mr Hoffman«, sagt er. »Bitte schlagen Sie Seite fünf auf, und schauen Sie sich den fünften Stichpunkt an. Da geht es um das Thema potentieller Abweichungen zwischen Firmendaten und den angegebenen Zahlen, nicht wahr?«

»Ja, Sir«, sagt Pete.

Ich falte das Blatt in der Mitte und biege die Ecken nach oben. Bringe zusätzliche Knicke an. Prüfe die Ecken mit der Fingerspitze. Kostova starrt mich an.

»Und … und Mr Hoffman, wie war die Vorgehensweise in der Firma in Bezug auf … auf solche Abweichungen?«

»Einspruch«, sage ich und falte weiter das Papier.

»Nun«, sagt Pete, »ich würde sagen, dass es immer viele Dinge hin- und herzuschieben gibt. Es sind viele Bälle in der Luft, wenn man so will, wenn man mit Bilanzprüfung zu tun hat …«

Kostova beobachtet mich und versucht gleichzeitig, Hoffmans absurder Antwort zuzuhören. Er kann sich nicht konzentrieren.

»… man hat zahlreiche Kostenstellen und Leute, die verschiedene Metriken und Rubriken anwenden, um die endgültigen Ergebnisse zu erreichen. Eventuelle Abweichungen werden im Normalfall im standardisierten Überprüfungsverfahren entdeckt und korrigiert.«

Ich halte einen perfekten Origami-Schwan in die Höhe und schenke ihn Kostova mit einer tiefen Verbeugung.

»Ms Wilder!« Kostova schäumt. »Ihr Verhalten lenkt sehr stark ab.«

»Ich weiß nicht, wovon Sie sprechen, Mistaaah Kostovaaa.«

Der Anwalt wendet sich an Hoffman. »Könnten Sie Ihre Antwort bitte wiederholen?«

Ich klopfe auf den Tisch.

»Könnten Sie die Frage bitte wiederholen?«, sagt Pete.

»Könnten Sie Ihre Antwort bitte wiederholen?«, sagt Kostova.

Pete kichert. »Das ist ja wie bei diesem berühmten Sketch!«

Kostova hat Mühe, seine Wut zu zügeln. »Vielleicht sollten wir eine Pause machen.«

»Ich brauche keine Pause«, sage ich. »Sie, Mr Hoffman?«

»Nein, Ma'am.«

»Wir würden gerne weitermachen«, sage ich. »Wir möchten nämlich gerne raus und den schönen Florida-Sonnenschein genießen.«

Kostova ist erzürnt, aber kann seine Wut hinunterschlucken und fortfahren. Er weiß, dass ihm die Zeit davonläuft. Bei jeder Frage erhebe ich jetzt Einspruch. Ich setze einen französischen Akzent auf, einen italienischen. Ich spreche mit Roboterstimme. Wie Robert De Niro. Kostova versucht, mich zu ignorieren, aber schafft es nicht. Jedes Mal, wenn er auf meinen Blödsinn achtet, gerät er aus dem Konzept. Er kann sich nicht auf Petes Antworten konzentrieren.

F: MR HOFFMAN, WIE WAR DAS STANDARDVERFAHREN BEI ENERGREEN – MS WILDER, ICH MUSS SIE BITTEN, DAS ZU UNTERLASSEN.
MS WILDER: WAS ZU UNTERLASSEN?
F: SIE SUMMEN. ICH MUSS SIE BITTEN, DAS SUMMEN ZU UNTERLASSEN.
MS WILDER: MACHEN SIE SICH NICHT LÄCHERLICH. ICH BIN DOCH KEIN LAMA.
F: ICH HABE NICHT BEHAUPTET, DASS SIE EIN ...
MS WILDER: ICH GLAUBE NICHT, DASS EINE ZEUGENVERNEHMUNG DER RICHTIGE RAHMEN IST, UM VERLETZENDE BEMERKUNGEN ÜBER DAS AUSSEHEN ANDERER MENSCHEN ZU MACHEN.
F: MS WILDER, SIE WISSEN SEHR GUT, DASS ICH NICHT ...
MS WILDER: ICH NEHME IHRE ENTSCHULDIGUNG AN. FAHREN WIR FORT.

»Mr Hoffman«, sagt Kostova. »Wie war das Standardverfahren von EnerGreen in Bezug auf Abweichungen zwischen internen Dokumenten und Entwürfen für den Finanzbericht?«

»Einspruch«, sage ich.

Er kann sich einen Kommentar nicht verkneifen. »Mit welcher möglichen Begründung ist diese Frage zu beanstanden?«

»Die Frage ist vage und zweideutig, enthält eine unzutreffende Charakterisierung und besteht aus mehreren Teilen«, erwidere ich.

»Stopp!«, sagt er. »Hören Sie ...«

»Sie ist reine Mutmaßung. Eine Suggestivfrage. Sie beruht auf Hörensagen.«

Jetzt regt er sich richtig auf. Er wird puterrot im Gesicht und schwitzt, sein Haar steht vom Kopf ab.

»Sie quälen meinen Zeugen«, fahre ich ruhig fort.

Er ist fuchsteufelswild. »Ich …«

Ich klopfe auf den Tisch.

»Können Sie die Frage bitte wiederholen?«, sagt mein braver Papagei.

Kostova rastet aus. »Halten Sie den Mund!«, schreit er.

Einen Moment lang schweigen wir alle.

»Machen wir eine Pause«, sagt er.

»Wollen Sie Ihre Fragestellung nicht zu Ende führen?«, frage ich unschuldig.

Er reißt sich das Mikrophon ab und verlässt den Raum.

Zehn Minuten später geht es weiter. Kostova hat sich beruhigt. Das Hin und Her verläuft glatt.

F: MR HOFFMAN, ACHTETE ENERGREEN SORGFÄLTIG DARAUF, DASS ALLE FINANZBERICHTE DEN FINANZIELLEN STATUS DES UNTERNEHMENS KORREKT DARSTELLEN?

MS WILDER: EINSPRUCH.

A: JA.

Ich erhebe noch einige Einsprüche, salbadere noch ein wenig herum, doch Kostova lächelt nur. Er zieht das Tempo an, gewinnt wieder Petes Vertrauen.

F: MR HOFFMAN, GAB ES BEI ENERGREEN JEMALS INTERNE GESPRÄCHE ÜBER DIE AUSWIRKUNG DER ÖLKATASTROPHE VON DEEPWATER DISCOVERY AUF DIE PROGNOSTIZIERTEN UMSÄTZE UND GEWINNE?

MS WILDER: EINSPRUCH.

A: JA.

F: WAREN SIE AN DEN GESPRÄCHEN BETEILIGT?

A: IRGENDWIE SCHON, WÜRDE ICH SAGEN.

Habe ich wirklich geglaubt, das könnte klappen? Kostova ist einfach zu gut. Gleich wird er Pete die finanziellen Abweichungen präsentieren, Pete bricht ein, sie kommen zu den E-Mails, und es ist vorbei.

Was könnte diesen Typen so richtig durcheinanderbringen? Er kämpft für den kleinen Mann. Ein David, der sich mit großen Konzerngoliaths anlegt. Er ist felsenfest davon überzeugt, der Gute zu sein.

Wie kann ich ihn so richtig auf die Palme bringen?

Kostova befragt Pete zu speziellen Angaben im Finanzbericht von 2012. »Und auf Seite vier von Beweismittel H-21«, sagt er, »Tabelle drei: Ist dort der Bruttoumsatz von EnerGreen für das Steuerjahr 2012 korrekt angegeben?«

»Versuchen Sie, Ihren Anteil auszurechnen?«, frage ich.

Kostova sieht mich über seine Lesebrille hinweg an. »Wie bitte?«

»Sie vertreten die Kläger auf Erfolgsbasis, stimmt's? Wie hoch ist Ihr Honorar? Dreißig Prozent von dem, was Sie für die Leute herausholen, die geschädigt wurden? Oder sogar vierzig Prozent? Zur Deckung Ihrer – in Anführungsstrichen – Ausgaben?«

»Das ist unerhört!«, fährt mich Kostova an. »Ich stelle hier die Fragen.«

Ich pfeife. »Hübsche Summe Kleingeld. Kein Wunder, dass Ihre Kanzlei mit allen Mitteln dafür gekämpft hat, zum Hauptbevollmächtigten ernannt zu werden.«

»Junge Dame«, sagt Kostova. »Seit über fünfundzwanzig Jahren kämpfe ich für …«

»Sie sind gewieft«, sage ich. »Deshalb haben Sie nur EnerGreen verklagt. Sie haben nicht den Hersteller der Bohrinsel verklagt, denn der ging bankrott – nützt Ihnen nichts. Sie haben auch nicht die einzelnen technischen Prüfer verklagt – die Leute, die bestochen wurden, um die Inspektionsberichte zu fälschen, und die jetzt im Knast sitzen. Das hätte alles zu kompliziert gemacht. Es hätte Ihre Geschichte ins Wanken gebracht, dass EnerGreen und EnerGreen allein für alles verantwortlich ist.«

»Ms Wilder, ich muss Sie noch einmal bitten …«

»Immer die dicke Brieftasche im Blick, was?« Ich lächele ihn an. »Wissen Sie was, Kostova? Sie hätten einen ganz ordentlichen Anwalt in einer richtigen Kanzlei abgegeben.«

Da rastet er aus. »Ihr Verhalten ist unmöglich!«, brüllt er. »Ich verlange eine Entscheidung!«

»Schön«, sage ich. »Abgelehnt.«

»Ich verlange eine Entscheidung vom Richter, Sie Idiotin! Wir rufen das Gericht an.«

»Super Idee.« Ich schlage meine Mappe zu. »Wer hat die Nummer?«

26

Über Lautsprecher rufen wir im Vorzimmer des Richters an und erfahren, dass er noch in einer Verhandlung ist. Wir warten über eine Stunde, in der Kostova mich ständig finster anfunkelt, Gran vor unterdrückter Aufregung zappelt und Pete stark schwitzt.

Und ich? Ich mache mir eifrig Notizen.

Schließlich knistert es im Telefon, wir hören unterdrückte Stimmen und das Geraschel von Papier.

»Viertel nach sechs an einem Freitag, Leute«, knurrt der Richter. »Hoffentlich haben Sie einen guten Grund.«

»Euer Ehren«, beginnt Kostova, »ich entschuldige mich für die Störung und versichere Ihnen, dass ich Sie niemals angerufen hätte, wenn ich nicht glaubte, dass die Umstände mich zwingen …«

»Zur Sache!«, brummt der Richter.

Seit die Klage eingereicht wurde, habe ich schon eine Handvoll Sitzungen und Verhandlungen in Richter Forsters Gerichtssaal miterlebt. Ich mochte ihn immer. Er ist empfindlich und sachlich, aber eigentlich ziemlich fair. Gesprochen habe ich bisher noch nie mit ihm, die Aussicht macht mir plötzlich Angst.

»Euer Ehren«, sagt Kostova, »ich habe größten Respekt vor der Kanzlei, von der EnerGreen in diesem Rechtsstreit vertreten wird. Doch in fünfundzwanzig Berufsjahren bin ich noch nicht so entsetzt gewesen über das Verhalten eines Anwalts bei einer Zeugenvernehmung wie heute. Ms Wilders Benehmen war kindisch, beleidigend, erniedrigend und völlig unangemessen. Sie hat Reden fürs Protokoll geschwungen, ihren Mandanten schamlos beeinflusst und sich auch sonst auf eine Art und Weise verhalten, die sich für einen vor Gericht zugelassenen Anwalt absolut nicht gehört. Ihr Ziel scheint es zu sein, die Vernehmung zu stören und die Tatsache zu verschleiern, dass ihr Zeuge überhaupt nicht vorbereitet ist.«

So redet er eine Weile weiter, aber bleibt vage, wie ich es gehofft hatte. Kein erfahrener Anwalt will wirklich vor einem Richter herumjammern, dass der Kollege der Gegenseite beim Einspruch gesungen, sich über seinen Akzent lustig gemacht hat oder auf andere Weise gemein zu ihm war. Kostova scheint darauf zu vertrauen, dass seine enorme Empörung den Richter dazu bewegen wird, mich abzustrafen.

»Zum Abschluss, Euer Ehren, möchte ich Sie bitten anzuordnen, dass der Zeuge ohne jede Verschleierungstaktik die Fragen beantworten muss, die ich ihm gestellt habe, und dass die Anwältin des Beklagten die Verfahrensordnung befolgt und sich professionell verhält. Ich denke, dass Sanktionen durchaus angebracht wären, aber das liegt natürlich im Ermessen von Euer Ehren.«

Ich höre den Assistenten des Richters flüstern. Dann sagt der Richter: »Anwältin von EnerGreen, Sie sind dran.«

Alle im Raum sehen mich an.

Ich schaffe das! Ich habe alles im Griff!

Ich räuspere mich, beuge mich zum Telefon vor und sage etwas, das klingt wie »Euaa Ääären?«

»Wie bitte?«, sagt Richter Forster.

Hey, ich bin nervös, ja? Ich reiße mich zusammen und fange noch mal an.

»Euer Ehren, ich bin Lillian Wilder. Danke, dass Sie mir die Möglichkeit geben, mich zu äußern. Wie ich gleich erklären werde, entbehren Mr Kostovas Klagen über mein Verhalten jeglicher Grundlage. Allerdings habe ich vorher noch ein dringlicheres Thema mit Ihnen zu besprechen. Aus dem Protokoll geht hervor, dass der Antrag der Kläger auf Mr Hoffmans Vernehmung fehlerhaft ist. Daher beantrage ich, dass die Vernehmung vertagt wird.«

Kostova fällt die Kinnlade hinunter. »Was?«

»Mr Kostova hat von Mr Hoffman die Aussage erhalten, dass er für eine Tochterfirma von EnerGreen arbeitet, nicht für das Unternehmen selbst«, erkläre ich dem Richter. »Diese Tochterfirma ist keine an diesem Verfahren beteiligte Partei. Nach den Regeln dieses Gerichts hätte der Kläger eine Vorladung für Mr Hoffman beantragen müssen. Das hat er nicht getan. Demzufolge sollte diese Vernehmung vertagt werden, bis der Kläger seinen Fehler korrigiert hat.«

Kostova giftet los: »Das ist lächerlich, Euer Ehren! EnerGreen hat dieser Vernehmung zugestimmt!«

»Stimmt das, Ms Wilder?«, fragt der Richter. »Haben Sie zugestimmt?«

»Ja, Euer Ehren.«

»Und Sie haben auch zugelassen, dass Sie heute mehrere Stunden lang stattfand, nicht wahr?«

»Lassen Sie mich erklären, wie wir dazu stehen, Euer Ehren. Wir haben uns bemüht, die Vorschriften des Gerichts zu befolgen und als beteiligte Parteien in bester Absicht zusammenzuarbeiten, um Konflikte im Beweiserhebungsverfahren zu lösen. Die Kläger wollten unbedingt eine Aussage von Mr Hoffman, wozu wir uns im Interesse kollegialer Höflichkeit bereit erklärten. Diese kollegiale Höflichkeit wurde jedoch nicht erwidert, als wir versuchten, die Vernehmung wegen des Schneesturms an der Ostküste zu verlegen. Die Gegenseite lehnte unser Gesuch ab, was dazu führte, dass der in der Kanzlei für den Fall EnerGreen zuständige Teilhaber Mr Gardiner nicht an der Vernehmung teilnehmen konnte.« Ich halte inne. »Und das, Euer Ehren, bringt mich zum zweiten Thema: dem beleidigenden Verhalten, das Mr Kostova heute gegenüber mir und meinem Zeugen an den Tag gelegt hat.«

»Was?«, schreit Kostova.

»Mr Kostova hat mich wegen absolut berechtigter Einsprüche schikaniert, hat mich ausführlich über Belanglosigkeiten belehrt und mich gescholten, obwohl ich nur versuchte, meiner Arbeit nachzugehen. Das könnte ich alles ertragen, hätte er meinen Zeugen nicht in unzulässigem Maße geschmäht und beleidigt. Mit Ihrer Erlaubnis, Eurer Ehren, werde ich etwas tun, was Mr Kostova bei seiner sehr langatmigen Beschwerde über mein angebliches Verhalten nicht getan hat. Ich werde einige Beispiele anführen.« Ich wende mich der Stenographin zu. »Könnten Sie bitte Seite 43, Zeile 24 bis 26 vorlesen?«

Die Stenographin liest mit monotoner Stimme:

ZEUGE: KÖNNTEN SIE DIE FRAGE BITTE WIEDERHOLEN?

MR KOSTOVA: LECK MICH!

Kostova sagt: »Euer Ehren, im Protokoll steht leider nicht, dass ein Glas Wasser …«

»Sie sind gleich dran, Mr Kostova«, sagt der Richter. »Im Moment hat Ms Wilder das Wort.«

»Ma'am«, sage ich zur Stenographin, »könnten Sie jetzt bitte von Seite 62 der Niederschrift die Zeilen 12 bis 15 vorlesen?«

Sie kommt meiner Bitte nach.

ZEUGE: KÖNNTEN SIE DIE FRAGE BITTE WIEDERHOLEN?

MR KOSTOVA: HALTEN SIE DEN MUND!

»Euer Ehren«, sagt Kostova. »Das ist nicht …«

»Und könnten Sie bitte Seite 76, Zeile 9 lesen?«

MR KOSTOVA: ICH VERLANGE EINEN RICHTERSPRUCH, SIE IDIOTIN!

»Euer Ehren«, sage ich, »ich verstehe ja, dass Mr Kostova frustriert ist, weil er nicht die erwünschte Aussage von meinem Zeugen erhält. Aber das ist keine Rechtfertigung für so ein Verhalten. Wie Mr Kostova weiß, ist es für mich das erste Mal, dass ich eine Vernehmung begleite. Ich kann nicht umhin zu vermuten, dass er einen unfairen Vorteil aus meiner Unerfahrenheit ziehen will.«

Es gibt eine lange Pause. Kostova ist dunkelrot vor Wut. »Mr Kostova«, sagt der Richter schließlich, »warum haben Sie der Verschiebung der Vernehmung nicht zugestimmt?«

»Euer Ehren, ich war bereits unterwegs auf die Keys, als der Anwalt des Beklagten anrief und verlangte, dass die Vernehmung verschoben würde. Um ehrlich zu sein, vermutete ich aufgrund der explosiven Natur einiger mit diesem Zeugen verbundener Dokumente, dass das Wetter als Ausrede benutzt wurde.«

»Als Ausrede?«, sagt der Richter ungläubig. »Haben Sie mal die Nachrichten gesehen, Mr Kostova? Man nennt ihn den Sturm des Jahrhunderts. Er reicht von Boston bis runter nach South Carolina. Im Weather Channel haben sie dem verflixten Ding schon einen Namen gegeben. Wie nennen die ihn noch mal?« Wir hören Geflüster am anderen Ende. »Pluto!«, ruft der Richter. »Sie nennen ihn Pluto! Nach dem neunten Planeten! Der Herrscher der Unterwelt, Mr Kostova. Dieser Sturm ist eine ernste Sache!«

»Ja, Euer Ehren«, sagt Kostova unsicher.

»Sie konnten einer begründeten Bitte, die Vernehmung zu verschieben, nicht nachkommen?« Allmählich regt sich der Richter auf. »Stattdessen beschließen Sie, mich am Freitagabend mit einer Salve von Beschwerden über eine Nachwuchsanwältin zu belästigen, die Ihnen angeblich das Leben schwermacht?«

Kostova protestiert. »Euer Ehren, Ms Wilder hat meine Befragung des Zeugen mit Absicht behindert. Ihre Zitate aus dem Protokoll geben nicht ansatzweise wieder, was hier heute abgelaufen ist.«

»Möchten Sie gerne etwas zitieren, um Ihre Behauptung zu stützen, dass es Ms Wilder war und nicht Sie, der sowohl vor als auch während der Vernehmung eine ungeheure Missachtung der Etikette und der kollegialen Höflichkeit an den Tag gelegt hat?«

Ich lächele Kostova an. Sag es schon, denke ich. Sag ihm, dass ich Grimassen geschnitten und dir Tiere aus Papier geschenkt habe. Sag ihm, dass du dich von einer jungen Anwältin aus der Fassung bringen lassen und die Beherrschung verloren hast. Wollen wir mal sehen, wie gut das ankommt.

Kostova hat keine Zeit, um das Protokoll durchzugehen und Beispiele zu suchen. Der Richter wartet.

»Sie hat gesummt, Euer Ehren«, sagt er schließlich. »Und sie hat ein … sie hat einen Schwan gebastelt …«

»Verstehe ich das richtig, Mr Kostova, dass Sie mein Eingreifen bei einer Vernehmung verlangen, weil der Anwalt der Gegenseite gesummt hat?«

»Euer Ehren«, sagt er, »wenn Sie mir noch einen Augenblick Zeit geben, werde ich versuchen, ein paar Beispiele für ihr ablenkendes Verhalten und für ihre langatmigen Reden zu finden, aber …«

»Langatmige Reden, Mr Kostova?« Der Richter schmunzelt. »Du lieber Himmel. Wenn ich jeden Anwalt bestrafen würde, der langatmige Reden hält, säßen Sie alle längst hinter Gittern.«

»Ja, Euer Ehren«, sagt Kostova.

»Wahrscheinlich keine schlechte Idee«, fügt der Richter hinzu. »Warten Sie einen Moment.«

Schweigen.

Ich schließe die Augen und bete.

»Ich vertage die Vernehmung«, sagt er.

»Ich fasse es nicht!«, murmelt Gran.

»Sie hätten der Verlegung zustimmen sollen, Mr Kostova«, fährt der Richter fort. »Das wäre professionelles Verhalten gewesen.«

»Aber Euer Ehren«, protestiert Kostova, »wir haben doch schon angefangen, und …«

»Ich werde mich nicht in Ihr kleinliches Geplänkel hineinziehen lassen«, sagt der Richter. »Für mich klingt es, als müssten sich erst mal alle beruhigen. Ich schlage vor, dass Sie Ihre verfahrensrechtlichen Fragen klären und die Vernehmung um ein paar Wochen verschieben. Ich hege keinen Zweifel, dass die Anwältin von EnerGreen entgegenkommend und kollegial sein wird. Ist das richtig, Ms Wilder?«

»Absolut, Euer Ehren.« Ich lächele Kostova breit an.

»Euer Ehren«, sagt er, »ich möchte Sie bitten …«

»Sparen Sie sich das. Ich habe entschieden. Allen ein schönes Wochenende«, sagt der Richter und legt auf.

Die Finger der Stenographin schweben über der Maschine. »Sind wir durch?«, fragt sie.

»Wir sind durch«, sage ich und kann es selbst kaum glauben. Sie tippt noch ein paar abschließende Zeilen und fängt an, ihre Sachen einzupacken. Der Videofilmer wickelt bereits die Kabel auf. Ich nehme das Mikro ab.

Mit Mordlust in den Augen sieht Kostova mich an.

»Sie wollten eine Entscheidung vom Richter«, sage ich unschuldig.

»Wenn er nur die Hälfte von dem wüsste, was hier heute passiert ist«, sagt er.

Gran wirft ein: »Wenn Sie möchten, dass etwas im Protokoll erscheint, müssen Sie sichergehen, dass es in der Mitschrift steht.«

»Ich werde dem Richter unverzüglich den Mitschnitt dieser Vernehmung zukommen lassen«, sagt Kostova zu mir. »Ich werde Sanktionen gegen Ihre Kanzlei und gegen Sie persönlich beantragen. Ihnen steht richtig Ärger ins Haus, junge …«

Er unterbricht sich. Ich lächele ihn an. »Sagen Sie es noch mal! Warten Sie, bis Sie sehen, was ich noch für Sie habe.«

Er stopft seine Unterlagen in die Tasche und stürmt davon.

»Ist es wirklich vorbei?«, fragt Pete.

»Fürs Erste«, sage ich. »Aber fühlen Sie sich nicht zu sicher.«

»Bestimmt nicht.«

»Sie sollten überlegen, ob Sie Ihren Lebenslauf aktualisieren.«

»Mache ich auf jeden Fall.«

»Vielleicht möchten Sie einen eigenen Anwalt engagieren.«

»Kann ich Sie nehmen?«, fragt er hoffnungsvoll.

»Nein, nein! Aber Sie könnten sie nehmen.« Ich weise auf Gran.

Sie schaut von ihrer Handtasche auf. »Was?«

»Gib dem Mann deine Kontaktdaten, Isi! Du bist wieder im Geschäft.«

Pete notiert sich Grans Nummer, verabschiedet sich und huscht zur Tür hinaus. Gran und ich sehen uns an.

»Lillian Grace Wilder«, sagt sie langsam. »Das war leichtsinnig, gefährlich und fast komplett sittenwidrig.«

Ich seufze. »Ich weiß, Gran. Ich weiß.«

Sie umarmt mich fest. »Seit Jahren hatte ich nicht mehr so viel Spaß!«

Ich klappe meinen Laptop auf und rufe Urs über Skype an. Kurz darauf schaut mich sein rundes Gesicht, gerahmt von streng gescheiteltem rabenschwarzen Haar, auf dem Bildschirm an. So schnell wie möglich erzähle ich ihm alles über Petes E-Mails. Die Wahrheit über den Betrug. Urs' blasses Gesicht wird noch blasser. Ich gebe die Vernehmung Schritt für Schritt wieder und schließe mit dem Anruf beim Richter. Seine großen Augen werden noch größer. Als ich fertig bin, starrt er mich lange an.

Gran klopft auf den Monitor. »Hat der sich aufgehängt?«

»Dieser Betrug«, sagt Urs langsam in seinem präzisen Englisch mit dem Schweizer Akzent. »Dieser Betrug ist ... Welche Größenordnung hat er?«

»Fünfzehn Milliarden Dollar«, sage ich.

Urs scheint zu schwanken, es kann aber auch am WLAN im Konferenzraum liegen. »Dieser Zeuge, Hoffman«, sagt er, »ist er bereit, dazu auszusagen?«

»Er ist zu dumm, um davon abgehalten zu werden.«

Ganz langsam beginnt Urs zu hyperventilieren. Dann verschwindet er vom Bildschirm. Gran und ich sehen uns an. Ich hoffe, ich löse nicht beim nächsten Anwalt einen Herzstillstand aus.

Kurz darauf taucht Urs wieder auf, fährt sich mit einer Hand über den Kopf. »So, Sie haben gesagt, dass die Vernehmung unterbrochen wurde und dass Sie dem Richter ein Argument nannten, und zur Unterstützung dieses Arguments führten Sie Zitate aus dem Protokoll an, die … wie würden Sie die beschreiben? Die ein wenig irreführend waren? Sehr irreführend?«

»Mehr oder weniger irreführend?«, schlage ich vor.

Verständnislos sieht er mich an. »Ist das normale Verfahrenspraxis in Amerika?«

»Normal oder nicht, Sie hat Ihnen den Arsch gerettet!«, ruft Gran und schiebt sich vor den Bildschirm, so dass man nur noch ihr gruseliges altes Auge in Großaufnahme sieht.

Urs prallt zurück. »Lily? Wer ist diese furchterregende Person?«

»Meine Großmutter«, erkläre ich. »Und Ihre hiesige Unterbevollmächtigte.«

Urs greift sich an den Kopf. »Ich bin sehr verwirrt.«

»Hören Sie, Urs. Es ist so: Was ich getan habe, hat funktioniert – fürs Erste. Doch sobald die Gegenseite das Video dieser Vernehmung in die Hände bekommt, wird sie beantragen, dass dem Richter gezeigt wird, dass ich ihn in die Irre geführt habe. Unsere Glaubwürdigkeit ist dahin, wir werden schwer sanktioniert werden, und der Richter wird eine Fortsetzung der Vernehmung anordnen. EnerGreen muss den aktuellen Schlichtungsvorschlag annehmen. Sofort.«

»Wie Sie wissen, habe ich nur wenig Einfluss auf meine Vorgesetzten. Ich kann Ihnen nicht garantieren, dass man auf mich hört.«

»Sie müssen dafür sorgen, Urs! Ich habe hier gerade für einen Haufen Betrüger Kopf und Kragen riskiert, und das müssen die wieder in Ordnung bringen. Sagen Sie ihnen, dass ich kündigen und dem Gericht alles sagen werde, was ich weiß, wenn sie sich nicht auf der Stelle außergerichtlich einigen. Und ich weiß eine Menge.«

Urs nickt langsam. »Ja. Ja, das sollte sie überzeugen.«

»Außerdem müssen sie ihre Bilanzprobleme in den Griff bekommen, sonst gehe ich sofort zum Ministerium.«

»Bestens«, sagt er. »Das werde ich so weitergeben.«

»Ich glaube, das wär's. Noch Fragen?«

Urs schüttelt den Kopf. »Das war ein erschütterndes Gespräch für mich. Aber danke, Lily und Lilys Großmutter. Sie haben hervorragende Arbeit geleistet. Ich werde Sie bei Philip lobend erwähnen, wenn er wieder gesund ist.«

Der Bildschirm wird schwarz. Urs ist weg.

Wir packen zusammen und machen uns aufbruchbereit. Gran reicht mir mein Handy. Ich habe achtzehn SMS.

Philip: Ich mache mir Sorgen, weil ich nichts von dir höre, Wilder.

Mattie: Soll das wieder so ein Witz von dir sein???

Will: Mach nicht einfach dicht.

Mattie: Ich habe hart gearbietet, damit diese Hochzeit prefekt wird, und das ist mein Lohn dafür?

Ana: Wo bist du, Lilybär?

Mattie: Aber wie sollte ich auch erwarten, dass du ewtas ernst nimmst? Du hast in dieser Woche gar nichts ernst genommen. Es hieß immer nur sch* und f*ck.

Mattie: Ich habe es so satt!!!

Philip: Ich habe Raney Moore gemailt. Sie schreibt, sie wäre in Knoxville, nicht in Key West. Was ist da los?

Freddy: ich glaube deine hochzeitsplanerin bringt mich um

313131: Ihr Termin bei Dr. Gibbons ist am 03.02.14 um 10 Uhr. Bitte senden Sie J zur Bestätigung und N zur Absage.

Mattie: Ich hab Neuigkeiten für dich junge Dame. Wenn du ständig Nicht bös gemeint zu einem sagen musst, dann ist es wahrscheinlich doch böse gemeint!

Jane: Wir alle fühlen uns furchtbar, Schätzchen. Bitte ruf mich an!

Apotheke: Was läuft, Süße?

Mattie: Ich kündige!

Philip: Muss jetzt in den OP. Wenn es Neues gibt, melde dich bitte bei Betty.

Will: Ich schätze, du hast dich entschieden.

Freddy: Ruf bitte an, hab keine Arme mehr!

Will: Ich wollte dir nie weh tun.

Ich bringe Gran nach Hause und parke vor dem Haus. Sie sieht mich an. »Ich bin stolz auf dich, Schätzchen.«

»Ich habe nur auf deinen Rat gehört und meine Stärken ausgespielt: mich dumm aufführen und Leute sauer machen.«

»Ich bin nicht stolz, weil du gewonnen hast. Ich bin stolz, weil du nicht gekniffen hast. Viele hätten das sinkende Schiff verlassen. Du bist bis zum bitteren Ende drangeblieben und hast das Beste für deinen Mandanten getan, obwohl er es verdient hat, in der Hölle zu schmoren.« Sie legt mir eine Hand auf die Schulter und drückt mich. »Du bist eine verdammt gute Anwältin.«

Kein Lob könnte mir mehr bedeuten. Herrje, ich habe Tränen in den Augen. »Danke, Gran.«

»So«, sagt sie, »du hast außerdem einen Riesenhaufen Fehler gemacht. Fangen wir an mit der Art, das Gericht anzusprechen.«

In der folgenden Dreiviertelstunde kritisiert sie alles, von meiner Stimme über meine Körpersprache bis zu meiner Kenntnis des Beweisrechts.

»Alles in allem«, schließt sie, »gebe ich dir eine Zwei. Vielleicht eine Zwei minus, im Hinblick auf die offenkundigen moralischen Ungehörigkeiten.«

»O Gran. Danke für das positive Feedback.«

Sie tätschelt mein Knie. »Gerne geschehen. Jetzt komm mit rein, dann mache ich dir ein Sandwich.«

»Bloß nicht!«, sage ich schnell. »Ich meine, ich bin total kaputt. Ich fahr jetzt zurück ins Hotel und hau mich hin.«

Sie sieht mich voller Liebe und Mitleid an. »Was hast du danach vor?«

»Packen. Und zurück nach New York fliegen.«

Sie zieht Rhode Island aus dem Fußraum des Wagens. »Kommst du noch vorbei und verabschiedest dich von mir?«

»Natürlich.«

Sie nimmt mich in die Arme. »Danke für die Weiterempfehlung, Schatz. Ich fühle mich wieder wie ich selbst. Glaub es mir – Ruhestand ist Mist.«

Sie springt heraus. Ich fahre los und sehe im Rückspiegel, wie sie mir nachwinkt.

27

Ich bin hundemüde. Mein Kopf dreht sich noch von der Vernehmung, ganz zu schweigen von dem Hin und Her mit Will. Seine letzte SMS liegt Stunden zurück. Ich frage mich, wo er ist.

Ich parke vor dem Hotel und bleibe noch lange im Auto sitzen. Wenn schon nichts anderes, so waren die letzten Stunden eine willkommene Ablenkung von dem riesengroßen Fiasko, das mein Privatleben beherrscht. Ich bin nicht mehr wütend auf Will. Nicht mal mehr verärgert. Aber ich kann nicht mehr darüber nachdenken. Morgen habe ich noch jede Menge Zeit, den Schiffbruch Revue passieren zu lassen. Vielleicht können Freddy und ich zusammen in die Flitterwochen fahren. Das gäbe Will genug Zeit, um zu packen und auszuziehen. Wir müssten uns nicht noch einmal sehen.

Schließlich steige ich aus und gehe ins Hotel. Als ich durch die Eingangstür komme, bleibe ich stehen. Teddy sitzt im Foyer auf einem Sofa. Er sieht mich und steht auf.

»Hey«, sagt er. »Können wir reden?«

Ich habe das Reden so was von satt. Aber er wirkt beklommen, und als er sich wieder setzt und mir Zeichen gibt, mich zu ihm zu gesellen, gehorche ich.

»Ich wollte mich für gestern Nachmittag entschuldigen«, sagt er. »Ich war saublöd zu dir. Das tut mir leid.«

»Schon gut. Ich habe es verdient.«

Er greift nach meiner Hand. »Hast du nicht. Im Laufe der

Jahre habe ich viel Zeit damit verbracht, dir die Schuld zu geben. Zu viel Zeit. Ich dachte, damit wäre ich durch. Ich dachte, ich hätte akzeptiert, was mit Lee geschah und mit … mit uns. Es ist so lange her, und wir waren so jung. Aber dann kamst du zurück, und alles war wieder frisch. Ich fand es lächerlich, dass ich so aufgeregt war, das machte mich nur noch wütender. Das habe ich alles an dir ausgelassen.« Er lässt meine Hand los, aber sieht mich eindringlich an. »Es tut mir leid.«

»Ich muss dir etwas sagen«, erwidere ich. »Ich habe damals ständig an dich gedacht. Du hast mir an jedem einzelnen Tag gefehlt. Ich war verloren ohne dich, Teddy. Den Kontakt zu dir abzubrechen war meine mir selbst auferlegte Strafe. Ich fand, ich hätte es verdient für das, was ich getan hatte.«

Er nickt.

»Ich wollte nicht auch dich damit bestrafen«, füge ich hinzu. »Ich hätte es dir sagen sollen.«

»Schon gut. Das ist alles vorbei.«

»Ich reise morgen ab.«

»Was ist mit der Hochzeit?«

Ich schüttele nur den Kopf. Er wirkt überrascht, aber sagt nichts. Teddy hat Mitleid mit mir. Und auf einmal trifft mich der Gedanke, wie anders alles hätte laufen können. Mein und sein Leben. Wenn ich das Dynamit nicht gestohlen hätte. Wenn wir die Bombe nicht gebastelt hätten. Wenn ich nicht zu Lee gegangen wäre. Wenn ich Teddy zurückgeschrieben hätte, immer weiter und weiter geschrieben.

Hätten wir uns irgendwann beruhigt? Wäre es wieder ins Lot gekommen? Könnten wir jetzt zusammensitzen, hier oder an einem anderen Ort, und auf eine ganz andere Art zusammen sein?

Schließlich stehe ich auf. Teddy ebenfalls. »Es ist dreizehn Jahre zu spät«, sage ich, »aber kann ich dir jetzt schreiben?«

Er lächelt. »Klar.«

Auf einmal bin ich befangen. Sollen wir uns umarmen? Die Hand geben? Teddy löst das Problem, wie immer. Er tritt auf mich zu, beugt sich vor und küsst mich mitten auf den Mund, sanft, zärtlich. Ich lege die Hände auf seine Schultern und ziehe ihn an mich. Sein Körper fühlt sich an wie früher, er schmeckt wie früher, seine Lippen bewegen sich wie früher.

Noch ein letztes Mal bin ich vierzehn Jahre alt und an dem einzigen Ort, wo ich je sein wollte.

Es ist magisch.

Dann ist es vorbei.

Teddy weicht zurück und lächelt mich an. »Auf Wiedersehen, Lily.«

Ich hebe die Hand. »Auf Wiedersehen, Teddy.«

Er geht davon, schiebt die Tür auf. Dann ist er fort.

Ich höre den Fahrstuhl klingeln. Auf wackeligen Beinen geht Freddy durch das Foyer in Richtung Bar. Ich folge ihr. Sie nimmt einen Barhocker in Beschlag und klettert drauf. Ich nehme den daneben. Der Barkeeper kommt zu uns.

»Wodka«, sagt Freddy mit schwerer Zunge.

»Und?«, fragt er.

»Mehr Wodka.«

Ich greife nach Freddys Arm. »O Gott! Was ist passiert?«

Mit großen Augen schaut sie mich an. Ich bin mir nicht sicher, ob sie mich erkennt.

»Kaum bekannte Tatsache«, sagt sie langsam und deutlich. »Kaum. Bekannte. Tatsache. Es ist überraschend einfach, ein Huhn zu hypnotisieren.«

»Die hat schon richtig einen intus«, bemerkt der Barkeeper.

Freddy hebt einen Finger. »Erster Schritt. Man drückt den kleinen Schnabel zu Boden. Zweiter Schritt. Man malt ein X vor das Huhn in den Boden.« Mit dem Finger malt Freddy ein X auf die Theke. »Das macht man immer wieder, immer wieder, das Huhn verfolgt die Bewegung mit seinen kleinen

Knopfaugen, bis … *voilà*! Dann hat man ein hypnotisiertes Huhn.«

Der Barkeeper stellt die Getränke vor uns. Freddy leert ihr Glas in einem Zug. Dann nimmt sie meins und kippt es hinterher.

»Ich habe mich den ganzen Tag mit deiner Hochzeitsplanerin herumgeschlagen«, verkündet sie deutlich zu laut.

»War es schlimm?«

Sie wischt die Frage beiseite, verliert durch die Bewegung das Gleichgewicht und droht, vom Hocker zu rutschen. Ich hieve sie wieder hoch.

»Ich stand vor einer unmöglich zu lösenden Frage«, sagt sie, »entweder mich selbst mit Drogen und Alkohol schachmatt zu setzen, oder die verrückte Alte umzubringen.« Sie bestellt die nächste Runde beim Barkeeper. »Habe mich für Letzteres entschieden.«

»Du hast Mattie umgebracht?«

»Ups!«, ruft Freddy. »Ich meine Ersteres. Bringe ich immer durcheinander. Ersteres, Letzteres. Rechts, links. Hoch, runter.« Sie nimmt das neue Glas in die Hand. »Ich, der Rest der Welt.«

»Tut mir leid, dass ich dir das alles aufgehalst habe.«

»Heyyyyy.« Sie legt einen Arm um mich und drückt mich, ein bisschen zu fest. »Bin doch die Trauzeugin. Deshalb bin ich schließlich hier, nicht? Helf die Hochzeit planen, helf die Hochzeit absagen. Wie du willst, Mausebiene. Ich bin für dich da.«

»Stell dir vor!«, sage ich. »Ich glaube, ich habe meinen Job gerettet.«

»Lobe den Herren!« Freddy schlägt mit der Hand auf die Theke. »Ich hatte schon Angst, dass wir einen Anwalt weniger auf der Welt haben.«

Sie kippt den nächsten Wodka hinunter, der sie seltsamerweise leicht zu ernüchtern scheint. Mit ernstem Blick sieht sie mich an. »Er wartet oben auf dich.«

Vorsichtig stelle ich mein Glas ab. »Ist er noch da?«

Sie nickt. »Was hast du vor?«

»Keine Ahnung. Was meinst du denn?«

»Ich weiß es nicht, Schätzchen.«

Das gab es noch nie. »Hast du keinen Rat für mich?«

»Champagner!«, ruft sie.

Der Barkeeper stellt ein Glas vor mich.

Ich schüttele den Kopf. »Danke, Lloyd, aber ich glaube, sie wollte das nicht bestellen.«

»Nein, aber er«, sagt der Barkeeper und weist hinter mich.

Freddy und ich drehen uns um. Mein Vater sitzt an einem Tisch in der Ecke. Er prostet uns zu.

»Na, das ist ja 'ne Überraschung!«, ruft Freddy und betastet ihre Haare. »Wie sehe ich aus?«

Ich rutsche vom Barhocker. »Bin gleich wieder da.«

Dad sieht wunderbar aus, wie immer. Frisch und ausgeruht, höchstens vielleicht ein bisschen melancholisch.

Er schiebt einen Stuhl zu mir rüber. »Trink was mit deinem alten Vater.«

Ich setze mich. »Wie war dein Tag, Dad?«

Er blickt auf seinen Champagner. »Ganz ehrlich, Kleine? Er war eine mittlere Heimsuchung.«

»Als ich dich das letzte Mal sah, ging's dir gut.«

»Ach, du meinst die Sache mit deiner Mutter und Ana und Jane? Das haben wir alles geklärt. Aber Trina hat mich leider um die Scheidung gebeten.«

»Was? Sie himmelt dich doch an!«

»Das tat sie.« Er füllt unsere Gläser nach, schüttelt ernst den Kopf. »Aber es sieht aus, als hätte ich ihr vor kurzem ein Foto gemailt, das ziemlich …« Er überlegt, wie er sich ausdrücken soll. »… unglücklich war.«

»Ach, Dad!«

»Ich weiß, Liebes, ich weiß.« Er hält inne. »Diesmal wird's leider teuer werden.«

»Kein Ehevertrag?«

Er schaut beiseite.

»Du bist ein echter Romantiker, Henry.«

»Das war schon immer meine Schwäche.« Er gibt dem Barkeeper ein Zeichen, der noch eine Flasche Champagner bringt. Mein Vater öffnet sie und schenkt uns ein. Wir heben die Gläser, stoßen an und trinken.

»So, aber genug von mir!«, sage ich. »Was ist mit dir los, Dad?«

Er stellt sein Glas ab, beugt sich vor und nimmt meine Hände in seine. »Es tut mir leid, Kleine. Du hattest einen furchtbaren Tag, nicht? Kann ich irgendwas für dich tun?«

Ich schaue in seine wunderschönen grünen Augen. Soll ich ihn um Rat fragen? Normalerweise ist das eine bescheuerte Idee, aber in diesem Fall ist es vielleicht richtig. Schließlich sitze ich hier quasi vor meinem zukünftigen Ich.

Was soll's? Den Versuch ist es wert.

»Es gibt so viel, was ich nicht weiß, Dad. Kann sich ein Mensch ändern? Sollte sich ein Mensch ändern? Kann man auf ein Fundament aus Lügen eine solide Beziehung bauen? Bin ich dazu verdammt, deine Fehler zu wiederholen, nur rückwärts und auf Highheels? Besteht der Sinn von Sex darin, uns unglücklich zu machen? Kann die Ehe das Unglück mildern? Kann ein Mensch je genug sein? Sind wir nicht besser als Tiere? Wenn du mir helfen willst, dann beantworte diese Fragen. Zeit für die Perlen der Weisheit, Henry. Sag alles, was du weißt!«

Mein Vater wirkt total verwirrt.

»Lass mich die Frage vereinfachen«, sage ich. »Sollen Will und ich heiraten, oder sollen wir getrennte Wege gehen?«

Henry füllt sich erneut das Glas und wartet, dass sich der Schaum auflöst. Nachdenklich nippt er daran. »Liebst du ihn?«

»Ja. Aber es ist komplizierter.«

»Da bin ich mir nicht sicher, Kleines. Du hast jemanden kennengelernt und dich in ihn verliebt. Wird es ewig halten? Die Frage ist interessant, wie die anderen, die du gestellt hast, aber letzten Endes nicht hilfreich. Ich glaube, du hast es selbst am besten formuliert, gestern Abend. Wir brauchen ein neues Bekenntnis zur Ehrlichkeit. Ich bin keiner meiner Frauen treu gewesen. Und wenn du zu dem Menschen, dem du auf der ganzen Welt am nächsten sein willst, nicht ehrlich sein kannst, warum hast du ihn dann ausgewählt? Wie echt kann so eine Nähe schon sein?« Er trinkt noch einen Schluck. »Wenn du aber ehrlich sein kannst, wenn du Will dein wahres Ich zeigen kannst, was sehr, sehr schwer sein muss, dann hast du eine echte Chance. Aber nur du kannst wissen, ob das möglich ist.«

Henry hat tatsächlich etwas Bedeutsames gesagt. Ich kann es nicht glauben. »Dad!«, rufe ich. »Du hast den Nagel auf den Kopf getroffen. Danke!«

»Gern geschehen, Liebling.« Er tätschelt meine Hand. »Egal, zu welchem Schluss du kommst, es ist mit Sicherheit der falsche.«

»Was?«

»Sorry, sorry«, lacht er. »Hab mich vertan. Der richtige, wollte ich sagen. Zu welchem Entschluss du auch kommst, es wird der richtige sein. Ich entschuldige mich, Liebling. Ich bin ein bisschen ...« Seine Hand flattert in Richtung Schläfe.

Ich lege den Kopf auf den Tisch.

»Ist das deine kleine Freundin von der Uni?«, fragt er.

Ich schaue hoch. Er starrt Freddy an, die so tut, als merkte sie es nicht.

Dad lächelt sie an. »Sie ist ganz schön attraktiv geworden, nicht?«

Ich leere mein Glas und stelle es auf den Tisch, stehe auf und klopfe meinem Vater auf die Schulter. »Henry? Ich weiß nicht, was ich ohne dich tun würde.«

Aber er hört schon nicht mehr zu, sondern gibt dem Barkeeper ein Zeichen. »Ich auch nicht, Liebling«, murmelt er. »Ich auch nicht.«

Ich gehe zurück zu Freddy und lege die Arme um sie.

»Du musst mir einen Gefallen tun«, flüstere ich.

»Was du willst«, flüstert Freddy zurück und schielt über meine Schulter zu meinem Vater hinüber.

»Egal, was heute Abend passiert: Ich will es nie, nie, nie erfahren.«

Sie nickt. Der Barkeeper stellt eine Champagnerflöte vor Freddy und öffnet eine verstaubte Flasche. Ich gebe ihr einen Kuss auf die Wange und verlasse die Bar.

SAMSTAG

28

Im Hotelzimmer stehen zwei brennende Votivkerzen auf dem Schreibtisch. Die Türen zum Balkon sind offen. Durch die durchsichtigen Vorhänge sehe ich Will. Er hat die Füße auf das Geländer gelegt. In der Hand einen Drink, schaut er hinaus aufs Wasser.

Die Tür fällt hinter mir ins Schloss. Will steht auf und kommt herein, bleibt gut einen Meter vor mir stehen. Er ist nicht rasiert. Er trägt Jeans und T-Shirt. Seine Füße sind nackt.

»Hi«, sagt er.

»Hi.«

»Wie war dein Tag?«, fragt er.

»Gut. Was hast du so gemacht?«

»Dir geschrieben.« Er beäugt mich argwöhnisch. »Mit dir geredet. An dich gedacht.«

Ich nicke langsam. »Ist das alles?«

»Das ist alles.«

Ich lasse meine Tasche fallen. »Beweis es.«

Ich schlinge die Arme um seinen Hals und küsse ihn so heftig, dass ich Blut schmecke. Er taumelt, wir fallen aufs Bett, ich oben. Ich ziehe meinen Rock hoch und setze mich rittlings auf ihn. Seine Lippe blutet. Ich beuge mich vor und küsse sie sanft.

»Armer Junge«, flüstere ich. »Ich hab dir weh getan.«

Er lächelt. »Kein Problem! Ich …«

Ich lege einen Finger auf seine Lippen und sage: »Zeit für eine Runde Wahrheit.«

Ich beginne, meine Kostümjacke aufzuknöpfen.

»Ich habe einen harten Tag hinter mir, Will. Eher eine harte Woche.« Ich schiebe mir die Jacke von den Schultern und lasse sie zu Boden fallen. »Ich habe viel Zeit damit verbracht, mir den Kopf zu zerbrechen, ob du und ich heiraten sollen oder nicht. Habe mich mit Schuldgefühlen gequält, weil es nicht okay ist, was ich mit dir mache. Habe mir oft gewünscht, mich ändern zu können.«

»Aber du musst dich nicht …«

»Psst.« Ich knöpfe meine Bluse auf und ziehe sie aus. Löse den Verschluss des BHs und lasse ihn an meinen Armen hinabgleiten. Ich lege Wills Hände auf meine Brüste und beuge mich vor. Er nimmt sie in den Mund, verwöhnt sie mit Lippen, Zunge und Zähnen. Er versucht, mich auf den Rücken zu rollen, doch ich ziehe mich zurück und fange an, seinen Gürtel zu lösen.

»Du, Will, hast viel Zeit damit verbracht, mir einzureden, dass ich mich schäme. Dass ich bedauere, wer ich bin und wie ich mich verhalte.« Ich zerre an seinen Jeansknöpfen, er hebt den Hintern an, so dass ich die Hose an seinen Beinen hinunterziehen kann, anschließend die Boxershorts. Mit einer Hand streichele ich seinen Schwanz. »Und wenn ich dir glaube, dann fühle ich mich so, weil mir die Gesellschaft eingeredet hat, dass Monogamie die einzig richtige Form der Liebe ist. Richtig?«

»Können wir nicht später darüber reden?«, fragt er atemlos.

Ich will den Reißverschluss meines Rocks öffnen, aber halte inne. »Wir müssen jetzt darüber sprechen. Wenn du willst, können wir uns wieder anziehen und unten weiterreden.«

Er führt meine Hand zurück zu seinem Schwanz. »Erzähl bitte weiter!«

Ich winde mich aus Rock und Höschen, helfe Will aus seinem T-Shirt. Lang lege ich mich auf ihn und küsse ihn innig auf den Mund. Dann unterbreche ich den Kuss und sehe ihm in die Augen.

»Weißt du was, Will? Du siehst nicht das gesamte Bild.« Ich küsse seinen Hals, seine Schultern, seine Brust. »Wie gesagt, es ist kompliziert. Manchmal schäme ich mich. Manchmal fühle ich mich schuldig. Manchmal will ich mich ändern. Aber manchmal«, ich küsse wieder seinen Hals, seine Schultern, seine Brust, »auch nicht.«

Wir sind jetzt beide nackt. Ich rutsche an seinem Körper hinunter und nehme seinen Schwanz in den Mund. Schiebe die Hände an seinen schlanken, muskulösen Beinen hinab. »Du weißt, was Emerson darüber gesagt hat, ja?«

Will starrt mich an. »Emerson?«

Ich schaue zu ihm hoch. »Ralph Waldo Emerson.«

»Ich weiß, wer Emerson ist. Ich weiß nur nicht … bin mir nicht sicher, warum wir jetzt von ihm reden.«

»Er hat gesagt: Verbissene Konsequenz ist die Plage der Kleingeister.« Vorsichtig streichele ich Wills Eier mit den Fingerspitzen. »Ich bin kein Kleingeist, Will. Ich bin ein Großgeist. Ich bin komplex und widersprüchlich, wirr und inkonsequent.« Ich küsse seinen Schwanz. »Ich bin kein Archetyp und kein Stereotyp. Ich bin nicht DIE Frau und nicht DER Mensch. Du hast mich zu stark vereinfacht. Du hast mich nicht als Individuum gesehen. Das finde ich unglaublich frustrierend.« Ich drücke meinen Mund wieder auf ihn.

Will keucht. »Mein Denken war sehr reduktiv!«

Ich schaue zu ihm hoch, und durch mein zerzaustes Haar fange ich seinen Blick auf. Nach einer Weile komme ich hoch, wische mir den Mund mit dem Handrücken ab und lächele ihn an. Ich lasse die Hand der Länge nach über seinen Körper gleiten und bewundere ihn. Hocke mich wieder auf ihn, senke mich langsam hinab, fühle, wie er mich erfüllt und sich nach oben drückt, um so tief wie möglich in mir zu versinken. Langsam bewege ich mich auf ihm, hebe das Becken, so dass er fast aus mir herausschlüpft, und lasse mich wieder hinabsinken. Will greift nach mir, doch ich drücke seine Arme aufs Bett.

»Lily?«, sagt er.

Mit den Lippen an seinem Ohr sage ich: »Sei leise.«

Ich küsse ihn auf den Mund. »Ich verschwende nicht viel Energie darauf, mich zu fragen, warum ich so bin. Wir unterhalten uns so oft über Männer und Frauen – was sie wollen, wodurch sie geformt werden, bla bla bla. Das Leben ist kurz, Will. Menschen sind unergründlich. Schluss mit dem sinnlosen Theoretisieren. Wir sollten einfach Spaß haben.«

»Das kann ich nur unterschreiben«, flüstert er.

Ich lasse seine Arme los, er legt die Hände auf meine Hüften. »Das alles wollte ich dir heute sagen, aber ich war beschäftigt.«

Er zieht meinen Kopf zu sich hinunter und küsst mich auf die Lippen.

»Ich wusste nicht, wie ich das alles in einer SMS unterbringen soll.«

Er bedeckt mein Gesicht mit Küssen.

»Ich schätze, ich bin kein ganz so begabter Simser wie du.«

Da hört er auf, mich zu küssen, und grinst. Er wirft mich auf den Rücken, packt mich an den Haaren und bohrt sich tief in mich. Ich schlinge die Beine um seine Taille und die Arme um seinen Hals.

Es ist wie an den ersten drei Tagen, nur noch besser, weil ich jetzt weiß, wer er ist, und er mich kennt. Ich weiß, warum es so gut ist, warum wir so gut zusammen können. Wir gehen zum Sofa, werfen eine Lampe um. Zum Sessel. Zur Wand, wo wir aus Versehen den Vorhang herunterreißen.

»Du musst dir wirklich was auf dich einbilden«, flüstere ich. »Wenn dir ständig alle Frauen zu Füßen liegen.«

Seine Lippen sind an meinem Hals.

»Liegt es an deinem Beruf? Zieht der die Frauen magisch an?«

»Er stört nicht.« Mit einer Armbewegung wischt Will über den Schreibtisch und legt mich darauf. Ich presse ihn auf mich.

Im Badezimmer dringt er von hinten in mich ein, im Stehen, damit wir uns im Spiegel beobachten können.

»Ich war gestern Abend mit einem Mädchen zusammen«, sage ich.

Er legt die Stirn auf meinen Rücken und stöhnt leicht.

»Ich hätte einen Dreier machen können, mit ihr und ihrem Mann«, füge ich hinzu. »Aber ich war zu fertig, um es zu versuchen.«

Er zieht sich aus mir heraus. Ich drehe mich um und hieve mich auf das Waschbecken. Als er wieder in mich eintaucht, sagt er: »Du bist wirklich dumm, oder?«

Ich lache. »Willst du wissen, was passiert ist?«

»Ja«, flüstert er.

Ich lächele ihn im Spiegel an. »Ja, was?«

»Ja, bitte! Bitte, bitte, bitte!«

Ich erzähle ihm von Sandra, wie ich sie berührte und sie mich. Flüstere ihm alles ins Ohr. Als ich nichts mehr zu erzählen habe, denke ich mir etwas aus, alles, was ich mit ihr gemacht hätte, was sie mit mir gemacht hätte, was ihr Mann mit uns beiden gemacht hätte, was wir mit ihm getan hätten. Ich rede und rede. Ich erzähle Will alles über mich, was er nicht weiß. Was ich mag. Wonach ich verrückt bin. Was ich versucht habe. Was nicht. Was am schlimmsten und am besten war. Ich erzähle von meinen Phantasien. Wie ich es mir selbst mache, wenn ich allein bin. Ich erzähle ihm, was Sex in mir auslöst, warum ich Sex liebe. Dass die Hand eines anderen Menschen auf meinem Körper, ein Mund auf meinem Körper, eine Zunge oder ein Schwanz mich alles andere vergessen lässt, dass es sich wahr, begreifbar und ehrlich anfühlt in einer Welt, die sonst völlig unwirklich ist.

Schließlich landen wir im Bett, unsere Körper ineinander verschlungen, und schreien gleichzeitig auf. Will fällt auf mich, sein Kopf an meiner Schulter. Er küsst meine Haare. Lange Zeit schweigen wir, unser Atem wird langsamer, die Herzen schlagen ruhiger.

Ich schließe die Augen. Genau das habe ich gebraucht. Genau deshalb bin ich nach oben gegangen. Vielleicht war das offensichtlich. Für mich war es das.

Meine Gedanken schweben dahin. Gott, wie lange Will das ausgehalten hat! Ich denke an junge Männer. Sie sind in Ordnung. Sie sind alle so unglaublich …

»Lily?«

»Hm?«

Er küsst mich aufs Ohr. »Ich bin froh, dass zu zurückgekommen bist.«

»Ich auch.« Ich öffne die Augen und schiebe ihn von mir. »Aber jetzt gehe ich besser.«

»Was?«

Ich streichele seinen Arm, von der Schulter zum Ellenbogen. Beuge mich vor und küsse ihn auf die Wange. »Ich reise ab.«

»Nein!«, ruft Will und setzt sich auf. »Wir heiraten.«

Traurig lächele ich ihn an. »Nein.«

Fest umklammert er meine Hände. »Ich dachte, wir hätten alles geklärt. Was ist … was ist mit dem, was gerade war?«

»Das war wundervoll. Aber bedeutet trotzdem nicht, dass wir heiraten.«

»Willst du denn …«

»Wir können uns doch trotzdem in New York treffen«, sage ich. »Wir können uns verabreden.«

»Ich will mich nicht mit dir verabreden! Ich möchte den Rest meines Lebens mit dir verbringen.«

»Das geht nicht, Will. Selbst wenn wir wollten. Ich habe die Hochzeit abgesagt.«

Ich versuche, ihm die Hände zu entziehen, doch er lässt es nicht zu. »Hast du nicht! Ich habe mit Mattie gesprochen. Ich habe die Absage abgesagt. Bitte, Lily! Ich will dich heiraten. Nichts will ich mehr.«

»Du hast den Verstand verloren.«

»Liebst du mich denn nicht?«

»Das weißt du doch.«

»Wo ist dann das Problem?«

»Was das Problem ist?« Ich steige aus dem Bett und suche meine Klamotten zusammen. »Wir sind das Problem, Will. Alles, was du heute gesagt hast, ist sehr einleuchtend. Freiheit, das Leben voll auskosten, den Partner nicht kontrollieren – alles super Leitsätze fürs Leben. Und hervorragende Gründe, nicht zu heiraten.« Ich hebe meine Bluse hoch und schüttele sie aus.

»Nein, sind es nicht! Wir sind …«

»Hör zu.« Ich knöpfe die Bluse zu. »Es gibt jede Menge dämlicher Diskussionen, wer überhaupt heiraten können soll, stimmt's? Aber abgesehen von ein paar Irren, die finden, dass auch vier Leute heiraten können sollten oder ein Mann seine Ziege, gibt es keine große Diskussion darüber, was die Ehe ist. Sie ist eine Abmachung zwischen zwei Menschen. Zwei Menschen, die sagen: ›Weißt du, was? Du und ich, Baby. Nur wir beide, gegen den Rest der Welt.‹ Und wenn wir zu diesem späten Zeitpunkt in der Geschichte der Menschheit nicht versprechen können, dass nur der Tod uns trennt, dann können wir wenigstens sagen, dass es für die absehbare Zukunft gilt. Wenn das die Ehe ist – wenn es dabei um Einssein geht, um Zweisamkeit und Sicherheit, glaube ich, dass man monogam sein muss.«

Er will etwas sagen, aber ich hebe die Hand, um ihn aufzuhalten.

»Das Leben ist voller Unwägbarkeiten.« Ich hole meinen Rock unter dem Couchtisch hervor. »Voller Gefahren. Du weißt nicht, wann du von einem Telefonmast erschlagen, von einem Terroristen in die Luft gejagt oder von einem Lkw überfahren wirst. Wann du den Job verlierst, eine Depression bekommst oder Krebs. In der Ehe geht es um Sicherheit. Um einen sicheren Hafen im Shitstorm des Lebens. Und ich glaube, für ein Minimum an Glück und Geborgenheit muss man sich versprechen, dass das eigene Bett heilig ist, dass der Körper des Partners einem gehört und umgekehrt. Ich glaube, anders kann eine Ehe nicht funktionieren.«

Jawohl, ich argumentiere gerade für absolute, umfassende, schonungslose sexuelle Treue.

Offenbar bin ich ein sehr traditioneller Mensch.

Selbsterkenntnis!

»Wir können eine Ehe haben, die funktioniert«, sagt Will. »Das weiß ich.«

»Wir sind nicht in der Lage, uns treu zu sein! Das hast du selbst den ganzen Tag gesagt. Was genau können wir uns in einer Ehe bieten?«

»Alles, was wichtig ist«, erwidert er.

Ich steige in meinen Rock und ziehe den Reißverschluss zu. »Du willst nur heiraten, weil es romantisch ist.«

»Falsch«, sagt er. »Ich will heiraten, weil es das nicht ist.«

Im Schneidersitz hockt er auf dem Bett. Er macht mir Zeichen, mich zu ihm zu gesellen, doch ich gehorche nicht.

»Hör zu, Lily. Die Ehen deiner Eltern sind alle jämmerlich gescheitert, richtig? 99 Prozent aller Ehen scheitern, egal ob die Beteiligten das zugeben oder nicht. Und weißt du, warum? Weil die Ehe, so wie sie gemeinhin aufgefasst und verstanden wird, eine Art Schwindel ist.«

Ich suche meine Unterwäsche, doch jetzt halte ich inne. »Interessante Formulierung.«

»Aber richtig«, beharrt er. »Am Anfang willst du nicht allein sein. Also suchst du dir jemanden, den du anziehend findest. Jemanden, der dich heiß macht, der dich zum Lachen bringt. Mit dem du dir vorstellen kannst, das Leben zu verbringen. Man verliebt sich. Es ist die große, umwerfende Liebe, wie im Märchen. Man denkt, die Flitterwochen würden ewig dauern, so wie es einem eingeredet wird. Aber es ist nicht so. Kann so nicht sein. Wir haben unser Leben. Arbeit. Familiäre Verpflichtungen. Die Leute können viel davon erzählen, dass sie das Leben miteinander teilen wollen, in guten wie in schlechten Zeiten, aber sie denken nicht über die Flitterwochen hinaus, an die Routine und die Probleme. Einem guten Partner kannst du alles sagen. Mit einem guten Partner willst du Kinder haben, zusammenleben. Er ist ein Mensch, der sich deine Träume anhört, deine sonderbaren Symptome googelt, der dich zur Rede stellt, wenn du Mist baust, und deine Hand hält, wenn du stirbst. Darum sollte es in der Ehe gehen. Nicht um eine lächerliche Vorstellung von ›glücklich bis an ihr Lebensende‹.«

Ich hole meine Schuhe unter dem Bett hervor. »Du hast nichts von dem gehört, was ich heute gesagt habe, oder? Ich interessiere mich nicht für weitschweifige Theorien. Ich interessiere mich nicht für das große ›Wir‹. Bei uns geht's nicht um die gesamte Menschheit.«

»Gut, aber … Hörst du mal auf, dich anzuziehen?« Er hält mir eine Hand hin. Ich setze mich auf die Bettkante. »Es geht um dich und mich«, sagt er. »Aber deine Vorstellung von der Ehe wird doch durch das bestimmt, was du um dich herum siehst, oder?«

»Klar.«

»Und meine auch. Ich weiß zum Beispiel, dass meine Mutter viele Fehler hat, aber ihre Ehe mit meinem Vater ist klasse. Sie sind gleichberechtigte Partner. Und irgendwie haben sie es fünfunddreißig Jahre lang hinbekommen, ohne fremdzugehen.«

»Oh«, sage ich.

»Was?«

»Nichts. Erzähl weiter!«

»Aber selbst wenn einer von ihnen eine Affäre hatte, bezweifle ich nicht, dass ihre Beziehung das übersteht. Die beiden sprechen miteinander. Sie lösen ihre Probleme gemeinsam. Sie gehen aufeinander ein.«

»Nehmen wir mal an, du hast recht«, sage ich. »Und wir könnten ein gutes Paar sein. Ein großartiges Team. Warum sollten wir heiraten?«

»Weil es Hoffnung macht«, sagt er. »Weil es romantisch ist. Weil es Spaß macht zu feiern. Weil es eine Bedeutung hat, öffentlich ein Versprechen abzugeben. Vor allen, die man liebt, aufzustehen und zu sagen, ich nehme dich, und zu hören, wie ich es zu dir sage. Es bedeutet etwas. Vielleicht alles.«

»Was ist mit Treue, Will? Nenn es, wie du willst, ein kulturelles Konstrukt, eine gesellschaftliche Erfindung, aber die Menschen glauben daran. Sie flippen deswegen vollkommen aus. Müssen wir uns nicht dieses Versprechen geben, selbst wenn wir es letztlich nicht halten können?«

»Ich rede doch von Treue«, sagt er. »Wahrer Treue. Sieh mal, Lily. Ich liebe Frauen, du liebst Männer. Wir lieben ihre Körper, wie sie sich bewegen, wie sie riechen, klingen und schmecken. Das ist normal. Es ist weder richtig noch falsch. Aber wir alle haben die Vorstellung akzeptiert, dass ein Mensch reichen muss, für alle Zeit. Wir sind davon so überzeugt, dass wir uns wertlos fühlen, wenn wir für unseren Partner nicht genug sind – und das sind wirklich nur wenige Menschen. Wir legen größeren Wert auf eheliche Treue als auf die Ehe selbst, denn regelmäßig reißen die Menschen wegen kleinerer Fehltritte ganze Familien auseinander, um das Gefühl des Betrogenseins zu rächen. Du und ich, uns verbindet mehr. Etwas Größeres. Im Bett und auch sonst. Es gab ein paar Male, da waren wir zusammen, und es gab eine besondere Verbindung. Ich weiß, dass du sie auch gespürt hast.«

Ich antworte nicht.

»Sex ist nicht immer dasselbe«, fährt er fort. »Er ist nicht immer bedeutungslos, und es dreht sich auch nicht jedes Mal die Welt. Konsequenz ist was für Kleingeister, oder? Es ist vollkommen in Ordnung, dass uns etwas Wunderbares verbindet, während wir nebenbei noch mit anderen Menschen zusammen sein möchten. Ich will deinem Glück nicht im Weg stehen. Bei unserer Liebe, in unserer Beziehung geht es um viel mehr als Sex. Denn eines ist wirklich wahr, Lily: Ich will vielleicht mit vielen Menschen schlafen. Aber nur mit dir möchte ich intim sein.«

»Was schlägst du dann vor? Eine offene Ehe? Das klappt nie.«

»Sicher klappt das«, erwidert er. »Aber ich glaube, wir sollten es wirklich mal mit Monogamie probieren.«

Ich starre ihn an. »Was redest du da?«

»Wir haben diese Beziehung nicht richtig begonnen. Die ganzen Heimlichkeiten, die Lügen und Täuschungen. Und wir haben noch nicht viel Zeit zusammen verbracht. Ich denke, wir sollten uns aufeinander konzentrieren. Andere Leute raushalten.« Er lächelt mich an. »Im Moment erleben wir ein Märchen. Warum sollen wir es nicht genießen, solange es dauert?«

»Aber du hast eben gesagt …«

Er streicht mir das Haar aus der Stirn. »Die Freiheit zu handeln ist auch die Freiheit, nicht zu handeln, oder?«

Ich lache. »Den ganzen Tag spamst du mich voll über die freie Liebe, und jetzt willst du's mit Monogamie versuchen?«

Er zieht mich an sich. »Was ich will, bist du. Dich beinahe verloren zu haben hat mir gezeigt, was ich für dich bereit bin aufzugeben.«

Ich denke eine Zeitlang darüber nach. »Bei dir klinge ich wie eine große Spielverderberin.«

Er küsst meine Schulter. »Das Letzte auf der Welt, was du bist, ist eine Spielverderberin.«

»Was ist, wenn wir es nicht schaffen?«

»Solange wir ehrlich zueinander sind, darüber sprechen

und uns lieben? So lange kommen wir mit allem klar, was passiert.« Er streicht mir über den Arm. »Wer weiß? Vielleicht ist Monogamie ja richtig heiß. Einschränkungen können interessant sein …«

Ich will mich bewegen, doch er hält mich fest, vergräbt das Gesicht an meinem Hals.

»Heirate mich«, sagt er.

Ich muss in Ruhe darüber nachdenken. Aber da Will mich küsst, ist das schwer.

Es war wirklich eine höllisch harte Woche.

In den letzten Tagen ging ich fast sicher davon aus, dass ich meine geliebte Arbeit verlieren würde. Heute bin ich noch immer angestellt, nachdem ich meine erpresserische Schwiegermutter erpresst habe sowie ein ungebührliches Verhalten an den Tag gelegt habe, um einen verabscheuungswürdigen Mandanten vor der sicheren Vernichtung zu retten.

Gott. Wenn man es so Schwarz auf Weiß vor sich hat, sieht es wirklich nicht gut aus.

Will hebt mich auf seinen Schoß, ich schlinge die Arme um seinen Hals. Er zupft an meiner Bluse, zieht sie heraus, schiebt die Hand darunter.

Was noch? Ich habe in dieser Woche viele unglückliche Gefühle für meinen ältesten Freund hervorgekramt. Aber Teddy ist in Ordnung. Ihm geht's gut. Ich habe gelernt, dass ich ehrlicher zu mir sein muss. Dass ich mich nicht vor der Vergangenheit verstecken darf.

Dann natürlich meine Familie, deren Beziehungsratschläge ich ignoriert habe und der ich ungerechterweise vorwarf, die Ursache all meiner Probleme zu sein. Doch meine Mutterfiguren scheinen gut klarzukommen. Gran habe ich immerhin wieder ins Geschäft gebracht. Im Großen und Ganzen bekomme ich diese Woche einen goldenen Stern für Verwandtschaftsbeziehungen, auch wenn ich aufhören sollte, Henry schlechte Gene und sein schlechtes Vorbild vorzuhalten. Und ich sollte ihm von Wills System mit den zwei Handys erzählen.

Schließlich: Will. Am Anfang der Woche hatte ich einen liebevollen, großzügigen, wunderbaren Verlobten, der mich liebt. Jetzt habe ich einen liebevollen, großzügigen, wunderbaren Verlobten, der mich liebt und der gleichzeitig ein talentierter und zügelloser Lustmolch ist. Ich dachte, er würde mich nur lieben, weil er mich nicht kennt. Jetzt stellt sich heraus, dass er mich liebt, weil er mich kennt.

Und wie sind meine Gefühle für ihn, nun da ich ihn kenne?

Ich liebe ihn, natürlich.

Ich liebe ihn und glaube, nicht ohne ihn leben zu können.

Das Fazit? Ich habe alles falsch gemacht, und alles wird gut.

Ich bezwinge die Verschwörung des sexuellen Unglücks! Die Schlampe gewinnt!

Aber eine Frage bleibt: Sollen Will und ich wirklich heiraten?

Eine Brise vom Meer bauscht die Vorhänge auf. Draußen wird es hell. Es dämmert.

»Hätte ich fast vergessen«, sagt Will. Er langt hinüber zum Nachttisch und zeigt mir vier kleine Bänder aus geflochtenem Gras. »Du wolltest doch wissen, warum ich überall Seegras sammele.« Er nimmt mein linkes Handgelenk und küsst es innen. Dann bindet er ein Grasband darum. »Das ist ein alter keltischer Brauch. In der Nacht vor der Hochzeit flicht der Bräutigam Armbänder aus Gras für die Hand- und Fußgelenke der Braut.« Er nimmt das zweite Band und bindet es um mein rechtes Handgelenk, nachdem er es geküsst hat.

»Ist das aus *American Archaeology* oder so?«

»Nee.« Er zieht meinen Fuß zu sich heran und bindet ein Band darum. »Habe ich auf einer Website namens Weddingzone.com gefunden.«

Ich pruste los.

»Ist wahrscheinlich apokryph«, fügt er hinzu. »Aber mir

gefällt's. Die Kelten glaubten offenbar, diese Grasbänder würden dafür sorgen, dass die Seele der Braut nicht aus ihrem Körper fliegt.« Er lächelt mich so süß an, dass ich es kaum ertrage.

»Meine Seele fliegt nirgendwohin«, sage ich.

Er bindet das letzte Bändchen fest, beugt sich vor, um die Innenseite meines Knöchels zu küssen. »Seelen sind kompliziert. Die Stoiker glaubten, sie beständen aus acht Teilen. Aus dem *hegemonikon*, dem …«

Ich ziehe ihn an mich und küsse ihn auf den Mund. »Jetzt reicht's mit den scheiß Stoikern, Will.«

»Ist das ein Ja?«

»Glaubst du wirklich, dass wir ehrlich zueinander sein können?«

»Wir haben noch keinen großen Erfahrungsschatz«, gibt er zu, »aber ich denke, das geht.«

»Glaubst du, dass wir treu sein können?«

Er zuckt mit den Achseln. »Das wissen wir nur, wenn wir es versuchen.«

Ich lache laut, er küsst mich. Dann löse ich mich und sehe ihn an. Auf einmal ist es wirklich wie eine Filmszene. Irgendeine Kleinigkeit in der Kameraeinstellung hat sich verändert, eine winzige Perspektivverschiebung, und ich sehe Will so, wie er wirklich ist. Er ist kein schlechter Kerl und kein guter Kerl. Er ist klug und lustig, er ist ein Sonderling, er ist sexy und leidenschaftlich, freundlich und ernsthaft, er ist verdorben und rücksichtsvoll, zärtlich und verkommen.

Er ist perfekt.

Und eine Katastrophe.

Und er gehört mir, mir allein.

»Will, ich liebe dich!«, rufe ich. »Ich liebe dich sooo sehr.«

»Dann sag ja«, flüstert er.

»Versprich mir, dass wir niemals streiten und uns immer lieben.«

»Versprochen.«

»Versprich mir, dass du mir Tag und Nacht verdorbene SMS schickst.«

»Versprochen.«

»Versprich mir, dass wir uns immer die Wahrheit sagen.«

»Wir werden uns immer die Wahrheit sagen«, sagt er, »und wir werden immer zusammen bleiben.«

Ich schüttele den Kopf. »Das ist unmöglich.«

»Vielleicht«, sagt er. »Aber lass es uns versuchen.«

Ich lache. »Wer bist du?«

»Heirate mich«, sagt er. »Heirate mich, Lily Wilder, und finde es heraus.«

Dank

So vielen Menschen, die dieses Buch ermöglicht haben, schulde ich meinen Dank. Ich habe das große Glück, eine so brillante und nette Agentin wie Suzanne Gluck zu haben. Danke, Suzanne, dass du Seite eins aufgeschlagen und zu lesen begonnen hast. Ich danke auch Bill Clegg, Laura Bonner und allen anderen bei William Morris Endeavor für ihre Hilfe. Meine Lektorinnen Lindsay Sagnette und Beth Coates verbesserten dieses Buch durch ihre präzisen Kommentare und perfekt dosierte Begeisterung unglaublich – ich danke euch beiden so sehr. Dank auch an Julie Barer und Reagan Arthur für ihre Ermutigung und ihren Rat.

Ich danke meinem Vater Brendan Kennedy, dessen unermüdliche Aufopferung mir das Selbstvertrauen gab, mit dem Schreiben anzufangen, und dessen unaufhörliches Drängen mir die Schuldgefühle machte, die man braucht, um ein Buch fertigzustellen. Ich danke meiner Mutter Cynthia Kennedy, deren unverbrüchliche Liebe und Unterstützung zu einem Buch führten, für das sich jede Mutter schämen würde. Meinem Bruder Dave muss ich nur sagen: Gute Zeiten.

Ich danke Daniel Socolow, meinem wunderbaren Mentor und Freund, dessen pointierte Abhandlungen über die Ungleichheit der Geschlechter schon früh dazu führten, dass ich über das Thema nachdachte, öfter und offener, als ich es sonst getan hätte. Und ich danke der Ehrenwerten Miriam Goldman Cedarbaum, die mir nicht nur in Bezug auf Intelligenz und persönliche Integrität ein Vorbild war, sondern mir auch gezeigt hat, was wahre Leistung in der Welt bedeutet.

Niemals hätte ich mir eine Freundin wie Freddy ausdenken können, wenn es nicht die folgenden begabten, loyalen, quirligen Frauen in meinem Leben gäbe: Emily Chiang, Elena Goldstein, Andrea Jedrlinic, Diane Macina (alphabetische Reihenfolge, reg dich ab!) und Dru Moorhouse. Danke, Ladys!

Kate Saunders

Ein Jahr an deiner Seite

Roman

416 Seiten. Klappenbroschur

Es war die ganz große Liebe, als sich die Schauspieler Marnie und Nick am Theater begegneten. Aber seit Nick im Koma liegt, bleibt Marnie nur die Erinnerung ans Glück.

Kann es je wiederkehren? Oder soll Marnie loslassen und das Leben neu anfangen – ohne Nick?

Ein wunderbar gefühlvoller, aber auch komischer Roman über das Gefühl, das flüchtig ist und ewig währt – die Liebe.

»Romantisch!«
Cosmopolitan

Das gesamte Programm gibt es unter
www.fischerverlage.de

fi 2-1942 / 1

Paige Toon

Diesmal für immer

Roman

Aus dem Englischen von Andrea Fischer

432 Seiten. Klappenbroschur

»Ich habe ein Geheimnis: Nicht mein Freund ist der Vater meines Sohnes. Sondern der berühmteste Rockstar der Welt. Nur: Keiner weiß davon.«

Meg hat Angst: Wie lange kann sie diese unglaubliche Lüge noch leben und die Wahrheit vor allen verschweigen? Wann wird die ganze Welt herausfinden, dass der Vater ihres Sohnes niemand anderes ist als Johnny Jefferson, der Megastar – immer in den Schlagzeilen und immer in Megs Herzen?

»Die perfekte Sommerlektüre!«
Cosmopolitan

Das gesamte Programm gibt es unter
www.fischerverlage.de

fi 2-2033 / 1